Y0-CBD-220

忠诚者
ALLEGIANT

[美] 维罗尼卡 · 罗斯 /著　王明达 /译　王思宁 /校译

四川文艺出版社
華夏出版社　联合出版

图书在版编目（CIP）数据

分歧者．3，忠诚者／（美）罗斯著；王明达译．—成都：四川文艺出版社，2014.8
ISBN 978-7-5411-3850-8

Ⅰ．①分… Ⅱ．①罗… ②王… Ⅲ．①长篇小说－美国－现代 Ⅳ．①I712.45

中国版本图书馆 CIP 数据核字（2014）第 071024 号

ALLEGIANT
by Veronica Roth
Copyright © 2013 by Veronica Roth
Simplified Chinese translation copyright ©2014
by Sichuan Literature & Art Publishing House Co., Ltd.
Published by arrangement with HarperCollins Children's Books
through Bardon-Chinese Media Agency
ALL RIGHTS RESERVED

著作权登记号 图字：21—2014—13—15

忠诚者
ZHONG CHENG ZHE

作　者	［美］维罗尼卡·罗斯 Veronica Roth
译　者	王明达
校　译	王思宁
责任编辑	李晓娟 李淑云
特约编辑	孙淑慧
版权编辑	郭　森
装帧设计	蒋宏工作室
出版发行	四川文艺出版社　华夏出版社
社　址	成都市槐树街 2 号
网　址	www.scwys.com
电　话	028−86259285（发行部）028−86259303（编辑部）
传　真	028−86259306
读者服务	010−67693312
总 经 销	新华文轩出版传媒股份有限公司
印　刷	三河市华业印装厂
开　本	880 mm × 1230 mm　1/32
印　张	12
字　数	320 千字
版　次	2014 年 8 月第 1 版
印　次	2014 年 8 月第 1 次印刷
书　号	ISBN 978−7−5411−3850−8
定　价	32.00 元

CH
F
ROTH
VERONICA
B

本版图书凡印刷、装订错误，可及时向我社发行部调换

DIVERGENT FANS—

Thank you for your support and enthusiasm! Happy Reading and

BE BRAVE.

♡,

Veronica Roth

献给乔：

是你引领我，使我平静。

翠丝

目录
CONTENT

托比亚斯

能解答的问题必须要解答，或至少用心去解答。

不合逻辑的思考过程，自产生之初就必须受到质疑。

谬解必须予以校正。正解必须加以肯定。

——节选自博学派宣言

第一章
翠丝 囚禁

在关押我们的博学派总部牢房里，我不停地踱来踱去，脑中也一遍又一遍地飘过她的声音：我的新名字叫伊迪斯·普勒尔，为了新的未来，我很高兴我能忘却许多记忆。

“你真的从没有见过她？连她的照片也没见过吗？”克里斯蒂娜带着几丝疑惑探问我。在执行向整个城市公开伊迪斯·普勒尔视频的疯狂计划中，她的一条大腿不幸中弹，说话间还把腿架在枕头上。说起这次疯狂计划，我百感交集，那时我们只是一味地向前冲，半点也不知道这视频的内容，更想不到其中内容竟会将我们视为根基的派别制度摧毁，会剥夺我们每个人的自我认知，“她是祖母辈的，还是个远房的姑姑什么的？”

“我早就说了，不是。”到了墙边，我转过身子，语气坚决地说，“‘普勒尔’是——曾经是——我爸爸的姓氏，按理是他的家族，也就是博学派，可‘伊迪斯’又是个无私派名字，所以……”

“她应该生活在更早的时期，”卡拉把头斜靠在墙壁上，接过了我的话茬，“应该是你的祖先，几代之前的。”从这个角度望过去，她跟威尔真的很像，可接着她挺了挺身板，这几份相似又不见了。威尔，我的朋友，我亲手杀掉的朋友。

“祖先”这个词在我心底平添了几分凉意，宛若崩裂的砖块。转身的瞬间，我伸手碰了碰这肃杀的白墙，沁骨的冰冷从指间传遍周身。

倘若她真的是我的祖先，她留给我的“遗产”已摆在眼前：挣脱派别束缚的自由，以及知晓我的分歧者身份，比我所了解的更重要。我的存在意味着我们要冲出这座城市，挽救城市围栏之外水深火热的世界。

“我想知道，也必须知道我们到底在这儿有多久了。喂，能不能别晃来晃去？”卡拉一边说着，一边用一只手拂过脸颊。

我的脚步停在牢房的中间，我冲她皱了皱眉。

“不好意思。”她低低地说。

“没什么，别往心里去。我们在这里确实待太久了。”克里斯蒂娜说。

伊芙琳掌权也有几天光景了。几天前，她在乱成一团的博学派总部大厅发布了几条临时指令，把所有战犯押入三楼的牢房。一个无派别女人来查看了一番我们的伤口，给我们送来止痛药，除此之外，我们饭一顿不落，澡也按时洗，可无论我怎么坚持不懈地问他们，就是没人告诉我们外面的动向。

“托比亚斯理应过来了呀，”我一屁股坐在床沿上，自问道，“这家伙跑哪儿去了？”

“他可能还在生气吧，毕竟你瞒着他和他最痛恨的人联手。”卡拉说。

我不悦地瞪了她一眼。

“老四才没那么小家子气，”克里斯蒂娜抢着说，不知她说这话是要反驳卡拉，还是要安慰我，“可能他有事在忙，他不是说了让你相信他吗？”

在一片混乱嘈杂中，一些无派别者推搡着我们走向楼梯，我一只手紧紧拽着他的衣摆，生怕一不小心就会跟他走散。他把我的手腕放在他的手中，轻轻地把我推开，说什么“跟着他们走”、“一定要信我”之类的话。

“我已经在这么做了！”我说。这句话一点也不假，我的确很努力地让自己相信他，可我浑身的每一处纤维、每一条神经、每一个细胞都向往着自由，这种自由不仅仅局限于挣脱牢笼的禁锢，更是想挣脱城市围栏的束缚。

我必须知道城市围栏之外的世界。

第二章

托比亚斯 牢中探访

走在这悠长的走廊，我总是想起那些被关押在这里的日子：那时我没有穿鞋，赤脚走在路上，每走一步都伴随着锥心的痛。这里的可怕记忆还不止这些，我曾无助地看着碧翠丝·普勒尔走向死亡之路，曾伸着拳头无力地敲打着窗子，曾在皮特告诉我她只是被人下了药时，盯着她那耷拉在皮特胳膊上的双腿。

我痛恨这个鬼地方。

这里作为博学派总部时曾经有过的井井有条早已被扫荡毁得支离破碎，墙面上弹孔随处可见，地上四溅着灯泡碎片，目之所及，一片狼藉。踩过路上肮脏的脚印，伴着忽闪忽闪的灯光，我走向她的牢房。他们当然不会拦着我，毕竟我戴着无派别者的袖章——一条黑色布带缠在胳膊上，上面画着一个空心的圆圈，长得和他们的头儿伊芙琳有些相似，他们也就心领神会了。托比亚斯·伊顿这个名字曾带给我屈辱和羞耻，现在则变成了一个强大的名字。

翠丝蹲坐在牢房的地板上，和克里斯蒂娜肩并着肩，卡拉在她俩的斜对面。我的翠丝个头儿矮小，面色苍白，可整个牢房满满的都是她。

她那双圆圆的大眼睛忽地与我的目光相遇，她已站起来，双手紧紧地搂住我的腰，头埋进了我的胸膛。

我一手捏着她的肩，一手抚摩着她的头发，依然有些不适应她如今未及脖子的头发长度。她剪掉长发的时候我是很高兴的，这样的发型不适合女孩子，倒适合一个斗士，而她正需要做一名真正的斗士。

“你怎么进来的？”她声音很低，却很清晰。

“我是托比亚斯·伊顿啊。”我话音刚落，她就笑起来。

“是啊，是啊，我老忘了这事儿。”她微微退后了几步，距离刚好可以抬头与我对视。她的表情里满是犹疑，整个人仿佛就是一堆随时会被风吹散的落叶，“到底怎么回事？怎么那么长时间都不来看我？”

她话语间带着绝望和哀求。这地方承载着我的恐怖回忆，可对她来说这里更是梦魇：踏上死亡之路，经受兄长背叛，被注射恐惧血清……我必须把她带出去。

卡拉抬起头来饶有兴趣地看着我们，看得我浑身不舒服，好像我皮肤里面的自己变了形，已经不适合这副皮囊。我这个人最讨厌别人看着我。

“伊芙琳把城市封锁了，”我说，“没她的同意，任何人都不能去任何地方。几天前，她还声情并茂地做了个联手反抗压迫者的演讲，说是要抵制城市围栏之外的人。”

“什么压迫者？”克里斯蒂娜边说边从口袋里掏出一个小瓶子，把里面的东西丢进了嘴里，大概是治疗腿伤的止痛药。

我把手揣进口袋。“伊芙琳，还有很多人都觉得，我们不该离开这座城市，更不该去帮什么试图利用我们的人。他们的意思是说我们把城市整顿好，管好我们自己的问题之前，不要管别人的事。当然了，我只是讲个大概意思。”我说，“这个想法正好合伊芙琳的胃口，只要我们大家都困在这个城市，她就能一直掌权，可要是我们都撤了，她也就没什么实际控制权了。”

“很好。”翠丝翻了个白眼，“她肯定会选私心最重的做法。”

“她也有些道理。”克里斯蒂娜手中抓着小瓶子，一下子抢过话茬，“别误会，我不是说不想去看看城市围栏外面的世界，可眼下的世界已够我们忙活了。我们干吗去帮一群不认识的陌生人呢？”

翠丝咬着腮帮子，神情若有所思：“我不知道。”

我看了下手表，已三点钟，时间过得有些快，我待在这儿有些久，伊芙琳八成开始怀疑我了。我当时找了个理由，说来这儿和翠丝摊牌，待的时间估计不长，我想她可能就没信我。

“听着，我来这儿是给你们报信的。他们马上就会对所有战犯进行审判，你们所有人都会注射‘吐真血清’回答问题，这计划若是推行开来，恐怕你们都脱不了叛徒的罪名。你们肯定都不想那样吧。”

“脱不了叛徒的罪名？”翠丝眉头紧锁，“向全市居民揭露真相什么时候就变成背叛了？”

“确切地讲，你们这样应该算是对领导层公然反抗的行为。伊芙琳和她的手下不想离开这座城，你把那视频公之于众，只会给他们心里头添堵。”

“那他们和珍宁又有什么两样！”她举起拳头，像想去重击什么东西，却只能打向空气，“不择手段地隐瞒真相，图个什么？在小世界称王？真是可笑。”

我不愿承认，可内心还是有些赞同母亲的观点。不管我是不是分歧者，城市围栏之外的那些人再怎么悲苦，他们的死活与我没有半点干系，我也没受过他们任何的恩惠。我可不确定我要献身于什么人性问题的解决。

可我想逃离，想挣脱这个小世界的束缚，内里涌着一股股绝望，带着狂野，带着狂躁，好似一头奋力逃出陷阱的野兽，就算需要咬断自己的骨头，也要出去。

“管不了他们了，”我小心地说，“如果‘吐真血清’对你起作用了，你就会被判刑。”

“什么意思？”卡拉微眯起眼睛，审视着我们。

“分歧者嘛，”翠丝一边对她说，一边用手指了指自己的头，“不记得了？”

“太神奇了。”卡拉抓起掉出来的一缕头发，塞进脑后的发髻里，“可这情况的确很少见，我记得大部分分歧者是无法对‘吐真血清’免疫的，你怎么就可以呢？”

“你和所有往我身上戳过针的博学者都搞不懂。”翠丝回道。

“咱能不能不分神？我可不想被逼到劫狱救你们。”嘴里说着这话，心中瞬间极力想得到安慰，我伸手想抓翠丝的手，她也抬起手，和我十指交握。我们并非随随便便就会触碰对方的那种人，我们之间的每次肢体接触都显得那么重要，带给彼此无穷尽的力量和安慰。

“好好好，”她声音放得很轻很柔，“说说你的想法吧。”

“我想办法让伊芙琳在三人中先审判你，”我说，“你要编个谎言为克里斯蒂娜和卡拉开罪，被注射吐真血清后再说出来。”

“我怎么编才能给她俩开罪？”

“自己好好想想，你说谎的功夫要比我强很多吧。”

说着这话，我心里突然意识到，这句话戳中了我们两个人的弱点。她骗过我好多次。珍宁要用一个分歧者的命换大多数人的平安时，她说过她不会去博学派总部赴死，可她还是去了。在对博学派总部的扫荡中，她对我说她会乖乖地待在家里，后来却出现在博学派总部，居然还和我最痛恨的人联手做事。我不是不懂她这样说自有这样说的道理，只是懂归懂，我们之间的裂痕却无法修补。

“是啊。”她低头盯着鞋子，“我想想看。”

我把手搭在她的胳膊上：“我会跟伊芙琳谈你们的审判，尽量让日子提前。”

“多谢了。”

心头涌上一股熟悉的冲动，我想挣开肉体的禁锢，直接与她的心灵对话。我意识到，每次见到她时那种想吻她的感觉，恰恰也是因为这股冲动，我想紧紧抱着她，不留分毫距离。我们的双手刚才还是微微握着，此刻都加足了力道，她的掌心黏黏滑滑的，我的掌心却有许多茧子，是抓过太多次呼啸而过的火车的把手留下的。眼前的她脸色苍白，个头儿小小的，忽闪的大眼睛宛若一望无垠的天空，是那种我从没真正见过，只有在梦中才会出现的无边无际、没有禁锢的天空。

“你们俩要是接吻什么的，拜托提前告诉我，我好转过头去。”克里斯蒂娜冲我们喊。

“我们是要接吻。”翠丝说着，我们的唇就贴在一起。

我捧住她的双颊，放缓了接吻的速度，轻轻地用自己的唇压着她的唇，感受着它的游走和悸动。我尽情地呼吸着我们气息交融的空气，鼻翼碰着她的鼻翼。我本想说些什么，可这话太过亲密，我说不出。过了一会儿，我下定决心，不去在意。

“多希望这里就我们两个人。”我走出房间时说道。

她笑眯眯地说：“我几乎时时刻刻都这么想。”

带上牢房的门时，克里斯蒂娜正在做呕吐状，卡拉大笑着，翠丝双手垂在身侧，呆呆地立着。

第三章

翠丝 测谎脱罪

“我觉得你们都是傻子。”我蜷着手指，手放在大腿上，像一个酣睡的婴孩。身子在吐真血清的作用下开始沉重，眼帘上也汗珠点点，“你们不但不感激我，还来质问我！”

“感激你忤逆领导的指示？感激你阻碍上司干掉珍宁·马修斯？你的所作所为彻彻底底是叛徒所为。”伊芙琳说话的语气简直像毒蛇在吐毒液。我们正在博学派总部的讯问室里，审讯正在进行。我被关进牢房起码有一个星期了。

托比亚斯站在伊芙琳身后，几乎藏在了她身后的影子中。我坐在椅子上，从有人来剪开缠着我两只手的胶带起，他的眼光就一直避着我，这时他却忽地对上了我的眼神，示意我该胡诌了。

说谎对我而言再简单不过了，就像抵住吐真血清的作用一般简单。

“我不是叛徒。”我说，“当初是错信了马库斯，他说这一切都是按着无畏派—无派别者联盟的指示行事的。我无法加入扫荡队伍，但非常想尽自己的一份力。”

“你为什么无法加入扫荡队伍？”荧光灯的光线打在伊芙琳的发丝上，闪出道道白光。我看不清她的脸，我不能看一样东西超过一秒钟，不然吐真血清便要开始起作用。

“是因为，”我紧咬了下双唇，做出一个竭力抑制吐出真话的动作，样子逼真，演技一流，真不知从何时起，我学会了做戏，大概它和我擅长的说谎非常相似吧，“因为自从杀了……他，自从杀了我的好朋友威尔后，我拿不起枪。我一拿枪就会慌神。”

伊芙琳的眸子微微眯起。我估计即使她内心最柔软的地方也不会对我有半点同情。

“马库斯说他按我的命令行事？你知道他和无派别者，和无畏派关系都很僵，还信他的胡言乱语？”

“是的。”

“好吧，怪不得你没选博学派。”她放声大笑。

我双颊滚烫，有些火辣辣的感觉，真想一个巴掌朝她扇过去，这屋子里有掴她耳光冲动的人肯定不在少数，不过他们应该不敢承认。伊芙琳坚信“持有枪械就拥有力量”，她秉着这个信条，把大家封锁在这座城内，还派遣无派别者持枪巡逻。珍宁·马修斯已死，已经没人敢和她对抗了。

一个“暴君”倒下，另一个“暴君”又崛起，这就是我们的世界。

“那你为什么没告诉任何人？”她问。

“我不愿让任何人知道我的懦弱，不愿让老四知道我和他父亲联手，他知道后肯定会不开心。”吐真血清开始起作用，我感到嗓子眼儿里卡了更多的真话，“我费力揭开真相，让大家知晓我们城市的历史，知道我们为什么会生活在这里，难道不对吗？你不感激我没关系，可你也不该什么都不做，在这一片你亲手造就的废墟上称王称帝！”

伊芙琳脸上挂着的虚假笑意瞬间扭曲，像是吃到了坏掉的东西。她凑在我面前，眼角、唇畔的细纹第一次清晰可见，我这才注意到她的年龄，长年的食不果腹在她脸上染了一层青白，却没有带走她的英气，五官和她儿子一样俊朗。

“我什么都不做？我这是在建立一个全新的世界。”她压低了嗓音，声音太低，低到我都有些听不清楚，“碧翠丝·普勒尔，你忘了我是从无私派出来的吗？我知道这事情要比你早得多。我不知道你怎么做到逃脱罪名的，可我对天发誓，你在我的新政权中绝无一席之地！更休想和我儿子有任何瓜葛！”

我抑制不住自己的情绪，只是浅浅地一笑，这个举动实属不智，可全身血管中流淌着吐真血清，真实的神情比真话更难抑制。她以为托比亚斯现在是她的了。她不知道真相，她不知道，他不是任何人的，他是他自己的。

伊芙琳直起身板，双臂交叉。

“吐真血清已说明了一切，你虽笨得可以，却不是叛徒。审讯结束了，你可以走了。”

“那我的朋友呢？”我声音里流出沉沉的倦意，“克里斯蒂娜和卡拉也没做错任何事。”

“我们会尽快处理她们的。”伊芙琳应道。

身子沉沉的，脑子有些晕，我努力站起身，看到一片黑压压的人，肩靠着肩，胳膊肘挨着胳膊肘，我一时也没找到出口。一个棕褐色皮肤的男孩冲我走来，他咧开嘴笑着，笑容温暖明快，是尤莱亚，他带我朝出口走去。屋子里霎时间炸开了锅，一片嘈杂。

尤莱亚领着我穿过走廊朝电梯组走去，他按下按钮，电梯门便打开了，我随他走进去，脚步仍有些不稳。等门关上，我说：“你觉不觉得我刚才说废墟和称帝有些过分？”

“不过分，在吐真血清的作用下你就该失去理智。你要是不这样，她才会怀疑你。”

内心在震颤，充斥的全是能量，我尽情地呼吸着自由的空气，殷殷地盼着接下来的一切。我们要逃出这儿，不再漫无目的地等待，不再心急如焚地踱步，不再一遍遍问巡逻士兵他永远不会回答的问题。

这些士兵今早倒是告诉我一些有关新型无派别政府的规则问题。他们规定，所有前派别成员要搬到博学派总部附近聚居生活，每处住所不得超过四个来自相同派别的人。所有人必须混杂起衣服的颜色，也正因为这条特殊条令，他们给我分了一件友好派黄色T恤和一条诚实派黑色裤子。

“好了，我们往这边走……”尤莱亚带我走出了电梯。这层楼六面全是玻璃，四壁也全由玻璃砌成。玻璃折射着阳光，在地板上映出一小片一小片的七色彩虹。我伸出一只手遮住眼睛，跟着尤莱亚走进一间狭长的屋子，屋子里沿墙摆着两列床铺，每个床铺旁都放着盛衣服和书籍的玻璃箱子和一张小桌子。

“这儿以前是博学派新生入派时的宿舍，”尤莱亚解释道，“我给克里斯蒂娜和卡拉都收拾好了床。”

三个穿红色衣衫的姑娘坐在靠门的床铺上，她们大概来自友好派。一个年纪稍长的女子躺在屋子左边的一张床铺上，眼镜挂在一只耳朵上，看样子像是博学派。我内心明白，此时的光景已截然不同，我不该用派别划分每个人，可这个习惯已深埋在我的观念中，一时半会儿改不过来。

尤莱亚走到后墙角的一张床铺前，躺了下去。我坐在旁边的床铺上，内心狂喜，这么久以来，我终于自由了，终于可以歇一歇了。

“齐克对我说，有时候释放的程序会花很久，她们几个应该晚些才能被放出来。”尤莱亚说。

我关心的人今晚都能出狱了，想到这儿，内心有些释然，可大家都知道迦勒是珍宁·马修斯的贴身随从，无派别者估计不会赦免他，他很难全身而退。至于他们会用多极端的手段来销毁珍宁·马修斯的印记，我无从得知。

我告诉自己我不在乎，可这想法仍在头脑中，我便知道这是在撒谎，他再怎么说也是和我有着血缘关系的至亲兄长。

“很好，谢谢你，尤莱亚。”

他点了点头，把脑袋倚在墙上。

“你还好吧？我是说……琳恩的事情……”

自打我认识他们那天起，尤莱亚就和琳恩还有马琳走得很近，她俩如今都不在人世了。我总觉得自己也能尝到同样的苦涩，毕竟我也失掉了两个好友：因考验压力而自杀身亡的艾尔和由于我仓促决断而丧命的威尔。可我不想假装我们的痛苦是同样的。举例来说，我就没他那般了解自己的朋友。

“我不想再提这事，”尤莱亚摇着头说，“也不愿去想它。我只想好好活着。”

“好吧，我懂。只是……如果你需要什么，请告诉我……”

“好。”他冲我微微一笑，站起身，“对了，你一个人在这儿行么？我跟我妈说晚上去看她，一会儿就出发了。噢，差点忘了告诉你，老四说他一会儿想单独见见你。”

听了这话，我直起身子，着急地问道：“是吗？几点？在哪儿？”

“千禧公园的草丛中，十点多钟吧。”他笑嘻嘻地说，“别太激动了，小心把你乐得脑门儿都炸开。”

第四章

托比亚斯 骗取信任

母亲坐什么都坐在边上，椅子也好，窗台也好，桌子也好，像要随时准备逃走似的。此刻她坐在珍宁在博学派总部的旧桌子边沿，脚尖支在地板上，身后的城市笼罩着一层薄薄的雾。她是个肌肉坚实的女人。

“我们得谈谈你忠诚度的问题，”她的声音未带谴责，只是充满疲惫。那一瞬间，眼中的母亲退去了雄心壮志，变成一个疲倦的中年女子，我仿佛觉得自己看透了她，可随着她身板一挺，这种感觉也就荡然无存了。

“不管怎么说，帮翠丝泄露出视频的人是你，”她说，“其他人可能不知道，可我知道。”

“听着，”我微倾身子，双肘靠着膝盖，“我只是相信翠丝的判断，我信她胜过信我自己。泄露出视频之前，我也不知道视频牵扯了这么多事。”

我就知道拿我和翠丝分手的谎话很容易骗过伊芙琳，果不其然，自从我摆出这个幌子，她似乎对我更贴心，也更坦诚了。

“既然你已经看到视频了，那谈谈你的想法吧。”伊芙琳说，“我们该不该离开城市？”

她想要我做出的回答显而易见——不赞同帮助城市围栏之外的世界——可我撒谎的技术并不高超，只能避重就轻，拣着实话糊弄过去。

“我有些害怕，”我道，“那边危机四伏，现在出去不太明智。”

她想了一会儿，咬了咬腮帮子，我这个习惯也是跟母亲学的。那些年我常常站在屋内，一边焦急地等着父亲，一边咬着腮帮子，内心灼烧般焦躁，不知回家的父亲是何种角色，是无私派敬重和信任的领导，还是打骂我不眨眼的魔鬼。

我不停地舔着咬伤的疤痕，逼着自己深埋下这段苦涩的记忆。

她站起身，走到窗边，满是忧虑地说：“最近我常收到一些令人忧心的报告，说有造反组织在暗中行动。”她仰起头，单眉上挑，“有人的地方就有组织的存在，这很正常，只是这来得有些快。”

“什么组织？”

“是个想冲出这座城市的组织。”她应道，“他们今早发出一些告示，宣称自己是忠诚者。”她好像看出我面色的疑惑，补充道，“忠诚者，因为他们觉得自己是效忠于这座城市建立的初衷的，懂了么？”

“建立的初衷？你是说伊迪斯·普勒尔视频上的内容吗？就是当城市中分歧者人数占到一定比例，我们就应该派人挽救城市围栏之外的世界？”

“对，没错，他们还要恢复派别制度。忠诚者坚信我们不能脱离派别制度，因为我们一开始就遵循这样的制度。”她摇了摇头，有些无奈，“有的人惧怕变化，可我们绝不能纵容他们沉溺于过去。”

五大派别全部崩盘，我终于不受派别的束缚，不用掂量该说什么话、不该说什么话，不用为人行事都受特定意识形态的约束，想到这儿，我内心竟有一些释然，隐隐希望派别制度永远不要存在。

但是伊芙琳并没有如她所认为的那样给予我们自由，她只是把所有人都变成了无派别者。她怕我们自主选择，怕我们违逆她的命令，无论派别制度怎么好，我也很高兴知道仍然有人在跟她唱反调。

我又摆出一副冷漠的表情，心却怦怦跳个不停。要想稳住伊芙琳，获得她的信赖，我必须小心行事。对我来说，对其他人撒谎倒是小事一桩，对她撒谎却实属不易。要知道，她熟知我们家所有的秘密，也体验过那四面墙壁围堵中的家庭暴力。

“你想对他们怎样？”我问。

“当然是控制他们，不然还能怎样？”

“控制”两个字敲击着我的心房，我一下子浑身僵硬，挺得笔直，身体变得跟我正坐着的椅子一样硬。在我们的城市中，“控制”意味着使用针管和血清歪曲人们的意识，让人们睁着眼睛却什么也看不到，“控制”即情境模拟，就像那场让我险些杀掉翠丝的情境，就像让整个无畏派变成行尸走肉的军队的情境。

“用情境模拟控制他们吗？”我一字一顿地问。

她眉头锁成一团：“当然不是，我可不是珍宁·马修斯！”

她这突如其来的火气激怒了我：“伊芙琳，别忘了我根本不知道你到底是什么样的人。”

听到这话，她脸上有些抽搐，回道：“好，那我告诉你，我绝不会用什么情境模拟来达到目的。对我来说，死亡来得快一些，也省心一些。”

以她的做事风格来看，采用违者必杀的办法的确有效，死亡的确能堵上人的嘴巴，也的确能将革命扼杀在摇篮中。这么看来，不管忠诚者组织是什么，也不管组织成员是谁，他们必须尽早获知伊芙琳的阴招。

“我能揪出他们。”我说。

“我也觉得你有这个能力，不然我为什么费心告诉你这件事？”

为什么告诉我这件事？我能列出一堆理由，她可能在考验我，可能找我的茬儿，也可能混淆我的判断。我知道母亲的行事手段，为了达到目的，她可以不在乎过程，这点和父亲很像，而有时我也是这样的。

“这事包在我身上了，让我来查他们。”

我站起身，她似树枝般枯槁的手猛地抓住我的胳膊：“儿子，谢谢你。”

我强迫自己看向她：和我一样的鹰钩鼻上方，两只眼睛离得有些近，肤色比我略暗。那一瞬间，我精神有些恍惚，仿佛看到她穿着无私派的灰色衣袍，浓密的头发拢成发髻，用一堆卡子固定在脑后，这样的她坐在餐桌前，与我面对着面；我仿佛看得到她蹲伏在小时候的我身前，在我去学校前帮我整理好扣错纽扣的衣衫；我仿佛又看到她站在窗子旁边，双手交握在一起，用力到棕褐色的指关节有些发白，眼睛却紧紧盯着窗外，看父亲的车有没有回来。那时我们两人共同抗拒着恐惧，可多少年过去后，母亲已不再是当年满是惧怕的她，而我有些想知道如果我们能共同发挥力量会是怎样。

我的心一紧，仿佛我背叛了母亲，背叛了曾是我唯一盟友的女子。愧疚缠身，我匆忙转过身，不想因这情绪而向她和盘托出，让我们功亏一篑。

我随着一大群人离开了博学派总部，眼神里全是困惑，不自觉地寻找着代表各派别的颜色，却只能是徒劳。此时我穿着一件灰色衬衣，蓝色牛仔裤，黑色鞋子，颜色混杂，可衣服遮挡的无畏派文身却不会消失。任时光流转，世事变化，我的选择永远不会被抹去，尤其是这些选择。

第五章
翠丝 约会

我把闹钟定在晚上十点钟，头一歪，躺在床上很快睡了过去。几小时后，闹钟铃声没吵醒我，反倒是屋子对面有人被惹恼后的叫喊声把我惊醒了。关上闹钟后，我随便拢了拢睡觉时压乱的发丝，半走半跑地穿过紧急逃生梯，走向楼下的出口。出口通往小巷，那里大概没人拦阻我。

穿过出口，凉风迎面吹来，拂着我的脸，驱走了我的困意。我把衣袖拉下，盖着手指尖，双手也慢慢暖和起来。时光飞逝，夏天终于快结束了，博学派总部入口有几个人来回转悠，没人注意到我穿过密歇根大道，我又一次尝到长得矮小的甜头。

千禧公园近在咫尺，托比亚斯站在草坪中间，脚边放着一个背包。他的穿着混合了各个派别的衣服，灰色T恤，蓝色裤子，黑色带帽子的外套，分别代表着曾经的无私派、博学派和无畏派，恰是个性测试中我合适的三大派别。

“我的表现怎样？”我靠近他时问道。

“还不错。”他回答，“伊芙琳对你恨意未减，但克里斯蒂娜还有卡拉顺利过关。”

“太好了。”我笑了笑说。

他抓住我贴着腹部的衣衫，一把揽我入怀，温柔地吻着我。

“来，今晚我已计划好了。”他边说边轻轻地推开我。

“噢，是吗？”

“是的。怎么说呢，我一直觉得我们俩没怎么正式约会过。”

“混乱和战争占据了我们的约会时间。”

“我想体验一下真正的‘约会’。”他说着就倒退着朝草坪另一端的庞大金属雕塑走去，我迈开脚步，跟在他身后，“和你恋爱之前，我只参加过集体约会，每次都是草草收场，每次结果都是齐克泡了个他看得顺眼的妞，而我呢，就尴尬地和我之前不知怎么就得罪到的姑娘傻傻地坐在一起，不知道如何开始。”

“你这人不怎么友好。”我咧嘴笑道。

“你还说我呢。”

“喂喂喂，我可以变得‘友好’。”

“呃……”他敲着下巴说，“那说两句好听的话。”

“你长得很帅。”

他咧开嘴巴，展颜而笑，洁白的牙齿在漆黑的夜中显得特别亮眼：“这句话我爱听。”

我们走到草坪尽头，站在金属雕塑前往上看。这雕塑比远远望去要大许多，也奇怪很多。它其实算是个舞台，舞台上方是一个朝上开口的拱形金属结构，由朝不同方向弯曲的一个个金属板子构成，整个圆弧好似一个爆炸开的金属罐子。我们穿过舞台右边的一块金属板，这块板子从地面上倾斜而出，背后靠合金支撑架撑着。托比亚斯紧了紧肩上的背包，抓着一个支撑架向上爬。

“这感觉很熟悉。”我说道。说起来，我们俩一起做的第一件事便是爬大沼泽旁的摩天轮，只是这次我在他身后，而上一次是我逼着我们往高处爬。

我卷起衣袖，跟在他身后，肩头的伤口依旧隐痛，不过差不多已经痊愈，我还是用左肩膀发力，尽量把重心放在双脚上。低头看着脚下缠绕的金属条和金属条下若隐若现的地面，心头涌上一股笑意，我放声大笑开来。

托比亚斯爬到两块金属板交接成“V”字形，刚好够两个人坐的地方坐下来。他往后挪了挪，身子挤进金属板交叉处，手扶住我的腰。我其实不需要他的帮忙，却很享受他的手抱住我腰的感觉，也就没说什么。

他从背包里掏出一条毯子，盖在我们身上，又掏出两个纸杯。

“你想脑子清醒还是迷糊？”他瞅着背包，探问我。

“嗯……”我微侧过头说，“清醒吧，我们有话要谈，对不对？”

“没错。”

他翻出一个小罐子，罐子里装着颜色如清水般却泛着气泡的液体，他一面拉开盖子，一面说：“这东西是我从博学派总部的厨房偷来的，好像很好喝。”

他把这饮料倒在杯子里，我乐滋滋地尝了一口，唇尖带着糖浆外加柠檬的味道，浑身打了一个激灵，喝第二口时要好得多。

“谈正事儿吧。”他说。

“好的。”

“嗯……”托比亚斯冲着手中的杯子皱了皱眉，“这么说吧，我知道你和马库斯联手的原因，也理解你为何不提前告诉我，可是……”

“可是你还是生气，”我接过话，“因为我对你说谎，而且说了好几回。”

他点点头，视线却看着别处：“说实话，不仅仅是马库斯这件事，之前还有很多事让我气恼。不知你有没有想过我的感受，第二天起床后，发现床边空荡荡的，你踏上了”——我本以为他会说我踏上了死亡之路，可他终是不愿把我和那么不吉利的话联系到一起——“踏上了去博学派总部的路。”

“嗯，可能吧。”我又喝了一口杯中的东西，抿了抿这如蜜般甘甜的液体，咽下喉咙，“请听我说，我……在那之前，我一直想为崇高事业献出自己的生命，可真当‘死亡’逼近，我才明白‘牺牲性命’的恐惧。”

我抬头看着他，他也侧头看了下我。

“我彻底觉悟了，”我说，“我想活着，想对你敞开心扉。可……可要是你不信我，要是你还用那种居高临下的语气跟我说话，我、我做不到，永远做不到——”

“什么居高临下？”他反问，“明明是你在做傻事、蠢事，也是你不顾生命危险——”

“是吗？那你真觉得把我当成小孩子一样训话能达到更好的效果吗？”

“那你觉得我该怎么做？你这个人又不听道理！”

“我需要的不是讲道理！”我微微向前探着身子，再也抑制不住内心的怒火，再也无法故作轻松，“我觉得自己整个人都被内疚吞噬了，我只想得到你的耐心和安慰，而不是大吼大叫。对了，我也不需要你小心翼翼地把所有计划都瞒着我，就像我没能力接受……”

“我只是想减轻你肩上的担子！”

“你到底怎么看我？到底觉得我坚强还是懦弱？”我瞪着他说，“你老这样，每次训斥我时，总摆出一副我理所当然能够接受的样子，可又觉得我处理不好这，处理不好那，这不矛盾吗？你到底什么意思？”

“我当然觉得你很坚强。”他摇摇头说，“我只是……只是不善于表达。一直以来，我都习惯一个人面对一切。”

“我做事可靠！”我说，“你可以相信我。你可以让我自己决定我能接受什么，不能接受什么。”

“好。”他点着头说，“那你也不准冲我说谎了，永远不能骗我。”

“一言为定。”

霎时间，我浑身僵住，仿若被什么东西挤压，像是蜷缩在狭小的空间。可我不想这样结束我们的对话，就伸出胳膊，抓起他的手。

“很抱歉我对你说谎，真的真的很抱歉。”

“我也不想让你觉得我不尊重你。”

就这样，我们十指紧握，坐了许久。我靠着金属板，头顶的天幕空荡荡的，一片漆黑，月亮被飘过的云层笼罩着。云层飘动，我看到我们头顶有一颗星星，可这似乎是唯一的一颗。我侧过头，看到一排房屋的黑影沿密歇根大道排成一列，仿若一排监视着我们一举一动的哨兵。

一直等到这种僵硬、挤压的感觉从心底慢慢退去，我才开口。过了这么久，我终于又找到了久违的舒心。我并不是个容易放下怒气的人，可我们俩在过去几周都经历了许多，我很高兴能够放下这些天来的各种疯狂情绪——恼怒和怕他恨我的恐惧，以及因背着他和马库斯联手而心生的愧疚。

“这东西其实有点恶心。”他一饮而尽，把杯子放下。

“有点儿。”我盯着手中剩下的饮料，答道。我举起杯子，一口喝下去，嗓子眼儿被这烧灼的气泡弄得火辣辣的，脸不由得抽了抽，“真不知博学派到底天天自吹自擂些什么，还是无畏派的蛋糕好吃。”

“我倒想知道要是无私派也有特色食物，那会是什么。”

“肯定是发了霉的面包。”

他哈哈大笑着补充了句：“还有毫无味道的燕麦片。”

“还有牛奶。”

“我有时会觉得自己相信他们教给咱们的一切。当然，那也只是有时而已，不然我也不会还没和你结婚，就牵起你的手了。”

“那关于这件事……无畏派是怎么教人的？”我冲我们牵起的手点了点头，示意道。

“无畏派怎么教的呀，呃，”他哧哧一笑，“只要记得注意安全，喜欢怎样就怎样。”

我扬起眉头，突然间脸变得火辣辣的。

“我得找个平衡点，”他道，“找到我想要的和明智之举之间的那个点。”

“不错。”我顿了顿，继续道，“那你想要什么？”

我知道他想要什么，却依旧追问他，想听他把这话说出来。

“呃。”他展颜一笑，身子前倾，把手贴着金属板，胳膊环住我的头，俯下身吻着我的唇，亲着我的下颌，接着又移向我的锁骨。我一动不动地坐着，紧张得什么都不敢做，生怕走错一步或是太傻，或惹他不高兴。可我这样简直像尊雕塑，于是迟疑地伸出手触碰着他的腰。

就在这时，他的唇又压向我的唇，手也把我手下的衣衫拽起。我手心抚着他裸露的肌肤，浑身翻腾着激情，一点点地贴向他，又贴向他，双手在他的背部恣意游走，移到他的双肩。他呼吸加重加速，我的呼吸也变得急促，舌头尝着柠檬混杂着糖浆的味道，鼻子吸进打在他皮肤上的凉风，我只想要更多，更多。

我脱下他的衣衫，也不顾周围空气的凉意，此刻我们估计也不觉得冷。他一只胳膊搂着我的腰，如此坚定，如此健硕；另一只胳膊埋在我的发丝间。我的吻慢了下来，我就这样享受着此刻的一切——他布满黑色墨水图案的平滑肌肤，这个激烈的吻，还有将我们两人包围的凉爽空气。

刹那间我浑身无限地放松，变得轻飘飘、软绵绵的，感觉自己不再是那个排斥血清，违逆政府领导的分歧者，而是完全抛弃了拘谨的普通女孩。我觉得更柔软、更轻盈了，当他的指尖划过我的臀部和腰背时，我可以尽情地笑；他把我搂进怀中，头埋进我的脖颈，唇也轻轻地吻着我脖颈的肌肤，我也可以贴着他的耳畔低低叹息。至少在这一刻，我可以完全做自己，既坚强，又脆弱。

不知过了多久，我们才感到冷，便裹着毯子抱在一起。

“和你在一起很难理智。”他在我耳畔轻声笑着。

我冲他浅浅一笑：“这就对啦。”

第六章

托比亚斯 无派别的行动

我总觉得好像有什么大事正在酝酿。

我手中端着餐盘，穿过食堂时便有这种感觉；从一群无派别者伸长脖子越过自己的燕麦粥，将脑袋凑在一起的样子也看得出。不管这件大事到底是什么，它很快就会发生。

昨天从伊芙琳办公室出来后，我没有急着离开，而是停在走廊里留心听她的下一场会议。门未关上，我听到她说示威什么的，可问题是，她为什么不告诉我？

她到底还是不信我，我的演技不算高超，再怎么假装成她的左膀右臂，也没有自己想象的做得那样好。

我走到餐桌前坐下，对着每个人都一样的早餐：一杯咖啡和一碗燕麦粥，粥上还漂着一层红糖。我舀起一勺粥送进嘴里，眼睛却一直注视着那群无派别者，一个十四岁上下的姑娘时不时瞄一下手表。

我的饭吃了一半，外面忽然响起一片嘈杂声，那个紧张不安的姑娘腾地从椅子上跳起，像被电击中一样。不一会儿工夫，他们都放下手中的餐具，往门外冲去。我也跟着他们跑出去，拨开眼前的人群，穿过博学派总部的大厅。大厅里依旧一片狼藉，珍宁·马修斯大肖像的碎片依旧散落在地上。

一群无派别者已聚在密歇根大道中央，黑压压一片。抬头望天，一层苍青色的云遮住了太阳，日光变得曚昽灰暗。人群中忽然传出一声喊叫："打倒派别制度！"似乎在瞬间，所有人都应和着，这句话慢慢变成咏唱，一遍遍回旋在耳际，打倒派别制度，打倒派别制度……放眼望去，一个个拳头在空中挥舞着、摇动着，像是无畏者激动的喊叫，却没有无畏派的兴奋，每个人的脸上都写着扭曲的愤怒。

我推开人群，朝着他们围聚的地方走去，慢慢走近后才发现他们围着的是什么——"选派大典"时用的五个成人一般大小，象征着五大派别的大碗，它们已倒在地上。大碗里的东西撒得遍地都是，炭火、玻璃、石块、泥土、清水混在了一起。

两年前的场景历历在目，我划破了手心，鲜红的血液滴到了炭火上，发出嗞嗞的声响，那也是我第一次公然反抗父亲。时至今日，我依然记得当时的冲动和释然，这个大碗是我逃离父亲魔爪的救星。

爱德华立在这片碎瓦中，脚下全是玻璃碎片，手中握着一把大锤。他举起大锤，狠狠地砸到翻倒的大碗上，金属上出现一道凹痕，炭灰飘向空中。

我努力克制着自己的冲动，努力不让自己朝他冲过去。他绝不能砸烂那个大碗，绝不能毁掉"选派大典"的记忆，绝不能抹掉我胜利的里程碑，这些东西于我珍贵如瑰宝，他不能把它们通通损毁。

越来越多的人加入到人群中，除了胳膊上戴着画有空心白圆圈的黑色无派别袖章的人，还出现了没戴袖章的前派别成员。一个博学派男子忽然冲出人群——他那用心梳理的整齐的分头仍然暴露了他曾经的身份——他举起那沾满墨水的柔弱之手去抓爱德华手中大锤的锤柄，正好抓在爱德华的手上面，那一刻，他们两人咯吱咯吱地咬着牙，厮打成一团。

一个金发女子闯入我的视线，是翠丝，她穿了一件宽松的蓝色无袖衫，双肩处的派别文身微微露出一角。她正欲冲过去，想拦着爱德华和博学派男子，却被克里斯蒂娜死死拽住。

博学派男子满脸青紫，与比他高大壮硕很多的爱德华格斗，他简直是以卵击石，愚蠢至极。爱德华从他手中夺过锤子，抡起来奋力挥下去，可他因为刚刚的冲突，还没站稳，又气又晕。锤子砸中了博学派男子的肩膀，直接砸到了骨头。

天地间回旋着那个博学派男子凄厉的哀号声，人群陡然安静下来，好像所有人都倒吸一口气。

之后就是喧哗，大家纷纷冲向破碎的大碗，冲向愤怒的爱德华，冲向哀号的博学派男子。一时间，人们相互冲撞，一片嘈杂，无数的肩膀、胳膊肘、脑袋一遍又一遍地撞向我。

我脑中一片空白，呼吸有些困难。我到底要去何处？去找翠丝，还是爱德华？由不得我多想，移动的人流把我推搡到爱德华身前，我紧紧抓住他的胳膊。

“放了他！”我顶着吵闹声喊道。他那只明亮的眸子紧盯着我，龇着牙，咧着嘴，想挣开我的手。

我抬起腿，膝盖顶向他的身侧，他一个踉跄往后退了几步，手中的大锤也没抓稳，我瞅准时机，伸手把锤子夺过来贴在大腿边，奋力奔向翠丝。

她在我前方的某个地方，正朝着那位受伤的博学派男子奔去。等我的视线聚焦在她身上时，一个女子的胳膊肘打到了她的脸颊。猝不及防间，她后退了几步。克里斯蒂娜疾步上前，把那个女子一把推开。

就在这时，枪声划破天际，一声，两声，三声。

惊慌间人们吓得四散逃开。我定了定神，想看看到底有没有人中枪，中枪的人又是谁，可人影憧憧，我什么也看不清。

翠丝和克里斯蒂娜蹲在那个受伤的博学派男子身旁，他一动不动，头发凌乱，脸上被血染红，身上也被人踩出一个个脚印。

离他不远处，爱德华也躺在一片血泊中，子弹正中他的腹部，黏稠的血不停地流。几具尸体歪歪斜斜地倒在地上，死因可能是被人踩踏，也可能是不幸中弹，不过我不认识他们。估计这枪是冲着爱德华一个人开的，其他可怜人只是无辜的受害者。

我双眸中燃烧着狂躁，向四周扫了一圈，却没找到开枪者。不管这人是谁，他应该隐藏在人群中，随着人流消失了。

我扔掉大锤，锤子落在被砸出凹痕的大碗旁边，我跪倒在爱德华身旁，任由无私派的石块顶着膝盖。他那一只还完好的眼睛半闭着，眼珠子却咕噜噜直转——他还活着，起码目前是。

“我们得把他抬到医院。”我对身边的人说，可周围的人几乎全部逃了。

我转过头，看着翠丝和那个躺在地上一直没动弹的博学派男子：“他是不是已经……？”

她把手指按在他的颈处，感受着他的脉搏，我看到她蓦地瞪大眼睛，大大的双眸中透着无尽的空洞，她的头摇了又摇。他这个样子也不可能活下来，我早就料到了这个结果。

我闭上眼睛，脑中浮现的全是派别大碗的残骸，大碗歪斜在地上，里面盛放的东西也撒得满地都是。我们旧生活方式的标志被摧毁了——有人死了，更多的人受了伤——而这是为了什么？

都是一场空。一切只是为了伊芙琳空洞、狭窄的眼界——用强制措施把派别制度铲除。

她本想建立一个不局限于五种选择的社会，可现在，我们却失去了所有选择。

我猛然意识到，从过去到将来，我永远都不能和她站在同一条战线上。

“我们必须离开这儿。”翠丝话音刚落，我就理解了她背后的意思，“这儿”不是指密歇根大道，不是指带爱德华去医院，而是离开这座城，探寻城市围栏之外的世界。

“我们必须离开这儿。”我重复了她的话。

博学派总部的临时医院里飘散的全是药水的味道，有些呛鼻。我闭着眼睛，静等伊芙琳。

我内心燃着怒火，连坐都不想坐在这儿，只想打包走人。刚才的示威一定是她一手策划的，不然昨天她就不会提到这事。她一定知道气氛会极其紧张，也知道情况将失去控制。可知道归知道，她还是做了。与人们的安危或可能牺牲的人命一比，毁掉派别制度的残余很显然对她更为重要。我心中微微一震，不知自己为何竟有些惊异。

我听见电梯门开了，她的声音传来：“托比亚斯！”

她疾步冲来，紧紧抓住我那满是黏稠鲜血的双手，深色的双眸瞪大，神情里全是害怕和忧虑。她急急地说：“你受伤了？”

她在关心我。母亲还担心我的安危，她一定是还爱着我，我的内心突然冲上盈盈暖意，原来她并未丧失爱的能力。

“这是爱德华的血，我把他抬过来的。”

“他怎么样了？”

我摇摇头说：“死了。”

我不知道除了这两个字，还能说些什么。

她放开我的手，往后退了几步，瘫倒在休息室的一把椅子上。爱德华从无畏派退出后，是母亲收留了他。在他失去了一只眼睛，没了派别，没了立身之地后，是母亲教他重新成为一名斗士。母亲的眼中泪花点点，手指微微颤动，爱德华的死对她的触动如此之大，他们的关系绝非一般，可我直到现在才发现。在我童年的记忆中，自父亲拽着她摔向客厅的墙壁之后，这是我见过她情绪最激动的时候了。

我压制住这段回忆，就像把它塞入抽屉，可这抽屉却怎么也盛不下它。

“节哀。”我嘴里这样说，心里却不知自己为何说这么两个字，我是真心地为母亲感到惋惜，还是仅仅想得到她的信任？不管怎样，我还是试探性地问道：“你为什么不告诉我这次示威？”

她摇了摇头说：“我根本不知道这事。”

她在说谎，可我没有戳破她，要想赢得她的信任，我绝不能和她起无谓的冲突，又或许爱德华的死已带给我们太多的悲戚，我不该用这个问题去平添忧伤。有时，我也不知道自己是在对母亲要心机，还是同情她。

“哦，你可以进去看看他。”我挠着耳后，不自然地说道。

“不了。”她神情有些恍惚，“我知道尸体什么样子。”她的意识似乎越飘越远。

“我还是走吧。”

“别走，求你留下。”她说着，还拍了拍身旁的座位。

我坐在她身旁，思绪万千。尽管我告诉自己，我是一个听从上司指示的卧底，可我依然觉得，我已经是一个安慰悲伤母亲的儿子。

我们肩并着肩，呼吸的节奏渐渐一致，陷入了好似无尽头的沉默。

第七章

翠丝 密告

我们走在路上，克里斯蒂娜一遍遍转着手中的黑色石块。过了好一阵，我才发现那石块原来是选派大典上无畏派大碗里的炭火。

“我本不想说的，可最近老是一遍遍想着这事儿，”她道，“我们一开始有十个转派新生，现在只有六个人活着。”

前方就是汉考克大楼，再前面是暗潜湖，以及人行道上的砖条石，我曾像只鸟儿般飞翔于其上。我们俩肩并着肩，走在凹凸不平的人行道上，我们沾染过爱德华鲜血的衣服，现在已经干了。

爱德华是无畏派这一届最有天赋的转派新生，我还曾在新生宿舍里擦过他留在地板上的血迹，可他已不在人世，他死了。我还不能接受这个事实。

“好人只有你、我，还有……迈拉吧。”

爱德华一只眼被餐刀戳瞎，她就追随他离开了无畏派基地，从那之后，我就从未见过她。我也知道在那之后不久他们就分手了，可她到底去了哪儿，我不得而知，反正我和她也从没有打过什么交道，总共也没说过几句话。

通往汉考克大楼的一组门已开了，在合页上摇摇摆摆。尤莱亚说他会早点过来启动发电机，果不其然，我按下电梯按钮，按钮瞬间亮起。

“你来过这儿吗？”走进电梯后，我问克里斯蒂娜。

“没，没进来过。”克里斯蒂娜应道，“你忘了我没跟你们滑索道呀？”

“也对，我们走之前你最好去试试。”说着，我靠在墙壁上。

“当然。”克里斯蒂娜今天抹了鲜红的口红，这总让我想起那些调皮的孩子吃糖果时不小心被染红的嘴，“我偶尔也会理解伊芙琳的想法，最近骇人的事一件接着一件地袭来，有时待在这儿像是一个好主意……先整顿好我们自己这烂摊子，再去管其他的吧。”她嘴边勾起一丝浅笑，补充道：“当然我不会真的那样做。不知道为什么，可能是我的好奇心作祟吧。”

“那你告诉你老爸老妈了吗？”

我时不时会忘了克里斯蒂娜不像我一般无牵无挂，她的母亲和妹妹尚在人世，她们俩都是前诚实派成员。

“他们顾着照顾我妹妹。”她说，“不知那边是否安全，他们可不想失去妹妹。”

“可你要离开这里，他们能接受吗？”

“我转派别他们都没说什么，这一次也不会有意见的。”她垂着双目，盯着自己的鞋子，慢悠悠地说，“你知道吗，他们只想让我坦诚地生活。可在这里我做不到。我就知道我做不到。”

就在这时，电梯门忽然打开，一阵已经夹杂着几丝冬日寒意的暖风迎面吹来。我听见屋顶上传来人声，爬上梯子，去他们那。我每踏出一步，脚下的梯子就吱呀吱呀地摇晃，克里斯蒂娜牢牢地为我稳住梯子，直到我爬到了最高处。

尤莱亚和齐克立在楼顶，兄弟俩正在朝下扔石子儿，一边听着玻璃窗被打碎的响声。齐克正做投掷状，尤莱亚想要撞齐克的胳膊肘，可惜他哥哥的速度快到他没能得逞。

“嗨。”看到我和克里斯蒂娜，他们几乎同时开口跟我们打招呼。

“等等，你们两人是有心电感应还是怎么的？”克里斯蒂娜咧着嘴，笑着问。听到这话，他们俩也大笑起来，只是尤莱亚虽笑着，眼神里却流露着茫然，似乎心在别处。马琳对他意义非凡，失去了她，他的意志变得涣散消沉，可我也失去了至爱，反应却不像他这般。

索道的吊钩已被人卸去，不过我们也不是来玩索道游戏的。不知道他们怎么想，我来这里只有一个目的——登高望远，拓宽视野。放眼望去，我们的西边茫茫一片黑暗，宛若罩上了一大张黑色的帐幕。好似有一瞬间，我看到了天边闪过点点亮光，可没过一会儿，眼前还是那张黑幕，刚才可能是我看花眼了吧。

夜色中，我们四人陷入沉默，不知他们几个想法是否和我一致。

“你觉得那边会有些什么？”尤莱亚终于打破了沉默。

齐克耸耸肩，没有吭声，克里斯蒂娜倒是大胆地猜测了一番：“那边的世界会不会和这里一样？也是……败落的城市，也有他们的派别，和这里的一切一模一样？”

“不可能，”尤莱亚摇着头说，“应该不是这样。”

“或许那边什么都没有吧。”齐克抢话道，“那些把我们‘安排’在这里的人可能已经死了，那边的世界可能寸草不生。”

我心中一动，觉得齐克的话有几分道理，只不过我从未想过。他们把我们“安排”在这片土地上之后，那边发生过什么？自那时起，我们又经过了多少代际的更迭？有多少人出生，又有多少人长眠？我们可能是被留下的最后一群人。

“没关系了，”我说，语气比想象中更加坚定，“那边有什么并不重要，我们总要闯出去亲自看看，再做下一步决定。”

我们就这样立着，良久良久。我扫视一排排楼房那起伏的边缘，直到所有点亮的窗户连成一线。然后尤莱亚问克里斯蒂娜这次示威的情况，我们之间沉滞的静默时刻才总算过去，好像是被风带走了一般。

第二天，伊芙琳站在博学派总部大厅里珍宁·马修斯肖像的碎片上，宣布了新政府推出的新条例。前派别成员和无派别成员都聚在大厅里，人多得甚至站到了外面的大街上，都来听新政府领导的宣告。无派别士兵手指轻扣在枪支的扳机上，沿墙而立，维持着秩序。

“昨天的暴动想必大家看到了，人与人之间已经不能互相信任了。”她面容灰白，满脸倦意，“局势稳定下来之前，我们要颁布一些新条例，大家要严格遵守。第一条是宵禁令。任何人都必须在晚上九点钟之前回到自己的规定住所，早上八点之后才能出门。我们会派士兵在街道上全天巡逻，维护大家的安全。”

我冷哼一声，又把这种不屑伪装成轻咳。克里斯蒂娜急忙用胳膊肘顶了顶我的身侧，伸出一根手指头贴在唇边，做嘘声状。真不知她为何如此紧张，相隔老远，站在屋子前端的伊芙琳又听不到我的声音。

被伊芙琳驱逐的前无畏派领导托莉站在离我几米远的地方，她双手交叉，抱在胸前，双唇抖动着，发出一声冷笑。

“大家也该适应无派别的新生活。从今天起，你们要着手学习大家能想起来的无派别者曾经做过的工作，实行轮班制，以前各派别所负责的工作也是如此。”伊芙琳微笑着，可她明显是皮笑肉不笑，真不知她怎么练就的这个功夫，“所有人都处于平等的地位，理应也必须给我们的新城市出一份力。之前五大派别把我们划分成不同等级和不同群体，从现在起到永远，所有人都要连成一心，聚在一起生活。”

话音刚落，四周的无派别者欢呼起来，我却有些心绪不宁。我并不反对她说的话，可昨天起来反抗爱德华的同派别成员在此之后绝不会安于现状，善罢甘休。这么说来，伊芙琳的掌控权并不如她想象中那样坚不可摧。

第七章
密 告

等伊芙琳演讲结束，我不想和周围的人挤，便沿着走廊溜出去，不知不觉间来到了后门的楼梯。不久前，我们就是顺着这楼梯爬到珍宁的私人实验室的。当时的楼梯上横躺着尸体，现在楼梯已被清扫得很干净，只剩下一片冷清，好像什么都没发生过。

经过四楼时，一阵喊叫和厮打声传到我的耳际，我好奇地推开门，朝这群少年走去，他们看起来年纪比我要小，也都戴着无派别的袖章，被围堵在中间的是个年轻人。

不但是个年轻人，还是个诚实者——他从头到脚穿着黑白两色的衣服。

我二话没说，冲了过去，一个高个子的无派别姑娘正收起脚，作势要再次向地上的男孩踢过去，我大声喊起来："喂！"

她似乎没听到我的话，落下的脚早已踢到诚实派男孩的身侧，疼得他发出一阵痛苦的呻吟，扭动着身子朝外滚去。

"喂喂！"我用足了力气又喊了一声，这次那个高个子姑娘转过身，注意到我。她比我要高很多，足足高十四五厘米，可我不怕她，只是怒不可遏。

"走开，"我一字一顿地说，"离他远点！"

"是他违反着装要求在先，我惩罚他在后，我又没做什么出格的事情。还有，我绝不听命于派别支持者。"说着，她眼光落在我锁骨处隐现的文身上。

"贝克，这就是泄露出视频的那个姓普勒尔的妞。"她身旁的无派别男孩说。

其他人闻言，面露震惊之色，她却冷笑着反问道："那又怎样？"

"我能通过无畏派考验，很显然已伤了不少人，如果需要，我也可以伤你。"

我拉开身上蓝色外套的拉链，脱下衣服，一把扔向地上的诚实派男孩。他抬头看向我，血从眉毛处的伤口流出来。他一手捂着身侧，努力支起身子，像披毯子一样把这件蓝色衣服披在肩上。

“好了，现在他不违反着装要求了吧？”

高个子姑娘思量了一会儿，估计是在考虑到底要不要和我干一场。我觉得自己都能听到她心里的掂量——我长得瘦弱矮小，揍起来应该不难；可我又是无畏者，肯定不好惹。或许她知道我手上沾过血，或许她是不想给自己惹麻烦，总之她此刻正不知所措，因为她的口型游移不定。

“你最好给我放小心点。”她愤恨地说。

“放心，我绝对用不着。马上给我滚。”

我站在那儿，等着他们慢慢消失在视线里，又迈开了脚步。诚实派男孩喊道：“等等，你的衣服！”

“送给你了！”我应声道。

我拐了个弯，本以为会拐上另一段楼梯，却身处在又一条空荡荡的走廊里。身后似乎传来脚步声，我警觉地转过身，准备给那个无派别高个儿女孩一些教训，可身后空无一人。

我大概是草木皆兵了。

推开主通道里的一扇门，我本想找个窗子缓缓神儿，却只看到一间被洗劫一空的实验室，烧杯和试管的碎片散在各个抽屉里，撕碎的纸张丢得到处都是。我正俯下身子，要去捡一张纸，灯光却忽然熄灭。

我急匆匆地朝着门冲去，有一只手紧紧抓住我的胳膊，把我拽到一边。一个人往我的头上套了一个袋子，另一个人把我抵在墙上。我费力挣扎着，想要摘下头上的袋子，脑中却一遍又一遍地飘过一个声音：绝不能再这样，绝不能再这样，绝不能再这样……我挣出一只胳膊，用足了力气抡过去，砸中了某个人的肩膀或是下巴。

“喂，很疼的！”一个声音响起。

“翠丝，吓着你很抱歉。”另一个声音说，“可我们行事高度机密，绝不能暴露了身份。放心，我们绝不会伤害你的。”

“那就把我放开！”我几乎是在咆哮了。按着我的手松开了。

“你们到底是什么人？”我问。

“我们是忠诚者，”这个声音回道，“我们有很多人，却又什么人也不是……”

我抑制不住地大笑起来。或许是出于恐惧，或许是出于震惊，我怦怦直跳的心脏骤然放缓了速度，手因为放松而颤抖着。

这个声音继续道：“听说你对伊芙琳·约翰逊和她的无派别走狗们不忠。”

“这太可笑了。”

“不会比即使没必要还随便把自己身份暴露给别人更可笑吧？”

我很努力地透过袋子往外看，可这布袋织得太密，周围又太暗，我怎么看也看不清。我本想倚着墙休息一下，可眼前什么都看不见，甚至都定位不到墙的位置，惊慌失措中，我踩碎了脚下的一个烧杯。

“你说得没错，我不忠于她。那又怎样？”我问。

“这就意味着你想离开这里。”这个声音回答。听到这，我内心一阵激动，“翠丝·普勒尔，请帮我们一个忙，请带上你的无畏派朋友，参加我们明天午夜时举行的会议。”

“好。不过既然明天我就知道你们是谁了，为什么今天还搞得这么神秘？”

这个问题估计他们很难作答，一时有些哑然。

“一天中会有很多变数和危险。”他说，“记住，明天午夜时分，在你认罪的地方，不见不散。”

突然间，门摇晃着开了，带来一阵风，布袋也被风吹得贴在我的脸上，我听见顺着走廊跑动的足音。等我把这袋子从头上拽下来时，通道里已经静得出奇。我低头看了看手中的袋子，原来是一件深蓝色的枕头套，上面还喷着“派别远重于血缘”几个大字。

这些人到底是谁暂且放在一边不说，他们做事风格却很有戏剧性。

你认罪的地方。

如果我没猜错，“认罪的地方”应在诚实派总部的讯问室，我曾注射过吐真血清，在那儿吐露过自己的心声。

那天晚上，我终于回到寝室时，看到托比亚斯在我床头桌的玻璃水杯下压着的便条。便条上写着：

VI—

你哥哥的审讯定在明天早上私下进行。我去不了了，否则肯定免不了怀疑，不过我会尽早通知你审判的结果，之后再见机行事。

不论怎样，这一切很快便会结束。

——IV

第八章

翠丝 忠诚者的任务

正值九点，迦勒的判决也差不多该开始了，我无聊地系着鞋带，第四次整理了床单。我的手指穿过头发，内心有些焦躁。无派别者只在判决结果很明显时选择私下审判，而迦勒是珍宁生前最器重的助手。

这种忧虑本不该有，一切都已明了，追随珍宁的亲信都会被处决。

我有时会扪心自问：他曾背叛过你，无动于衷地看着你赴死，你又为什么对他如此在乎？

我不在乎。我在乎。我到底在不在乎？

“翠丝。”克里斯蒂娜用指关节轻敲着门框，尤莱亚紧随着她。说起尤莱亚，我心中满是酸楚，他脸上尽管挂着和煦的笑，这笑容却像是水做的，随时都可能从他脸上滴落。

“你有什么消息要告诉我们？”她问。

虽然知道屋里没有外人，我还是环视了一下四周。大家按着规定作息去吃早饭了，我有些话要对克里斯蒂娜和尤莱亚说，就让他们俩这顿别吃了。我的肚子已饿得咕咕叫个不停。

“嗯。”我应道。

他们坐在我对面的床铺上，听我絮絮说着昨晚在那间实验室的遭遇。我一一道来，将枕头套、忠诚者和会议都说与他们听。

“你竟只捶了一个人，不是你的风格啊。”尤莱亚抢过话茬。

“他们人数比较多。”我略带戒心地回道。无畏者不该轻易相信他人的话，可现在是特殊时期，我也不知自己到底有多无畏。管他呢，反正现在也没什么派别存在了。

想到这儿，我的心头微微一紧，有一种难言的痛楚。放下已成习惯的生活方式真的不容易。

“你觉得他们想要干什么？”克里斯蒂娜探问道，“仅仅是要到城市围栏之外去吗？”

“好像是这样，不过我不清楚。”我说。

“我们怎么判断他们到底是不是伊芙琳的人？是不是她故意引诱我们背叛她？”

“这个我也不知道。可现在只有死马当活马医了，我们靠自己是逃不出城市围栏的。我才不想天天被人逼着学开公交车，乖乖按时睡觉。”

克里斯蒂娜看了尤莱亚一眼，双眸中流出的满是忧虑。

“不用担心，你们不想去的话，可以待在这儿，我一个人逃出去。我必须找出伊迪斯·普勒尔的身份，必须搞清楚到底谁在城市围栏外头等待我们的支援。不知为什么，我就觉得自己非这么做不可。”

我深深地吸了口气，内心的绝望越来越深，不知这绝望因何而来，只是真真切切地感受到它的存在。它仿若一头沉睡已久后慢慢苏醒过来的生物，撕着我的心肺脾胃，挠动着我的嗓子，我想强迫自己忽略它，却怎么做都是徒劳。不能再这么下去，我必须离开这里，必须找出真相。

那一瞬间，尤莱亚嘴角边那一抹淡淡的笑消失了。“我也这样想。”他说。

“好吧。”克里斯蒂娜深色的眼瞳依旧满是不安，却耸了耸肩，“我们都去那个会议。”

“那太好了。你们能不能通知一下托比亚斯？”既然我们已经分手了，我理应同他保持距离，“我们十一点半在小巷子碰头。”

“我告诉他吧，我今天和他分在一个组，学工厂里的活儿。坏了，我已等不及了。”他假笑着说，“那告不告诉齐克？他这人是不是不够靠谱？”

“告诉他吧，不过千万别让他到处散播。”

我瞟了一眼手表，九点十分了，迦勒的判决结果现在也应该出来了，大家也该学习自己手头上无派别干的活儿了。不知怎的，我现在感觉一点小事都可以让我万分警觉。此刻，我不自觉地抖着腿。

克里斯蒂娜抬起一只手搭上我的肩头，可她什么也没问，我心里暗自感激。否则，我真不知道该怎样回答她。

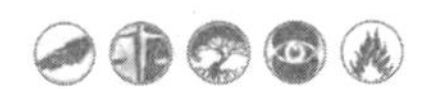

我和克里斯蒂娜穿过博学派总部里一段地势复杂的小巷子，朝着后楼梯奔去。一路上异常小心，生怕招来巡逻的无派别者的注意。我将袖子拉下来，盖到手腕处。临走之前，我在胳膊上画了一幅地图——我虽知道从这里到诚实派总部的大体路线，可不知如何从避开无派别者眼目的小道上逃离。

尤莱亚身穿一袭黑衣，立在门外等我们，黑衣下隐约露出无私派的灰色。我有些诧异，冷不防地看到无畏派的朋友穿着无私派颜色的衣服总是怪怪的，就好像他们从小和我一块儿长大一般。不过，有时候我的感觉确实就是这样的。

“我已经告诉老四和齐克了，他们在目的地和我们接头。”尤莱亚说，“咱们走吧。”

我们沿着走廊奔向门罗街，每一次落脚都响得有些刺耳，我控制着自己别太在意。在这种关头，速度要比安静重要得多。我们转过弯，闯进门罗街，我警觉地回过头查看一下无派别的士兵，一个个黑色身影正朝着密歇根大道进发，不一会儿就消失在鳞次栉比的楼房里。

等我们走到主街上，离博学派总部足够远，确保再也没人注意到我们时，我低声问克里斯蒂娜："卡拉呢？"

"不晓得，她可能没接到邀请。"克里斯蒂娜回道，"太奇怪了，她不是也想——"

"嘘！"尤莱亚拦住了她的话，转了个话题问我，"下一步呢？"

我用手表发出的微弱光亮照了照胳膊上的字儿："伦道夫大道！"

就这样，我们跑着跑着，脚步渐渐趋近一致，呼吸也重叠在一起。我浑身的肌肉有些酸痛，不过跑步还算挺爽。

到了大桥时，我双腿疼得有些难以忍受，眼光却猛地落到沼泽对面的"够狠市场"上，那座楼黑洞洞的，没有一丝亮光，显然已经废弃。我忍着疼，脸上浮出笑意。穿过大桥后，我放缓了脚步，尤莱亚一下子把胳膊搭在我的肩头。

"做好准备，我们要爬无数级台阶了。"他道。

"电梯也许能用呢？"

"想都别想了。"他摇了摇头说，"我敢打赌，这个伊芙琳肯定监视着城市中全部的用电情况——这也是搞清楚是否有人秘密集会的最佳方法。"

我叹了口气。虽然我还算喜欢跑步，却真的讨厌爬楼梯。

一口气爬到顶楼，我们的胸口都剧烈地起伏着。距午夜只剩五分钟。他们没有停下脚步，留下我在电梯组旁边大口大口地喘着气。尤莱亚说得对，没有任何电器是开着的，只有出口处闪烁着蓝光。迎着这蓝色的光亮，托比亚斯从前方的讯问室走了出来。

上次约会后，我们俩只通过秘信互相联系。我努力克制着自己要朝他冲去，去抚摸他的唇线，轻摸他笑颜下眉角和嘴边挤出的纹路的冲动。离午夜只剩两分钟，我们完全没时间了。

他伸出胳膊抱住了我，紧紧地搂了我一小会儿。他温润的呼吸打在我的耳畔，我闭上双眼，放松下来。他闻起来像风，有汗味儿，有肥皂味儿，这味道是托比亚斯的味道，这味道是令人安心的味道。

“我们进去吧。”他说，“不管他们是什么人，他们可能会很准时。”

“没错。”我应着，两条腿因体力透支而不停地打着战——真没法想象一会儿还得靠这双腿下楼，跑回博学派总部，“知道迦勒的审讯结果了吗？”

他皱着眉头说：“这事儿还是一会儿再谈吧。”

听到他这句话我就明白了。

“他们会处死迦勒，对不对？”我轻声问道。

他点点头，牵起我的手。我不知此刻该怎么反应，于是强迫自己什么情绪都不要有。

我们并肩走向讯问室，正是在这个屋子，我和托比亚斯注射了吐真血清，回答了很多私人问题，这也是我认罪的地方。

在地板上的诚实派天平上方，好多根蜡烛摆成一个圆圈，烛火摇曳着。屋子里站着许多人，这些面孔有的熟悉，有的陌生：苏珊和罗伯特正站在一起说着什么；皮特双手抱在胸前，一个人站在屋子的一侧；尤莱亚和齐克跟托莉还有其他几个无畏者站在一起；克里斯蒂娜站在她母亲和妹妹的身旁；还有两个神情紧张的博学者在角落里。人们身上穿的颜色混杂的衣服却抹不掉相互间的不同，派别特征已深深刻入大家的行为举止中。

克里斯蒂娜冲我招了招手，示意我过去。“这是我妈斯蒂芬妮，”她指着一个黑色卷发中夹杂着丝丝银发的女子说，“这位是我妹妹罗斯。妈，罗斯，这是我的朋友翠丝，这是我考验期间的导师老四。”

“我们认识他们。”斯蒂芬妮说，“几周前他们接受公开讯问时我们都在场。”

“我没忘，只是礼貌一下——”

“礼貌是穿着华丽外衣的欺骗，是——”

“是啊，是啊，我知道。”克里斯蒂娜翻着白眼，有些不耐烦。

她母亲和妹妹交换了一个眼神，眼里的情绪复杂，似是警觉，似是愤恨，又似是两种交杂。罗斯转过身，冲着我说：“你就是杀了我姐男朋友的人呀。”

我心中飘过丝丝凉意，整个身子好像被一块锋利的冰刀割成两半。本想出语辩驳，却一时无从说起。

“罗斯！”克里斯蒂娜用嗔怪的语气对她妹妹说。身旁的托比亚斯直了直身板，浑身的肌肉紧绷起来，好似跃跃欲试要出手格斗，他总是这样。

“我只是觉得心里想什么就要说什么，这样也少浪费一些时间。”罗斯反驳道。

“那你们有没有想过我为什么离开诚实派？”克里斯蒂娜道，“诚实诚可贵，可你也不能不分场合地想说什么就说什么。只要你说出来的话是真话就行了。”

“故意忽略的话也是谎言。”

“那你想听句真话吗？好，我心里很不爽，很讨厌和你们在一起。回头见。”她抓起我的胳膊，带着我和托比亚斯离开她的家人，不停地摇着头，“真的很抱歉，她们两个人不怎么懂得体谅别人。”

“没事儿。”我嘴上这么说着，心底却依旧难受。

我原本以为，获得克里斯蒂娜的谅解就冲淡了威尔的死带给我的打击，可是我错了。当一个人亲手杀死她挚爱的朋友，内心的打击永远不会退去，只是随着时间的推移，她会慢慢地学会分散自己的注意力。

午夜时分，屋子另一头的门被人推开，两个瘦长的身影走了进来。一个是前友好派代表约翰娜·瑞斯，她脸上的疤痕和黑色大衣下隐约可见的黄色衣角很容易辨识。另一个也是一位女子，身穿蓝色制服，我看不清她的面孔。

心底蓦地飘过一阵恐惧，那个女子长得好像……珍宁。

怎么会是珍宁？她明明死了，我看着她断气的。

等女子渐渐靠近，我定眼看着她。她和珍宁一样轮廓分明，都是金黄色的头发。她的头发编成辫子，一副眼镜在前口袋的插袋上吊着，从头到脚都是博学派的装束，却不是珍宁·马修斯。

而是卡拉。

约翰娜和卡拉是忠诚者组织的领头人？

“大家好。”卡拉道，原本喧闹的人群瞬间静了下来。她脸上挂着笑，笑容却有些僵，就像按着社会成规这笑必须挂在脸上似的，“我们本不该聚在这儿，所以我们的会议不会占用大家很长时间。你们中的一些人，像托莉和齐克，已经帮了我们好几天的忙了。”

我凝视着齐克，心中甚是不解。齐克一直在帮卡拉？我想自己大概忘了他以前是无畏派潜伏在博学派总部的卧底，估计那时他就和卡拉成了朋友，也赢得了她的信任。

他也回看着我，挑起双眉，咧开嘴笑了。

约翰娜接过卡拉的话：“我们请大家过来主要有两个原因，一个是我们需要部分人的帮助，另一个是你们都不想让伊芙琳·约翰逊控制整个城市的命运。”

卡拉握着双手，置于身前：“我们坚信先人创办城市的信条主要有两个方面：一方面是派别制度，另一方面是伊迪斯·普勒尔视频上所言的分歧者任务。即使分歧者人数还未占到很高的比例，就目前岌岌可危的情形来看，我们也必须派人去城市围栏之外的世界了。”

“根据城市创建者的最初意图，我们主要有两个目标：第一，推翻伊芙琳和无派别者领导的政权，恢复派别制度；第二，派人去探索城市围栏之外的世界。约翰娜负责第一个目标，我统领第二个。今晚主要讨论第二个。”她把掉下的一缕碎发拢到辫子里，“去的人不宜太多。人数过多很容易引起伊芙琳的注意。出去的过程中一定会发生打斗。我现在选几个我认为在对付生死危险方面有经验的人跟我去城市围栏外面。”

我瞟了一眼托比亚斯，我们俩在对付生死危险方面肯定有经验。

“克里斯蒂娜、翠丝、托比亚斯、托莉、齐克和皮特，”卡拉道，“你们几个都在不同场合向我证明了自己的能力，因此，我想让你们跟着我。当然，你们没有义务答应。”

“什么？皮特？”我不假思索，脱口而出。皮特又怎么会向卡拉“证明了自己的能力”？

“他想方设法阻止了博学派杀掉你。”卡拉柔柔地说，“你以为谁帮你想出假死的办法？”

我皱了皱眉头，心中明白了几分。自那次从博学派总部的鬼门关中转了一圈后，发生过太多太多的事情，我也没多想自己究竟是怎样被救出来的。卡拉当时是众所周知的反珍宁统治的博学者，皮特也只能求助于她，不然谁还能帮我，谁还懂得怎么帮我？

我闭上嘴巴，没有再吭声。虽然我不想和皮特这号人一起行动，可我真的太想离开这座破碎的城市，没什么必要小题大做。

“无畏者会不会太多了？”站在屋子一端的姑娘满眼都是质疑。她皮肤白皙，眉毛浓密，两条眉毛几乎连在了一起。她转身时，耳朵后的黑色文身展露在我的视线中，这姑娘肯定是一位转自无畏派的博学者。

“没错。”卡拉回道，“不过现在我们需要能够毫发不伤闯关的人，无畏派的训练锻炼了他们这方面的能力。”

“真是抱歉，我走不了。”齐克说，“我不能把桑娜一个人留在这儿，她妹妹刚刚……大家都知道吧。”

“我去。”尤莱亚举起手说，“我也是无畏者，是神枪手，还能帮你们施施美男计。”

听了这话，我放声大笑。卡拉却没笑，只是点了点头：“多谢。”

“卡拉，你们得尽快离开这座城市。”转自无畏派的博学派姑娘说，“还有，你们肯定需要一个开火车的人。”

“没错，有人会开火车吗？”卡拉问。

“哦，我就会，”那姑娘说，“我刚刚说的话还听不出来吗？”

慢慢地，整个计划浮出水面。约翰娜建议大家下了火车后乘坐友好派的卡车离开城市，她还自愿帮我们弄车，罗伯特协助她完成这一切。斯蒂芬妮和罗斯自愿监视大逃离前伊芙琳的一举一动，把她的反常举动通过发报机传给友好派总部。跟着托莉来的无畏者答应帮我们找作战武器，博学派姑娘和卡拉审视漏洞，改善计划。不一会儿工夫，整个计划更加牢靠，这感觉就像我们刚刚一起建好了一个防护架一样。

万事俱备，只剩下一个问题。卡拉遂问：

“我们什么时候出发？”

我提了一个建议：

“明天晚上。”

第九章

托比亚斯 大逃离前夕

夜风习习，吹进我的鼻腔，滑进我的心肺，感觉凉凉的，仿若是我最后的呼吸。明天，我就要离开这个地方，探寻一片全新的土地。

尤莱亚、齐克和克里斯蒂娜正准备返回博学派总部，我抓住了翠丝的手，把她留下。

“等等，跟我走一趟。”我说。

“走一趟？可……”

“不会耽误很长时间。”我拽着她走向楼房的一个角落。夜色中，我可以看到运河中水涨满的样子，水很黑，月光点点洒在水面上，“放心，和我在一起，他们不会抓你的。”

她嘴角微微上翘，几乎绽出了一抹笑。

走到角落，她倚着墙，我站在她面前，背对着河。她似乎化了深色的眼妆，眼睛看起来更加明亮。

“我真不知怎么办才好，”她说着，抬起手捧着脸，弯曲的手指塞进那头金发中，“我是说迦勒的事情。”

“真的吗？”

她微微移开一只手，诧异地看向我。

“翠丝。”我双手支在她脸颊两侧，轻轻地俯下身子，“你不想看着他死，我知道你一定不愿看着他死。”

“问题是……”她闭上眼睛，无奈地说，“我还是非常非常……生气。我老逼着自己不去想他，一想起他，我就想……”

“我懂，天哪，我真的懂你。”这十八年来，我常幻想着自己杀死马库斯，甚至有那么一次，我都计划好了怎么杀他。我要把刀子捅进他的体内，感受着他身体最后一点温度消失，看着他眼睛里所有的神采渐渐消失。可这样的想法带给我的惊惧，不亚于他的暴力带给我的恐慌。

“父母如果在世，他们肯定希望我救他。”她瞪大双眼，抬头仰望着天空，“他们肯定会说，眼睁睁地看着人去死是一种自私，就算那人再对不起你也不行。原谅他们，谅解他们，宽恕他们。”

“翠丝，可现在和他们无关。”

“不，不是！”她的背本来倚着墙壁，现在猛地弹起来，“我做的每一件事都要符合他们的期望，因为他不单是我哥哥，更是父母的儿子。我想让我父母为我感到骄傲，仅此而已。”

她眼神黯淡，却坚定地看着我。和她不同的是，我的父母从未以身作则，从未让我有不想辜负他们期望的感觉。我能在她身上看到她父母的影子，看到他们在她身上留下的勇气和美的印记。

我扶着她的脸颊，手指穿梭在她的发丝中，安慰她道：“我救他出来。”

“什么？”

“我把他从牢房中救出来，放心好了。明天我们走之前，我去把他救出来。”

“真的能吗？你确定？”

“当然确定。”

“我……”她冲我秀眉紧蹙，“太感谢你了，你真的太……了不起了。”

“快别这么说，其实你不知道我还是别有用心的。”我笑着说，

“很明显，我把你带这儿来不是讨论迦勒的事。”

“是吗？”

我把手放在她的胯上，轻轻地把她推到墙边。她抬起头看着我，清澈的眸子中带着渴望。我慢慢地凑向她，感受着她的呼吸，等着她正想靠前来吻我时，我一下子躲开，挑逗着她。

她的手指已勾住了我的腰带扣，一用力把我拉向了她，仓促之间，我把前臂支在了墙上，稳住了自己。她正欲吻我，我侧头一躲，嘴唇擦过了她的耳垂，拂过她的下巴，落到她的喉咙处，舌尖在她柔软的肌肤上游走，尝到些许咸味，好像是夜晚跑步后流下的汗水。

“拜托，以后千万别有什么纯粹动机。”她在我耳边低低说道。

她伸出双手扶着我的脊背，摸着我的文身，从后背滑向身侧，指尖游向腰带下方停住，用力把我搂到怀中。我的呼吸吹拂着她的侧脖颈，浑身一时动弹不得。

当终于吻到她时，我顿感释然。她轻叹着，我猛然发觉自己脸上漾出一种坏坏的笑。

我双手抓着她的腿，把她从地上抬起。她后背抵着墙面，两条腿环着我的腰，边吻着我边笑着。我身上涌动的全是力量，感受着她的手使劲儿地抓着我的手臂。阵阵夜风吹着我的鼻翼，涌进我的肺叶，感觉凉凉的，仿若是我的第一口呼吸。

第十章
托比亚斯 劫囚

无畏派基地里的断壁残垣看起来像是通往另一个世界的一道道出口。眼前的环球大厦高高耸立，直插云霄。

指尖里跳动的脉搏记录着流逝的每一秒。夏日快要接近尾声，空气却依旧闷热。以前，因为我想保持这一身的肌肉，也就常常跑步或格斗，可这双脚现在却发挥着它们最原始的功效：为了活命而逃亡。

到了环球大厦，我在门前踱了一小会儿步，平复了一下气息。头顶的玻璃板朝着四面八方反射出道道光亮。这栋楼承载着太多的记忆，楼上还有我操控攻击情境模拟时坐的那把椅子，墙壁上还有翠丝父亲留下的那一抹血迹，也是在这里，翠丝呼唤着被情境模拟控制的我，还记得她的手置于我胸前，把我拉回现实。

推开“恐惧空间”室的门，打开从后裤兜里掏出的一个黑色小盒子，看着里面的注射器，一根针头插在垫料上。我已记不得自己用过这个小盒子有多少次，它代表着我内心深处一种病态的执着，又或许代表着我的勇敢。

我把针管戳在喉咙上方，闭着眼睛往下一扎。黑色小盒子掉落到地上，可等我睁开眼睛，它已消失不见。

我站在汉考克大楼的顶楼，立在无畏派与死亡嬉戏的索道边上。天空中铅色的乌云中蓄着雨，我张开嘴巴想吐口气，肆虐的凉风却冲进我的口中。右边的索道咔嚓一声断裂，钢丝绳被风吹着甩向大楼，砸碎了我脚下的窗户。

我紧紧盯着屋顶的边缘，直到视线只聚焦于针眼大小的地方。风呼呼地刮着，我却还能听到自己的呼吸声。克制着内心的恐惧，我逼着自己走到边缘，一个个雨滴打着我的双肩，击向我的头，似乎要把我拽向地面。我向前微微倾斜，身子顷刻间跌落，我尖叫着，紧咬着牙关，喊声被内心的恐惧笼罩着，压抑着。

我刚落到地面，都没回过神来，几面木墙就朝我压过来，木板重重地敲在我的脊椎上，击在我的脑袋上，打在我的双腿上。幽闭恐惧症。惊慌中，我抬起胳膊，紧紧贴在胸前，闭上了双眼，克制着自己不去恐慌。

脑中飘过艾瑞克和他的恐惧情境，他会用深呼吸和理智克制住内心的恐惧。我又想起翠丝，她会变出武器抵抗自己最深的恐惧。可我不是艾瑞克，也不是翠丝，我到底是谁？我怎么做才能压制住自己的恐惧？

我知道答案，我当然知道：我必须夺去它们任意摆布我的力量，必须坚信自己比它们强大百倍。

深深地喘了口气，我伸出手掌使劲地推开左边和右边的木墙。一阵嘎吱声传来，周围的墙面瞬间倒塌，木板猛地掉落到混凝土地板上。我在原地立着，周围一片漆黑。

新生训练期间的导师艾玛尔曾说，我们的恐惧情境会随着心情和梦魇的变化而不停地变动，有着各种不确定性。可一直以来，我的恐惧情境总是相同的，直到几周前我确定自己能打倒马库斯，直到心里装了那么一个我害怕失去的人，情境终于变了。

不知道下一幕会是什么。

似乎过了好久，周围没有一点动静，只是一片漆黑，脚下硬硬的地板依旧散发出阵阵凉意，我的心跳仍然比平时要快。我低下头瞅了一眼手表，原本戴在左手上的表不知什么时候换到了右手，黑色的表带也变成了无私派的灰色。

我的手指上出现了以前没有的浓密汗毛，指关节的老茧也被光滑的皮肤代替。我垂目一看，发现自己穿着灰色的裤子和灰色的衬衫，腰变得粗壮，双肩却变窄了。

身前忽然出现了一面镜子，我抬头看时，镜子里看着我的人却是马库斯。

他向我使了一个眼色，我眼圈周围的肌肉蓦地自动收缩。没有约定，没有预备，他的胳膊和我的胳膊同时伸向镜子，穿镜而入，掐住了我们影子的脖子。镜子一下子消失，我们的双手紧紧地扼住自己的脖子，眼前有些发黑，我们同时跌坐在地上，手却一刻都未松开，如铁钳一般紧紧地钳住。

我大脑一片混乱，不知怎么应对眼前的情况。

我本能地扯开嗓子吼叫，双手被这声音震得有些发颤。脑中想象这两双手都是我自己的修长手指，想象上面因长期打沙袋而起了一层老茧，想象当流水漫过马库斯的皮肤时，我在水面上的倒影，随着水面蔓延，一寸寸的他变成一寸寸的我。就这样，我通过重塑影像来重塑自己。

双膝突然跪在地板上，我胸闷难当，大口地吸着气。

我抬起那双不停哆嗦的手拂过脖颈，摸过双肩，掠过胳膊，确定自己又恢复了正常。

记得几周前在去见伊芙琳的火车上，我曾告诉过翠丝，马库斯依旧出现在我的“恐惧空间”中，只不过他变了。我花了很长时间思考这件事，它在我每一次睡觉前都萦绕着我的思绪，在我每一次醒来时都叫嚣着要我关注。我知道自己依然怕他，可这怕却和小时候对他的惧怕不同，我已长大成人，不是原来那个害怕父亲会对自己人身安全造成威胁的小男孩，我现在所畏惧的是他的举动对我人格塑造、未来发展和自我认知的影响。

可这种恐惧却不及接下来的一幕揪心。这一刻，我宁愿戳破一条血管，把这血清放出体内，也不想看到下一幕。

一片亮光打在身前的混凝土地板上，亮光中，先是出现一只五指半弯的手，接着又露出另一只手，一个满头金发，发丝有些粘在一起的脑袋映入我的眼帘。这个女子不停地咳着，慢慢地爬进亮光之中。我想冲过去帮她，双脚却怎么也动弹不得。

女子回过头，面朝着光线，我发现那是翠丝。血从她的唇畔流出，流过她的下巴，那双充满血丝的眼睛定定地看着我，她微弱地喊了声“救命”。

一阵剧烈的咳嗽，一摊血咯到了她身前的地板上，我向她冲过去，不知为何，一心想着如果不赶快冲到她身边，她就会死。一双双手伸出，搂住我的胳膊，抓住我的肩膀，钳住我的胸膛，一时间形成了一座“肉体”搭建的牢笼。我顾不了那么多，只是奋力挣扎着冲向她，我使劲儿抓着这一只只抓着我的手，伤着的却只是自己。

我大声喊着她的名字，她又咯出更多的血。我扯开嗓子高声叫着她，耳边却只有怦怦的心跳，心中充满无尽的恐慌。

她无力地瘫软在地上，双眼一翻，没了呼吸。太迟了。

黑暗消失，周围又亮起来，我又站回那个墙上满是涂鸦的“恐惧空间”房间，一切摆设照旧，对面的镜面玻璃后是观察室，屋子的各个角落里安装着摄像头，记录着测试者的一举一动。脖子和后背已沁出一层汗珠，我撩起衣摆，抹了一把脸，头也不回地走向对面的门，装着注射器和针头的小黑盒子被我扔在身后。

我不会再让内心的恐惧复活了，我要做的是想办法克服我所有的恐惧。

第十章
劫 囚

从以往的经历中，我悟出一个道理，自信可以帮一个人走进禁忌之地。比如博学派总部第三层楼的牢房。

可这道理在这里显然行不通，我还没走到门口，一个无派别男子就举起枪抵着我，拦住去路。我顿时有些紧张，差点说不出话来。

“你去哪儿？”

我把手搭在他的枪上，轻轻地把它推开：“不要拿这东西指着我。我受伊芙琳之命，来看一个犯人。”

“我怎么没听过有下班时间看犯人的预约啊？”

我故意放轻了声音，营造出一种只对他一人说这个秘密的氛围：“因为她不想有访问记录。”

“查克！”一个声音从楼上的阶梯上传来，特蕾莎挥着手走下楼梯，“放他进来吧，自己人。”

我冲特蕾莎点点头，继续往前走。走廊里的碎片残骸已清理干净，灯泡却尚未修理，一片幽暗，好似光线也结了块块伤疤，我只能摸黑走向右边的牢房。

到了北边的过道，我没急于直接朝牢房走去，而是走到过道尽头站着的一个女子身旁。那女子已至中年，眼尾有些下垂，嘴唇微噘，好像眼前的一切都让她心累，当然也包括我。

“你好，”我说，“我叫托比亚斯·伊顿，受伊芙琳·约翰逊的命令，来带一个犯人走。”

我的大名显然没给她带来太大的震动，有那么一会儿工夫，她依旧神情漠然，我甚至想是不是需要把她打晕才能闯进牢房。她从口袋中掏出一张皱巴巴的纸，用左手掌抚平，上面列着所有犯人的姓名和所关押的牢房号。

“犯人的名字？”她问。

“迦勒·普勒尔，308A牢房。”

“你是伊芙琳的儿子？”

“嗯哼。我是说……是的，我是她儿子。”我总觉得她这种挂着一副漠然表情的人肯定不喜欢别人用“嗯哼”两个字。

她带着我走到一扇标有“308A”的金属板门前。我心里想，在城市并不需要这么多牢房时，这些屋子是干什么用的？我正想着，她按了一串密码，门自动打开。

“我猜我该装作不知道里面发生了些什么吧？”她问。

她肯定以为我是来取他性命的，我就顺势装下去了。

“猜得没错。”我回道。

“帮个小忙，以后要多和伊芙琳说些好话，我不想值那么多天的晚班。我叫德瑞娅。”

“没问题。”

她把那张纸团在手心中，又塞进了口袋里，转身离开。我握着门把，看着她回到过道尽头，侧过头面向别处，好像对这事见怪不怪。我不禁暗自纳闷，很想知道到底有多少冤魂死在伊芙琳的秘密命令下。

我走进牢房。迦勒·普勒尔头发全部拢到一边，坐在一张金属桌子前，正低着头看书。

“你想干吗？”他问。

“真不想告诉你——”我故意顿了下。几小时前，我就想好了要给他一点教训，可这教训得撒几个谎才行，“其实，我还是挺想告诉你的。你的判决提前了几周，我们决定今晚处决你。”

这句话好像晴天霹雳击向他，他在转椅中转过身来，瞪大眼睛盯着我，眉眼间全是恐慌，如在捕食者眼前插翅难飞的猎物。

“你逗我吧？”

“我这人还真不怎么会逗人玩。”

“不可能。”他疯狂地摇着头喊道，“不，我还有几周时间活命，不可能是今晚，不——”

“你闭上嘴，我还可以发发慈悲给你一小时时间适应适应。你要是还没完没了地絮叨，我立马打晕你，拖到过道里一枪崩了你。自己选吧。”

看着一个博学者分析情形的利害就像是观察手表的内部零件，所有的齿轮同时转动、同时移位、同时调整，只为了同一个目标协作运转，而迦勒的目标是分析他提前到来的刑期。

迦勒的眼光投到了我身后的门框上，趁着我一个不提防，他举起椅子抡过来，椅子腿狠狠地砸向我的胳膊，他这一击让我行动慢了一些，他趁机溜走。

我追着他冲向走廊，胳膊被椅子撞得依旧疼痛，脚步却比他快。我抡起拳头，砸向他的后背，他在这冲力的作用下脸朝下摔在了地上，都没用手撑住地。我用膝盖抵住他的后背，抓起他的手腕用塑料圈缠住。他低声呻吟着，等我把他从地上拽起来时，他红肿的鼻子淌着血。

德瑞娅用慵懒的眼光瞟了我一眼，又若无其事地看向别处。

我拽着迦勒沿走廊走去，没有照原路返回，而是朝着紧急出口走去。穿过一层狭窄的阶梯时，我们的脚步声一遍一遍地回荡着，听起来空洞而不协调。等到了楼梯底部，我敲了敲出口的门。

齐克打开门，脸上挂着傻乎乎的笑。

“那边守卫没找你麻烦？”

“没。”

“我想德瑞娅这人很好骗，她对什么东西都满不在乎。”

“不过我看她倒未必一直是这样。”

“我反正一点也不惊讶。对了，这位就是普勒尔吗？”

“如假包换。”

“他怎么流鼻血了？”

“因为他傻。”

齐克递给我一件领口处缝着无派别标记的黑色夹克衫："还真不知道人傻了就会自动流鼻血。"

我把夹克衫披到迦勒肩上，随便在他的胸口处系上一个扣子，他自始至终都目光躲闪，没有直视我。

"这可能是新现象吧。对了，走廊安全吧？"

"绝对安全。"齐克掏出枪，枪柄朝外塞进我手里，"小心点，这把枪上膛了。你现在得揍我一顿，好让无派别者相信，是你偷的我的枪。

"你想让我打你？"

"得了吧，老四，别装成一副你从来没想过揍人的圣人样。快来吧。"

他说得对，我的确喜欢攻击他人，喜欢感受瞬间爆发的力量和能量，喜欢因为自己的杀伤力而感觉到无可匹敌的快感。可这恰恰也是我最讨厌自己的那一部分，因为这种感觉是我内心病态的证明。

齐克一副准备好挨打的样子，我也没退让，手已攥成了拳头。

"你个软脚虾，快点。"他说。

想了一会儿，我决定抡向他的下巴，下巴骨骼坚硬，不容易骨折，还能留下一道相当明显的瘀青。我抡起拳头，朝他的下巴重重打去，齐克一声哀号，双手已紧紧捧住了脸。这重拳下的反作用力也震颤着我的胳膊，我甩了甩手，缓解一下酸麻的感觉。

"很好，"齐克冲楼角吐了口痰，说，"大概就在这儿道别了吧。"

"也许吧。"

"是不是再也见不到你了？我是说，其他人可能还会回来，可是你……"他的声音渐渐变低，不一会儿又抬高了，"就是觉得你肯定想把这里的一切都放开，那样会更开心。"

"嗯哼，可能你说得对。"我垂目盯着自己的鞋，"你确定不跟我们去吗？”

“不是不想，是不能。桑娜坐着轮椅，不方便跟着你们，可你知道，我是绝对不会离开她的。”他轻轻地摸了摸下巴，大概在查看瘀青是否严重，又随口说，“管着尤莱亚点儿，别让他喝太多酒，行吗？”

“嗯哼。”我应道。

“喂，我是认真的。”他的声音沉下来，在他极其罕见的认真时刻，他说话的声音总是会这样沉下来，“发誓你会照顾好他。”

自打见过他们两兄弟后，我一直都知道，齐克和尤莱亚的关系要比大多数兄弟亲密得多。幼年丧父的他们也算一路扶持至今，我觉得齐克的角色就介于兄长和父亲之间。我无法想象齐克怎么受得了自己的弟弟离开这个城市，更何况此刻弟弟已因为马琳的去世伤透了心。

“我对天发誓。”我说。

时间不等人，我也知道我们应马上撤退，却依旧立在原地，享受着这一刻的美好。两年前，自从我通过了无畏派的考验后，齐克属于我交过的第一批朋友，后来我们一起在控制室工作，天天混在一起，盯着密密麻麻的摄像头，写着一串串无聊的代码，玩着数字字谜游戏，他从未问过我的真名，没怀疑过我这个考验的第一名怎么不当领导，反倒来控制室工作，他也从未向我索取过什么。

“赶紧拥抱一下就该走了。”他提议道。

我一只手紧紧抓着迦勒的胳膊，一只手按在齐克的背上，他也是同样的动作。

拥抱过后，我虽拽着迦勒沿走廊走去，却忍不住喊道：“我会想你的。”

“亲爱的，我也会想你的。”

他张开嘴笑着，满口的牙齿在黎明的光线下显得格外亮白，这是我离开前看他的最后一眼，印象最深刻的只有他的牙齿。我转过身，朝火车轨道方向小跑起来。

“你打算去某个地方，”迦勒喘着气问，“你，还有其他人？”

“没错。”

“那我妹妹去吗？”

不提翠丝还好，他不知趣地提到她的名字，我内心蓦地火冒三丈，仿若藏着一个狂躁的野兽，单单犀利的语言或是辱骂安抚不了它，只得用手掌使出全身力道抽他耳光才能让它满意。他垂下双肩，有些畏缩，好像等着我再打第二下。

不知道很久以前我面对父亲的怒气和家暴，是否也是这副样子。

“她没有你这样的哥哥，你背叛了她，折磨她，把她在这个世上唯一的亲人无情地夺走。只为了……只为了什么？因为你想帮着珍宁瞒住小秘密？因为你想性命无忧地在这里活着？你真是个十足的懦夫。”

“我不是懦夫！”迦勒反驳道，“因为我知道如果——”

“你最好还是乖乖地听话，闭上你的臭嘴。”

“好。那你把我带往哪儿？你在这儿也一样可以杀了我。”

我猛地停住脚步，视线的余光捕捉到身后人行道上的人影，我警觉地转过身，举起了手枪，不过这身影一溜烟儿地消失在走廊的一扇门里。

我拽着迦勒继续往前走，提高了警惕，听着身后的脚步声。我们脚下踩着玻璃碎片，我还时不时地望望眼前伫立在黑夜里的楼房，看几眼街道吊牌——它们半挂在绞链上，如秋日最后挂在枝头的叶子一般。到了我们要跳火车的车站，我拎着迦勒的衣服，踏上了一级金属阶梯，爬上了站台。

我看到火车远远驶来，进行着它在这城市的最后一次旅程。在我的眼中，这些飞驰的火车曾是一种超自然的力量，是不限于城市某一区域驰骋的精灵，它震动着车轮，散发着活力，昭示着能量。后来，等我看到了驾驶火车的男男女女，它的神秘感有些消退，可它对我的意义却永远不会变：作为无畏者我所做的第一件事就是跳上它，之后的每一天里，它是我自由的源泉，是它给我能量，让我能在这座我曾经被困在无私派区域，被困在那牢笼一般的家中的城市中自由驰骋。

等火车逼近，我掏出小刀割断捆着迦勒手腕的塑料环，手依然紧紧抓着他的胳膊。

“你知道怎么做，对吧？跳上最后一节车厢。”

他解开夹克的纽扣，扯下衣服扔在地上，语气坚定地说：“当然。”

我们沿着破旧的站台跑起来，尽量赶上敞开的门。他够不上门把，我只得推了他一把，他踉跄而行，抓住了门把，费劲地爬进最后一节车厢。我却因为这个小动作失掉了最佳时机，站台就要到尽头，千钧一发的时刻，我抓住了门把，将自己甩进了车厢。这太刺激了，我的肌肉都鼓起来了。

翠丝已站在车厢中，嘴角微翘，挂着浅笑，她身上的黑色夹克衫拉链拉到了脖子，整个脸贴在衣领处。看到我安全上车，她一把抓住我的衣领，吻了一下我的唇，又放开了我，退后了几步，得意地说：“看你跳上火车一直是我的最爱。”

我咧嘴而笑。

“这就是你们的计划？”迦勒的声音在我身后响起，“在她眼前杀了我？真是太——”

“杀了他？”翠丝有些疑惑，眼光却没有看向迦勒。

“嗯哼，我刚才故意让他觉得自己快要被处死了。”我有意提高了声音，好让他听见，“你知道的，和在博学派总部时他对你所做的一切差不多。”

“这……难道不是真的？”在皎洁的月色中，他的脸上挂着太多的震惊与不解，我看到他的衣扣都扣到了错误的扣眼里。

“不杀你，我刚刚其实救了你。”

他正想说些什么，我一下打断了他：“先别谢谢我，我们这是要带你跟我们探索城市围栏之外的世界。”

迦勒一直极力避开外面的世界，甚至不惜牺牲自己的亲妹妹。其实让他跟着我们去探索城市围栏之外的世界比起杀掉他，是更为合适的惩罚。死亡是短暂的，确定的，我们将要前往的地方却充满各种不确定的因素。

他面露恐惧之色，却不及我想象中恐慌，他定是把性命排在第一位，接着才是生活的安逸，最后才轮到他理应关心的人。他是那种明明很卑劣，却可悲地一直没有意识到这点的人，任我对他百般羞辱、狂轰滥炸，他的秉性也改不了。我不生气，却感觉心情沉重，感觉自己无用。

再想他怎么可鄙也没多大益处，我抓起了翠丝的手，带着她走向车厢的对面，看着这个城市在飞驰火车的窗外慢慢消失。站在敞开的车门前，我们各自抓着一个门把，眼睛凝视着外面，一排排的楼房有高有低，在天空中形成了一道参差不齐的黑影。

“刚才有人跟踪我们。”我说。

“我们会小心的。”她回道。

“他们几个呢？”

“在最前面的几节车厢呢。我来这节车厢是觉得我们应该独处，或是尽可能独处。”

她看着我，笑靥如花。这是我们在这座城市的最后时刻，我们当然要单独度过这段时光。

“我会想念这里的。”她说。

“真的吗？我的感觉更像是，‘太好了，终于解脱了’。”

“这里就没一点你留恋的东西？没有一点美好的回忆吗？”她用胳膊肘戳了一下我。

“好吧，”我笑了笑说，“有。”

“那你有没有什么跟我无关的美好回忆？”她说，“这话有些自恋了，你知道我什么意思吧？”

“当然有，”我耸耸肩说，“无畏派是我新生活的开始，让我逃离了原有的生活，也给了我新名字。我考验时的导师给我起了‘老四’这个名字。”

“真的假的？”她侧着头问，“我怎么没见过他？”

“他不在人世了，他也是分歧者。”我又耸了耸肩，心里多了一层沉重感。艾玛尔是第一个发现我分歧者身份的人，也是他帮我掩藏身份，他却没有藏住自己的身份，因此而丧命。

她轻轻摸着我的胳膊，一句话都没有说。我有些浑身不自在，缓缓地移开。

“知道了吧？这里噩梦太多了，我真想马上离开。”

似乎在一瞬间，空虚袭向我，倒不是由于悲楚，而是紧张后的释然，就像体内积压已久的压力突然放空。就在身后的那个城市里，我所有的忧伤、梦魇和惨淡回忆都化为一场空，伊芙琳也好，马库斯也好，把我困在某种特定个性的派别也好，都已不复存在。想到这儿，我握着翠丝的手蓦地一紧。

“快看，”我指了指远处一排房子的阴影道，“那是无私派区域。”

她满脸笑意，却双目如镜，像是泪水盈盈欲出。车轮摩擦着车轨，发出低低嘶鸣，一滴眼泪沿着翠丝的脸颊滚落，整个城市慢慢地消失在茫茫夜色中。

第十一章
翠丝 大逃离

慢慢靠近城市围栏，火车速度放慢，司机示意我们准备跳下。火车沿着轨道慢慢地行进，我和托比亚斯坐在车厢过道里，他用一只胳膊揽住了我，鼻翼贴到我的发丝间，深深地吸了一口气。看着眼前的男孩，看着他T恤领口处隐隐现出的肩胛骨，他嘴唇微微弯起的弧度，我心头渐渐热起来。

“你脑袋里想什么呢？”他在我耳边柔柔地问。

我猛地回过神来，意识到了自己的失态，我总是在看他，可这样看他时被发现，总觉得是自己出糗被他抓了个正着：“没有啊。怎么了？”

“没什么。”他又把我往怀里揽了揽。我把头倚在他的肩头，深深地吸了口冷空气，空气闻起来依旧有夏天的味道，像烈日炎炎下的青草味儿。

“我们好像快到城市围栏了。”我说。

我看到建筑渐渐稀疏，地面愈加空旷，无数发光的小虫将旷野装点出点点亮光。身后的迦勒坐在另一扇火车门旁，双腿蜷在胸前，眼光有些不合时宜地望向我。看着这双眼睛，我真想揪出他内心中最黑暗的部分，冲着他扯开嗓子吼叫，隐隐希望能唤醒他，让他意识到对我所造成的伤害，可我只是淡淡地迎着他的目光，直到他再也承受不住，移开视线。

我站起身，抓着门把稳住了自己，托比亚斯和迦勒也重复着我的动作。迦勒本是站在我们身后，却被托比亚斯一下子推到车厢的边上。

“你先跳，听我口令！”他说，“预备……跳！”

他推了迦勒一把，用力大小合适，恰能把他推下火车，哥哥在这推力下跳下去。托比亚斯紧接着跳下，火车上只剩下我一人。

这里有那么多值得想念的人，却单单想念某件东西像是很傻。可我已经开始想念这火车了，也想念其他所有的火车，这些带着我和我的朋友穿过这座城市——我的城市——的火车。我轻抚了一下火车的车壁——就一鼓作气——纵身跳下，却忽略了火车放缓了速度，着陆的一瞬间因跑得过快，不小心摔了个跟头，手心被地上干枯的草划得生疼。我奋力站起身，扫视着周围，寻找托比亚斯和迦勒。

还没找到他们，克里斯蒂娜的声音便传来：“翠丝！”

她和尤莱亚一起朝我走来，身后闪烁着更多光亮，也传来更多人声。尤莱亚拿着手电筒，神情比下午时分多了几分警惕，这是个好现象。

“你哥哥给弄出来了吗？”尤莱亚问。

“嗯。”正说着，我看到托比亚斯拽着迦勒的胳膊朝我们走来。

“真不明白你这个博学派的脑袋怎么连这么点小事儿都理不清，”托比亚斯道，“你怎么能跑过我呢？”

“他说得没错。”尤莱亚插道，“老四跑得很快，当然没我快，可比起个‘鼻子’一定快很多。”

克里斯蒂娜大笑：“什么？”

“鼻子，”尤莱亚摸了摸自己的鼻翼，“也是一个双关语，博学者，‘必知’，万事通……懂了吗？就像无私者叫僵尸人。”

“无畏派的俚语真怪异，什么软脚虾啊，鼻子啊……那诚实者有外号吗？”

“当然有。”尤莱亚笑着说，“蠢蛋呗。”

克里斯蒂娜使劲儿推了尤莱亚一把，他手中的电筒掉了。托比亚斯一面笑着一面把我们领到几米开外站着的其他人那里。托莉冲着空中挥了挥手电筒，示意人们看过去，然后说：“好了，大家注意，约翰娜和友好派的卡车离这儿有十分钟路程，大家出发吧。任何人都不准说话，否则别怪我把你打晕，别忘了我们还没出去呢。”

我们紧紧挨着，挤在一起，好似一团系紧的鞋带。托莉站在我们身前几米的地方，在这如墨的夜色中，她单薄高挑的身材很像伊芙琳，腰板挺得笔直，那样自信，自信到让人有些心惊胆战。伴着几道手电筒的光线，我又看到了她脖颈后刺着的老鹰文身，我在个性测试时对她说的第一句话也是关于这文身的。它象征着她成功克服对黑暗的恐惧，我想知道她此刻是否又感受到那种对黑暗的恐惧，不管她在多么努力地面对。我想知道恐惧是真的消失了，还是只不过在我们身上不管用了。

她越走越快，甩得我越来越远，说是走路，倒更像是一路小跑。我能体会她想离开这个地方的迫切心情：她至亲的弟弟就在这片土地上被害身亡，她好不容易得到的领导地位又被一个本不该活着的无派别女人横刀夺去。在这里，她失去了太多太多。

她离我太远了，远到她倒下时，我只看到手电筒从半空落到地上，没看到她倒下的身影。

“分散开！快跑！”托比亚斯抬高了声音，压过了惊慌的呼叫和嘈杂声。

我在黑暗中寻找托比亚斯的手，却怎么都找不到，只得抓着方才走之前尤莱亚给我的枪，举在身前，努力忘却拿起它时喉咙发紧的感觉。周围太过黑暗，我需要亮光。我跑向托莉倒下的地方，跑向她掉落的手电筒。

我仿佛听到了枪响，又仿佛没有听到枪响，似乎听到了心跳，又似乎没有听到心跳，周围乱成了一团，到处都是呼叫声和跑动声。我蹲到从托莉手中滑落的手电筒旁边，本想抓起电筒拔腿就跑，可在它的光线范围中我看见了她的脸。她的脸上满是汗珠，亮晶晶的，眼皮下的眼珠子在不停地转着，像是在寻找什么，却没了寻找的力气。

她身上中了两枪，一枪正中腹部，一枪正中胸口，她是没法活下来了。尽管我气她在珍宁的私人实验室不顾大局杀了她，可她毕竟是托莉，是一直守护着我分歧者的身份，没有泄露半分的托莉。又想起当初跟着她走进个性测试室，我一直盯着她脖子后的老鹰文身看，不禁喉咙一紧。

她微微睁开眼睛，双眉紧蹙，视线紧盯着我，却一句话也没有说。

我用虎口夹住电筒，够到了她的手，紧紧地握住那被汗水浸湿的手指。

我听到有人在靠近，便朝着那方向同时举起电筒和手枪，一个戴无派别袖章的女子举着枪瞄准我的头部。来不及多想，我扣下了扳机，使劲地咬着牙，咬得有些咯咯响。

子弹正中她的腹部，只听一声尖叫，她手中的枪朝着天空开了火。

等我再看向托莉时，她的双眼已永远闭上，整个身子也已僵硬。我将手中的电筒对准地面，撒开腿，匆忙离开托莉和那个被我杀掉的女子。我的双腿隐隐作痛，肺部灼烧难忍，心里一片茫然，不知自己将闯入险境还是逃离危险，可脚步依旧没有停下。

终于，远处出现几抹光亮，本以为又是一道电筒闪光，可等我慢慢靠近，这抹光更加亮，也更加稳定了——原来是车头灯。耳畔传来引擎的声音，我下意识地躲在高一点的草丛里，关掉了手中的电筒，举起枪。卡车放缓了速度，一个女声响起：

“托莉吗？”

这好像是克里斯蒂娜的声音。眼前的红皮卡车锈迹斑斑，是友好派的车。我挺直身板，反过手电筒照着自己，让她能看清我。卡车停在我身前几米的地方，克里斯蒂娜从乘客座上跳下，双臂把我紧紧搂住。我努力在脑中回放着一幕幕，想让其更真实：托莉的尸体倒下，那个无派别女子的手捂住腹部——但不管用，这些依然不像是真的。

“谢天谢地！”克里斯蒂娜道，“快上车，我们去找托莉。”

“托莉死了。”我平静地说，可当“死”这个字从我的口中吐出，周围的一切一下子真实起来。我抬起手，用手背抹掉脸颊上的泪珠，努力再努力地平稳着颤抖的呼吸，“我——我替她报了仇，打死了那个冲她开枪的女人。”

“你说什么？”约翰娜语气里带着无法抑制的激动，她从驾驶座探出身子，重复了一遍，“你刚才说什么？”

“托莉死了，我亲眼看着她断气的。”

约翰娜脸前有几缕头发，遮住了面部表情，只能看到她深深地吐了口气。

“那我们去找其他人。”

我爬进卡车，约翰娜踩下油门，引擎咆哮起来。我们闯进了草地，到处寻找着其他人。

“你见到他们了吗？”我问。

“见到几个，卡拉，尤莱亚，”约翰娜摇了摇头叹息道，“就他们俩了。”

我伸出手使劲儿地握了下门把。如果刚才没被托莉的事耽搁……如果我刚才更用心地找找托比亚斯……

托比亚斯要是闯不过这关，我又该怎么办？

“他们肯定没事的。”约翰娜说，“你男友很会保护自己。”

我点了点头，却还是不放心。托比亚斯虽会护着自己，可在袭击中，能不能活下来却说不准。在没有子弹飞过的地方，无需什么技巧，随便冲着黑暗中开枪碰巧打着人亦然，它靠的往往是运气或是天意，具体是哪一个，这全看你相信什么。而我不知道——我从来就不知道——

自己究竟信什么。

他一定没事，一定没事，一定没事。

托比亚斯一定没事。

我双手不停打着战，克里斯蒂娜轻轻捏了捏我的膝盖。约翰娜带我们跟尤莱亚和卡拉会合，测速仪的指针不久就升至了七十五迈，我们几个在驾驶室里挤来撞去，被坑坑洼洼的地面颠得七荤八素。

“快看！”克里斯蒂娜指着前面的一束亮光。有的光似是手电筒打出的直直的光柱，有的光似是扩散成圆圈状的车灯灯光。

我们渐渐驶近，我终于看到了托比亚斯，他坐在另一辆卡车的引擎盖上，胳膊上染着斑斑血迹，卡拉拎着急救药箱站在他身前，迦勒还有皮特坐在几米开外的草地上。卡车还未停稳，我急匆匆地推开门跳出去，兴冲冲地奔向他。见我过来，托比亚斯也没理会卡拉让他不要随便乱动的劝解，他站起身，用没受伤的胳膊一把揽住我的背，把我从地上抱起。他的脊背满是汗水，唇压住我的唇，有些咸咸的味道。

心中的结刹那间松开。我觉得，有那么一会儿，我仿若重生，焕然一新。

他没有出事，他和我一起逃离了身后的城市。他没事。

第十二章

托比亚斯 五大派别的血清

胳膊的枪伤搏动着，仿若又一个心跳一般。翠丝的指关节掠过我的手心，指了指我们的右边。我侧头看去，一排排矮房子绵延而立，被一道道应急灯的蓝光照亮。

“那是什么？”翠丝好奇地问。

“其他的温室。”约翰娜答道，“这些温室需要的人手不多，可我们种植或畜养的东西却是大量的，比如家禽牲畜、制衣原材料、小麦什么的。”

温室的一块块嵌板在星光中泛着光，模糊了我想象中会放在其中的珍宝，比如挂在大枝上的小莓果，或埋在土中的一排排根茎植物。

“这地方是不是不开放？”我道，“我们以前从未见过。”

“友好派还是有不少秘密的。”约翰娜略带自豪地说。

脚下笔直的小道一直延伸至远方，时不时现出几道裂缝或是凸出的补丁。小路的两侧是多瘤的树木、破碎的灯柱、老旧的电线。时不时地出现一小片单独的四方形人行道区域，草在其中冲破混凝土而出，有时还会出现一堆烂木头、一座坍塌的小屋。

无畏派守卫常年驻扎在这里，他们听信了这里完全正常的说法。我看着眼前的这片土地，脑中浮现的却是一个古老的城市。那里的楼房虽比城市的高楼大厦矮很多，却一样密密麻麻。可时过境迁，整个老城被转成无人之地，由友好派来耕种。换句话说，原本热闹的城市被夷平，原本的房子被烧成灰烬，原本伫立着的大楼被拆成废墟，原本车水马龙的道路完全消失——这片土地完全变成了由荒凉主宰的残骸。

我把手伸出窗外，轻柔的风绕着我的手指，如同一缕发丝。记得在我很小的时候，母亲假装自己能把风塑造成不同的小玩意儿，锤子、钉子、剑或溜冰鞋。那时我们坐在家门前的草坪中，在黄昏时分，马库斯回家之前玩着这个游戏。它带走了我们的忧虑。

迦勒、克里斯蒂娜和尤莱亚坐在身后的车厢中，克里斯蒂娜和尤莱亚虽并肩而坐，却看向完全不同的方向，这样看去，他们俩不像是朋友，更像是陌路人。罗伯特开着另一辆卡车紧跟着我们，车上载着卡拉和皮特，托莉本应也在这车上，可她惨遭厄运。想到这儿，我心中觉得空荡荡，茫茫然。两年前，托莉是我个性测试的测试员，也正是在她的启发下，我才觉得自己可以离开无私派，也必须离开。正因为如此，我总觉得她有恩于我，可没等着我报恩，她却已不在人世。

“到了，这里就是无畏派巡逻兵守卫的最远势力范围。”

友好派总部和外面的世界并没有围栏或是高墙分隔，可我记得当年无畏派控制室就监视着他们的举动，不许任何人踏出界线一步，而界线也不过是一系列打着X的标记。这里设巡逻兵就是为了让走太远的卡车耗尽燃料无法行驶。这是一种精妙的约束和制衡体系，维护着我们的安全，也维护着他们的安全——而现在，我明白了无私派所保守的秘密。

“你们有人越过那条界线吗？”翠丝问。

“有一些吧，只要有人穿过界线，我们就有责任去处理。”约翰娜回道。

翠丝瞪了她一眼，她无奈地耸了耸肩。

“每个派别都有各自的血清：无畏派的血清产生情境模拟，诚实派的血清迫使人讲真话，友好派的血清令人心情欢愉，博学派的血清致人死亡——”说到这儿，翠丝浑身一震，约翰娜却依旧若无其事地接着说道，“无私派的血清抹掉记忆。”

“抹掉记忆？”

“阿曼达·里特就是一个例子。”我抢过话茬，“她曾说什么我很高兴我能忘却‘许多记忆’，你还记得吗？”

“没错。”约翰娜接着补充道，“友好派会给每个逃出界线的人注射无私派血清，剂量适中，让他们刚好能忘记这件事，当然还是有人能逃出我们的手心，不过人数应该不多。”

又是一阵窒息般的死寂。我脑中一遍遍重复着约翰娜的话，总觉得抹掉一个人的记忆太残忍，不管这是不是为了维护城市的安定。内心有些沉重，抹掉一个人的记忆，不就是改变一个人的本质吗？

我的心中膨胀着一种感觉，我要挣脱这副皮囊，因为我们离无畏派守卫巡逻的外围界线越远，就越快要把我唯一知晓的世界之外的东西看清楚，就离城市围栏之外的世界近一步。我的心中五味杂陈，有害怕，有兴奋，也有迷惘。

天色已经露白，我看见前方有东西，于是不自禁地抓起了翠丝的手。

“快看。”我说。

第十三章
翠丝 新世界

我们城市之外的世界尽是破旧的道路，黑魆魆的楼房和倒下的电杆。

这里没有一丝生命的迹象，目之所及没有动静，只有呼呼的风声和我的脚步声。

眼前的景象好似一个被打断的句子，悬在半空，没有说完，剩下的又是完全不同的景象。脚下是一片空旷的土地、野草和延伸的道路；另一边则是两面混凝土墙壁，其间是十几段废弃的火车轨道；再往前是一座横跨两面墙壁而建的混凝土大桥，轨道两端皆是建筑群，有木质的，砖瓦的，玻璃的，窗户都是黑黑的，葱郁的树木绕房而生，枝繁叶茂，有的甚至长得连接在了一起。

右边竖着一个标牌，上面写着一个数字：90。

“我们下一步怎么做？”尤莱亚问。

“沿着轨道走。”我轻声说道。可声音太低，低到只有我一个人听到。

卡车停了下来，我跟着大家下了车，这里就是我们的世界和他们的

世界的分界线——不论“他们”究竟是些什么人。罗伯特和约翰娜只简短地道了别，就转过身钻进驾驶室，发动了卡车。看着卡车的轮廓消失在视线中，我想，已经走了这么远，又怎么甘心回去呢？可他们几个在那座城市还有事情要处理，比如约翰娜，她还要组织忠诚者的起义行动。

我们一行七人——我、托比亚斯、迦勒、皮特、克里斯蒂娜、尤莱亚和卡拉——携着不多的行李，沿着火车轨道向未知世界进发。

这里的火车也是另一副样子，它们光滑锃亮，轨道上并不是与之垂直的板子，而是结构精细的金属片。前方靠近墙的地方，停着废弃的火车，它们的样子很怪异，车头和车顶都由电镀金属制成，像玻璃一样，车身侧面还装有很多染色的窗子，等我们渐渐靠近，才看到车里有几排长椅，椅子上还铺着褐色坐垫，看样子这种火车不是用来让人随便跳上跳下的。

托比亚斯走在我身后的一条轨道上，双手伸向两侧，保持着平衡。其他人分散地走在轨道上，皮特和迦勒挨着一面墙，卡拉靠着另一面墙。除了指出新鲜标牌、建筑或是猜这里有人存在时曾是什么光景，大家几乎一言不发。

单单这混凝土墙就引起了我的注意，因为墙上贴着一张张诡异的图片。图片上有的印着人，人的皮肤却过于光滑柔嫩，简直不似真人；有的印着彩色的瓶子，里面装着香波、护发素、维生素，还有很多我从不知晓的液体；也有的写着我看不懂的字，类似“伏特加”、“可口可乐”、“能量饮料”什么的。这些色彩、形状、言语和图片如此多姿，如此丰富，令人目眩神迷。

“翠丝。”托比亚斯抬手搭在了我肩上，我停下脚步。

他侧过头问：“听到了吗？”

我凝神细听，听到了脚步声，伴着同伴们的轻声细语，我还听见了我们俩各自的呼吸声。而在我们的气息之间，一直有忽高忽低的隆隆声，像是引擎发出的声响。

“快停下！”我喊道。

奇怪的是，大家果真都停住脚步，就连皮特也跟着我们聚在轨道中央。皮特掏出手枪，举在身前，我也拿出手枪，双手握住枪柄，稳住颤抖的手。从前拿枪对我来说是那么轻松自得，而那种轻松一去不复返了。

前方拐角处突然驶过一辆黑色卡车，比我所见过的任何卡车都要大很多，那有顶的车厢大到能装得下几十个人。

我打了个激灵。

卡车从轨道上颠簸驶来，停在离我们三十几米处的地方，开车的司机肤色黝黑，长发在后脑勺处挽成一个结。

“老天。”托比亚斯握着手枪的手微微一紧。

一个女子从前座上跳出，这女子和约翰娜差不多年纪，脸上雀斑点点，头发的颜色深到几乎是黑色。她跳到地上，举起双手做投降状，让我们看她身上没携带任何枪支。

“你们好，”她扯了扯嘴角，紧张地一笑，“我叫佐伊，这位是艾玛尔。”

她说着，努嘴指向身边的司机，他也跳出了卡车。

“艾玛尔已经死了。”托比亚斯道。

“我没死，老四，我还活着。”艾玛尔说。

托比亚斯脸上满是害怕，也难怪他会如此，见到一个你在乎的人突然“起死回生”并不是一件常事。

心中一惊，我想起了我失去的人们，一张张脸闪过我的脑际，琳恩、马琳、威尔、艾尔……

还有父亲和母亲。

他们会不会和艾玛尔一样并没有死？隔开我们的会不会不是死亡，而是这一道链环状的铁丝网和这几亩田地的距离？

心中生出几分期许，尽管这种想法有些愚蠢。

“我们工作的机构创建了你们的城市。”佐伊对我们说，眼光却一直凝视着艾玛尔，“伊迪斯·普勒尔也来自我们的机构，还有……”

她说着，从口袋里摸出一张有些皱巴的照片，伸出手把它递出。她的视线在我们七个人和手中的枪上掠过，突然与我的目光相遇。

“翠丝，你该看看这个。”她说，“我先向前迈几步，把它放在地上，再退开。好不好？”

她竟知道我叫翠丝！我喉咙一紧，心中的恐惧感骤然腾起。她怎么知道我的名字，不仅是我的名字，还有我加入无畏派后自己决定换的新名字？

“好的。”我的嗓音有些沙哑，说话险些被噎住。

佐伊向前迈了几步，小心地把照片摆在火车轨道上，又退了几步，恢复了原来的站姿。我离开了跟我的团队在一起所筑造的安全地带，几步冲过去，蹲在照片边上，眼睛一刻不停地盯着佐伊。手抓起了照片，我急忙退到了安全位置。

照片上的一排人在链环状铁丝网前，勾肩搭背，显得很是亲密。照片里那个满脸雀斑的姑娘是少年时的佐伊，其他几个人却有些脸生，我正想问她让我看这张照片有何意图，却忽然认出了照片中一个淡金色头发扎在脑后、笑容和煦的姑娘。

这姑娘就是我的母亲，可母亲怎么和这些人待在一起？

心头剧痛，百感交集，有悲伤，有痛楚，还有渴望。

“一言难尽。”佐伊说，“这里说话不方便，我们诚挚地邀请你们去我们的基地，离这里不远，开车很快就到。”

托比亚斯一手持枪，一手抓起我的手腕，抬起我的手凑到他的面前，有些疑惑地问：“这是你母亲？”

“真是老妈？”迦勒一个箭步冲上来，推开托比亚斯，从我肩后看着照片。

“是的。”我冲着他俩说道。

“我们是不是该信他们？”托比亚斯压低声音对我说。

看着她的样子，听着她的话，她倒真不像是在骗我们。她既然知道我的名字，也知道我们的行踪，那必定有一些获得城市情报的渠道，也就是说她口中说的有关伊迪斯·普勒尔的话自然也有几分道理。再说还有艾玛尔，他现在正紧紧盯着托比亚斯，不想放过他的一举一动。

“我们来这里就是找他们的，”我说，“总得豁出去相信他们一次吧，对不对？除非你们想在这一片不毛之地中晃荡下去，还可能活活饿死。”

托比亚斯松开我的手腕，放下举着枪的手，我随后也缓缓放下枪，其他人见状纷纷卸下装备，等我们都不再拿枪指着他们时，克里斯蒂娜才最后一个放下枪。

“那么，不管去哪里，我们想什么时候走就什么时候走，这没问题吧？”克里斯蒂娜道。

佐伊抬起一只手放在胸膛上靠近心口的地方：“同意。你们说了算。”

为了我们大家的安全着想，我希望她的话里没有水分。

第十四章
托比亚斯 基因局

我站在卡车车厢的边沿，紧紧抓住支撑遮布的架子，多希望这全新的现实只不过是一场情境模拟，只要我能想明白，就能够操控，可它不是，而我也想不明白。

艾玛尔还活着。

记得在无畏派考验的时候，他最喜欢说的口头禅就是“适应”。我仍清楚地记得，那时候的他时不时就扯开嗓子吼着让我们适应这，适应那，我真的是做梦都会梦见他在吼，总是如闹钟般把我“震”醒，这两个字逼出了我可能根本就没有的潜能——要更快地适应，更好地适应，适应一般人无法适应的事情。

比如说这样的事：离开一个完全熟悉的世界，重新发现一个未知的世界。

还有这样的事：本来早已离世的朋友突然又活了过来，还开着卡车载你前行。

车厢周围摆了一圈长椅，翠丝就坐在椅子上，双手捧着皱巴巴的照片，抬起指尖掠过她母亲的脸颊，几乎触碰着，却又没有真正触碰到。克里斯蒂娜坐在她一边，迦勒坐在她另外一边，她虽让迦勒坐在身边，却紧张地努力离他远一些，整个身子向克里斯蒂娜靠近，大概只是为了给他看看照片。

“这就是你母亲？”克里斯蒂娜问。

翠丝和迦勒同时点了点头。

“她好年轻，长得也很漂亮呢。”克里斯蒂娜又说。

“是啊，她生前很美。”

我本以为翠丝会为母亲逝去的美丽感到痛心，语调中会带着哀戚，可她说这话时语气里有几分紧张，心怀期待地抿着嘴。我暗自希望她还是不要有什么错误的期望为好。

“让我看看。”迦勒说着就伸出胳膊。

她一声没吭，甚至都没看他一眼，只是漠然地递过照片。

我没有再看，而是转过头看我们渐渐抛在身后的世界——火车轨道尽头绵延开来的广袤土地；远处，中心大厦被笼罩着城市地平线的雾气弄得模模糊糊。这样看着它是种奇怪的感觉，从这个地方望去，我总有一种伸开手就能触碰到它的错觉，尽管我其实已离开它很远很远。

皮特走到我的身边，也站在车厢的边缘，手紧紧地抓着帆布，稳着自己不掉下去。蜿蜒的火车轨道消失在视线中。地面渐渐地变平，我们两边的墙壁也慢慢停止了延伸，周围到处都是建筑，有如无私派的那种小房子，也有仿如城市里的高楼大厦横倒似的那种楼房。

枝繁叶茂的大树挣脱了束缚它们的水泥框架，树根已挣出泥土，爬满了整个小道。就在顶端的一根树枝上，一排黑色的鸟栖于枝头，恰与翠丝锁骨处的鸟一个模样。卡车疾驰而过，这些鸟儿扑腾着翅膀，呱呱叫着，冲向天空。

就这样，我已无法忍受，只得退后了几步，坐在了一张长椅上，双手抱着头，合上了眼睛，不想再往这个新世界多望一眼。翠丝强壮的胳膊搂住了我的背，使劲把我拉向她那瘦削的身子。我的双手早已麻木。

“集中精力想眼前的事儿。”卡拉的声音从卡车对面传来，“想想这辆卡车是怎么移动之类的，肯定有用。”

我听了她的话，脑中只想着无关紧要的事，想着身下的长椅太硬，脚下的卡车即使在平地上行驶也会震颤，颤动直传到我的骨头。我感受着它的颤动，朝左一下，朝右一下，朝前一下，朝后一下，感受着它每轧过一道铁轨时的颠簸。就这样，我集中精力，直到眼前的世界暗了下来，直到我再觉察不到时间的流逝，直到我忘记了新发现带来的恐慌，直到我只能感到我们在地面上移动。

“你该起来看看四周了。”翠丝说，她的声音透着虚弱。

克里斯蒂娜和尤莱亚站在卡车边沿，我刚刚站过的位置。越过帆布的边缘环视着周围，透过他们的肩头，我瞭望远方，想看看我们这是往哪里开，却只看到一排高高的围栏在眼前延伸，而围栏之后一片荒凉，比起刚才看到的紧密的楼房，这里简直空空如也。那一根根顶端削得尖尖的黑色杆子向外弯曲着，好像随时会刺穿试着翻越“围栏”而入的人。

离它不远处则是另一道链环状围栏，和我们的城市围栏一样，也是顶端缠绕着带刺铁丝的铁丝网。我听到第二道围栏处传来嗡嗡声，应该是通了电。一些人走在这两道围栏之间，手中拿着的枪形似我们的漆弹枪，却比漆弹枪要致命得多，要强大得多。

第一道围栏上挂着一个标牌，牌子上写着几个大字：基因福利局。

我听到艾玛尔的声音，他好像跟一个持枪的士兵说了几句话，具体说了什么，我却没有听清，只看到第一道围栏的门打开，第二道围栏的门又打开，就在这两道围栏后，竟是一片……秩序井然。

放眼一看，低矮的楼房一排排、一栋栋，修剪平整的草地和刚刚吐芽的树苗隔开了每栋房屋，屋子之间的小路干净整洁，路标清晰可见，不同的箭头指着不同的方位：温室在前方；安全哨卡在左边；官员居住区在右边；基地主楼在前方。

我站起身，探出半个身子，张望着渐渐靠近的基地。基因福利局的房子并不高，可这地方很大，大到我一眼望不到尽头，这是一个由玻璃和钢筋混凝土筑成的庞然大物。房子后立着几栋尖端凸起的高塔——不知道为什么，看着这几座楼，我总想起控制室，不知道它们是不是。

除了两道围栏之间巡逻的士兵，外面也有不少人，这些人停下脚步来看我们，只是我们的卡车开得太快，看不清他们脸上的表情。

卡车停在了双开门前，皮特先跳下卡车，我们几个紧随其后，肩并肩紧挨着站在一起，我听得到其他人急促的呼吸声。在我们出生长大的城市里，我们被派别，被年龄，被历史原因分隔开来，可在这儿这些已不复存在，我们只有彼此了。

“走吧。”看着佐伊和艾玛尔走过来，翠丝低声说道。

我心中默默附和道：走吧。

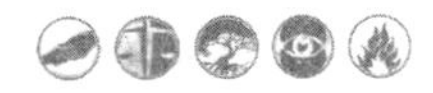

“欢迎来到我们的基地。”佐伊说，“这栋大楼曾是全国最繁忙的机场之一——奥黑尔机场，现为基因福利局基地办公大楼。我们内部一般把它简称为‘我局’，是美利坚合众国联邦政府下属的部门。”

我觉得自己脸上的肌肉松了下来，除了“机场”还有“美利坚合众国”外，我是能听懂她说的大部分字，却理解不了她的意思。我并不是唯一满脸疑惑的人，皮特也挑起双眉，像是在问什么问题。

“不好意思，我老忘了你们知道得太少了。”

“我们无知，应该是你们的错，不是我们的错。”皮特道。

“那我换个说法。”佐伊柔柔地一笑，“我老忘记我们告诉你们的太少了。机场是空中旅行的枢纽，还有——”

“空中旅行？”克里斯蒂娜难以置信地喊道。

“有一些在城市围栏之内的世界没必要了解的科学技术，空中旅行就是其中之一。”艾玛尔说，“它是一种神奇的交通方式，不仅安全系数高，飞行速度也快。”

“哇塞。”翠丝有些神往。

她神色间全是兴奋，可我一想到加速在空中穿过，俯视着地面上的基地总部，胃里便翻江倒海。

“总之，实验初期，我们就引进了飞机，以便从高空监视实验进程。”佐伊道，“我带你们去控制室见我局局长大卫。对了，你们肯定会看见很多稀奇的玩意儿，但在问我问题之前，最好还是有一些初步了解。这段时间呢，你们可以留意一下自己有什么想要进一步了解的，然后再来问我或艾玛尔。”

她走向入口，门由两个手持枪械的士兵打开，他们还在她经过时微笑着跟她打招呼。我却觉得有些滑稽，那冷冰冰的枪和暖融融的笑反差太强烈。他们扛着的枪个头儿巨大，我很好奇他们用这枪射击是什么感觉，如果你只需扣动扳机就能感受到它那致命的杀伤力的话。

走进基地，凉爽的风拂过我的面颊。一扇扇窗子呈拱形，高高地架在头顶，惨淡的阳光从窗子中穿过，这窗子便是这里最吸引人的物件了——瓷砖铺就的地板上粘满尘土，年代久远，已毫无光泽；四周的墙也一水儿的灰白，没有生机。我们面前是一片人和机器的海洋，挂着一个标牌，牌子上写着“安检处”，我实在不明白，既然已被两道围栏围了个严严实实，更别提其中一道还通了电，四周站着数不过来的士兵放哨，已经够“安全”了，怎么还“安检”？不管怎样，这不是我该提问的世界。

这根本不是我的世界。

翠丝拍了拍我的肩膀，指了指一条长长的入口通道：“快看那边。”

就在屋子的一头，恰在“安检处”外头，我看到了一块大石头，石头上方吊着一个玻璃容器。这算是我们会看到却无法理解的一个典型的东西吧，我也无法理解翠丝眼光中闪烁的渴望，她饥渴地看着周围一切新奇之物，仿佛这些能支撑她不吃不喝地活下去。有时我会觉得我们是同一类人，可有时却觉得我们性格之间有着无法逾越的鸿沟，比如这一刻，我们俩截然不同的反应如一堵墙一般让我狠狠地撞上去。

克里斯蒂娜对翠丝嘀咕了什么，两人都咧开嘴笑了起来，可我听到周围的一切声音都仿佛被捂住一般，听不出任何意义。

“你没事吧？”卡拉问我。

“没事。”我没过脑子便答道。

“其实呢，这个时候有些恐慌感也很正常，别老太在意自己不可撼动的男子气概。”

“我的……什么气概？”

她浅浅一笑，我这才反应过来，她这是在说笑。

安检处所有人好像商量好似的，纷纷退了几步，给我们让开一条路。前面的佐伊继续说着：“这里不允许携带枪械，不过只要把武器留在安检处，等你们离开时，自然可以拿走。交上所有的枪支，穿过扫描器后，我们就可以上路了。”

“这女人真烦人。”卡拉道。

“什么？为什么这么说？”我问。

“她无法将自己和自己掌握的知识分开来。”她一边掏着武器一边说，“她明明在说让人费解的东西，却一口在讲显而易见的事的语气。”

“你说得对，”我不怎么坚定地附和道，“的确有些烦人。”

走在身前的佐伊把手枪放到了一个灰色的盒子里，走进了扫描器。扫描器和人体差不多大小，中间有一个长长的通道，只能容下一个人。我拿起沉甸甸带着枪子儿的手枪，放进安检处士兵递给我的盒子里，盒子里还装着其他人的手枪。

佐伊走过后，艾玛尔、皮特、迦勒、卡拉和克里斯蒂娜也跟着走了过去。我脚步踏到了这台机器旁边，被这几面铁壁压在这个小小的空间内，我已开始出现恐慌的症状，双手麻木，胸口发紧。这机器让我想起

“恐惧空间”里出现的四面封闭的狭小木盒子，它曾将我的骨骼挤压在一起。

我不能，绝不能在这里慌神。

我强迫着自己踏进扫描器，站在他们几个刚才站过的地方。我听到两边的铁壁内有什么东西移动的声音，接着是一声刺耳的哔哔声，我打了个寒战，只能看到士兵招手示意我往前走。

现在可以逃了。

我跌跌撞撞地从扫描器中出来，呼吸着外面的新鲜空气。卡拉怀疑地看了我一眼，却没说什么。

翠丝走过扫描器后，握住了我的手，我却麻木地几乎感觉不到。记得当时在“恐惧空间”中，她就跟着我一起闯过一关关，当时我们的身体就紧紧地挤在狭小的木盒子中，我的手心紧压在她暖暖的胸膛上，感受着她的心跳。这些足以将我拉回现实。

尤莱亚走过扫描器后，佐伊挥了挥手，示意我们往前走。

安检处这边的屋子要干净许多，地板虽依旧是瓷砖铺成的，却一尘不染，擦得发亮，周围到处都是窗子。穿过一条长长的走廊，实验室一排排的桌子和计算机摆放整齐，这里让我想起博学派总部，只不过这边的光线更加明亮，也没隐藏什么东西。

佐伊带着我们穿过右边的一条有些幽暗的通道，路人都停下了手中的工作，好奇地盯着我们，灼热的眼光一道道打在我身上，像是烧透的光束，看得我从喉咙到双颊都火辣辣的。

似乎过了好久，我们走到了基地深处，佐伊忽然顿住脚步，转过身子朝向我们。

她的身后摆着一大圈电脑，全是黑屏，如飞蛾扑火般围成一圈。圈子里面的人坐在矮桌子旁边，一个劲儿地往那边更多的屏幕上敲着什么。这是个控制室，只不过是个开放的控制室，我无法确定他们究竟在观察什么，因为所有的屏幕都黑黢黢的。围绕着屏幕摆着一把把椅子，人们更像是坐在这里看着屏幕打发时间。

就在控制室前端几米的地方，站着一个稍微年长些的男子，他脸上带着笑意，身上穿着和其他人一样的深蓝色制服。看我们走来，他双手张开，做欢迎状。这人估摸着就是大卫了。

“这，可是我们从一开始就热切期待的。”这个男人说。

第十五章

翠丝 大秘密

我从口袋里掏出照片，眼前这个叫大卫的男子也在照片上，恰好站在母亲身边，只是脸上的皮肤更平滑一些，肚子也更小一些。

我的指尖掠过母亲的脸颊。内心滋长的希望已凋落。如果母亲，父亲，或我失去的朋友还活着，他们肯定会在门前迎着我们。我早就该猜到在艾玛尔身上发生的事情不会再发生。

“我叫大卫。佐伊应该告诉过你们了，我是基因福利局的局长。我会尽最大努力跟你们解释一切，第一件要解释的事情就是，伊迪斯·普勒尔在视频里所说的只是部分的真相。”

他说“普勒尔”的时候，眼光飘到了我身上，我内心的期许令我浑身一颤。自打看了那个视频后，我就急切地盼望知道真相，这个真相马上就要揭开了。

“她只说了为了达到我们的实验目标所需要提供的信息。”大卫道，“从很多方面来讲，她所说的太简化，太省略，有些内容甚至是对现实赤裸裸的歪曲。既然你们都来了，我想也就没必要再隐瞒下去了。”

“你们一直说实验、实验的，到底是什么实验？”托比亚斯问。

“我正要说说这个实验。”大卫回道，眼睛看向艾玛尔，“他们向你解释的时候是从哪儿讲起的？”

“从哪儿讲起并不重要，再怎么解释，也没法变得容易接受。”艾玛尔边说边抠着指甲边缘。

大卫想了一会儿，轻咳了几声：

“很久以前，美国政府——”

“美什么？”尤莱亚抢着问。

“美国是个国家，”艾玛尔接过话，“还是一个大国，它有明确的疆域，还有自己的政府机构。我们现在就处在美国的领土上，这个问题以后再说。长官，您请继续。”

大卫把拇指按在掌心中，按摩着自己的手，看样子是不怎么乐意别人打断他。

他接着说道：

“几百年前，这个国家的政府开始对激发国民身上特定的良好行为感兴趣。当时的研究表明，某种基因可能是导致暴力倾向的部分原因，这种基因叫‘谋杀基因’。除此之外，不同的品质都与不同的基因有关，比如懦弱、虚伪、愚昧，等等，总之，这些基因导致了社会的无序。”

我们的教育告诉我们，派别制度的建立是为了解决一个问题——人性瑕疵的问题。很明显，大卫口中的人不管是些什么人，他们也相信这个问题的存在。

关于基因我懂得不多，只知道我能看到的——孩子们的长相是遗传自父母。至于单个基因和谋杀、懦弱或虚伪等人性有关，我觉得难以想象。说在人体中找到它们准确的位置，实在是匪夷所思。可我又不是科学家。

“当然，决定一个人个性的因素有很多，比如成长环境和教育方式。”大卫继续说道，“我们的国家当时已安宁和繁盛近百年，我们的前辈依旧想通过改善基因来降低不良个性的存在。换句话说，他们是要修改人性。

“基因修改实验就是这样开始的，这个实验是否见效，本来要经过几代传承才看得出。可当时的实验根据不同的家庭背景或行为举动，在普通民众中选出了大批的人，这些人得到了一个机会，一个把修正的基因传给后代，好让自己的下一代变得更好一些的机会。”

我扫视了一下他们几个。皮特撇着嘴，显出不屑之色；迦勒满脸愁容；卡拉张着嘴，像是急着从空气中吞进她想知道的真相；克里斯蒂娜单眉上扬，一副怀疑的神情；托比亚斯一动不动，垂目盯着鞋子。

我却觉得自己并没听到什么新信息，他说的一切和派别形成的原因都是相似的，只不过品德划分派别变成基因操控罢了。我理解这种做法，甚至在某些方面同意这种做法，可它和此时站在这里的我们又有什么关联？

“当基因操控实验渐渐有了效果，基因修改却产生了灾难性的后果。后来的事证明，基因修改非但没有形成修正的基因，反而制造了受损基因。”大卫道，“取走一个人的恐惧基因、愚昧基因或虚伪基因……就等于在无形中磨掉了他们的同理心；取走一个人的进攻基因，他们的动机或自我表达能力就会缺失；取走一个人的自私基因，他们的自我保护本能也就没了。你们可以仔细想想，你们肯定知道我这话的意思。”

我把他话中的各项品质列在了脑子里：恐惧、愚昧、虚伪、好胜心、自私。他说的恰恰就是五大派别，每个派别获得某种品质的同时就失掉了另一种品质：无畏派是勇敢却又残忍的；博学派是智慧却又自负的；友好派是平静却又被动的；诚实派坦诚却不顾他人；无私派是乐于奉献却又沉闷的。

“人性从无完美之说，基因改变恶化了这一情况，导致了‘纯净基因战争’。这其实是一场内战，受损基因携带者向政府和纯净基因携带者宣战。‘纯净基因战争’给国家造成了前所未有的损失，全国近一半的人丧命。”

“展示好了。”坐在控制室桌子边上的一个人喊道。

大卫头顶的屏幕上现出了一张地图。地图的形状我很陌生，不知道画的是什么地方，图上各区域标有各种颜色的色块，粉色、红色、深红色。

“这是‘纯净基因战争’前我们的国家，”大卫道，“这个是战争之后——”

屏幕上的光变弱，色块仿若太阳底下逐渐干涸的水一样缩小。我心中一惊，这才辨出那点点红光原来代表着人，他们的生命正在消失，那些光点正在熄灭。我怔怔地盯着大屏幕，怎么都无法接受这样真实而惨重的伤亡。

大卫继续说道：“战事一结束，活下来的人就纷纷嚷着让政府给出一个解决基因问题的永久方法，也正是在这片呼声中，基因福利局成立。在政府经费和技术的支持下，我们的前辈开始了不同的实验，以修复人性，达到最初基因纯净时的状态。

“他们需要携带受损基因的人出面，基因局才能一一修正它们，之后把这些携带修正基因的人长期安置在安全的环境中，并配给他们原始版的血清，协助他们维护各自的社会秩序。让他们等待，等待这些修复基因传下去，——至少要经过一个世代——更多基因纯净的后代慢慢繁衍，你们知道这些人的存在，他们叫……叫分歧者。”

自从个性测试时托莉告诉我“分歧者”三个字是我的身份后，我就一直期盼着知道它背后的意思。可盼了这么久，答案却如此简单：我是“分歧者”便意味着我的基因是纯净的，已被治愈。知道真相我本应舒心，却总觉得有什么不对劲，有什么在心底蠢蠢欲动。

我原本以为“分歧者”可以解释我的全部，可以解释我所有的可能性。现在看来，我或许大错特错了。

大卫把“分歧者”的神秘面纱一层层揭去，我心中也愈加惴惴不安，有些胸闷气短。我摸了摸胸口，感受着心跳，试着让自己平静下来。

“你们的城市也是基因恢复的试点之一，也算是截至目前最为成功的案例，因为你们采用行为模式划分不同类别的人。换句话说，就是采用了派别制度。”大卫冲我们绽出笑意，好像我们应该为此深感自豪，可我心里却不是滋味，更谈不上自豪。这些人“创造”了我们，塑造了我们的世界，还告诉我们该信什么，又不该信什么。

如果一切的一切都只是他们让我们相信的，而并非我们自己在生活实践中渐渐认识到的，这些还是真的吗？想到这儿，我一只手紧紧按住胸口，告诉自己别慌。

“派别制度也算是我们的前辈在实验中加入‘环境因素’的一个尝试吧。多年的实验表明，单纯的基因修正并不能改变人们的行为特征，引入新的社会模式来协助基因修复，称得上是解决基因受损留下的行为失控问题的最佳途径。”大卫扫视了我们一圈之后，脸上的笑意退去，不知道在期待什么——或许是想让我们也冲他笑笑？他的声音又响起，“派别制度后来被引进到大多数实验中，有三处至今仍在进行。我们尽最大努力来护卫你们，观察你们，从你们身上学习。”

卡拉抬起双手拢了拢头发，似在找出松散的发丝，却没找到。她说：“也就是说，当时伊迪斯·普勒尔说我们应该找出分歧者造成的影响，让分歧者出来帮你，那是……”

“‘分歧者’指基因修复已达到我们预期标准的人。”大卫道，“我们只是想确认，你们的领导阶层能够珍视他们，却未料到博学派领导开始秘密捕杀分歧者，更没料到无私派会把分歧者的事告诉他们。与伊迪斯·普勒尔的话恰恰相反，我们并不需要你们派出分歧者军队来帮我们的忙，毕竟我们并不真的需要你们的帮助。我们只需要你们身上已经修复的基因，需要你们将这种基因传给后代。”

“你的意思是，不是分歧者的人，他们的基因都有缺陷？”迦勒抢过话，声音颤抖，眼中含泪，我从未想过迦勒会因为这么点事儿垮成这样。可此刻他真的克制不住自己了。

我在心中默默地告诉自己，稳住稳住，慢慢做深呼吸。

“是的，基因上的缺陷。”大卫应道，“不过，我们在城市里的行为模式系统的实验很成功，一直到最近都是，这点也有些出乎我们的意料，它还有助于解决一开始使基因修改结果变得问题层出不穷的行为问题。所以，总体来说，仅仅通过一个人的行为，我们不能看出他的基因已经修复还是有缺陷。”

“我智商很高，按你说的，仅仅因为我的祖辈修复成高智商基因，作为他们的后辈我就不可能拥有怜悯之心？我和其他基因受损的人一样都被小小的基因限定住，而分歧者就可幸免？”

“啊，自己好好想想。”大卫耸耸单肩，无奈地说。

这么多天来，迦勒头一次怔怔地盯着我，我也看着他。迦勒背叛了我们，难道就是因为他被受损基因支配？难道这个基因就像无法康复、无法控制的疾病折磨他一辈子？不可能，完全没道理。

“基因也不代表一切，”艾玛尔说，“即使基因受损的人也能做出自己的决定，人的决定才最重要。”

我想起了父亲，他出生在博学派家庭，不是分歧者，天生聪慧，但选择了无私派，选择了一辈子和自己的天性作斗争，最后也战胜了自我。我也和父亲一样，都是通过与己斗争来追寻内心平衡的人。

内心的争斗看起来并非基因受损的产物，只是一个彻彻底底、完完全全的人性问题。

我瞟了一眼托比亚斯，他一副疲乏不堪、没精打采的样子，像随时都可能晕厥。有这样表现的还不止他一人，克里斯蒂娜、皮特、尤莱亚和迦勒都一副震惊的表情。卡拉紧紧抓着衣摆，拇指轻轻滑过衣料，也是眉头紧锁。

“看来一时要消化的东西挺多。”大卫道。

只是他的话太轻描淡写。

我身边的克里斯蒂娜冷冷地一哼。

“你们一整夜都没睡了，”大卫话锋一转，“我带你们去找些吃的，休息休息吧。”

“等等。”我说。我想起了口袋中的照片，想起了佐伊递给我照片时喊着我的名字，想起了大卫说到对我们的观察和学习，想起一排排的屏幕，“你刚才说你们一直在观察我们，怎么观察我们啊？”

佐伊抿了抿嘴，大卫冲身后桌子旁的其中一个人点头示意。几乎在一瞬间，所有的屏幕同时打开，城市摄像头覆盖的所有景象出现在屏幕上。离我们近的几个屏幕上出现了无畏派基地、千禧公园、“够狠市场”、汉考克大楼、中心大厦的熟悉画面。

“你们一直都知道无畏派通过监控摄像头观测整个城市，我们也能接入这些影像。”大卫道。

这么说，一直以来，我们都活在他们的监视之中。

我考虑要离开这里。

我们跟在大卫身后走着，经过了安检处，不知他把我们带往何处。我真想从安检处再走一遍，拿起手枪，赶紧逃开这个一直被人监视的可怕地方。真没想到，我这一生全处在监视中：第一次走路，第一次说话，第一天上学，第一次接吻……

皮特袭击我，无畏派被情境模拟操控，变成一支军队，挚爱的父母离世……他们全看在眼里。

他们还看到些什么？

若不是口袋中这张照片，我定会逃离这个地方，可搞清他们是怎么认识我母亲以前，我不能逃离。

大卫带我们穿过基地，来到一个两边摆着盆栽植物的屋子，屋里的墙纸泛黄，墙角处还有些剥落，看起来有些年头了。我们跟着他走进一个宽敞的屋子，高高的吊顶下，地板是木制的，昏黄的灯光泛着橘黄色。屋里整齐地摆着两排床铺，床铺旁放着我们带来的行李箱，房间的另一头有几扇大窗户，挂着雅致的窗帘，走近之后才看出，这些窗帘也是用了很久的，边缘处都有些破损。

大卫曾说这个地方和机场由一个通道连接，曾经是个旅馆，而眼前这屋子则是旅馆里的舞厅。我们又一次完全听不懂他讲的话，可他好像并未察觉。

“当然，这里只是大家的临时住所。等你们决定好干什么后，再给你们安排住所，在本基地或其他地方住都可以。佐伊会好好照顾你们。”他说，“明天我再过来看看大家适应得怎样。”

我又看了一眼托比亚斯，他在窗边来来回回不停地踱步，边走还边咬指甲。没想到他也有咬指甲的习惯，或许以前他不这样，只是因为没处在重压之下吧。

我可以留下来安慰他，但我必须搞清有关母亲的问题，我不打算再等下去了。不管其他人懂不懂，托比亚斯一定会理解我的。我跟在大卫身后走进走廊，他前脚踏出门外，斜靠着墙壁，挠着自己的后脖颈。

“你好。我是翠丝，你应该认识我母亲。”

他惊了一下，不过还是冲我笑了笑。我双手抱胸。在无畏派考验时，皮特当着众人的面扯掉了围在我身上的浴巾，此刻的我恰恰与那时有同样的感觉：无处可藏、尴尬、气愤。或许，我不该把矛头指向大卫，可我抑制不住内心的冲动，他毕竟是——这个地方——基因局的头儿。

“是，没错。我认得你。”

他怎么认得我的？是通过那监视着我的一举一动的摄像头？想到这儿，我抱着胸膛的胳膊微微一紧。

“没错。”我顿了一下，继续说道，“我想知道我母亲的一切。佐伊给我一张她的照片，她旁边的人恰恰是你，你应该认识她。”

“啊，我能看看是哪张照片吗？”

我从口袋中掏出照片递给他，他用指尖轻轻抚平皱巴巴的照片，脸上现出一抹奇怪的笑容，似是用目光爱抚着照片。我紧张地不停换脚站，感觉像闯入了别人的私人空间。

“你母亲曾回来看过我们，”他说，“她那时候就快要当妈妈了，这张照片就是当时拍的。”

“回来看你们？她以前是这里的人吗？”我问。

“是的。”大卫轻描淡写地答道，好像这两个字的分量轻到不足以让我的生命彻底改变似的，“她来自这儿，当时还年轻，我们把她派到你们的城市去解决实验中的一个问题。”

“也就是说她什么都知道，”我的声音不自觉地颤抖起来，“知道这里，知道城市围栏之外的世界。”

大卫那浓密的眉毛锁在一起，神色中全是困惑：“当然知道了。”

慢慢地，我的双臂开始颤抖，双手发抖，整个身子也狂颤起来，像是吞下什么毒药，反应剧烈，这个毒药恰恰就是认知。我痛苦地明白过来，知道了这个地方，看到了这些屏幕，获知了这些谎言，原来我的整个生命都是建立在谎言之上的：“也就是说，她也知道你们每时每刻都在监视我们……你们看着她献出自己的生命，看着我父亲离世，看着城市里面的人反目成仇，互相残杀！只是看着吗？你们派人来帮过她吗？派人来帮过我吗？没有！你们只是做做记录而已！”

“翠丝……”

他朝我伸出手，我猛地把他的手挡开：“别这么喊我，你不该知道我的名字，不该知道我们的一切。”

身子依旧激动地颤抖着，我一口气跑回住所。

第十五章

大秘密

回到屋子，其他人已经选好了床铺，正在整理行李。环视四周，这里只有我们几个人，没有外人的干扰。我靠在门旁的墙壁上，将手掌放在裤腿上蹭，蹭着手中沁出的冷汗。

看来谁也没能调整好心态，欣然接受现实。皮特面朝着墙躺在床上；尤莱亚和克里斯蒂娜肩并肩坐在一起，低声说着话；迦勒用指尖揉着太阳穴；托比亚斯依旧来回走着，咬着手指甲；卡拉一个人坐在一边，双手捧住了脸颊，神色中流转的全是烦乱。这还是自从我认识她起，她第一次卸下博学派的面具。

坐在她的对面，我说："你看着面色不是很好。"

她的头发平素梳理得顺滑整齐，挽成一个发髻，现在也有些散乱，眼中闪烁着怒气，盯着我说："那谢谢你关心了。"

"抱歉，我没别的意思。"

"我知道，"她轻轻叹了口气，"我是……我是博学者。"

我浅笑着回道："是啊，我知道你是博学者。"

"不，"卡拉摇着头说，"我唯一的身份是博学者，可他们竟说这是我的基因有缺陷的结果……派别的设置只不过是从精神范畴束缚我们。被伊芙琳·约翰逊和无派别者说中了。"她顿了一下，继续说着，"这么一来，成立忠诚者组织有什么用？来这里又有什么用？"

不知道卡拉有多么执着于维护派别制度、忠于我们的创建者、忠于忠诚者的身份，反正对我来说，忠诚者只不过是暂时的身份，它有力量仅仅是因为它能帮我离开那座城市，而她对忠诚者的感情应该更深。

"我们来到这里，还知道了真相，这样就很好了。"我说，"你觉得这没有用吗？"

"当然有用，"卡拉轻声说道，"可我对自我就得重新定义了。"

母亲去世后，我一直紧紧抓住"分歧者"的身份聊以自慰，它就像一只伸出来的手，救我于危难中。当周围的一切全部崩塌，是“分歧者”三个字让我找到了自我，可这一刻，我禁不住怀疑自己是否还需要它。不知道“无畏派”、“博学派”、“分歧者”、“忠诚者”的字眼是否有过存在的意义，还是说我们根本就不需要它们来定义自己，只需要朋友、恋人、兄弟姐妹，只需要我们做出的选择、我们之间的爱和忠诚来将彼此联结。

“你还是看看那位吧。”卡拉冲着托比亚斯点了点头。

“也是。”我道。

走到屋子对面，我立在窗子旁边，看着窗外基地的光景：一成不变，无非就是一块块玻璃、一根根钢筋、一条条道路、一块块草坪和一道道围栏。看到我走近，他停下脚步，立在了我的身边。

“你还好吧？”我问。

“嗯哼。”他坐上了窗台，面朝着我，视线与我持平，“说实话，还真不怎么好。我一直在想，这一切最后都是一场空，我是说，派别的存在。”

他揉了揉后脖颈，不知是否想到了自己背上的文身。

“我们已把全部的注押在里面，没人例外，只是我们当时没意识到罢了。”

“你一直在想这件事？”我皱皱眉头道，“托比亚斯，他们一直在监视着我们，监视着城市所发生的一切，监视着我们做过的一切。他们虽然没有直接出面干涉，却一直没停止侵犯我们的生活隐私。”

他用手指揉了揉太阳穴：“也许吧。不过困扰我的事不是这个。”

大概是出于无意，我眼神中透出的怀疑与不相信被他捕捉到，他猛地摇了摇头说：“翠丝，我在无畏派控制室工作过。整个城市到处都是摄像头，每时每刻监视着各处动静。在你们考验期间，我也一直告诫你有人在监视着你们，不记得了吗？”

我这才想起那时他的眼睛在天花板和房间角落中不停地转，这所谓的警告也是从他紧闭的唇齿间隐晦发出的。只是我从未想过他要提醒我的是摄像头的存在，我压根儿就没往这方面想过。

“我以前也因为这个觉得很困惑，”他道，“后来时间长了，我也就慢慢适应了。一直以来，我们都认为自己凭着自给自足支撑社会的存在，现在看来，这点倒是不差，只不过是他们把我们安置在这片土地上，让我们自立地活着。事情就是这样。”

“我就是有些纳闷，要是看到有人有难了，你就应该伸出援手啊，管他是不是实验呢。还有……天哪，别提他们看到的一切。”我心中突然有些畏惧起来。

他冲我微微一笑。

“怎么了？”

“我刚才想起了他们看到的一些事。”他说着就用一只手揽住我的腰。我定睛凝视了他的面容一会儿，可要不是他那样暖意融融地对我笑着，要不是知道他只是为了安慰我，我早就撑不下去了。我笑了笑。

我也跳上窗台，坐在他身边，双手垫在我的腿和木板中间：“其实，一直以来我们都认为派别制度是我们的祖先在很久前创设的，他们会觉得这是最佳生活方式，或对人们以最好的状态活下去最为有利，不管这制度最终是不是基因局设置的，性质都差不到哪儿去。”

他起初没有回应，只是咬着嘴唇的内侧，垂目盯着我们并排放在地上的脚。我的脚趾轻轻滑过地板，却没有踩到地面。

“你说得也有道理。”沉默良久后，他说，“可这个世上突然间有太多的谎言，我都不知道什么是真的，什么是假的，什么是现实的，什么又是虚幻的，到底什么才最有意义。”

我抓起他的手，与他手指交叉，他把额头贴向我的额头。

出于习惯，我发现自己在想，感谢上帝。这不禁让我思考起托比亚斯的忧虑：是不是父母信仰的上帝和他们整个的信仰体系也只不过是一群科学家为达到控制人心的目的瞎编乱造出来的？其中捏造的是否不仅有对上帝和其他学说的信仰，还有孰是孰非，以及奉献忘我的精神？若我们知道自己生活的世界是怎样被创造出来的，是不是一切都会不同？

我说不出个所以然。

思绪纷杂，心中不安，我吻上了他的唇，绵长地，感受着他嘴唇的温度，松开他时，还回味着他的呼吸吹拂着我脸颊的温润。

“这到底是为什么？为什么我们俩从来找不出片刻独处的时间？”

“不晓得，也许是我们俩太笨了。”他说。

我放声大笑，是这大笑——不是光——驱散了心中的阴霾，告诉我活着的美好，即使这里诡异万分，即使在这里，我的“三观”完全颠覆，可我并不孤单，我有推心置腹的朋友，有彼此深爱的恋人；我也并不迷茫，我知道自己来自何方，知道自己还想活着。这是几周前的我所完全不懂的。

入夜，我们把两张床铺推得近了些，两人斜躺在床上，凝望着对方的眼睛，困意袭来。他迷迷糊糊地睡去时，手和我的手还依旧紧紧握着，手指交叉，吊在两张床中间。

我微微一笑，也任自己沉沉睡去。

第十六章

托比亚斯 “死者”现身

我们睡下时，太阳还未落山，可子夜时分，我醒来，满脑子繁杂的疑问，一点也休息不得。

翠丝的手早已松开，耷拉在地上，四肢伸展着，躺在床垫上，凌乱的头发挡住了她的眼睛。

我漫不经心地穿上鞋子，鞋带都没顾上系，就冲进了走廊，任由两根鞋带啪啪地打着地毯。脚下的木地板吱嘎作响，我习惯了走在无畏派基地里的感觉，这声音听来倒让我有些不舒服——我早就适应了脚底刮擦石板的声响与回音，早就适应了大峡谷里激流呼啸和奔腾的声响。

记得无畏派考验开始一周后，艾玛尔看我越来越离群、越来越偏执，就把我喊去和几个年龄稍长的无畏者玩大冒险。我的大冒险就是刺下人生中第一个文身。当时我们返回基地深坑，我在肋骨处刺上了一个无畏派火焰的图案，文身的过程锥心地疼，我却享受着每分每秒。

不知不觉到了中庭，一阵阵湿土的味道飘进鼻腔，周围的树木也好，其他植物也好，全都悬在水中，和在友好派温室一样。屋子的中央是一棵树，植在一个大水箱中，树高高地浮在地面上，它错杂的根须，模样奇特，形似人类交织在一起的神经。

“你的警觉性不如以前高了，”艾玛尔的声音从身后传来，“我从旅馆大堂一路跟着你到这儿。”

“有什么事吗？”我用指关节敲着水箱壁，涟漪一圈圈泛开。

“我以为你想知道我为什么还活着呢。”他说。

“这我想过了，他们从来没让我们看过你的尸身。见不到尸体，伪造死亡也不是那么难。”

“听这语气，你好像都想明白了。”艾玛尔双手握在一起，继续说，“好，那我还是走吧，看来你不怎么感兴趣……”

我抱起了胳膊。

艾玛尔一手抓起他的黑发，一手用橡皮筋把头发扎起：“因为我是分歧者，而珍宁又开始大肆捕杀分歧者，他们才会让我假死。他们一直努力抢在珍宁下手前营救分歧者，可珍宁这人很难捉摸，总是先我们一步行动，所以营救起来并不容易。”

“还救出别人了吗？”我问。

“有几个。”他说。

“有没有姓普勒尔的？”

艾玛尔摇着头说：“没有。娜塔莉·普勒尔已不幸离世，我就是在她的帮助下逃出来的，她还帮过另一个人……叫乔治·吴，你认识他吗？这家伙正在巡逻，不然肯定跟我过来迎接你们了。听说他姐姐还在城市里。”

听到这个名字，我心中一紧。

“老天。”我双腿发软，斜靠在水箱壁上。

“怎么？你认识他？”

我摇了摇头。

真不敢想象，托莉的死和我们到达这儿相距只有短短几个小时，若是在平常的一天，几个小时的时间可能会无聊到让人不停地看手表，可昨天的这几个小时却承载了太多太多，几个小时的时间便让托莉和她弟弟生死相隔。

“他姐姐叫托莉，她本来也随我们行动，要离开那座城市。”

“本来？”艾玛尔重复了一遍这两个字，“啊，噢，那……”

我们两人陷入了无尽的沉默。乔治永远也见不到他至亲的姐姐了，而托莉到死都相信是珍宁杀死了她的弟弟。此刻我们已不知说些什么，因为说什么都是徒劳。

眼睛适应了昏暗，我这才看清这屋中的植物只不过是装饰，并没有什么实际用途。

这里有花，有常春藤，还有一簇一簇紫色和红色的叶子。我只见过野花和友好派果园里的苹果花。可这儿的花看起来要比野花和苹果花奢华得多，更有生气，花型也更繁杂。总之，不管这是什么地方，它不需要和我们的城市一般务实。

“这么说，找到你尸体的那个女子是在……撒谎？”

“让谎言始终如一太难了。”他眉头紧紧蹙起，“真没想到我也说出这样的话——不过这是大实话。我们重置了她的记忆，在她的记忆中植入了我从环球大厦顶上跳楼的片段，重置记忆里的尸体压根儿就不是我，只是那人已面目全非，人们也发现不了什么异样。”

“重置了她的记忆？给她注射了无私派的血清吗？”

“它的学名叫‘记忆血清’，严格来说它不是无私派名下的血清，不过你说得对。”

我曾经对他满腹怨气，却不知到底为何生气。或许让我着恼的并不是他，而是这个越来越难懂的世界，是我猛然意识到这世上全是谎言；又或许，我只是哀悼一个其实并未真正死去的朋友，就像我多年来对母亲的缅怀，真心以为她已去世。如果说欺骗他人是残忍行为，那骗取别人的悲痛更是残忍中的极致，我就是受害者，还有过两次这样的经历。

可我看向他时，所有的怒气都像落潮般退去。敛去愤怒，站在我眼前的这名男子是我的导师、我的朋友，他没有离世，他还好好地活着。

想到这儿，我咧嘴而笑。

“你还活着。”我说。

“重点是你已经不因为我还活着而生气了。”他指了指我说。

他抓起我的胳膊，给了我一个拥抱，一只手拍拍我的肩背。我本想伸开胳膊抱他，可总觉有些不自然，等我们放下胳膊，我的脸已是火辣辣的。他大笑起来，估计是我的脸红透了吧。

“真是一日僵尸人，终身僵尸人啊。”他打趣道。

“随你怎么说。对了，看起来你还是挺喜欢这里的嘛。”

艾玛尔耸耸肩：“也没别的去处，不过我觉得这里还好。你也看到了，我在保卫处工作，我以前受训的就是安保。很希望你也过来帮忙，可我怕大材小用。”

“我暂时还没考虑在这里久留，”我说，“不过谢了。”

“可你也没有什么好的去处，”他说，“如今全国的人们主要集中居住的都市——就像我们的城市，大都肮脏不堪、凶险万分，当然你如果有特殊关系那是例外。最起码这里水还没受污染，还有充足的食物，安全也有保障。”

我原地换脚，转换着重心，只觉浑身不自在。我不想考虑在这里安家，我感觉已经被自己的失望困住了。

当初我逃离父母、逃离他们给我的噩梦般的记忆时，怎么都没有想到迎接我的会是这样一个世界。可我又不想让久别重逢的老友伤心，所以只是回答：“我会好好考虑的。”

“对了，我还有一件事要告诉你。”

“什么？你又复活了几次？”

“我又没死过，何谈复活？”艾玛尔摇着头说，“和这无关，是城市里面的事情。今天有人在控制室听说，马库斯的审讯定在明天早上。”

我早就料到伊芙琳会把马库斯留到最后一个审讯，也一定会享受地看着他在“吐真血清”作用下把心底的秘密一点一点吐出，只不过能亲自看到这一幕却是我始料未及的。我本以为自己终于和他们永远划清了界限，永世没有交集了。

我应着，却只能吐出一个“噢”字。

等回到宿舍，爬到床上，我身子还麻木着，意识依旧混乱，竟一时有些无助，不知道自己该怎么做。

第十七章
翠丝 大有来头

我睁开眼睛时，正当太阳升起之前。

大家都还熟睡着，托比亚斯一只胳膊搭在脸上，挡住了眼睛，只是昨晚脱下的鞋子现在却穿在了脚上，好像他在午夜起身出去遛了个弯儿，然后又回来了似的。克里斯蒂娜的头上压着枕头。我在床上呆呆地躺了一小会儿，盯着天花板找上面图案的规律，接着我坐起身穿好鞋子，用手顺了顺头发。

走廊里空空荡荡，时而碰到几个孤寂的身影，或是躬身趴在屏幕前，或是双手捧着下巴，或是无力地倚着扫帚把儿，像是连扫地都忘记了。这些人面带倦色，大概正要交班吧。我双手插进口袋中，循着一个个标记走到了入口处，想好好看看昨天匆匆路过的雕塑。

这里的设计师定是钟情于光线，走廊里天花板的每处曲面和墙壁的下缘都是玻璃，块块玻璃反射出道道光芒，即使在太阳微露时的一片灰蒙蒙中，这里的光线也足够让人看得清楚。

我摸索着后兜，找出昨天晚餐时佐伊给我的身份识别证，拿着它通过安检门。接着我看到了距昨天通过的门几百米远的雕塑。暗淡，庞大，神秘，像是有生命一般。

整个雕塑是一块由黑色石块垒砌的大厚板，棱角分明，表面粗糙，和无畏派基地大峡谷谷底的嶙峋怪石有些相似。雕塑的中间有一道很深的裂缝，四周有些地方颜色较浅，雕塑的顶上挂着与其大小一致的玻璃水箱，清水充盈。水箱正上方有光源照射，光被箱里泛着涟漪的水折射着。我听到一声微弱的声响，像一滴水落在石块上的滴答声。水是从水箱中心的一个小管子中流出的。我本以为水箱有些漏水，可接着又落下一滴，又一滴，再一滴，每两滴的时间间隔都一样。等几滴水积聚成一洼，水便顺着石块上的窄槽流走，看样子像是有意为之。

“你好。”佐伊站在雕塑的另一端冲我打了声招呼，“抱歉吓到你了，我正要去宿舍找你，看你走到这里，就跟着你走了过来，还以为你迷路了。”

“没，我没迷路，”我说，“我就要来这儿。”

“啊。”她双手抱胸，走到我身边。她和我一般高，只是腰板比我挺得直，看起来也就比我高一些，“好吧，这东西看起来是不是很怪异？”

她说话时，我看着她脸颊上的雀斑，那点点雀斑像是阳光穿过繁茂树叶留下的点点光亮。

“有什么特殊含义吗？”

“它其实是基因福利局的象征，”她道，“厚石板象征着我们所面对的问题，水箱里的水象征着我们解决问题的潜能。那一小滴一小滴的水象征着我们在有限的时间内所能做出的改变。”

抑制不住内心的冲动，我大笑着说：“听着有点消极啊。”

她也面带笑意地说：“那是看问题的一个角度。不过我更欣赏另一种解读，就是水滴石穿——只要坚持得足够久，一滴滴的水也能让石头变样。

她指了指石板的中心，上面有一处小小的凹痕，像是在石块上刻出的浅水槽。

“比如这东西，原来是没有的。”

我点点头，定神凝视着落下的又一滴水。即使对基因局和这里所有的人都很提防，可这雕塑所蕴藏的无声希望却慢慢感动了我。它是个有实际意义的标志，无声无息地把这种耐性传递给这里的每个人，也正是出于这种耐性，他们才得以如此执着地观望着、等待着。可问题在我心底翻腾，不吐不快。

“把这整缸的水倒出来不更省事儿吗？”说到这儿，我想象着汹涌的水波与石块撞击，溅到瓷砖地板上，浸泡到我的鞋子。

一小步一小步的量变的确能引起质变，可在我眼中，既然相信问题确实存在，就要尽自己的全部力量去解决，只因为根本忍不住去努力的冲动。

“那只是图一时痛快，”她道，“可这一下之后，便没有一点水了，也就没办法解决剩下的问题了。再说了，解决基因缺陷方面的问题也不是能一蹴而就的。”

“我懂，只是纳闷能跨大步时为什么还要迈小步？”

“怎么说？”

我耸耸肩：“不太清楚，但值得去思考。”

“好吧。”

“那个……你刚才说找我有事，什么事？”

“哦！”佐伊摸了摸脑门，“瞧我这记性。大卫吩咐我带你去实验室，去看你母亲生前留下的一些东西。”

“我母亲？”我语声艰涩。她带着我离开这座雕塑，再次朝安检处走去。

我们穿过安检处，佐伊道：“提醒你一下，大家可能会盯着你看。”我向前望去，人渐渐密集，大概到了上班时间，“你在这里算是大名鼎鼎的人了。基因局的工作人员经常关注屏幕里的动向，而这几个月来，你出现在不少有意思的场景中，我们这边很多年轻人觉得你是个不折不扣的大英雄。”

“哦，不错。”我说，嘴里却全是苦涩的味道，“我可不是忙着当大英雄嘛，当然不是在努力不要挂掉了。”

佐伊停下脚步道：“真是抱歉，我并不是拿你经历的危险当儿戏。”

一想到我们的一举一动全暴露在他们的眼皮底下，我还是浑身不自在，好像我得遮住自己，或是躲到什么别人看不见的地方。可怎么说佐伊也是无辜的，我也不好说什么。

走廊里来来往往的人都穿着相同的制服，只是颜色各异，或是深蓝色或是暗绿色，有人身上穿着夹克或连体衣或卫衣，衣服都敞开着，露出里面五颜六色的T恤，有些T恤上还印着图案。

“制服的颜色有什么意义吗？”我问佐伊。

“嗯，穿深蓝色衣服的人一般是科学家或学者，穿暗绿色衣服的人是后勤人员，他们主要干保养维修之类的工作。”

“这么说来，他们就像无派别者喽。”

“不是的，这边情形不太一样。这里的每个人都很重要，都是为了共同任务出自己的一份力，也都受到同等的重视。”

她先前说得对：人们果然都盯着我看，多数人只是眼光在我身上多停留一会儿，可也有些人指指点点，有些人还低声念叨着我的名字，语气像是我的名字属于他们似的。我浑身痉挛，想动弹身子却又不听使唤。

“很多后勤人员是从离这儿不远的印第安纳州波利斯市的实验中撤回来的，”佐伊道，“他们比你们适应起来要容易得多。波利斯市没有采用你们城市的行为模式系统，”她顿了一下，补充道，“就是派别制度。过了几代人之后，其他城市都没撑住，只有你们的城市还一片繁盛，基因局就决定把派别制度引入其他城市实验，比如圣路易斯、底特律、明尼阿波利斯啊，并把相对较新的印第安纳波利斯市实验作为对照组。基因局手下的实验一般在中西部城市开展，这些区域的市区相隔要远一些，不像东部的城市，都聚在一起。”

“就是说在波利斯实验中，你们只是……把基因修复的人安置到了城市里，而不做派别的划分？”

“他们其实有一套相当精深复杂的规则系统，可是……其实和你说的差不多。”

“实验开展得不顺利吗？”

“嗯，”她努了努嘴，“受损基因携带者习惯了困苦的生活，也没有派别引导人们行为方式的生活模式，他们是极具破坏性的。实验经历了三代后也草草收尾。而采用了派别制度的城市，包括你们的故乡芝加哥，情况要好得多。”

芝加哥——突然知道我一直当作家的地方有个名字真是一种奇怪的感觉，我觉得城市一旦冠上了名字，在我心里就显得小了很多。

“就是说，你们这样做有很长时间了？”我问。

“是的，确实很久了。由于目的的专注性和地点较远较隐蔽等特点，基因局和其他政府机构并不相同。我们只能把相关技能和目标传给我们的下一代，而不是通过招聘或任命等形式招揽人才。说说我吧，我从小就开始学习从事这一行所需的技能。”

透过这一扇扇的窗子，我忽然看到一个奇怪的运载工具——它形状似鸟，有两个如鸟翼般的构造，顶端尖尖，却又像车一样带着轮子。

“那东西是用来空中飞行的吗？”我指着它问。

“是的。”她面含笑意道，“这是飞机，如果你觉得这够无畏的话，我们改天带你坐一下。”

我没有回应她对文字的把玩，我还没忘记她看到我时是怎样认出我的。

大卫站在前方的一扇门边，挥挥手，冲我们打了个招呼。

“你好，翠丝。”他说，“佐伊，谢谢你把她带来。”

“长官客气了。”佐伊道，“那我就先告辞了，还有很多事情要忙。”

她冲我展颜一笑，匆匆走开。

我不想让她走，她这么一走，我就和大卫单独在一块儿了，脑中还不停地闪过昨天吼他的场景。他却没提这事，只是把身份识别证往门上的传感器一扫，推门而入。

我跟着他踏进一个没有窗子的办公室，一个跟托比亚斯年龄差不多的男孩坐在一把椅子上，对面的另一把椅子却空着，男孩看着我们走进来，微微抬了下头，往电脑屏幕上敲了些什么，站了起来。

“长官好，”他道，“请问有什么事可以效劳？”

“马修，你的主管去哪儿了？”大卫问。

“去餐厅拿吃的了。”马修应道。

“好吧，你帮我个忙吧，把娜塔莉·莱特的文档下载到平板电脑上，行吗？”

原来，母亲真正的姓氏是莱特。

“当然没问题。”马修说着，就又坐在椅子上，往电脑上噼里啪啦地输入了什么，打开了一些文档。我离得有些远，看不清这文档上写着些什么，“只是需要传输一下而已。”

“你应该是娜塔莉的女儿碧翠丝吧。”他一手支着下巴，带着批判的目光审视着我，他眼珠的颜色很深，看起来都成了黑色。他的眼角微微上挑，看我的神色中没有一丝震撼或惊讶，“你长得不怎么像她。”

“我叫翠丝。”我下意识地回道，心里却带着一丝欣喜，最起码这里还有人不知道我的外号，也就是说这个叫马修的男孩不怎么靠看我们城市的监控视频来打发日子，“还有，我知道不像。”

大卫拖过来一把椅子，椅子腿刮擦着地面，声音有些尖锐，等把椅子放正，他拍了拍椅子。

“请坐。我一会儿就把娜塔莉的文档下载到平板电脑上送给你，你和你哥哥可以自己看。趁着文件还没下载完，我给你讲讲事情的原委吧。”

我坐在椅子边上，他坐在马修主管的椅子后边，一手拿剩下一半咖啡的杯子在铁制桌面上转着圈。

“首先我得说，你母亲是我们的一个神奇发现。在那片残败的土地上，我们算是意外地找到了她，她的基因几近完美。”大卫咧嘴笑着，“我们救了她，把她带到这里生活了好几年，后来碰巧你们的城市里出现了危机，她自愿去解决问题。这些你应该早就知道了。”

我听完一时有些发懵，只冲着他一个劲儿地眨眼睛——什么？母亲不是这里的人？那她是哪儿的人？

想着母亲曾在这些门厅中穿行，曾在控制室的屏幕上看着城市中的动向，我心中又是一沉。她是不是也坐过这把椅子？她是不是也踩过这里的瓷砖？一时间，我神情有些恍惚，总觉得这里的每一面墙、每一个门把、每一根柱子都映着母亲的影子。

手狠狠地抓住椅子沿，我定了定神，整理了一下思绪，想起了要问的问题。

“不，我这是头一次听说。什么危机？”

“博学派代表开始大肆捕杀分歧者。他叫什么来着，诺什么的，诺曼吗？”

“是诺顿。”马修接话道，“他是珍宁的前任，心脏病发作前把要杀光分歧者的理念传给了珍宁。”

“谢谢马修。总之呢，我们把娜塔莉安置到城市内部，去调查情况，阻止血腥的屠杀。我们压根儿没想到她一去去了那么久。不过她也为我们出了不少力，在里面安插个内线也不错。后来，她还有了自己的家庭，当然，还生下了你。”

我皱着眉头道：“可我是新生那会儿，分歧者还是不断惨遭毒害。”

“你只知其一不知其二，只看到被杀害的人，没看到被救下的人。有些被救出的人现在在基因局做事，比如艾玛尔。你应该见过他吧？其他一些人不想天天对着摄像头看着他们的亲人街坊生活在水深火热中，他们就接受相关培训，努力适应基因局外头的生活和工作。一句话，你母亲的贡献无与伦比。”

可母亲也撒过不少谎，算起来实话倒是没说几句。我好奇父亲知不知道她的身份，知不知道她真正的背景。可父亲是无私派领导，一直就知道真相。我心中陡然一惊，脑海中冒出一个恐怖的想法：难道她嫁给他只是迫于无奈？只是为了完成所谓的任务？难道他们俩结合只是一个幌子？

“就是说她不是无畏派出身。”我在脑中搜索着母亲说过的谎言，苦涩地说。

“她去的时候身上已经刺有文身，也就顶着无畏派的身份，不然解释不通。当时她已年满十六，可我们说她是十五岁，这样就有一年的适应时间，我们是想让她……”他耸起单肩，语调有些无奈，“你还是看看她的文档吧，鬼知道一个十六岁的孩子脑子里都在想什么。”

像得了信号一般，马修打开了抽屉，拿出一小片平滑的玻璃。他用一根手指的指尖轻轻敲了几下，上面出现了画面，正是他刚才在电脑上打开的文档。他把玻璃片递给我。它比我想象中的要沉，又硬又结实。

“别担心，这东西几乎是摔不坏的。”大卫说，“我猜你肯定想回去了。马修，麻烦你带普勒尔小姐回旅馆吧，我手头上还有些事。”

“我就闲着呀？”马修冲他挤了下眼睛，“开玩笑的。长官，我这就带她回去。”

我冲着正要走出门外的大卫喊了声：“谢谢。”

“客气了，有问题随时问我。”

“准备好了吗？”马修问我。

他身材挺拔，大概有迦勒那么高，黑色的头发向前拢着，像是闲着没事儿就故意把头发往前拢一下，让发型看起来更像是睡觉时压的。他深蓝色外套里穿了一件黑T恤，脖子上还缠着一条黑色带子，他做吞咽状时，那带子就随着他的喉结一起一伏。

我随他走出这间窄小的办公室，又踏进了走廊。原本在这里的人群现已稀疏，大概开始着手工作或吃早餐去了。这里的人们有自己完整的生活：睡觉，吃饭，工作，生孩子，养家，死亡。这里曾是母亲称之为家的地方。

“一下子听到这么多事，我在想，你什么时候会崩溃。”

“我才不会崩溃呢。”我有些自卫地反驳道。其实，我早已崩溃过了，只是面子上始终不愿承认。

马修耸耸肩：“换我肯定会崩溃的。不过你想这样说就这样说吧。”

终于看到了标有“旅馆入口”的牌子，我把平板电脑紧紧地抱在胸前，心中急切，急于奔向宿舍，把有关母亲的一切分享给托比亚斯听。

“等等，我和我的主管从事的工作涉及基因测试，”马修道，“不知你还有那个家伙——好像是马库斯·伊顿的儿子——可不可以让我测一下基因？”

“给我一个理由。”

“好奇呗。”他又耸了耸肩说，“我们还从没测过实验之后经过这么多代的人的基因，而你和托比亚斯行事都有些……反常。”

我抬起双眉。

“先说说你吧，你对血清有非凡的抵制能力，比大多数分歧者也要出色很多。再说说托比亚斯，他虽对血清免疫，却没有我们研究总结的分歧者特性。等以后有空了再跟你详谈。”

我有些犹豫，不知道是否该看看自己或是托比亚斯的基因，更别说他们还会像模像样地把我们的基因作对比。可看着马修脸上近乎孩子气的渴望，我心底深处理解他心中那股子好奇。

“我可以问问他，但我还挺想参加测试的。什么时候测？”

“今早可以吗？差不多一小时后我来接你，你自己也进不去实验室。”

我点点头，心里突然激动起来，真没想到能对自己的基因了解更多。这就如看母亲的“日志”一般——我马上就能复原她的一部分了。

第十八章

托比亚斯 基因检测

早上起床后看到这些并不太熟悉的人睡眼惺忪，脸上还印有枕头压痕的感觉很是奇怪。我知道了克里斯蒂娜早上精力充沛，皮特头发压得平平的醒来，卡拉一步一步挪向咖啡杯，跟人的交流只有一连串的嘟哝。

我先冲了个澡，换上他们给的衣服。这衣服虽和我平时穿的衣服没多大区别，却是各种颜色混在一起，好像在这里衣服的颜色没有任何含义一样，也许真的没什么含义吧。我套上黑T恤，两腿蹬进蓝色牛仔裤，努力说服自己，这衣服再正常不过，这感觉再正常不过，我正在适应。

父亲的审讯定在今天，可我还没决定要不要观看。

等我洗漱好回到宿舍，翠丝已穿戴整齐，坐在一张床铺的边沿，像是要随时跳起来一样，这点和伊芙琳倒有些相似。

不知道谁端来了早餐，我抓起一块松饼，坐在她对面："早啊，起得挺早的。"

"是啊。"她伸出脚，把脚放在了我的两脚之间，"今早在那个大雕塑旁遇见佐伊了，她说大卫要给我一个东西。"她拿起身边摆着的玻璃屏幕，用手轻轻一点，上面显出光亮，里面是一个文档，"这是我妈妈写的日志，虽然记得不多，可也算日志。”她像是不自在似的扭动着，“我还没怎么看。”

“怎么不看看呢？”我问。

“不知道。”她把这东西放下，屏幕也自动转黑，“可能是有些害怕吧。”

无私派的孩子一般不怎么了解他们的父母，父母也不会如其他派别一般，在孩子年龄稍大一点试着让孩子们了解自己。他们把自己包裹在灰色衣服和无私的行为之中，觉得过度表露心迹等于自我放纵。这个文档不仅仅是翠丝母亲的一部分，更是翠丝了解真实的娜塔莉·普勒尔的第一个也是最后一个机会。

我突然明白，为何翠丝像捧了个魔力瑰宝，怕它随时消失，又为何不急于阅读。这不正和我对审讯父亲的心情一样吗？或许，这小小的文档里记载着她不想知道的事情。

循着她的眼光，我看向坐在屋子对面的迦勒，他正嚼着麦片，嘴巴一张一合，像个噘着嘴赌气的孩子。

“那你给他看吗？”我问。

她一时没有回答。

“我一般是不建议你给他什么的，可这个……应该说不只属于你一个人。”

“我知道。”她简短地答道，“我当然会给他看，只是我想让它现在只是我一个人的。”

这点我很同意，我大半生的时间都需要把某些信息憋在心里，反反复复地去想，却从未说出口。对我而言，隐藏话语和呼吸一样自然，想说出来的冲动反倒是新的体验。

她轻叹一声，从我手中揪了一点松饼，我轻轻弹了下她的手指头：“喂喂喂，你往右边走几步就有很多松饼。”

“所以呀，吃你几口，不要太心疼。”她笑道。

“好吧。”

她抓起我的衣衫拉我入怀，轻轻地吻上了我的唇。我一只手抚着她的下颌，激烈地回吻着她。

看到她又从我手中掐了几口松饼，我一把推开她，无奈地瞪着她。

“等我去桌子上给你拿几个，就几步。”

她嘴角一扬，笑着说：“我想问你一件事，你今早想不想去做一个小小的基因检测？”

“小小的基因检测”，这个短语在我听来似乎是个矛盾体。

“为什么？”我问。说实在话，要看我的基因和要看我的裸体没什么实质性区别。

“我今天在实验室遇到了叫马修的男孩，他说大家对我们的基因组成很感兴趣，想对我们的基因进一步进行科学研究。”她说，“他还特别问到了你，说你可能是个特例。”

“什么特例？”

“你表现了一部分分歧者特性，但也有一些特性没有表现出来。我也一知半解，他就是有些好奇。你不想去就不用去。”

周围的空气变得炙热、沉重，我摸了摸后脖颈，挠了挠发际线，缓解了下内心的不适。

差不多还有一小时的时间，我就可以从视频中看到伊芙琳对马库斯的审讯，我突然意识到自己不能看这一幕。

我虽然极不情愿任由生人一层层剥开我基因的秘密，嘴上却还是答应了：“没问题，我跟你去。”

“太好了。”她又美滋滋地吃了一口我手上的松饼，一缕头发掉下，挡住了她的眼睛，还没等她发现，我便帮她撩起，掖在耳后。她抬手抓起我的手，手心温热而有力量，嘴角一弯，露出一抹甜甜的笑。

门轻轻推开，一个三角眼眼角微微上扬，头发乌黑的年轻男子走进来，我一眼就认出他是托莉的弟弟乔治·吴，托莉一般喊他“乔吉”。

他的笑有些轻浮，我只想连连后退，想离他即将知晓的悲痛远点儿。

“我刚赶回来，”他有些接不上气地说，“他们说我姐姐和你们一起来的——”

我和翠丝交换了一个不安的眼神，周围其他人看到门边的乔治都安静下来，一时间一片静寂。这种窒息的静寂就如无私派葬礼时凝重的沉默一样。就连平时看别人痛苦会幸灾乐祸的皮特，此刻也有些手足无措，双手一会儿叉在腰上，一会儿塞到口袋里，一会儿又移回腰间。

“怎么……大家都看着我干吗？”乔治打破了沉默。

卡拉向前走了几步，看样子是要把噩耗告诉他，可我估计她处理不好这件事，所以我一下子站起身，阻止了她正想说出口的话。

“你姐姐的确是和我们一起来的，”我说，“可我们在路上被无派别者偷袭了，她……她没能挺过来。”

这短短一句话没能说出的还有很多很多——她的离世来得太快，几乎就在一瞬间，那原本活生生的人栽向地面，接下来就是仓皇中的我们跌跌撞撞地摸黑逃窜。她倒下的那一刻，我选择了放弃，我本该救她，我们几个人中，只有我和托莉最熟，只有我知道她是如何紧紧地拿着文身针，知道她的笑声怎样沙哑如被砂纸摩擦一般。

乔治瘫软下来，靠在身后的墙壁上，强撑着自己：“什么？”

“她为了保护我们，牺牲了自己。”翠丝语调中竟是出人意料的柔和，“若不是她，我们几个都不会在这里了。”

“那她……她死了？”乔治虚弱地反问，整个身子靠住墙壁，双肩委靡地垂着。

站在走廊里的艾玛尔手中拿着面包，脸上的笑容僵住了，笑意一点点消退，变成了黯然神伤，他把面包放在门旁的桌子上。

“我本想找机会告诉你的。”艾玛尔说。

艾玛尔昨天说乔治的名字时那么随意，我还以为他们之间互不认识，可现在看来我想错了。

乔治双眸无光，蒙着一层水汽，艾玛尔一手揽住他的背部，把他揽进怀抱。乔治的手指弯曲，紧紧地抓着艾玛尔的衬衫。他太用力，指关节都发白了。我没有听到他哭，或许他并没有哭，或许他只是需要抓住什么东西。隐约间，我想起自己的悲痛，那时小小的我以为母亲永远走了，只是觉得世间的一切都与我相隔，仿佛每时每刻都想咽下些什么。只是其他人是否有同样的感受，我不得而知。

艾玛尔最后把乔治带出屋子，我目送着他们肩并着肩沿走廊离去，两人低声交谈着。

我差点忘了自己要去做基因测试，直到宿舍门口出现了个陌生人，我才蓦地想起来。来人是和我一般大的年轻男子，他冲着翠丝招了招手。

“是马修，我们该走了。”她道。

她抓起我的手，带我朝门口走去。我可能并没听见她提到马修并不是乖戾的老科学家，或许是她压根儿就没提。

心里默念：别犯傻了。

这个叫马修的男孩冲我伸出了手：“你好，见到你很高兴。我叫马修。”

“托比亚斯。”我本想说“老四”，可这个名字在这里有些奇怪，这儿的人们绝不会用自己的恐惧数量来给自己命名，“我也很高兴见到你。”

“那我们去实验室吧，这边请。”他说。

清晨的基地人头攒动。人们穿着绿色或深蓝色的制服，因为个头儿不同，有的人衣服长到脚踝，有的人衣服边比脚面高出几厘米。基地中到处是公共区域，还有许多分支朝着主要门厅而去，有如心脏的心房和心室。每一块公共区域都标着数字和字母，人们在区域间穿行，有的人两手空空，有的人拿着翠丝带回来的那种玻璃平板设备。

“这些数字是什么意思？”翠丝问，“用来标识区域的？”

“它们以前是登机口的号码。”马修道，“每一块区域都有闸门，穿过这扇门，走过一条通道，就可以登上去某一特定目的地的特定航班。它们当时把机场改成基地时，拆掉了等候区域的所有座椅，换上了实验室设备，大多数的设备是从城市里的学校拿来的。这里总的来说就是一个大型实验室。”

“那他们在忙些什么呢？我以为你们不过是观察实验而已。”说着，我忽然看到一个女人从通道的一端跑向另一端，手中捧着一个平板电脑，那股小心翼翼的劲儿，真像捧着祭品似的。道道阳光透过天花板上的窗子倾斜落下，在擦亮的瓷砖地板上投出条条光影。透过窗子往外望去，世界一片祥和之色，草修剪得整整齐齐，野生的树木在远处摇摆着，一时没法想象，就在这样的世界里，人们因为“基因缺陷”而自相残杀，而在我们离开的那座城市里，人们还生活在伊芙琳那一套严格的制度下。

“观察实验自然有特定的人员，录入和分析实验结果又需要一部分人力，不仅这样，还有人专门负责继续研究修复受损基因的办法，除了实验要用的血清之外，还有我们自己用的血清……有好几十个项目呢。如果有好的想法，就可以组建团队，提交由大卫总负责的基地委员会。只要不是太冒险的项目，委员会一般会通过的。”

“是啊，他们不想冒任何风险。”翠丝道。

她微微地翻了个白眼。

“想想需要投入的努力，小心点也不为过。”马修道，“当时派别制度和各种血清还未被引入，所有的实验都不断受到来自内部的抨击。血清的存在在某些方面确实可以控制局面，尤其是记忆血清。不过呢，记忆血清现在应该没人继续改进了，它应该在‘武器实验室’。”

说起“武器实验室”五个字，他的语气就像这词很脆弱，很神圣一般。

“就是说一开始，是基因局给了我们血清。”翠丝道。

“没错，只是后来博学派一直在不停地改进血清，你哥哥也出了一份力。说实话，我们在控制室经过长期观测后，也从博学派那里学到了怎么配制改进版血清，只不过关于记忆血清，博学派没怎么进行研究。我们在记忆血清上花了大量功夫，它算是我们最伟大的武器了。”

“武器。”翠丝重复道。

“嗯，我们可以用它来镇压反叛军：其一，只是抹杀掉他们的记忆，不需要将他们统统杀掉；其二，他们只是忘掉要争什么了。我们也是用这个办法对付边界地带的反叛者的，那地方离这里差不多一小时路程，有些当地人总想侵犯和突袭我们，记忆血清就发挥了作用，不见一丁点血就可以阻止他们。”

“这也太……”我正想说，却被马修打断。

“还是很糟糕，对吧？也许吧，可这里的高层却把它看作我们活下来的救星，当作我们的呼吸机。好了，到了。”

我眉头扬起，甚是不解。他说起反对领导的话语气太随意，我差点没有注意到。不知这里的人们是不是可以公开发表反对意见，在日常的谈话中自由地提出异议，而不是像我们那边一样，只能在隐秘的地方小心地低声说出这些抗议。

他举起工卡，在左边厚重的大门上扫了一下，门自动打开，我们走进了一条狭窄的走廊，走廊里荧光灯洒出一片苍白的光亮。他走到了一扇门前停住脚步，门上标有“一号基因治疗室”几个字。屋子里，一个浅棕色皮肤、穿一身绿色连身衣裤的姑娘正收拾测试台上的文件。

“她是我们的实验室技术员，叫胡安妮塔。胡安妮塔，这位是——”

“不用介绍了，我认得他们。”她笑着接过话。我从眼角余光中看到翠丝神情凛然，面露不悦，大概是想到他们每时每刻都观测我们吧，可她未发一言。

技术员姑娘向我伸出手：“除了马修的主管，喊我胡安妮塔的人就是马修这小子了，我叫妮塔。需要准备两个测验吗？”

马修点了点头。

“马上好。”她说着打开对面的一排柜子，拽出一些东西，这些东西都包在纸和塑料包装里，上面贴着白色标签。一时间，整个屋子里全是撕裂声响。

“你们觉得这里怎么样？”她问我们俩。

“正在慢慢适应。”我道。

“好吧，我很理解你们。”妮塔冲我微微一笑，“我也经历了另外一个实验——在波利斯市进行的，那个失败了的实验。等等，你们还不知道波利斯市在哪儿吧？其实离这儿也不是很远，乘飞机大概不到一小时。”她停了停，又继续说，“这样说你们好像听不懂，不过也没什么。”

她从塑料袋里抽出一个注射器和针头，翠丝紧张起来。

“这东西是干什么用的？”翠丝问。

“读取你的基因。”马修说，“你没事吧？”

“没事。”翠丝语调中依旧透着紧张，“只是……只是我不喜欢别人往我体内注射奇怪的玩意儿。”

马修点着头说：“我对天发誓，这东西只用来读取你的基因，没别的副作用，妮塔也可以作证。”

妮塔也点点头。

“好吧，不过……我可以自己来吗？”

“当然可以。”妮塔拿起注射器，在里面装满了他们要往我们体内注射的液体，递给了翠丝。

“下面我来简单介绍一下基因测验的原理。”马修说着，妮塔已在翠丝的手上擦了些消毒水，那味道隐隐有些刺鼻，搞得我的鼻子里面也有点酸酸的。

“液体中含有微型电脑，用来探测特殊的遗传标识，再把相关数据传送至计算机中。大约一小时就能读取到我需要的全部信息，不过要仔细检查你们所有的基因材质，得花更久的时间。”

翠丝把针管扎进胳膊，推动了注射器的活塞。

妮塔冲我招招手，示意我伸出胳膊，又用一个蘸上了橙色液体的棉球给我擦了擦。注射器里的液体泛着灰色的银光，有些像鱼的鳞片。看着这一管液体缓缓地注入我的体内，我不禁想象着其中的纳米技术在我身体中游走，研读着我、分析着我。身旁的翠丝拿着棉球按住针眼，冲我微微一笑。

“微型电脑……又是干什么的？”见马修点着头，我继续追问，“它们要寻找的具体是什么？”

“怎么说呢，基因局的前辈在把‘修复’基因植入你们祖先体内时，同时也植入了基因追踪器。简单点说，基因追踪器其实是证明这个人的基因已得到修复的证据。既然如此，在情境模拟中，基因追踪器会保持清醒——这很容易就能测试到。如此一来，我们就能知道你的基因是否被修复了。所以你们市里所有人一到十六岁就必须参加个性测试，若他们在测试中保持清醒，他们的基因可能就已修复。”

我默默把个性测试也列入那些原本对我来说很重要，到头来却不再属于我的东西的名单里，它只不过是这些人获取信息或是他们所需的测试结果的策略而已。

我一时不敢相信赤裸裸的现实，情境模拟下的清醒本是让我与众不同、让我觉得强大的东西，也是以珍宁为首的博学者动杀机的原因，闹了半天它却只能证明这些人携带着修复的基因。换句话来讲，它其实是一个特殊的代码，证明我身上有着纯净的基因。

马修继续道："基因追踪器只有一个缺陷，在情境模拟中保持清醒或能对血清免疫并不能直接证明这人就是分歧者，两者之间只不过关联度很高而已。有的时候，有基因缺陷的人在情境模拟中也可能是清醒的。"他耸了耸肩头，"托比亚斯，也正是这个原因，我对你的基因很感兴趣，很想知道你真的是分歧者，还是对血清的免疫让你看起来像分歧者。"

正在收拾抽屉的妮塔紧抿着嘴唇，似在克制着想说出口的话。那一刻，我心神陡然有些不安，我竟然有可能不是分歧者？

"现在坐着等结果就行了。我去搞点吃的填饱肚子，你们饿吗？"

我和翠丝都摇了摇头。

"那我去去就来。妮塔，你陪着他们，好吧？"

没等妮塔作答，马修就匆匆地离开。翠丝坐到了检测台上，腿来回晃着，压得桌上的纸皱成一团，纸在桌子边沿挨着她腿的部分被蹭得已有些破损。妮塔的手插在连体衣的口袋里，看着我。她深色的眸子熠熠闪光，宛若漏油引擎落下的一滴滴汽油。她递给我一个棉球，我接过来按住胳膊肘内侧的针眼，它冒出了小血泡。

"这么说来，你也经历了某种城市里的实验。来了多久了？"翠丝问。

"差不多八年吧，波利斯市的实验宣告失败后，我就来到这里。我本来是可以不用参加实验的——不参加实验的人比参加实验的人多多了，但那样又太随大流了。"妮塔斜倚着柜台，继续说着，"我就自愿到了这里。我以前曾干过警卫，我这算是一步步往上升了。"

她语气中满是苦涩，大概这里和无畏派一样，职位的晋升往往会有一个上限，她很年轻就已达到这个"上限"，再想往上爬，估摸着不太可能。这情况和我当时很相似，选择了控制室的工作就是选择了一辈子"爬"不上去。

"你们那儿没有派别吗？"翠丝追问。

“没有，我们是实验对照组。这样对比下来，派别制度是真的有效。我们那里倒是有很多规矩，什么宵禁令啊，起床令啊，安全令啊，对了，还有禁枪令。”

“那后来呢？”话音刚落，我就有些后悔，真想把这话收回去。妮塔的嘴角向下一拉，似乎这个问题对她而言有千斤重。

“哎，即使上缴枪械，那边有些人还是能制造出枪支弹药，后来就果真配制出威力很猛的炸药，他们把炸弹扔向了政府大楼，死了很多人。这事一出，基因局就宣告实验失败，他们把投弹者的记忆全部抹掉，还重新安置了我们。想来这里的人倒不是很多，我是其中一个。”

“很抱歉。”翠丝轻声道。我有时太过偏执，总是只关注翠丝刚毅的一面，甚至都忘了她柔和的一面。每次看到她，我都像看到了一个斗士，胳膊上那结实的肌肉，锁骨处代表飞翔的黑色文身，都是她力量的标志。

“没关系，你们又不是完全体会不到，我也知道珍宁·马修斯的残忍捕杀行动。”

“那他们为什么不痛快点，像对待印第安纳波利斯市一样，直接终止我们城市的实验？”翠丝问。

“现在也并不是没有结束这个实验的可能，不过我觉得芝加哥实验持续了那么长时间，一直以来都很成功，要说现在就放弃，他们恐怕还真有些不舍得，毕竟它是第一个设立派别制度的实验。”

我拿下棉球，针眼处不再出血，只剩下一个小红点。

“如果让我选，我应该会选无畏派，不过我怕自己没那个勇气。”妮塔打趣道。

“面临绝境时，你会惊异地发现自己其实什么勇气都能有。”翠丝道。

我心中隐隐一沉，觉得她这话再正确不过了。绝望能让人做到几乎不可能的事情，这一点，我们俩都深有体会。

等马修返回实验室，时间刚刚好，他坐在计算机前观察了好久，眼球转来转去，阅读着屏幕上的内容，只是不时感叹，“嗯……啊”。我们等着他宣布结果或说些什么，等得越久，我浑身的肌肉绷得越紧，等到后来，双肩僵得都跟石头一样了。他终于抬了抬头，把屏幕一转，对着我们的方向。

“这个程序可以用一种易于理解的方式来解读数据。这里是翠丝遗传物质中一种特殊的DNA序列的简化描述。”他说道。

屏幕上的图案密密麻麻的全是一条条线和一个个数字，有的地方用黄色或者红色标了出来，除了这些，我看不出其他任何意义，这完全超出了我的理解范围。

“这一段是修复基因，受损基因携带者是看不到这部分的。”他敲了敲屏幕几个地方，我还是一脸迷茫，他却自顾解释，没注意到已完全摸不到头脑的我，“这一段呢，是程序发现的基因追踪器，也就是情境模拟时的清醒意识。能够看到这两部分恰恰说明翠丝是真正的分歧者。可奇怪的事在这儿。”

他又敲了敲屏幕，图案变了个样，却是一样复杂，还是纵横交织的线和数字。

“这是托比亚斯的基因图。”马修解释道，“你们也看到了，他有情境模拟中清醒意识的基因成分，却没有翠丝体内的‘修复基因’。”

喉咙有些干涩，我有一种不好的感觉，我觉得自己在接收一个坏消息，却不清楚这到底是怎样的坏消息。

“什么意思？”我问。

“它表明了你不是分歧者，你的基因依旧有缺陷，遗传物质的异常导致你能在情境模拟中保持清醒。换句话讲，你只有分歧者的表征，却不是分歧者。”

我脑中缓缓过滤了一遍马修的话，一点又一点，一切渐渐明了：我不是分歧者，我和翠丝不是一类人，我是受损基因携带者。

“受损”二字如铅般在我心里沉下来。我一直就知道自己有什么毛病，只不过原本我觉得这是因为我的父亲或母亲，因为他们像传家宝一般传给我的痛，却不料父亲唯一的优点——他的分歧者基因——却没遗传给我。

我一时没法接受，也没有看向翠丝，只是盯着妮塔，她神色凝重，带着些许愠怒。

“马修，”她终于忍不住说了话，“你不想把数据带到你的实验室做进一步分析吗？”

“我是想和咱们的实验对象谈谈。”马修答道。

“我不认为这是个好主意。”翠丝语气尖锐如刀。

马修说了些什么，我却没有听到，我只听到了自己怦怦的心跳声。他又敲了敲屏幕，我的DNA序列消失，屏幕转黑，又和普通的玻璃没了区别。他临走时还告诉我们有问题可以去他实验室问，可我、翠丝，还有妮塔都陷入了沉默。

“没什么大不了的，想开点，好吗？”翠丝坚定地说。

“你少来告诉我这重要不重要！”我吼道，声音出人意料地高。

妮塔在柜台边忙活着，确保所有容器都摆放整齐，只不过由始至终我们都没有动过那些东西。

“不，我要！”翠丝也抬高了嗓音，“你还是你，和五分钟前的你，和四个月之前的你，甚至和十八年前的你是同一个人！这结果一点也没改变你。”

她的话倒是有些道理，可此刻我怎么都无法信她。

“你是说，它对我一点影响也没有吗？真相一点也没影响到我？”

“真相？哼，这些人说你的基因有问题，你就相信了？”

“刚才就显示在那儿，”我指了指屏幕，“你也看到了。”

“可我也看到你了，”她几近嘶吼，一只手抓住我的胳膊，“我也知道你是什么样的人。”

我不停地摇着头，眼神有些涣散，一时没法聚焦：“我……我要出去走走，回头见。”

“托比亚斯，等等——”

她话音未落，我已大步冲到门外，一逃离那间屋子，心里积聚的压力顿减。我沿着狭窄的走廊匆匆走着，却总感觉四周的墙壁无限挤压着我，等我走出走廊，踏进阳光明媚的大厅，心中的压抑消散了不少。头顶的天空现在蓝得耀眼。身后传来哐哐哐的脚步声，脚步声很响，不是翠丝的。

“喂。”妮塔的声音传来，她一边说着还一边扭着脚，鞋子触地，发出刺耳的吱吱声，“不要太有压力，我只是想和你谈一下……受损基因的问题。如果你有兴趣知道，今晚九点在这里和我碰头……请勿见怪，我无意冒犯你的女朋友，但你应该不会把她带来吧。”

“为什么？”我问。

“因为她是GP，也就是纯粹基因携带者，她肯定理解不了。算了，一时解释不清楚，只请你相信我。她最好回避一阵子。”

“好。”

“行，那我走了。”妮塔点了点头。

看着她跑回基因治疗室，我又迈开了脚步，漫无目的地走着。只有行走时，连日来那些令人烦躁的信息才不会迅速地向我袭来，才不会一遍遍大声回响在我的脑际。

第十九章
翠丝 第一次飞行

我没去追他，因为我不知该说些什么。

当初发现自己是分歧者后，我原本以为这种别人没有的神秘力量，让我与众不同、更好也更加强大。可等到他们把我的基因和托比亚斯的基因在电脑屏幕上一比，我如梦初醒，才知道“分歧者”并不是我想象的那么重要，它只不过代表我基因里有个特殊DNA序列，就像有些人有棕色眼睛或金色头发一样。

我把脸埋入双手中，心中万分苦恼，我虽不觉得自己有何不同，但这里的人却觉得我的基因已得到修复，而托比亚斯的基因却依旧有缺陷，更为可笑的是，他们还想让我不问缘由地去相信。

我一点也不信他们的鬼话，却搞不清托比亚斯怎么就信了，怎么那么急切地认为自己的基因是受损的。

不想再为这事费神，我匆匆离开基因治疗室时，刚好碰到走回来的妮塔。

“你跟他说了什么？”我问。

妮塔个子虽高，却又不太高，虽瘦，却又不太瘦，肤色健康，人很漂亮。

“我刚去帮他指路，这里很容易让人犯迷糊。”她道。

“没错。”我迈开脚步，不知要去哪儿，只想快点离开这个单独和我男友谈话的漂亮姑娘，不过想来他们也没谈多久。

佐伊站在走廊尽头冲我招了招手，示意我过去。她神色要比清晨时释然得多，眉头紧皱时形成的皱纹消失了，头发松散地披在肩上，双手插进连体衣的口袋里。

“我已差不多通知完大家，我们两小时后有一次短途飞行，想来的都可以来。你要来吧？”

恐惧和兴奋同时席卷了我，这感觉和我挂在汉考克大楼上的索道时有些类似。脑中飘过很多画面，我想象着坐在一辆带有飞翼的汽车中滑翔的刺激，想象着引擎的力量，想象着吹打到身子上的风，想象着几率再怎么小也不可能完全避免的事故，想象着自己从天上垂直坠落到地上粉身碎骨。

“当然去了。”我道。

“那我们在B14登机口碰头，循着标牌就能找过来。”她离去时，闪出一抹笑容。

我抬起头，看着窗子外面的天空，清澈而颜色浅淡，跟我的眼睛一样。这是一段终要踏上的旅程，或许是因为多少人害怕高空，我却享受着高度，又或许是像我这样经历了大起大落、是是非非的人，剩下唯一可探索的空间便是天际。

我走在金属阶梯上，每次落脚，梯子都发出吱吱的声响。我仰起头才能看到飞机，它比我想象中要庞大许多，是银白色的。一侧的机翼下方安装着巨大的圆筒，旋转刀在里面转着。我想象自己的身子被这旋转刀从一端吸入，又从另一端吐出，血肉模糊，不禁微微一颤。

“这么大的东西怎么能飞在天上不掉下来呢？”身后的尤莱亚问。

我摇了摇头，我不知道，也不愿多想。我跟着佐伊又走了一段阶梯，阶梯的尽头是飞机上开着的洞口。颤抖的手抓住了阶梯上的把手，我最后一次回过头，满怀希望地寻找托比亚斯的身影。他没来，自从基因测试后，我就再也没见过他的人影。

穿过飞机的洞口，我不自觉地低下了头，纯粹是多此一举，这门框其实比我要高。走进飞机，里面是一排排座位，座位上铺着有些磨损的蓝色纺织品。我找了个前排靠窗的位子坐下，刚一坐下，脊椎被一个金属条硌到了，这根本算不上椅子，最多只能算个椅子架。

卡拉坐在我身后，皮特和迦勒结伴朝飞机后排走去，并肩坐在了窗子旁边。我之前一点都不知道他俩是朋友，不过他们凑在一起倒是挺合适，两个人都是卑劣小人。

“这飞机用了多久了？”我问站在前端的佐伊。

“蛮久了，”她说，“不过重要零件都已换新。这飞机大小适中，正好适合我们的工作。”

“什么工作？”

“主要用于监视任务吧。我们通常会密切留心边界地带的动向，以防那里的事威胁到我们的工作。”佐伊顿了顿，继续道，“边界地带区域很广，主要是芝加哥和离这里最近的政府管辖的密尔沃基大都会之间的动荡区域。密尔沃基离这里不远，大约三个小时的车程。”

我正想着问边界地带到底发生何事了，尤莱亚和克里斯蒂娜走过来坐在我身边，问问题的时机就这样错过了。尤莱亚将我们中间的扶手放下，探过身子朝着窗外望去。

“无畏派若是有飞机，大家肯定争着抢着来学开飞机，当然算我一个。”他说。

“怎么可能呢？他们肯定会把自己绑在机翼上。”克里斯蒂娜戳了戳他的胳膊，“你这家伙连自己的派别风格都忘了呀？”

尤莱亚用手戳了下她的脸，算是回击，又回过头看着窗外。

第十九章
第一次飞行

“你们最近有没有碰到托比亚斯？”我问。

“没有，我一直没见到他，他没出什么事吧？”克里斯蒂娜问道。

我正想回答，却被一个年长的女子打断，那女子嘴角处全是细细的皱纹，她站在两排椅子中间的过道里，拍拍手让大家注意。

“我叫凯伦，是今天这趟飞行的驾驶员！乘飞机可能看起来有些吓人，可实际上，飞机出事故的几率要比汽车撞车的几率小很多。”

“飞机失事后我们活着的几率也同样小很多。”尤莱亚笑着嘀咕道。他深色的双眸透着警觉，又透着孩童般的纯真，自马琳走后，他还是第一次真的摆脱忧郁，又恢复了帅气。

凯伦的身影消失在飞机的前端。佐伊走到与克里斯蒂娜相隔一条过道的椅子上坐下，侧过身，对我们喊着什么“系好安全带！”或是“飞机进入巡航高度前千万别起身！”我不知道什么是“巡航高度”，佐伊也像以往一样没有多做解释。当然，之前她竟破例跟我们解释什么是“边界地带”，这倒有些出乎我的意料。

飞机启动，往后滑行，我却感觉不到一丝颠簸，平稳得像我们已经飘浮在地面之上。不一会儿，它转了个弯，开始在路上滑翔，路上画着一条条线、一个个符号。飞机离基地越来越远，我心跳得愈加快了，凯伦的声音突然从对讲机里传出：“准备起飞。”

飞机突然倾斜，我抓紧扶手，却被一股冲力逼得紧紧地靠在椅子上，窗外的景象开始模糊，只剩混杂的颜色。接着，我感到飞机升起离地，看到脚下的大地延展开来，地面上的一切渐渐变小。

我张着嘴，一时忘了呼吸。

我看到基地的全貌，形似我曾在科学课本上看到的神经元结构，还有基地周围的围栏，围栏周围是交错的混凝土公路，条条公路相交，栋栋高楼穿插其中。

似乎只在一瞬间，交杂的路面不见了，高楼大厦消失，只是一片灰色、绿色和棕色混杂在一起，往任何方向看，目之所及，全是广袤的大地。

我不知道在想象中应该看到什么，或许，我以为能看到天的尽头，那会不会是挂在天际的一处陡崖？

没想到，一直以来，我就是窝在一个从飞机上都看不到的小房子里，过着平淡无味的日子，走着千千万万街道中极其普通的一条。

没想到，我竟如此……渺小。

“我们既不能离城市太近，又不能离它太远，绝不能让人注意到我们的飞机，我们得在相当一段距离之外观望整个城市。大家看看飞机的左侧，那就是‘纯净基因战争’破坏留下的遗迹，那是叛军放弃炸弹，采用生化武器之前留下的。”佐伊道。

我眨巴了几下眼睛，让积聚的泪流出来，视线才清晰了一些，侧头往下一看，先看到一排排黑黑的楼房，又定睛一看，心里一惊，原来这些楼并非原本就是黑的，而是被大火烧得认不出原本的颜色，有些楼已被夷平，楼间的地面碎成一块一块，如破损的鸡蛋壳一般。

它跟我们城市中的一些地方很像，又似乎一点都不像。城市里的毁灭看起来可能是人为的，可这里的毁灭，一定是更恐怖的东西造成的。

“你们这就能看到芝加哥的全貌了！”佐伊道，“我们抽干了湖泊某些地段的水，围上了围栏，但我们尽可能保持了湖泊的原貌。”

她话音一落，我就看到有两个尖尖的分叉的中心大厦，隐约出现在远处，小如玩具。我们城市的边界在这片钢筋混凝土的海洋中划开了一条参差不齐的线，再往远处望去，广阔的棕色沼泽那边，竟然……蔚蓝一片。

记得在汉考克大楼的顶端沿索道径直滑下时，我脑中就想象沼泽蓄满了水，在阳光的照射下泛出蓝色的粼粼波光。如今我真的看到了以前视线所不能及的地方。在远远的城市边界的那一头，果真如我想象，一片碧水蓝天，水面在阳光下点点闪烁，水波荡漾，一圈圈、一道道。

周围一片沉寂，耳边只传来飞机引擎的嗡嗡声。

“哇哇哇！”尤莱亚叫唤起来。

“嘘——”克里斯蒂娜制止了他。

“那它和世界的其余部分比起来如何？”对面传来皮特的声音，一字一顿，仿佛每个字都说得艰难异常，“我是说我们城市的面积，它占陆地的比例是多少？”

“芝加哥大约有587平方千米，地球上的陆地面积差不多有5.1亿平方千米，这么掐指一算，比例……太小了，差不多可以忽略不计。”

她语调平稳，好像这对她来说一点意义也没有，可她的话却重重击向我的心窝，仿佛有什么东西挤压着我，逼迫着我不断缩小。世界如此之大，不知道我们城市之外的世界是何种面貌，不知道那里的人过着怎样的日子。

我又看向窗外，缓缓地、深深地大口呼吸着，给紧绷着几乎动弹不得的身体注入了新鲜的空气。我凝视着这片延伸的土地，心想，就算这只是一个孤证，也足以证明父母信仰的上帝是存在的，因为世界如此之大，大到我们无法控制，所以人肯定并非如自己想的那样重要。

比例太小，小到忽略不计。

这句话听起来很怪，可我脑海中还有另一个想法，世界的浩瀚让我几乎可以感受到……自由。

傍晚，宿舍只有我一人，其他人都去了餐厅。我坐在窗沿上，打开大卫给我的平板电脑，颤抖着手打开那个标记为“日志”的文件夹。

第一篇日志是这么写的：

大卫一直催我写下我的经历，估计他觉得这里的一切逃不出“骇人”二字，如果我没猜错，他应该希望这一切都是骇人的。也许其中确实有骇人的部分，只是所有人的经历都很艰难，我其实并没有什么特别的。

我在威斯康辛州密尔沃基市的一栋独户房屋中长大，对城市之外那片叫“边界地带”的区域我曾经一无所知，只单纯地听别人说，我不该去那个地方。母亲是执法机关的，她是一个脾气暴躁又相当难取悦的女人，父亲是一个脾气温和、没主心骨又没什么能力的教师。记得那天，他们在客厅又吵了起来，接着大打出手，他抓住了她，她就开枪杀了他。那个夜晚，她把他的尸体埋进后花园，我忙着收拾打包，带着自己的大部分东西，直接从前门走了出去。自那以后，我从未再见母亲一面。

我长大的地方处处都是悲剧，大多数朋友的父母要么成天喝得烂醉，要么吵得不可开交，要么早就在生活中背弃了原本的海誓山盟，事情就是这样，没人觉得有什么大不了的。我离开时，确信自己不过是过去这一年这一带发生的诸多糟心事中的又一件而已。

当时我心里明白，若逃到由政府管辖的区域，当地政府肯定会把我遣送回家，可看到母亲的脸，我定会想起父亲头颅迸出的血喷向客厅地毯。于是我去了边界地带，那是战争之后千疮百孔的一片土地，人们住在用油布或铝片搭建起的破旧棚屋里，烧废纸取暖。因为一直以来政府把全部的精力投放在战后恢复工作，无暇关注这些人的死活，当然也许他们只是不想给这些人提供太多的日常用品，具体是什么原因，我也不太清楚。

有那么一天，我游荡在边界地带，正好看到一个成年男子欺凌一个弱小孩童，我冲过去拿起木板狠狠地打向他的头，他一下子倒在地上断了气，这就发生在大街上。当时我只有十三岁，惊慌的我撒腿跑了起来，却被货车上一个看着像警察的人抓住，可他没把我拖到大街边毙掉，也没把我关进牢房，只是带我来到一处安全区域，检测了我的基因，还说了城市实验以及我有比一般人要纯粹许多的基因之类的话，他还让我看了看屏幕上的基因图。

可我和母亲一样，都杀了人，大卫却说我只是过失杀人，要不是我，那人肯定会打死那个小孩儿。但我想，母亲并不是故意杀死父亲的，可故意杀人和过失杀人又有什么差别？结果不都一样，不都是夺走了一个人的生命？

这大概就是我儿时的全部经历，后来听大卫说，所有的一切只有一个原因：很久以前，人们想方设法利用人性，却适得其反。

大卫的话有些道理，最起码我希望他说的都对。

我的牙齿紧咬着下唇。基因局的人正坐在餐厅里有吃有喝、有说有笑。在城市里，人们应该也在做着同样的事。我被正常的生活包围着，而这些沉重的真相只有我一个人承受。

我把平板电脑紧紧地贴于胸前。母亲竟是这里的人。这里既是我最初的历史，又是我最近的历史。恍惚间，我感受到了她的存在，仿佛门里，空气里，都有她的身影。我感觉她在我心中停留下来，永远不会再离开。死亡无法将她抹去，她已是永恒的存在。

玻璃传来丝丝凉意，透过衣衫传到我的肌肤上，我不禁打了个寒战。克里斯蒂娜和尤莱亚穿过门口走进来，大笑着谈论某事。尤莱亚明亮的双眸和平稳的步伐给我带来一丝释然，我眼中蓦地聚起一层水汽，他们俩见状似有警觉，倚着窗子，站在我两边。

“你还好吧？”她问。

我轻点了一下头，眨眨眼睛，弹出泪花：“你们今天这是去哪儿了？”

“下了飞机后，我们就去控制室看了会儿屏幕。”尤莱亚抢着说，“以局外人的身份看城市里的东西感觉有些怪。一切还是老样子，伊芙琳和她的小跟班们都还是一副浑蛋样儿。不过通过屏幕看，就像看新闻一样。”

“我是绝对不会看这东西的，有点……瘆人，还侵犯了别人的隐私。”

尤莱亚耸耸肩道，“管他呢，他们要是看我挠屁股，看我吃晚餐，只能说他们有问题，和我没多大关系。”

“那你多久挠一次屁股啊？”我大笑着问。

他用胳膊肘顶了我一下。

“别屁股长屁股短的啦，虽然我也承认屁股很重要——”克里斯蒂娜微笑道，“不过，翠丝，我同意你的观点。我不太喜欢看这些屏幕，看着总觉得心里不舒服，就像偷鸡摸狗似的。我以后绝对不看了。”

她指了指放在我腿上的平板电脑，屏幕依旧亮着：“那是什么玩意儿？”

“我母亲原来是这儿的。严格来说，她是从外面的世界来的，可她后来在这里待了好久，十五岁那年被他们以无畏派身份安置在芝加哥。”

“什么？你母亲是这儿的人？”克里斯蒂娜惊叫道。

我点点头道：“没错，真是太疯狂了。更奇怪的事还不止这个呢，她竟写了这个日志，还把这日志留给了他们。你们没回来之前，我一直在读她的日志。”

“哇！”克里斯蒂娜轻声说道，“不是挺好吗？这样你就可以更了解她了。”

“是啊，好是好。别这样，我没那么伤心，不要用这样的眼神盯着我。”说着这话，尤莱亚神色中对我的担心渐渐退去。

我轻叹一声：“我一直在想……在想我是不是也可以算得上是这里的人，这里会不会也可以变成一个叫家的地方。”

克里斯蒂娜紧锁眉头。

“可能吧。”她语气中流露出不相信，可不管怎样，我还是很感激她能这么说。

“我不太清楚，”尤莱亚蓦然认真起来，“我都不知道还会不会有个真正叫家的地方。就算现在再回去，那里也不算是家了吧。”

也许他说得对，也许我们走遍全世界都只能算过路人，也许基因局内外的世界或是实验中的芝加哥都不是我们的家。一切都变了，短时间内也不可能停止改变。

又或者，处处无家处处家，家在我们的心中，就如母亲永远活在我的心中。

就在这时，迦勒走进宿舍，衣衫上带着一抹类似酱汁的污点，他却浑然不觉。此时的迦勒满眼中透着陶醉于知识的狂热，竟有一瞬间我捉摸起他最近在读些什么、看些什么，怎么会有这种眼神。

“嗨。”他说着就要冲我走来，脚步却停在半途，大概是看到了我脸上爬上的厌恶。

我急匆匆地用一只手遮住了屏幕。这有点多此一举，站在对面的他又不是千里眼，肯定看不到母亲的日志。我直勾勾地盯着他，一时不想也不知说些什么。

“你这辈子还打算和我说话吗？”他嘴角下垂，悲伤地问。

“她要是理你，我肯定会惊讶死的。”克里斯蒂娜冷冷地回道。

我移开了视线。说实话，我有时真想一笑了之，假装一切都没发生，假装我们还是选派大典前的兄妹。那时他再怎么一个劲儿地让我改这改那，再怎么时不时让我学会无私，也好过现在，就连母亲的日志，我也一直藏着不想让他看，生怕他连这也毒害了，就像他污染了其他一切东西一样。我站起身，把平板电脑塞到枕头下。

“走吧，想不想跟我们去吃饭后甜点？”尤莱亚问我。

“你不是已经吃过了吗？”

“那又怎样？”尤莱亚翻了个白眼，一只胳膊搭上了我的双肩，把我朝门的方向拽去。

我们三人一起走向餐厅，只留哥哥一人呆呆戳在身后。

第二十章

托比亚斯 审判无私派领导

“还真不确定你会不会来呢。”妮塔对我说道。

她转过身，领着我向不知什么地方走去。她身上的衣衫有些宽大，后背上刺着文身，我有些迷糊，不过我认不出文的是什么。

“你们这里的人也文身吗？”我问。

“有些人会文。”她说，“我身后的这个是碎玻璃图案。”她顿了一下，看得出，这是人在掂量要不要向他人说自己隐私时的那种停顿，“我刺这个文身只因为它象征着有缺陷……算是个玩笑吧。”

又是“缺陷”这个词儿，自打基因测试后，这个词就在我脑中浮浮沉沉，一刻都没消停过。如果说这是个玩笑，那这玩笑可不好笑，对妮塔自己来说也是如此，她向我解释的时候语气中也带着苦涩。

我们沿着一条倾斜的通道走着，现在这里有些冷清，大概人们都下班了吧。穿过通道，我们走下一段楼梯，只见蓝色、绿色、紫色、赤色的光混在一块儿，在墙上舞动，颜色很快地变换着。楼梯下宽敞的隧道黑魆魆的，只有这诡异的光线引导我们。脚下的瓷砖有些旧了，透过鞋底，我都能感受到这地上的灰尘泥垢。

“这儿是我们搬过来的时候重建和扩建的。”妮塔道，“‘纯净基因战争’后有好长一段时间，我们所有的实验室都隐匿在地下，这样即使遭到攻击，也不会有多大损失。现在只有支援人员才来这儿。”

“你想让我见他们？”

她微微点了一下头：“支援人员不仅仅是一个职位，其实我们基本都是GD，就是受损基因携带者，我们要么是宣告失败的城市实验的遗留产物，要么就是那些人的后代，再不就是从外界捉过来的。比如翠丝的母亲就是第三类人，只不过其他人没有她纯净基因的优势。这儿所有的科学家和领导人员都是GP，就是基因纯净的人，这些人的祖辈几乎都是没有参与基因修复工程的人。当然也有一些例外，只是例外的人极少，我都能把名单给你背出来。”

我想问为什么要如此严格地加以区分，话正要出口，心中已明白几分。所谓的GP即在这里长大的人，每天的工作就是设计实验、观测实验和学习实验；而GD从小生长在实验区域，这些人只能学到生存所需，即让他们能生活到下一代人出世的基本知识。知识的掌握程度分化了他们，出生环境限定了他们——我又想到无派别者，一个依靠没受过教育的人干脏乱差的工作而不给他们任何提升生活质量的机会来维持的社会，怎么也算不上公平。

“其实你女朋友说得对，”妮塔道，“什么都没有改变；你只不过更清楚自己的极限了。是人都有极限，GP也不例外。”

“可这极限是……哪方面的？悲悯还是良知？这就能让我安心吗？”

妮塔仔细琢磨着，却不作回应。

“真可笑。”我说，“你们，他们或是世上任何一个人又怎么能决定我的极限？”

“托比亚斯，事实就是事实。这只和基因有关，没什么别的意思。”妮塔说。

“当然不是，在这里，就不只和基因有关，你知道的。”

心中的怒气沸腾着、翻滚着，让我浑身发热，我真想一个转身冲回自己的宿舍，却不清楚自己究竟在气什么。是气承认自己存在极限的妮塔？气让她相信这些的人？又或许，我是气每一个人，气所有人。

走到通道的尽头，她用肩膀顶开了一扇沉重的木门。门的那边，是一个嘈杂而光亮的世界。屋子被挂在一根根细绳子上的灯泡照得明晃晃的，绳子连成一片，交织成网，整个天花板全都被黄色、白色覆盖。屋子的一头摆着一个木制柜台，柜台后放着发光的瓶子，柜台上面还有一大堆玻璃杯子。屋子的左侧摆着不少桌椅，右侧则聚着很多拿着乐器的人，一时间，音乐回荡在空中。我只听出吉他和鼓的声音——我在这方面仅有跟友好派短暂相处得到的有限经验。

我有些恍惚，感觉此时的自己像站在了聚光灯下，无数双眼睛正盯着我看，等着我做点什么，说点什么，等着我有所行动。有那么一会儿，音乐声、吵闹声太嘈杂了，其他什么都听不到，等后来适应了这种嘈杂，我才听到了妮塔的声音：“这边！要喝的吗？”

我正想说话，却被一个飞奔进屋子的人打断。那人生得很矮小，T恤像宽大的袍子挂在身上，看着都能盛下两个他。他冲乐师摆摆手，示意他们停下。他们停了下来，等着他说话，那个小个子男子喊道：“判决时间到了！”

一时间屋子里有半数的人都站起身，朝门口拥去。我不解地看着妮塔，她蹙着眉，额头上现出一道很深的皱纹。

“谁的判决？”我问。

“当然是马库斯的。”她回道。

我也跟着人群跑起来。

我沿着通道跑去，在人群中寻找空隙，没有空隙的时候就拨开人群，往前冲。妮塔紧跟在我身后，边跑边喊着让我停一下，可我却停不下来，我已经脱离了这些人、这个地方和自己的身体，更别说我还是个

跑步健将。

我一步迈三个台阶，抓着扶手稳着自己不摔下来，却不知为什么这么急迫，是急于看到马库斯被判刑，还是被免罪？我一时也说不清楚，只觉得不管结果怎样，性质却是一样的，要么见到真实或伪装的马库斯，要么就是见到真实或伪装的伊芙琳。

我根本就不需要记得去控制室的路，因为通道里人群涌动，我直接被人推着朝控制室方向走去。等到了控制室，我推开人群，走到前边，看到出现在半个屏幕上的父亲和母亲。周围的人看到我后都离我远些站着，一片窃窃私语声响起，只有妮塔站在我身旁喘着粗气。

有人开大了音量，屏幕上的人说话的声音响起，可这声音夹杂着呲呲爆裂声，应该是受麦克风的影响，不过我还是听得出父亲的声音。我能听出他每次都在合适的时候转换语气，能听出他每次都在合适的地方提高音调，我甚至都能预测到他会说些什么。

“你等了这么久才审判我，是想细细品味这个时刻吧？”他冷笑道。

我浑身立僵，马库斯这次脱下了那张假面具，现在的他不是那个平和、耐心的无私派领导，不是那个永远不会伤害别人、更不会伤害妻儿的好男人，而是那个抽下腰带绕在手指上的恶魔。我最熟悉的就是这个马库斯，我一看到他，就想起情境模拟中的他。

“马库斯，当然不是这么回事。”母亲说，“多年来你一直服务于我们的城市。我和各位顾问对你的审判都很慎重。”

马库斯扔掉了假面具，伊芙琳却戴上了她的面具，她语气中透着真诚，真诚到我都差点相信她了。

“前派别代表和我经过了深思熟虑，考虑到你多年来对政府工作兢兢业业，考虑到你对派别成员的鼓舞启发，考虑到你作为我曾经的丈夫的情分……”

我禁不住冷哼一声。

“我仍然是你的丈夫，无私派不允许离婚。”马库斯插嘴道。

“虐待配偶的夫妻可以离婚。”伊芙琳说。我心中那种熟悉的感觉出现，空虚而沉重，真没想到她竟在大众面前坦然承认这些。

不过想来也是，她此刻想让公众看到的不是那个掌控着他们命运的冷血女人，而是一个被马库斯用暴力欺凌的弱女子，想让他们看到那干净整洁的房子里，那熨烫平整的灰色衣装后，隐藏着的肮脏秘密。

我已隐约知道了结果。

“她要他死。”我说。

“可你的罪行却依旧摆在那里。”伊芙琳平和地说，声音中甚至带着几分甜美，“你对这个城市犯过天理难容的罪行。你欺骗无辜的孩子，让他们为你自己的目的去送死；在攻陷博学派总部时，你不听我和前无畏派领导托莉·吴的话，自作主张导致无数人丧生；你背信弃义，撕破和我们达成的共识，背叛了同盟，没有对抗共同的敌人珍宁·马修斯；你揭开了本应尘封的秘密，出卖了你自己的派别。”

“我没有——”

“我还没说完。”伊芙琳继续道，“不过，因为你为我们的城市出过力，我们决定对你做与众不同的处罚。其他前派别代表可以被赦免，也可以继续担任城市顾问一职。你没有这个权利，不过我们也不会把你当叛徒杀掉，而是把你放逐到友好派总部那边的城市围栏之外，永生永世不得返回。”

马库斯满面惊异，我倒不奇怪他有这种反应。

“恭喜了，你可以开始崭新的生活了。”

父亲终没被判死刑，我是应该暗自庆幸，还是应该愤怒？因为就差那么一点我就可以摆脱他，却没能实现，如今还要活在他的阴影之下。

我一时有些无措，失掉了所有的感觉，双手发僵。我知道我开始恐慌了，这次却不似往常能觉察得到。我只是急切地想要逃离这个地方，这样想着，我转身离开父亲母亲，离开妮塔，离开那个我曾经居住过的城市。

第二十一章

翠丝 母亲的日志

吃早饭的时候，他们在对讲机里讲了攻击演习的内容。一个清脆的女声让我们反锁所在屋子的门，关好窗子，等待警报声停止："警报最多会响一个小时。"她道。

托里亚斯神色疲倦，面容煞白，两眼下都是很重的黑眼圈。他抓了一块松饼，不时捏下一小块，有时吃几口，有时忘了往嘴里放。

我们几乎一觉睡到早上十点，大概是因为无事可做。离开了身后的城市，我们失去了派别，也失去了目标，现在我们无所事事，只是呆呆地等着什么事情发生，可这没让我觉得自在，反而有些焦虑和不安。我适应了时时刻刻有事可做，有仗可打的日子。我提醒自己要放松。

"我昨天跟他们坐了飞机。"我对托比亚斯说，"你呢？"

"我只是四处走走，处理些事。"他简单生硬地说，带着怒气，"坐飞机感觉怎样啊？"

"简直太棒了。"我坐在他的对面，膝盖触碰着他的膝盖，"世界真是……比我想象中大得多。"

他点了点头："我应该不太喜欢乘飞机，那么高，想想都晕。"

不知为什么，我对他的回答隐隐有些失望，本希望他会后悔没和我在一起，后悔没和我一块儿体验这"翱翔空中"的感觉，至少他也应该问问“太棒了”指的是怎么个棒法，可他竟只是说他应该不喜欢乘飞机。

“你没事吧？看你这样子像昨天没怎么睡觉似的。”

“可不是嘛，昨天发生的事太多了。”他用手捂着脑门儿说，“你总不能怪我为此心烦吧。”

“你想为什么事心烦就烦好了，”我微锁着眉头说，“不过在我看来，你也没必要这副样子。当然，我知道你很震惊，可我说过，你还是你，和前天的你、以前的你相比，没任何改变，管这帮人怎么瞎扯呢。”

他摇了摇头：“我不是在说基因的事，我是说马库斯。你根本不知道，是吗？”这话像是责怪，可语气听着却没有责怪的成分。说完这话，他站起身，把松饼扔到垃圾桶中。

我感觉很受伤，很气恼，我当然知道马库斯的审判了，刚一起床，周围议论的就全是这件事，我总感觉他不会因为自己的父亲不用死了而心烦，显然我错了。

我正想说些什么，警报却响了起来，把我的话挡在了口中。警报尖锐的鸣笛听着有些刺耳，一时思考都有些困难，更别说动了。我一手捂着耳朵，一手摸索着枕头下面，掏出载有母亲日志的平板电脑。

托比亚斯关上门，拉上窗帘，我们几个都坐到了床铺上。卡拉抓了个枕头捂住头；皮特靠墙而坐，双眼紧闭着；人群中不见迦勒，他大概在钻研昨天让他神情飘忽的事情吧；克里斯蒂娜和尤莱亚也不知去了哪里，应该在探索整个基地，昨天吃了甜点后，他们俩就突然对这地方起了兴趣，哪里都想走一遭。我不想在这里走来走去，只想读读母亲对这里的看法，她写了一些关于基地印象的文字，说这里出人意料的干净，说这儿的人总是在微笑，说她在控制室里看视频就爱上了那座城市。

我打开屏幕，希望母亲的日志能屏蔽掉外面的杂音。

今天，我自愿去城市里。听大卫说，分歧者正在遭受屠杀，我们必须派人阻止他们，不能让实验中的最佳遗传物质就这样浪费掉。这话听着让人有些不爽，大卫应该也没别的意思，他的意思或许很简单，若不是分歧者人数锐减，在发生大规模毁灭前我们是不会插手的，可这种事既然已经发生了，我们就必须解决问题。

他说只让我在那儿待几年。我在这里没有家人牵挂，只有几个朋友。我年纪也不大，安插在那个城市应该不费力，只需重置几个人的记忆，我就成了无畏派家庭的孩子。我身上本来就刺着文身，若不是选择无畏派，在实验里便无法解释。唯一让我闹心的事就是明年的选派大典上，我必须选择博学派，因为谋杀者就在博学派，可我怕自己不够聪明，过不了博学派的考验。大卫却说这没什么关系，他会帮我篡改考验结果，可我总觉得那样做不公平。基因局觉得派别制度只不过是控制破坏的行为修正模式，并不是什么大事，可城市里面的人却视它为生命，我不该玩弄他们所信仰的制度。

我在镜头中观察他们已有几年了，融入他们当中也没什么困难，说真心话，他们不一定比我了解那个城市。只不过传送日志有些难，可能有人会发现我在跟一个远程服务器通讯，而不是城市内部的服务器，今后的日子里，传到基地的日志可能少一些，甚至可能不传。我以后必须将自己和自己的知识分开，可能这样也不错，一切都是全新的开始。

或许，这些改变正好对我有益处吧。

一时要接受的信息太多，我发现自己不断地读着这一句："唯一让我闹心的事就是明年的选派大典上，我必须选择博学派，因为谋杀者就在博学派。"可她笔下的"谋杀者"到底是谁？是珍宁·马修斯的前任吗？更让我困惑的是，母亲最后并没有选择博学派。

到底发生了什么让她选择了无私派？

警报声渐渐减弱，直到消失，可我的耳朵依旧嗡嗡作响。其他人陆陆续续走了出去，托比亚斯却待在屋子里，手不停地敲着大腿。我一言未发，觉得自己可能不想听他此刻必须要说的话，我们两个人现在都有点焦躁。

但他说的却是：“我能吻你吗？”

“好。”我有些释然地说。

他微微弯下腰，摸了摸我的脸颊，轻轻地吻上了我的唇。

他毕竟还是懂我的，知道怎样让我好受一些。

“我刚才没想到马库斯，我错了。”

他耸耸肩道：“都结束了。”

我心里明白，并没有结束。关于马库斯，永远都不会真正结束。他所犯下的罪孽太深重。不过我不想追问这件事。

“你又看了些日志？”他问。

“嗯，基地里的一些事，开始有趣了。”

“好，那你快看吧。”

他嘴角微翘，似在浅笑，眉梢眼角却仍是倦意和烦乱。我没挡着他，只是觉得我们分开一会儿也好，分开后消化下各自的悲伤。他去缅怀他失去的分歧者身份，还有他所期盼的马库斯的审讯结果；而我去缅怀我的父亲母亲。

我敲了敲屏幕，又往下读起来。

亲爱的大卫：

我眉头紧皱，母亲这是在给大卫写信？

亲爱的大卫：

很抱歉，我不能按照组织的计划走，我做不到。你可能会觉得我是一个愚蠢的少女，可这是我的人生，我要在这里生活很多年，必须顺着自己的心意走。即使不选博学派，我也能完成组织交给我的任务。明天的选派大典，我和安德鲁会一起选择无私派。

希望你不要生气。不过就算你真的大发雷霆，我恐怕也听不到了。

——娜塔莉

“我和安德鲁会一起选择无私派。”我一遍又一遍地读着这句话，让这话慢慢地渗进脑海中。

我掩嘴而笑，把头靠在窗子上，任眼泪默默地落下。

父亲母亲还是相爱的，他们的爱情超越了组织计划，跨越了派别，叫板“派别远重于血缘”的宣言，变成血缘远重于派别。不对，应该是爱情远重于派别。

浑身陡然变得轻飘飘的，像浮在平静的水面上，我关上屏幕，不想再读下去，不想破坏这样的感觉。

真奇怪，我本应该悲伤，却没有，反倒觉得在这一字一句一段一行间，重新找回了母亲。

第二十二章

翠丝 真实身份

文件夹中母亲的日志只剩下十几篇，而这些日志也没能告诉我我想知道的一切，反倒平添了更多的疑惑。余下的日志不只表露了母亲的思绪和情感，还都写给一个人。

亲爱的大卫：

曾经在我眼中，你不像上级，更像是朋友，可现在看来我错了。

你难道以为，我到了这个城市，定会孑然一身、孤独终老吗？以为我不会跟任何人有情感联系吗？以为我不会自己做出任何选择吗？

在没有一个人情愿来这里时，我自告奋勇站出来，抛开过去的一切。你应该感谢我，而不是责怪我放弃使命。我得把这些说明白：我会选择无私派，会成家，可我不会因为这些就忘掉自己来这里的初衷。我有权过自己的生活，过我选择的人生，而不是你或基因局给我选择的人生。你应该懂得——懂得我在目睹、经历了那么多可怕的事情之后会觉得这样一种生活是多么的吸引人。

说真心话，我觉得你在乎的并不是我选择了另一个派别，你只是在吃醋。你若再想从我这边得到最新消息，最好就你的怀疑向我道歉，否则我就不会再给你发消息了，更不会到城市外去看你。决定权全在你。

——娜塔莉

不知她口中关于大卫的话是不是真的，这想法让我觉得很别扭。大卫真会吃父亲的醋？那他现在是否仍在吃醋？我只能从母亲的观点里了解他们之间的关系，而母亲的话恐怕算不上了解这个问题最准确的信息源。

从后面的日志中我能读出，随着离开她曾经生活的“边界地带”时间越久，她的语言就变得越有涵养，对事情的反应也变得更温和，她在渐渐成长。

我看了看下一篇日志的日期，距上篇差不多已有几个月的时间，可它并不像其他那些一样是写给大卫的。语气也不同了，不再亲近，变得直截了当。

我又敲了敲屏幕，一篇篇翻着日志，敲了十下，才又看到母亲写给大卫的信，而日期已是整整两年之后。

亲爱的大卫：

你的来信已收到，你不能再接收我的信息我理解。我尊重你的决定，不过我还是会想念你的。

祝幸福安康。

——娜塔莉

我滑动屏幕，日志再无更新。文件夹里的最后一篇文档是母亲的死亡证明，原因是躯干多处枪伤。我情不自禁地前后摇晃着，努力想把她瘫软在地的画面从脑海中抹掉。心中百般不愿，我不愿想起母亲的离世，只想寻出更多有关母亲和父亲以及母亲和大卫之间的故事，只想分神，不去想她的生命是如何结束的。

也许我真是太渴望获得新信息，太渴望做点什么，那天上午晚些时候，我跟佐伊去了控制室。她跟控制室主任提起跟大卫开的一个会，我毅然决然地低头盯着自己的鞋子，一点也不想看屏幕上的场景，我怕只要瞟上一眼，我就会沉浸在那个世界中无法自拔，因为现在这个世界我怎么也适应不了。

佐伊快要说完时，我再也控制不住自己的好奇心，不禁抬起头，看了一眼挂在桌子上方的大屏幕。伊芙琳坐在床上，双手抚着床头柜上的什么东西，我走近一些去看她抚着的到底是什么。坐在桌子前的女子说道："这是监控伊芙琳的摄像头，我们全天候监视着她。"

"能听到声音吗？"

"把音量调大就行，不过我们一般都调至静音。一直听那么多杂七杂八的谈话会很烦。"

我点头道："那她在摸什么呀？"

"雕塑吧，搞不清楚，不过她经常盯着那雕塑。"她耸耸肩道。

我定睛一看，认出了那尊雕塑。当时我在博学派总部差点被处决，回来后，我在托比亚斯的卧室里睡了一觉，这雕塑便放在他卧室中，它是用蓝色玻璃制成的，形状抽象，像倾泻而下的流水瞬间凝固住了。

我用指尖掠过下巴，在记忆中搜索着。他曾说那尊雕塑是小时候伊芙琳送给他的礼物，她还让他藏好，千万不要让他父亲发现，他太过遵循无私派规则的父亲绝不会允许他拥有这样好看却没什么实际用处的东西。我当时没有多想，不过她既然专门把雕塑从无私派带到博学派总部，还摆在床头柜上，这东西对她来说就一定有什么意义。也许这是她反抗派别制度的见证吧。

屏幕上的伊芙琳一手托着下巴，凝神盯着雕塑看了一会儿，接着站起身抖了抖手，走出了屋子。

错了，雕塑并不是她反抗的象征，而是代表托比亚斯。我这才猛然意识到，托比亚斯跟着我们离开了那个城市，他不仅仅是违逆领导之命的反叛者，更是一个抛弃亲生母亲的儿子。而她正在哀悼她的失去。

可他有没有心痛呢？

尽管他们两个人之间的关系一直很紧张，可母子之间至亲的血缘从没真正断掉，也不可能断掉。

佐伊拍了拍我的肩头："你有事要问我？"

我点点头，不再去看屏幕。在那张照片中，佐伊尚年幼，可她毕竟在那里，应该知道一些内情。我本想去问大卫，但他是基因局领导，想找他并不容易。

"我想了解一下父母的事情。我最近在读我母亲的日志，很好奇他们俩究竟怎么认识的，又为什么一同选择了无私派。"

佐伊慢悠悠地点点头："我把我知道的悉数讲给你听吧。能不能跟我去实验室一趟？我得给马修捎个信。"

她将双手背在身后，放在脊梁骨的尾端。我还拿着大卫给我的平板电脑，屏幕上已全是我的指印，还有因为我一直拿着而留下的温度。我蓦然明白伊芙琳为什么会时不时抚一下那尊雕塑——那是儿子留给她的最后一件东西，恰如日志是母亲留给我的最后的东西，拿着这平板电脑的时候，我会感觉离母亲的距离近了一些。

这大概也是我不想把它给迦勒看的原因吧，尽管他也有权看母亲留下来的东西，可我还没准备好放手。

"他们俩是在课上认识的。"佐伊说，"你父亲是一个非常聪明的人，可不知什么原因，独独对心理学一窍不通，于是他的心理学老师——当然了，是博学派的——总是因为这个让他不好过，你母亲就提出课下帮他补习，他就编了个理由说做学校项目来糊弄你祖父祖母。就这样，几周后，他们开始约会。听说他们俩最爱约会的地方在千禧公园南侧的喷泉旁边，叫什么来着？就在湿地旁边，是叫白金汉大喷泉对吗？”

我想象着父亲母亲坐在喷泉旁，双脚擦过喷泉的混凝土底座，头顶的喷泉洒下水花。当然，佐伊口中的喷泉已废弃多年，所以没有什么水花，可我还是觉得有水花的画面意境更美一些。

“后来‘选派大典’临近，你父亲急切地想要离开博学派，因为他目睹了一些可怕的事——”

“什么事？他看到什么了？”

“是这样的，那时候你父亲和珍宁·马修斯是好朋友，他看到珍宁以吃穿为交换条件，在无派别者身上做实验。她在测试引发恐惧情境的血清，后来这种血清引进到无畏派的考验环节。以前，恐惧情境模拟并不是针对个人的恐惧而产生特定情境，只是出现一些一般人都会有的恐惧，比如高空、蜘蛛什么的。当时的博学派领导诺顿也在场，却没有阻止珍宁，在实验应该停止的时候还是让她继续了很久，最后那个无派别者的精神就不太正常了，之后也没能恢复。这件事成了你父亲决定离开博学派的最后一根稻草。”

她在实验室门前停下脚步，用身份识别证一刷，门自动打开。我跟着她走进那个幽暗的办公室，大卫就是在这儿把母亲的日志给了我。马修坐在那里，脸离电脑屏幕只有十厘米左右，他眯着眼睛，没有觉察到我们的到来。

我的心中涌上一股冲动，想大哭的同时又想大笑。我坐在桌子旁那把空闲的椅子上，双手交握，放在膝盖内侧。父亲是个不易接近的人，可他也是个好人。

“你父亲想逃离博学派，你母亲虽有任务在身，但怎么也不想选博学派，而且她又想和安德鲁在一起，于是他们俩就一同选了无私派。”

她停了一下，继续说道，“你母亲和大卫之间也因此出现裂痕，你应该也看到了。不过后来他道了歉，却再也收不到她的消息了，具体是为什么，我不知道，他也不肯说。只知道后来她的报告都非常短，信息含量却非常高，因此就没有放到你所看的日志中。”

“可她在无私派依旧可以完成组织交给她的任务。”

“没错，她在无私派日子过得很舒心，若选择了博学派，我想她不会那么幸福的。”佐伊说道，“当然后来她发现，无私派也好不到哪里去。受损基因的影响无处不在，无私派的领导也被毒化了。”

我皱了皱眉头：“你在说马库斯吗？他是分歧者，这可不能怪受损基因了。”

“一个被受损基因携带者包围的人肯定会受环境的影响，他会不自觉地模仿周围人的行为。对了，马修，大卫想和你的主管约个时间，谈谈血清研发的问题。艾伦上次把这事忘得一干二净，我想这次你陪他一起来吧。”

“包在我身上。”马修眼睛一眨不眨地盯着屏幕，答道，“我一会儿问问他什么时候有空。”

“很好，那我走了。翠丝，希望我解开了你的困惑。”她冲我微微一笑，转身穿门而出。

我弓着身子，双肘撑在膝盖上。马库斯是分歧者，和我一样拥有纯净基因。要说他为人恶毒，只因受了周围受损基因携带者的影响，我无法接受。我们这些分歧者，母亲、我，还有尤莱亚，我们周围也全是基因受损的人，可我们当中谁都不会去伤害至亲至爱的人。

“她话里有漏洞，是吗？”马修坐在桌子后面盯向我，抬起手指敲着椅子的扶手。

“嗯。”我说。

“这里有些人会把所有的罪恶推给基因缺陷，他们宁愿相信这个伪命题，也不想承认事实，因为他们无法完完全全地了解一个人，也没法理解他们所有行动背后的原因。”

“一旦出了什么事，每个人都会找个理由，比如我爸，他就怪博学派。”

“那我是不是不该告诉你，博学派一直是我的最爱？”马修浅笑道。

“真的假的？”我挺了挺身板问，“为什么？”

“不清楚，可能我比较赞同他们的理念吧。如果每个人都不停下求知的脚步，问题便会越来越少。”

“我一直都很提防他们。”我用手托起下巴，“老爸痛恨博学派，受他的影响，我也有些讨厌博学派和他们所做的事。如今，我知道他错了，又或许他只是……有偏见吧。”

“哦？什么偏见？对博学派还是对求知？”

我耸耸肩道：“两者都有吧。后来我渐渐发现，很多博学者都在我没有要求他们帮我的时候主动帮助了我。”比如威尔，比如卡拉，比如费南多。他们都曾是博学派，都算是我所认识的人中最善良的那一类，尽管我认识他们的时间可能很短暂，“他们是那么专注于让世界变得更好。”我摇了下头，“珍宁的低劣行径其实和父亲口中的‘知识是渴望权力的原动力’无关，她只是觉得世界如此之大，怕自己太渺小太无力。这么说来，也许无畏派的信仰才是正确的。”

“有句老话这样说，知识就是力量。”马修说，“得之可以像珍宁这样使用，去做邪恶的事……但也可以做好事，像我们这样。力量本身并不邪恶。所以知识本身也并不邪恶。”

“我长这么大，一直对知识和力量两个词持怀疑态度。在无私派眼中，只有淡泊名利的人才能掌控权力。”

“这话说得也不假，”马修回道，“不过你现在也该忘掉那种怀疑了。”

他手伸进桌子去摸，拿出一本厚书，书的封面破损了，边缘也磨破了，封面上印着“人体生物学”几个大字。

“这书是早期的东西，不过正是它教会了我什么才是人，”他说道，“人类为何是这样一种复杂神秘的生物。更精彩的内容还不止这个，人类还能分析整个生物界。这就是这本书的特别之处，在进化史上还是前所未有的。我们之所以是人类，恰是因为我们能看清自己，能了解这个世界。”

他把书递给我，又回过头盯着那台电脑。我低头看着那破旧的封面，手指掠过书的边缘。在马修口中，知识的获得是一件神秘、迷人，而又古老的事。我感觉，眼前这本书可以让我穿越人类的世世代代，回到最初的那一代——不论那应该是在什么年代，让我置身于一个比我本身要宏大要古老很多倍的整体之中。

“谢谢。”我说，可这声谢却不为手中这本书，而是因为他还给了我我不曾得到就已失去的东西。

旅馆的大堂飘荡着柠檬干果和漂白粉混杂的味道，连呼吸都觉得刺激。我经过一棵枝上绽放着绚丽花朵的盆栽植物，向宿舍走去，那儿已经成了我们在这里临时的家。我一面走着，一面用衣摆擦拭着屏幕，擦掉我留在上面的指印。

迦勒独自坐在宿舍里，他头发凌乱，双眼红肿，看样子刚刚起床。我踏进宿舍，他冲我眨了眨眼睛，慌忙把那本生物书扔到了我的床上。忍着翻江倒海的恶心，把载有母亲日志的平板电脑抵在身边，我告诉自己：他是母亲的儿子，他和你一样，都有权看到母亲的日志。

“你有什么话直接说就行。”他说。

“妈妈曾在这里生活过。”我嘟囔道，像吐出了一个在心底压抑很久的秘密，“她是从边界地带来的，又被他们带到了这儿，在这边住了几年，后来就去了咱们的城市，去阻止博学派对分歧者的屠杀。”

迦勒冲我眨巴着眼睛，我趁着自己还没有失去勇气，掏出了平板电脑：“这里载有她的文档，不是很长，你该看看。”

他站起身，接过平板电脑。他比以前长高了许多，比我高得多。当我们还小的时候，有几年，我比他高一些，尽管我比他小差不多一年，那段时间几乎是我人生中最美好的回忆。那时候我从不觉得他什么都比我好，不觉得他比我高、比我优秀、比我聪明、比我无私……

“你知道这事有多久了？”他微眯起双眼。

“这不重要，”我退后了几步道，“重要的是我现在告诉你了。对了，你可以收着它，我都看完了。”

他用袖子擦拭着屏幕，抬起修长的手指点开母亲的第一篇日志。本以为他就这么坐下来细细研读，结束这尴尬的对话，可他叹息了一声。

“我也有件事想告诉你，”他说，“是有关那个叫伊迪斯·普勒尔的人。跟我来。”

我迈开脚步，跟在他身后，朝外头走去，吸引我的绝非对哥哥残存的依恋，而是伊迪斯·普勒尔这个名字。

他带我走出宿舍，穿过走廊，转过一个又一个的拐角，到了一间屋子。此处已经远远离开了我平日里在基地涉足的区域。屋子狭长，四面墙壁边摆着书架，书架上放着蓝灰色封皮的书籍，几乎都一模一样，每本都如字典般厚重。前两排书架的中间，有一张长长的木桌，桌子下排着几把椅子。迦勒开了灯，整间屋子瞬间笼罩在一片苍白的光中，这让我想起了博学派总部。

“我最近经常待在这里，这是档案室，保存着芝加哥实验中的一些数据。”

他沿屋子右侧的书架向前走着，手指掠过书脊。他抽出一卷书，把书平放在桌子上，书页自动打开，里面图文夹杂。

“他们怎么不把这些东西存在电脑里？”

第二十二章
真实身份

“我觉得他们是在发明出精准复杂的网络安全系统前，先把有用的文档存放在这儿的。”他说，眼皮却没抬一下，“数据从来不会彻底消失，纸张却可以永远销毁。所以如果他们不想让某些数据为歹人所用，大可以把它们毁掉。有时候把所有东西都印出来反而更安全。”

他绿色的双瞳快速反复地移动，寻找着什么，十个为翻书而生的手指修长灵活。他一直隐藏着自己的这一面，把一本本书塞进床头板和墙壁之间，藏到选派大典那天，藏到他把血液滴进代表博学派的清水里为止。我早该猜到他是个骗子，我早该知道他只忠于自己。

我的胃里又泛起一阵恶心，单是站在他身边就让我忍受不了。门关上了，屋子里只剩下我和他，中间隔着几张桌子的距离。

“啊，找到了。”他用手指点了点书页，又把书转过来让我看。

书页上似乎是一份合同，字却是手写的：

我是来自伊利诺伊州皮奥瑞亚市的阿曼达·玛丽·里特，在此我同意以下条款：

·“基因修复”手术，由基因福利局定义如下：“基因修复”手术旨在修复“受损”基因，“受损基因”定义见本合同第三页。

·“记忆重置”手术，由基因福利局定义如下：“记忆重置”手术旨在协助实验参与者更好适应实验过程。

在此我保证，我已从基因福利局处获知关于此行为的一切风险和益处。我明白这意味着我会被基因福利局授予新身份与新经历，进入伊利诺伊州的芝加哥实验，度过余生。

我同意至少生育两个后代，以将修复过的基因传下去，让修复的基因得以延续。我明白在记忆重置之后，我会在接受重新教育时被灌输此思想。

我代表子孙后代同意本条协议并严格遵循协议条款，在实验中世代生活，直到基因福利局认为实验成功。同意记忆重置后的重造记忆伴随我和他们的一生。

签名人

阿曼达·玛丽·里特

视频中叫阿曼达·玛丽·里特的女子，即那个改名为伊迪斯·普勒尔的女子，她是我的祖辈。

我抬头看了一眼迦勒，他双眸中闪烁着对知识的渴望，两只眼睛间仿若装着通了电的电线。

她是我们的祖辈。

我抽出一把椅子坐下："她是老爸这边的？"

他点点头，坐在我的对面："嗯，差不多隔了七辈吧。她算是某位阿姨，'普勒尔'这个姓氏是她兄弟传下来的。"

"那这是……"

"这是同意书，"他道，"就是参加实验的同意书。这边尾注写着，这是第一版草拟稿件，她是实验的最初设计者之一，也是基因局工作人员。初期实验者很少有基因局成员，大多数的人都不是政府人员。"

我又把同意书的内容细细读了一遍，想明白这到底意味着什么。记得当时看完那段视频，我就推断她会成为我们城市的居民，会融入派别制度，会自愿放弃原有的生活。可那时我还不知道城市围栏外面的世界，现在才知道，它其实并没有伊迪斯口中那么可怕。

视频中她的话是对真相极其高明的篡改，这样就能让我们留在城市里，为了基因局的事业她故意把城市之外的世界说得水深火热，等待着分歧者前去救援。她说的也不完全是谎言，基因局确实相信，修正的基因能解决特定的问题，相信我们分散在普通人群中，将修正的基因遗传下去，世界就会变得更美好，只不过他们需要的并不是像伊迪斯暗示的那样，让我们组成一支分歧者军队，冲出城市围栏，为正义而战、挽救众生。真不知她是真相信自己说的每句话，还是只是迫于无奈才这样说。

第二页上印着她的肖像，她的唇抿成一条线，棕色的头发丝丝缕缕地散在脸颊上。她定是目睹了可怕的事情，才愿意抹掉所有记忆，让整个人生都重来一遍。

“你知道她为什么要加入实验吗？”我问。

迦勒摇摇头：“文档对这方面的记载有些模糊，不过还是有暗示的。这些人参加实验的动力大概是让家人脱离极度的贫困，政府会给参与者的家人每月发放一定数额的津贴，连续发放十年。只不过伊迪斯是政府工作人员，肯定不缺钱，她的目的显然不是这个。依我看，她应该经历过创伤，她急于忘掉这痛楚。”

我看着她的肖像皱着眉头，心里很是不解。到底是怎样的贫困，竟能让一个人为了每月的津贴自愿忘掉自我、忘掉亲戚朋友？我可以说是吃着无私派的面包和蔬菜长大的，物资只够生存所需，我却从未绝望到这种地步。如此说来，他们的日子大概过得太艰苦了，比我在城市中所见的所有人都要糟糕。

我也无法想象伊迪斯为何如此绝望。或许，只是因为没人值得她想念吧。

“我对这份文件中决定后代命运的条款的合法性很感兴趣。”迦勒道，“这可能与父母为十八岁以下孩子做决定这一原则同理，可想来还是有些奇怪。”

“我们自己的决定其实就已经影响到了后代的人生走向。”我模棱两可地说，“要是爸妈没有选择无私派，我们又会选择哪个派别？”我耸耸肩，“谁知道呢？或许我们不会感到那么压抑，或许我们会是完全不同的人。”

这个念头像一个躯体湿滑的生物一般，爬进我的意识。也许我们会成为更好的人；也许我们会成为不会背叛自己亲妹妹的人。

我凝神盯着身前的桌子。在过去的这几分钟里，我们仿佛又回到只是兄妹的日子。只是人不能脱离现实、忘记愤恨太久，我还是得面对真相。我抬起头，直视着他的双眸，想起我被关在博学派总部的牢房时，也是这样看着他。我想起自己太疲倦，不想再和他吵，不想再听他解释，疲倦到不再在乎兄长的背叛。

我淡淡地说："伊迪斯最后选择了博学派吧？可她却起了个无私派的名字？"

"没错！"他似乎没注意到我的语气，"其实呢，我们的祖辈大多是博学派的，出了几个无私者，一两个诚实者，总体来说，大部分人都一直在博学派。"

我感觉好冷，觉得自己快要颤抖起来，然后就要崩溃。

"看来你是想拿这个为你那扭曲的心灵做挡箭牌，"我声调平缓地说，"你想说你选择博学派，忠诚于博学派，都是出于这个缘由！要是你一开始就是他们中的一员，那所谓的'派别远重于血缘'也就可以接受了，对不对？"

"翠丝……"他眼神里带着恳求，恳请我的谅解，可我以前不会谅解，现在不会谅解，以后也不会谅解。

我站起身："那现在我知道伊迪斯的事情，你也知道妈妈的事了，就到此为止吧。"

有时候，看着他，我心中会莫名泛起同情，有时却又有掐住他脖子的冲动。可这一刻，我只想逃离，假装这一切都不曾发生。我走出档案室，朝旅馆的方向跑去时，鞋底在地板上发出吱吱声。我一直跑，直到闻到芬芳的柑橘味才停了下来。

托比亚斯站在宿舍门口的走廊中，我已跑得上气不接下气，连指尖都随心跳跳着。此刻我已被各种情绪淹没，心中有怅然若失，有诧异惊愕，有怨恨愤怒，也有期许渴望。

"翠丝，你还好吧？"托比亚斯双眉紧蹙，满脸忧虑。

我摇摇头，依旧费力地喘着粗气，然后一把将他推到墙上，唇压在了他的唇上。起初他还想把我推开，可接下来，他又回吻着我，不在乎我是否还好、不在乎他自己是否还好，什么都不在乎。一天天，一周周，一个月又一个月，我们已好久没有单独相处过。

他的手指穿过我的发，我紧紧抓住他的两只胳膊，稳住自己，我们就像两把抵在一起僵持不下的刀子。他是我认识的最强壮的人，也比其他人眼中的他要温暖得多；他是我保守着的秘密，这个秘密，我会永远永远保守下去，直至我生命的尽头。

他微微低下头，用力吻着我的脖子，双手紧紧搂着我的腰。我用手勾住他的腰带环，闭上了眼睛。在那一瞬间，我清楚地知道自己想要什么。我想把我们之间那一层又一层衣服脱去，把过去、现在和将来所有隔开我们的东西都扫平。

走廊的尽头传来脚步声和笑声，我们也就松开了对方。一声口哨传来，大概是尤莱亚吹的吧，可我耳朵中却全是脉搏的突突声，什么也听不清。

托比亚斯和我目光相遇，就像我在考验期间第一次真正地看他时一样。那是在我的恐惧情境模拟结束后，我们盯着对方看了太久，看得入神。我眼睛依旧盯着他，嘴里只对尤莱亚说了两个字："闭嘴。"

尤莱亚和克里斯蒂娜前脚走进宿舍，我和托比亚斯也若无其事地后脚跟了进去。

第二十三章

托比亚斯 密谋暴动

那天夜里，我脑子昏昏沉沉，思绪纷杂，头刚触到枕头，就发现枕套里塞着一张便条。

T——

晚上十一点，旅馆大门外见，有要事告知。

——妮塔

我侧头看了眼翠丝，她静静躺在床上，四肢伸开，一撮头发盖住了鼻子和嘴，随着她均匀的呼吸一起一伏。午夜时分，我要背着她见另一个姑娘，心里总觉怪异，更何况现在我们正在努力坦诚相对。

我看了下表，十点五十分了。

我告诉自己，妮塔只是普通朋友，说不定她真有急事，明天再告诉翠丝也不迟。

我掀开被子，匆匆穿上鞋子，暗自庆幸自己最近和衣而睡。我悄悄地走过皮特的床铺，又经过酣睡中的尤莱亚的床铺。我看到他枕头下露出一截酒瓶，瓶子口朝外放着，我轻轻用手指夹起瓶子，朝着门走去，又把它放在一张空床铺的枕头底下。说起尤莱亚，我有些愧疚，我答应过齐克要好好照顾他，却一直没有实际行动。

终于到了走廊，我系上鞋带，理了理蓬乱的头发，一时有些感慨。自我希望无畏派把我视作候选的领导，我便不再像从前那样理标准的无私派平头了，现在倒是有些怀念理发的过程，想着推子的嗡嗡声，想着每个小心的动作，只需用手，就比眼睛看得更清楚。对这些的怀念，与其说是基于视觉基础上的不如说更多是触觉造成的。记得小时候是父亲给我理发，在无私派家中顶楼的走廊里，他总是不注意刀片，一不小心就划伤我的后脖颈或刮到我的耳朵，可最起码他不会抱怨必须帮我理发，这就算不错了。

妮塔不停地用脚点着地面。她穿着一件白色的短袖T恤，头发束起，脸上挂着笑，那笑却并非发自内心。

“看你很担心的样子。”我道。

“没错，我是很担心。快点，我带你去一个地方。”

她领着我穿过一条条昏暗的走廊，除了偶尔碰到几个清洁工，这一路静悄悄、空荡荡的。他们似乎都认识妮塔，或是和她招手，或是笑脸相迎。她双手插在口袋里，每次我们互相看对方的时候，她都小心地避开我的目光。

我们穿过一扇没装安全感应器的门，走进一个圆形的屋子。屋子中央悬挂着一盏玻璃吊灯，脚下是深色的抛光木地板，四面墙壁挂满了铜牌，在灯光下闪着光。铜牌上刻着成百上千个名字。

妮塔走到玻璃吊灯下面，双臂张开，做拥抱状，将整间房纳入她怀抱的范围。

“这些是芝加哥谱系图，”她道，“你们的谱系图。”

我走上前去，靠近一面墙，读上面的名字，寻找着熟悉的字眼。我在最下端找到了两个认识的名字：尤莱亚·派罗德和伊齐基尔·派罗德，他们的名字后都标着两个很小的字母“DD”，“尤莱亚”名字后刻着一个小点，看起来像刚刻上去不久，大概在标注他是分歧者吧。

“你知道我的名字在哪儿吗？”我问。

她横穿过屋子，敲了敲一块板子：“世代是按照母系家族排的，翠丝的母亲来自城市之外，所以在珍宁的档案里翠丝是‘第二代’。不知道珍宁是怎么得到这消息的，看来这永远是个谜了。”

我迈向了那块刻有父母和我名字的铜牌，却不知道自己心里在惧怕些什么。

一条垂直的线把克里斯汀·约翰逊和伊芙琳·约翰逊连到一起，一条水平的直线又把伊芙琳·约翰逊和马库斯·伊顿连在一起，两个名字在下方连着一个名字：托比亚斯·伊顿。我名字后面刻着两个小小的字母“AD”，跟着一个小点，可我已知道自己并非真正的分歧者。

“第一个字母代表着出生派别，第二个字母代表着所选派别。他们认为这样做便于追溯基因的路径。”

母亲名字后刻着的字母为“EAF”，F大概代表着“无派别”吧。

父亲名字后刻着“AA”，跟着一个小点。

我的手指滑过一条条直线，从连接我和父母的线，到连接伊芙琳和她父母的线，一直向上，算上我，一共是八代。这张谱系图的内容我一直都知道，我跟他们捆绑在一起，不管我跑多远，都逃不出这毫无意义的遗传。

“很感谢你带我来这儿，”我感到忧伤和疲倦，“可为什么非要在午夜时分？”

“我觉得你可能想看一下这个地方，而且我还有重要事情相告。”

“是不是又来假装安慰我，说我不受能力有限论的影响？”我摇着头说道，“算了，谢了。我早听够了。”

“不是，不过很开心听到你这么说。”

她靠在牌子上，肩膀挡住了伊芙琳的名字。我向后退了退，不想离她这么近，近到可以看清她虹膜外围的一轮浅棕色。

“昨天我跟你说的那些有关基因缺陷的话……其实是一个考验。我只是想看看你对受损基因的反应，好来判断你这人是否可信。你要是真的相信昨天我说的那些话，今天我也不会把你叫出来。”她向前迈了几小步，肩膀挡住了马库斯的名字，“实际上，我才不相信什么受损不受损的鬼话。”

我猜她给我解释背上所刺的碎玻璃片文身时是极不情愿的。

我的心都快跳到嗓子眼儿了。她语调中曾经的幽默全化作了苦涩，眼神中的暖意也渐渐退去。我有些怕眼前这个女子和她要说出口的话，害怕中却又夹杂着丝丝兴奋，因为我终于不用向“基因”妥协，终于不再觉得自己比从前矮一截。

“我猜你应该也不信他们的话。”她说。

“没错。”

“这个地方埋藏着很多秘密。”她道，“比如，他们眼中的GD可有可无；再比如，我们中有人并不想袖手旁观。”

“可有可无是什么意思？”

“他们对我们这些人犯下了极其可怕的罪行，却都被掩藏了起来。”妮塔道，“我可以给你证据，不过得等等再说了。现在你要明白，我们正和基因局对着干，这样做是有充分理由的，我们需要你的加入。”

我微眯着眼睛问道：“为什么？你们想从我身上得到什么？”

“我现在给你一个机会，带你去看看基地外面的世界。”

“那你想要的是……？”

“你的卫护。我要去一个危险之地，这件事不能告诉基因局中的任何一个人。你是局外人，相信你相对比较安全，正好你也知道如何防身。你要是跟着我去，就能看到想看到的证据。”

她抬起手轻轻捂住心窝，似乎正要通过这个姿势发下誓言。

我的疑心很重，可我的好奇心更强烈。相信基因局做坏事对我来说并不困难，世上没有一个政权会完全清白，即使父亲领导的无私派寡头政权也没法幸免。可抛开合理的怀疑，我心底却殷切地希望自己的基因没有缺陷，我存在的意义绝不仅限于把修复基因遗传给后代。

所以我决定先答应她。

我答道："好。"

"首先，在我给你看任何东西前，你必须答应我要保密，不准把所见所闻告诉任何人，包括你的小女友。你可同意？"

"她很可靠。"我曾对翠丝发过誓，我今生今世绝不会对她有任何隐瞒，我不应该陷入要再次对她发誓的境地，"我为什么不能告诉她？"

"问题不是她可不可靠，只是她没有我们所需要的技能，我们努力让尽量少的人牵扯进来，不想让搭不上手的人冒险。是这样的，基因局不允许我们做这些事。如果我们相信自己没有'缺陷'，他们所做的一切，什么实验啊，基因修复啊，很显然都是白费功夫。世上恐怕没一个人愿意听到自己奋斗一生的事业只是一场空。"

我有着切身的体会。就像派别的存在只是一套人工体系，一切皆由科学家设计，要长时间控制我们，时间越长越好。

她从墙边挪开，接下来说了唯一一句能说服我的话：

"你若是告诉她，你就丧失了我给予你的选择权，她就不得不卷进来。而你若不告诉她呢，其实是护着她。"

我的手指掠过那面金属板上刻着的"托比亚斯·伊顿"几个字，这些是我的基因，是我的棘手之事，绝不能让翠丝蹚这浑水。

"好，带我去吧。"我说。

她手中的电筒发出的光束随着她的脚步上下晃动着。我们刚从走廊中的一个林布柜里取了个背包，似乎是她早准备好的。我跟着她走进基地的地下通道深处，先是穿过聚集着很多GD的地方，后又走进一条没有照明的通道。到了某个地方，她蹲下身子，在地面上摸索着什么，碰到个类似门闩的东西。她一手把手电筒递给我，一手拉住门闩，从地上抬起一扇门。

“这是个逃生地道，”她道，“他们刚到这儿时着手挖的，若真有突发情况，我们还可以从这里逃生。”

她从背包里取出一根黑色管子，拧下管子的上端，道道红光打在她的皮肤上。她把这发着红光的管子扔到洞口，它砰地掉在地上，滚落到几米开外，我的视线里却还留着这光。她坐在洞口，把身上的背包固定好，然后滑了下去。

我知道这地道并不是很长，可还是觉得脚下像个无底洞。我坐下来，看着鞋子在一束束红色光线下投在地上的暗影，用力往前滑去。

落地的瞬间我听到妮塔说：“有趣儿。”我举高手电筒，她伸手拿着照明灯举在前方，我们往地道里面走去。这地道差不多有两人并排的宽度，刚好是我直起身子的高度，扑鼻而来的是泥土混杂的腐臭，似乎空气久不流通，都发霉了，“我刚刚忘记你恐高的事了。”

“可我除了恐高，其他就没什么怕的东西了。”我说道。

“没必要辩解！”她笑道，“其实我一直想问你一件事。”

我跨过一片水洼，鞋底摩擦着布满沙砾的地面。

“有关你的第三个恐惧情境，你射杀的那个女子，她到底是谁？”

照明灯忽然熄灭，我手中的电筒成了我们用来照明的唯一工具。我挪了挪胳膊，和她隔开了一段距离，真不想在黑暗处无意中碰到她的胳膊。

“那女的谁也不是，我的恐惧不是她，而是开枪杀她。”

“你害怕开枪杀人？”

“不，我怕的是自己太过娴熟的杀人能力。”

她没有回话，我也再没吭声，我们陷入了沉默。这是我第一次把这话大声说出来，说出来了我才发现它听起来是多么的怪异。世上到底有多少年轻人害怕自己心底住着恶魔？可让人们害怕的本应是他人，不是自己，人们本该以自己的父亲为榜样，绝非一想到自己变成父亲的模样就怕得发抖。

“我一直很想知道我的恐惧会是什么。”她嘘声说道，似在祈祷，“有些时候，我觉得自己怕的事情多得数不过来，可有些时候，我又觉得世上已经没什么可怕的了。”

虽然周围黑暗无边，她看不见我，我还是点了点头。脚步继续迈着，手电筒的光束依旧上下摆晃着，地道中回响着我们脚步刮擦地面的声音，飘着从地道另一端呼呼刮来的陈腐的味道。

大约走了二十分钟，我们转了个弯，鼻尖处感受到新鲜的风，冷得我发抖。我关掉手电筒，一层银白色月光洒在地道尽头，引领我们到出口。

钻出地道，来到了那天我们乘卡车驶向基地曾路过的一片荒地，它坐落在坍塌建筑和从路面破土而出的树木之中。几英尺开外停着一辆破旧的卡车，车厢盖着的破旧帆布都成了一片儿一片儿的。妮塔抬脚踢了踢一个轮胎，看有没有气，又爬到驾驶座位，点火器上挂着钥匙。

“这是谁的卡车？”我爬到副驾驶位置上问。

“这车是我们要碰头的人提供给我们用的。我让他们把车停到了这儿。”

“我们和谁碰头？”

“我的几个朋友。”

我不知道她是如何在这迷宫般的街道中找到路的，不过她确实认识路，她驱车绕过树根，绕过倒下的路灯杆，用车头灯警告那些在我视线边缘蹦跳而过的动物。

一头周身棕色、瘦骨嶙峋的长腿动物正慢悠悠地穿过车前方的路，这家伙的高度跟路灯差不多。妮塔猛地一个急刹车，卡车才没有撞到它。它警觉地动了下耳朵，圆不溜秋的黑眸子带着审慎好奇地打量着我们，眼神清澈，宛若孩童。

“是不是很漂亮呀？”她道，“我也是来到这里后才见到鹿的。”

我点点头。那头叫鹿的动物姿态优雅，却有些踌躇，没有动弹。

妮塔用指尖按了下喇叭，鹿匆匆跑开。卡车又开始加速，驶到一条宽敞空旷的道路，道路的下方有一条铁轨通过，有一回我就是沿着这条铁轨走到基地的。我看到了前方一盏盏的路灯，那是这荒地中唯一的光亮。

我们朝东北方向驶去，离着那抹光亮越来越远了。

似乎过了很久，眼前终于又见到了光亮，光亮来自老旧路灯上的灯泡，它们都用绞链挂在狭窄、坑坑洼洼的街道边。

“我们就停这儿。”妮塔猛转一下方向盘，把卡车停在两栋砖瓦楼间的巷子中。她从点火器上拔下钥匙，对我说：“去看一下杂物箱，我让他们给了我们一些武器。”

我打开身前的箱子，几张旧包装纸上摆着两把明晃晃的刀。

“你用刀用得怎样？”她问。

无畏派考验一直有扔飞刀的项目，甚至在麦克斯对考验改革之前就有。我自始至终没喜欢过这一项目，总觉得这一举动无疑是培养无畏派哗众取宠，并不是一项多有用的技能。

“还行，”我稍感得意地笑道，“只不过从没想到这技能还能派上用场。”

“这么说无畏派还是有两把刷子的……老四。”她微微一笑，抓起了那把大些的刀，我拿起那把小一号的刀。

穿过巷子时，我有些紧张，不停转着手中的刀柄。上方的窗子里闪着光，不过那不是电灯的光，而是火焰，不知是烛火，还是灯笼。我抬头望去，忽然发现一个黑眸黑发、眼窝深陷的人正在看我。

“这儿有人住啊。”我道。

“这边算是边界地带的边界，”妮塔道，“离北边大城市密尔沃基差不多有两小时车程。这些日子里，人们虽想摆脱政府的控制，但又不想住得离城市太远。”

“他们为什么想摆脱政府的控制？”在我们的城市，无派别者便活在政府控制之外，他们永远都饿着肚子，永远都是冬冷夏热，无时无刻不在想着如何活下去。活在政府控制之外的日子并不好过，如果真想过饥寒交迫的苦日子，还真得有些合适的理由才能熬住。

“因为他们的基因是有缺陷的，”妮塔看了看我道，“无论是从技术层面，还是从法律意义上，受损基因携带者和基因纯净的人都是平等的，但可以说只限于文件。现实中他们贫困潦倒，更容易犯罪，没有好的工作机会。自打百年前的‘纯净基因战争’后，就一直存在这个问题。住在边界地带的人不指望政府能有什么作为，他们认为最好的办法还是完全甩开政府的手，而我则想从内部改变这一切。”

我想到她身上刺着玻璃碎片文身，她是何时刺的文身？是什么让她眼神中流露着愤恨？是什么让她语气如此激动？又是什么让她成为了一个革命者？

“那你是怎么打算的？”

她收紧下巴，答道：“削弱基因局的权力。”

巷子尽头是一条宽敞的街，有人在两边踱着步，又有人成群结队地横冲直撞，直接走在路的正中央，手中还握着酒瓶。街上的人年纪都很小，大概在边界地带没有多少成年人吧。

第二十三章
密谋暴动

前面传来争吵声，接着是玻璃打碎在地的哗啦声。一大群人围着两个厮打在一起的身影。

我正欲冲过去，却被妮塔抓着胳膊拽向了一栋房子。

“现在可不是逞能做英雄的时候。”她道。

我们朝着角落中的一扇门走去，一个块头儿很大的男子站在门边，手中不停地摆弄着刀子。等我们迈上阶梯，他停下手上的动作，把刀子扔到另一只手里，那只手上全是疤痕。

他那块头儿，那耍刀时的灵活劲儿，那副疤痕累累、满面灰尘的凶狠样儿，我本该看着发怵，可他那双瞪大的眸子却似先前看到的那只鹿的双眼，机警中带着好奇。

“我们来自基地，来这儿找拉斐。”她说。

“进去吧，不过把刀子放下。”他说，声音却比我想象中要高要轻柔。如果在氛围不同的另外一种场合，他可能会是个温和的人，可在这种情形下，他不会温和，尽管我也不知道“温和”二字所为何意。

虽然我也一直视“温和”“无用”抛在一边，但眼下我想的却是：如果此人已被迫否认自己的天性，那么也会失去某种宝贵的东西。

“门儿都没有。”妮塔顶撞道。

“妮塔，是你吗？”屋内传来一个声音，嗓音极具感染力，还有几分悦耳，我往里看去，一个矮小的男子笑得一脸热情，他走到门前说：“我不是告诉你直接放他们进来吗？快请进，请进。”

“嗨，拉斐。”她有些释然地说，“老四，这位是边界地带重量级人物拉斐。“

“很高兴认识你。”拉斐说完，招手示意我们跟着他。

我们走进一个宽敞的开放空间，里面点着一排排蜡烛、灯笼，木桌子摆得到处都是，除了一张桌上放着些东西，其他桌上面都空空的。

一个女子坐在屋子后头，拉斐拉了把椅子在她身边坐下。这两人样子差距很大——她头发火红，体形微微发福；而他肤色黝黑，身子如电线杆一般消瘦。虽是如此，他们的神色却惊人的相似，就像用一把凿子雕刻出的两块石头。

“把刀放在桌子上吧。”拉斐道。

妮塔这次顺从地把刀子放在身前的桌沿上，坐了下来，我也依样放下刀子坐下。屋子对面的女子也掏出枪放下。

“他是谁？”女子用下巴指了指我问。

“这是我的同事，老四。”妮塔道。

“怎么会有人名字里有一二三四的四？”她并没像其他人提及此问题时那样冷笑。

“在城市实验中，他只有四种恐惧，就有了这个名字。”妮塔答道。

我突然意识到，她用这个名字介绍我，大概只是想为我来自何方做铺垫吧。这样能给她更多筹码吗？这样能让这些人觉得我更可信吗？

“有意思。”女子用食指敲着桌子，“老四，我叫玛丽。”

“玛丽和拉斐统领GD反叛团体中西部地区分支。”妮塔道。

“别叫什么团体，说得跟我们就是一群聚在一起玩纸牌的老太太似的。”拉斐语气平缓地说，“我们更像是起义军，力量遍及全国各地，每个大城市中都有革命武装力量，主要分为中西部、南部和东部三大片区。”

“没有西部区？”我问。

“以前有，现在解散了。”妮塔淡淡地说，“西部地带太难掌控，战后，那边的城市太分散，太显眼，也不好安营驻扎，现在那边可以说是一片荒原。”

“看来他们说得不假。”玛丽看向我时，那双眼睛如同玻璃碎片一般闪着耀眼的光，“城市实验中的人真的对外界一无所知？”

“当然是真的啦，干吗骗你？”妮塔道。

第二十三章
密谋暴动

眼皮突然很沉重，疲倦悄无声息地爬上我的身子。我的人生虽然不长，却经历过太多的起义，先是无派别者造反，现在又是GD起义。

“我也不是不说客套话，”玛丽道，“可我们不能在这儿浪费时间，待得时间长了，门外的人肯定会有所觉察。”

“没错。”妮塔道，又看看我，“老四，能不能帮我看着外面？千万别让外面出什么岔子。我和玛丽还有拉斐单独说几句话。”

若这儿没有外人，我定会忍不住问她为什么我不能在场，或既然让我在门口守卫，为什么还费心把我带进来。也许我还没正式答应帮她，可她带我和他们会面自然也有她的理由。

我站起身，拿着桌上的刀子，走到门口，和拉斐的守卫一道监视着街上的动静。

街对面的斗殴已经平息，一个人静静地躺在地上，恍惚间，我似乎看到他还在动，后来才看清是有人在搜他的口袋。躺在地上的人已经死去，那不是人，而是一具尸体。

我沉沉地呼出一口气，说了两个字：“死了？”

“是啊。在这种地方，不能自卫的人连一晚上都活不下来。”

“那人们干吗往这里来？”我蹙起眉头，“他们为什么不返回城市里啊？”

他良久没有说话，我正想着他可能没听到我的话，那个小偷却把死尸的口袋里外掏了个干净，扔下尸体后，溜进了附近的一栋楼里。拉斐的守卫终于答道：

“在这里，人要是死了还可能有人在乎，比如拉斐或其他领导。可在城市那边，根本无人关心你的死活，只要你是GD，就不会有人在乎。我见过最可怕的罪行是判一个杀了GD的GP‘过失杀人罪’。瞎扯淡。”

“什么是‘过失杀人罪’？”

“意思是那个罪行纯属意外，”拉斐那平缓、轻快的声音从身后传来，“没‘一级谋杀罪’严重。表面上人们生而平等，当然，实际上根本不是那样。”

他站在我身旁，双手抱胸。我侧头看向他，他的眼神像是国王在审视自己的国土，在他眼中这个“国度”定是美丽的。我又看向街道，那破损的地面上躺着一具口袋外翻的尸体，散落一地的碎玻璃在火光的映照下闪着点点光芒，他看到的美丽一定是自由，是不被看作有缺陷之人的自由，是被视为健全人的自由。

这种自由并不陌生，当伊芙琳在无派别者之中跟我打招呼，叫我退出自己的派别，成为一个更为完整的人时，我也看见过所谓的自由。但那不过是个谎言。

“这么说你来自芝加哥？”拉斐问。

我点点头，视线依旧投向黑暗无边的街道。

“现在你出来了，那你怎么看这边的世界？”他问。

“大同小异，”我道，“人们被不同的标准划分开，在不同的战场上厮杀而已。”

妮塔吱吱的脚步声在屋里的地板上响着，我转过身时，她已站在我身后，两只手插在口袋里。

“谢谢你的安排，”妮塔冲拉斐点点头，“我们该走了。”

我们又穿过那条街，等我回过头看拉斐，他正摆手，做道别状。

在回到卡车的路上，又有一阵阵尖叫声传来，这次是一个小孩儿的声音。我听到这一声声抽泣，思绪回到了童年。当时我蹲在卧室里，用袖子擦着鼻涕。母亲常常先用海绵搓一阵衣服袖口，再把它扔到要洗的衣服里，可她从未提出只言片语。

等我爬到卡车里的时候，早已浑身麻木，感受不到这儿的存在，更感受不到它的痛楚。我急于回到基地的梦里，享受温暖和光亮，感受安全的滋味。

“我不太明白这个地方为何就比城市好。”我道。

“我只去过一次没有做实验的城市，”妮塔道，“他们虽有电有水，却是定额分配——每个家庭分配多少时间的供水供电量是一定的。城市中犯罪率极高，人们会把责任推在基因缺陷头上。也不是没有警察，只是他们的能力太有限。”

“这么说基因局基地毫无疑问成了最好的居所了。”

“按照资源分配来说，的确如此。”妮塔道，“可市里那一套社会制度在基因局同样存在，只不过在基因局里看不太出来。”

我在后视镜中看着边界地带渐渐消失在视线中，它与周围的废墟唯一的区别便是狭窄的道路旁有挂在路灯杆上的灯泡。

卡车驶过一栋栋黑黢黢的房子，房子上有一扇扇用木板封着的窗子，我试着想象这里曾经的模样：一排排的房子鳞次栉比，优美整洁，围着房子绿树成荫，窗子在夜里闪烁着道道光亮，住在这里的人过着安宁祥和的日子。

“你来这儿到底和他们说了些什么？”我问。

“我来主要是落实一下计划。”妮塔道。汽车仪表盘反射出微弱的光，打在了她的脸上，我看到她下唇上有一道道口子，她好像最近常常咬嘴唇，“我还想让他们见见你，见见派别实验中出来的人。玛丽这人一直怀疑你们背地里与政府狼狈为奸，只不过，她错了；至于拉斐……就是他给我看了基因局歪曲历史的证据。”

她说完顿了一顿，似乎要腾出时间让我掂量一下其中的分量，可她太不了解我，我这一生都在受政府的欺骗，根本不需要时间、沉默或空间去消化这个消息，去同意她的观点。

“基因局鼓吹的是基因操纵前的人性黄金时代，当时所有的人都携带着纯净基因，可他们在撒谎，拉斐给我看过战争的图片。”

我微微一怔："然后呢？"

"然后？"妮塔语气中透着怀疑，"如果纯净基因的人和受损基因的人一样，都能发动战争，造成同样强度的毁灭，那我们还要费心费时费资源来修复受损基因干吗？费力气做那么多实验又有什么用处？恐怕只能让特定的人相信政府在做某些有用的事吧，即使它根本没用。"

真相能改变一切——这不正是翠丝不顾一切和我父亲联手获取伊迪斯·普勒尔视频的原因吗？不管这真相是什么，她知道它能改变一切——我们的奋斗、我们优先考虑的事都会完全改变。这些人不是和泛滥全国的贫困或罪行作斗争，而是举着大旗向受损基因"宣战"。

"为什么？他们为什么费时间费力气去解决一个根本不是问题的问题？"我有些挫败地问。

"现在的人这么做，是因为他们的祖辈告诉他们这是个问题。这就是拉斐跟我说的另一件事，他还给我看了政府做的很多关于基因受损的宣传。"妮塔道，"可最开始呢？我不知道。可能与很多很多事情有关。是对GD的偏见，还是为了控制我们，让受损基因携带者觉得自己有毛病，让基因纯净的人觉得自己的基因是完美的，以达到控制整个人类的目的？这些事情绝非一夜凭空编出来的，也绝不会只有一个起因。"

我侧着头抵在冰凉的玻璃上，闭上眼睛冥想。脑中有太多新信息，一时间难以集中精力想任何事，最后我还是放弃挣扎，任自己慢慢迷糊。

等穿过地道，走到自己的床铺前，天边已露白，朝阳快要升起。我看向翠丝，她一只胳膊耷拉在床边上，手指掠过地板。

我坐在她对面，静静望着她的睡颜，又想起在千禧公园里的那个夜晚，又想起了那个约定：再也不撒谎。

她对我发过誓，我也对她发了誓，若我没有把今晚的所见所闻一一告诉她，就是违背了当初的誓言。可到底为了什么？为了保护她，还是为了我压根儿不熟悉的女孩妮塔？

我把落在她脸上的发丝轻轻地撩开，小心翼翼地不弄醒她。

她不需要我的保护，她足够坚强，有能力保护自己。

第二十四章
翠丝 卷入暴乱

皮特站在屋子对面，忙着把一堆书码成一摞，又把这些书塞进一个袋子里。他嘴里咬着一支红色钢笔，拎着装书的口袋走出了屋子，我听到了书碰着他的大腿发出的声响。等这些响声渐渐模糊，我才转身朝向克里斯蒂娜。

“我很努力很努力地忍着不问，不过还是忍不住了。”我道，“你和尤莱亚最近是怎么回事？”

克里斯蒂娜躺在床铺上，四肢伸开，一条长腿从床上耷拉下来，听我这么问，瞪了我一眼。

“干吗呀？你们俩最近走得很近，老混在一起。”

今天是个晴天，阳光透过白色的窗帘照进屋里。说不上为什么，整个宿舍有一股睡眠的气息，混杂着洗衣房的味道、鞋子的味道、夜里的汗臭和清晨的咖啡味儿。有些床铺已收拾好，有的床铺上被子皱巴巴地堆到床的一边或末端。我们当中的大部分人来自无畏派，却又是那么的不同，无论习性、秉性，还是世界观。

“你可能不信，但绝对不是你想的那样。”克里斯蒂娜用胳膊肘撑着半坐起来，继续说道，“他现在还很伤心，而我们又都很无聊。还有啦，他可是尤莱亚啊。”

“然后呢？他很帅气。”

“帅是帅，可他嘴里从来吐不出一句正经话。”克里斯蒂娜摇摇头道，“别误会，我虽喜欢说笑，但也想要一段有结果的恋爱，你理解吗？”

我微微颔首。我当然理解她的话，也许我比大多数人更理解这句话的含义，因为我和托比亚斯都不是爱开玩笑的人。

“而且，也不是每段友谊都能发展成恋爱啊，比如我可从未想过亲你啊。”

我大笑着说：“这倒是事实。”

“你最近都跑哪儿去了？”克里斯蒂娜双眉上扬，“和老四在一起？耍一些……小情趣？造人去了？”

我双手捂住脸：“这是我听过的最烂的玩笑。”

“别回避问题。”

“我们俩没什么‘小情趣’，”我说，“还没到那地步呢。他最近心情太低落了，老纠结于‘基因有缺陷’的问题。”

“啊，那件事啊。”她站起身来。

“你怎么看呢？”我问。

“不知道。我觉得蛮生气的。”她蹙起眉头，“世界上恐怕没有一个人愿意别人说他们有毛病吧？更别提这毛病还出在自己没法改变的基因上。”

“那你真的觉得自己有什么不对劲吗？”

“也许有吧，这就像一种病，对不对？他们能从我们的基因里看出来，根本没有争论的余地，不是吗？”

“我不是说你的基因没有什么不同，只是不能这样就说一组基因有缺陷，另一组基因没缺陷吧。蓝眼睛和棕眼睛的基因不同，可蓝眼睛基因就是‘受损’的吗？他们说这种基因是坏的，那种基因是好的，这未免太武断了吧。”

“有证据证明GD的行为更恶劣啊。”克里斯蒂娜指出。

“可这背后有很多的原因啊。”我反驳道。

“真不知道我为什么要在这儿和你争这个问题，我本来就希望你说得对啊。”克里斯蒂娜笑道，“可基因局这群高智商的科学家难道还搞不明白恶劣行为是什么原因导致的吗？”

“也对，可我觉得人就是再聪明，也容易带着先入为主的观念看事情。”

“可能你有偏见吧，”她道，“毕竟你好友和男朋友都有基因问题。”

“可能吧。”我在脑中寻找一个合理的解释，也许这个解释并非是我赞同的，可我还是说了出来，“我没觉得相信基因受损的理论有什么好处，难道这样就能让我对别人好一些吗？不会啊，还可能正好相反呢。”

不仅这样，我还目睹了它对托比亚斯的摧残，让他怀疑自己。这么看来，真不知道相信基因受损之说有何益处。

“你相信一件事，不是因为它能让你们的生活更好过，而是因为它是事实。”她说。

“可是——”我细细斟酌着要说的话，“审视某个信仰的结果，不也正是检测它正确与否的好办法吗？”

“听着像僵尸人的逻辑。”她顿了一下，“我思维比较诚实派化。老天，我们真是走到哪里都摆脱不了派别，对不对呀？”

我耸耸肩：“也许摆脱它们并不重要呢。”

托比亚斯走进宿舍，面容苍白，神色憔悴，最近一段日子，他一直是这样一副无精打采的样子。他头顶的头发因为睡觉被压向一侧，身上还穿着昨天那身衣服。自打来到基因局，他一直穿着衣服睡觉。

克里斯蒂娜站起身：“好啦，我该撤了。给你们两个……私人空间。”她边说边指了指周围的空床铺，迈出宿舍时还故意夸张地冲我挤了挤眼睛。

托比亚斯淡淡地笑了一下，可这笑还不足以让我相信他真的快乐。他没有坐在我身边，而是站在我的床尾，手指摆弄着衣摆。

“有件事我想告诉你。”他道。

“好。”我嘴里说着，心里却闪过一丝恐惧，就像心脏监测仪上心电图突然的跳跃。

“我想请你答应不要生气，可是……”他有些支支吾吾。

“可是你知道我的为人，我不会随随便便许诺。”我的嗓子一阵发紧。

“嗯，对。”他这才坐下，坐到自己床上还没叠的毯子绕成的弧形凹陷里，躲避着我的目光，“妮塔在我枕头下留了一张便条，让我昨天晚上和她碰头，我去了。”

我挺了挺身板，想着拥有漂亮脸蛋的妮塔脚步优雅地迈向我的男友，愤怒传遍周身。

“一个漂亮姑娘让你晚上去见她，你就去了？”我反问道，“你还要我别生气？”

“跟我和妮塔没半点关系。”他声音急切，最终还是看着我说，“她只想给我看些东西。她虽劝我相信受损基因的存在，却只是试探我，其实她一点也不信这东西。她有个分化基因局权力的计策，事成后，GD会获得平等的地位。我们还去了边界地带。”

他把昨晚的所见所闻向我一一道来，讲了通向外面世界的地下通道，讲了边界地带中简陋得快要坍塌的小镇，还有妮塔跟拉斐和玛丽的对话。他还解释了政府隐藏的战争证据，如此一来，人们就不知道“纯净基因”携带者也会犯下弥天大罪，也不知道政府仍然掌权的地区GD是怎样生活的。

听他说着，我心底对妮塔产生了怀疑，却不知道这怀疑到底来源于什么，是我通常相信的直觉，还是我对她的醋意？他说完之后，满怀期待地盯着我看，我紧抿着嘴唇，掂量着自己的决定。

“你怎么知道她说的是真话？”我问道。

“我不知道，她答应今晚带我看证据，我想让你跟我一块儿去。”他握住我的手说。

“那妮塔愿意吗？”

“管她愿不愿意。”他紧握着我的手，“她要是真需要我的帮助，自然得想办法适应你在我的身边。”

我看了看我们握在一起的手，又看看他灰色T恤破损的袖口和牛仔裤膝盖处磨旧的部分。我不想同时和托比亚斯还有妮塔在一起，她和他都有受损基因，这是她与他之间一个我永远无法达到的共同之处。这事对他来说意义重大，而我想知道基因局颠倒是非的证据的急切心情不逊于他。

“好，我跟你去。可你千万别以为我相信她的动机仅限于对你的DNA序列感兴趣，恐怕她对你的人兴趣也不小。”

“那你也千万别以为我对你之外的任何人感兴趣。”

他把手搭在我的脖子处，轻轻地把我的唇拉到他的唇上。

他的吻和他的话，都让我心中泛出丝丝暖意，可我的不安却没有完完全全地消退。

第二十五章

托比亚斯 窃取血清计划

午夜刚过，我和翠丝在旅馆的大厅中和妮塔碰头，周围的盆栽植物开着绚烂的花，呈现出一种被驯服的野性美。妮塔看到我身边站着的翠丝，脸上一僵，仿佛尝到了苦味。

“你保证过不会告诉她，”她指了指我道，“你可是答应要保护她的。”

“我改变主意了。”我说。

翠丝大笑起来，笑声刺耳：“你就告诉他这个啊，让他保护我？好一招高明的操纵手法，佩服佩服。”

我冲她扬了扬眉头，我还从未把它看作“操纵”，这样一想倒有些不寒而栗。

一般我靠自己的直觉便能看出他人别有用心，或是在头脑中思考来龙去脉，可我太渴望去保护翠丝，尤其是在我险些失去她之后，一听到这几个字眼，我的确未斟酌过事情的可信度。

或者说我太习惯撒谎而不愿承认艰难的事实，所以一有可以欺骗她的机会，便欣然接受。

“不是操纵，是事实。”妮塔看上去不再愤怒，只是一脸倦容，她一只手擦了擦脸，又整了整头发，没有辩解，所以她有可能真的在说实话，“这件事，你单单是知情不报，都可能被逮捕。所以最好还是不要牵扯进来。”

“不好意思，太迟了。”我说，“翠丝已经来了，你有意见吗？”

“比起失去你们两个人，我还是留着你们的好，你们这个最后通牒下得很明白了。”妮塔翻了个白眼，“走吧。”

翠丝、妮塔和我穿过静悄悄的基地，走向妮塔工作的实验室。三个人都沉默着，我能听清自己鞋子每次吱吱的响声，还有远处传来的每一句说话声，每扇门关闭的声音。我总觉得这是在做什么不该做的事，当然，实际上我们没有。至少现在还没有。

妮塔在实验室门前停住脚步，扫描过工卡，门自动打开。我们跟着她走过基因治疗室，那个我曾看到自己DNA序列的地方，向基地中心我还从未去过的地方进发。这里一片黑暗，阴森恐怖，我们走过时还有尘土从地板上飞起来。

妮塔用肩膀推开另一扇门。

门里是一间储藏室，墙上是一个个笨重的金属抽屉，抽屉上贴着标有数字的纸，这些纸条大概有些年头了，字迹已淡去。屋子的中央摆着一张实验台，台子上放着一部电脑和一台显微镜，一个金发留成背头的年轻男子在桌子一侧立着。

“托比亚斯，翠丝，这位是我的朋友雷吉，他也是GD。”妮塔介绍道。

“幸会幸会。”雷吉向我们微笑致意，他先握了握翠丝的手，又握了握我的手，力道很大。

“先让他们看看幻灯片吧。”妮塔道。

雷吉敲了敲电脑屏幕，又招手示意我们靠近一些：“我又不会吃了你们。”

翠丝和我交换了个眼神，走到雷吉身后去看屏幕。一张又一张图片闪过。图片是黑白的，画面上布满了小颗粒，有些失真，大概是很久以前拍的。只过了一小会儿的工夫，我便意识到这些图片展示的是一幕幕人们饱受苦楚的景象：瘦骨嶙峋的孩童瞪大惊恐的双目，沟渠里横着一具具尸体，燃烧着一堆堆的纸……

图片转换太快，像书页在微风的吹动下一页页哗哗掀过，只给我留下了残酷恐怖的印象。我忍不住侧过了脸，不再去看那些图片，深深的沉默正吞噬着我。

起初，我看向翠丝时，她面色如水，这些图片好像没在她心底激起一丝涟漪，可接下来，她的唇开始打战。她紧紧抿起双唇，掩盖住这神情。

“你们看这些武器。”雷吉点开一张图片，图片上一个身穿制服的男子手持一把枪，“这枪是很久以前的，‘纯净基因战争’中使用的枪要比它先进很多。这点基因局也无法否认，它应该来自一场非常古老的冲突，定是基因纯净的人引发的，因为当时还没有基因修改这回事。”

“可一场战争又怎么能瞒住？”我问。

“人们现在都是孤立的，天天连肚子都填不饱，”妮塔轻声说道，“他们只知道别人告诉他们的事，只能看见可以获取到的信息。在背后操纵一切的是政府。”

“好吧。”翠丝不停地点着头，语速有些快，话里透着紧张，“这么说来，你们——我们的历史是他们编造出来的。可这也不能证明他们就是敌人，只能说他们是一群用歪曲信息的方法来……改善世界的人，只不过考虑有些不周。”

妮塔和雷吉对视了一眼。

“问题就在这儿，他们在伤害人。”妮塔道。

她把手放在柜台上，微微向我们探过身子，我再次看到了她身上的革命者印记，她的革命者身份战胜了其他身份，此刻她不再是一个年轻的女人，不再是一个GD，也不再是一个实验室工作人员。

“无私派想提前揭开真相的时候，”她一字一顿地说，“珍宁想镇压住它……正好顺了基因局的意。他们给了她一种非常高级的情境模拟血清，即攻击情境模拟血清，用来控制无畏派的大脑，这也导致了后来无私派的毁灭。”

我想了几秒，慢慢解析着她的话。

“不可能。”我说，“珍宁跟我说分歧者——就是纯净基因携带者——占比最高的派别是无私派，你们刚刚也说了基因局格外珍视这些人，还派人去挽救他们。那他们为什么还帮着珍宁杀害他们？”

“珍宁错了。”翠丝冷冷地说，“伊芙琳说得对，是无派别人群中分歧者比例最高，而不是无私派。”

我转向妮塔。

“我还是不明白他们为什么要拿大批分歧者的命做赌注，我需要证据。”我说。

“那你觉得我们为什么大半夜到这儿来呢？”妮塔打开了另一排灯，光线照亮了那些金属抽屉，她在墙根前来来回回地走着，“我能进到这里，其实是费了很长时间才拿到的许可，比理解我看见的情形时间还要长。其实这些全都是一个GP支持者帮我的。”

她伸手打开下面的一个抽屉，从里面掏出一个装有橙色液体的瓶子。

“是不是有些眼熟？”她问我。

我试着回想，想起攻击情境模拟之前他们给我的那一针，当时翠丝正要闯考验的第三关。记得是麦克斯把一管液体从我的脖子处推进体内，重复着我自己做过无数遍的动作。记得他把针管插进我的皮肤之前，那管液体被光照着，正是橙色，和妮塔手中的液体颜色一模一样。

“颜色是一样，可这能证明什么呢？”我道。

妮塔把小瓶子拿到显微镜前，雷吉从电脑旁的托盘中抽出一个载玻片，拿起滴管在载玻片上面滴了两滴橙色液体，又拿起一个盖玻片盖住。他小心又稳当地把它放到显微镜下，手法娴熟，好似这个动作重复过无数遍。

雷吉敲了几下电脑屏幕，打开一个叫“显微扫描”的程序。

“懂得用这台机器又知道密码的人都能随意获取信息，那位GP支持者把密码告诉了我。”妮塔说，“也就是说，我们很容易得到其中的信息，只是没人想过仔细研究这些，GD一般也没有系统密码，所以我们本来也不会知道这些信息的。这间储藏室是为废弃的实验准备的，比如失败或过时的发明啊，或者是一些没用的东西。”

她一只眼看着显微镜，手忙着调显微镜的调节器，调试着镜头。

“好了。”她说。

雷吉按下电脑上的一个按钮，一大片文字出现在屏幕上方的“显微扫描”栏中，他指了指文字中间的部分。我细细读了一遍。

“情境模拟血清V4.2，协调大批目标；远距离传送信号；不包括原始配方中的迷幻剂；情境模拟内容由程序操作员设定。”

就是这个。

这就是攻击情境模拟血清。

“如果这东西不是基因局发明的，那么在基因局又怎么能找到？”妮塔反问道，“他们把血清投放在实验里，却又不把血清回收，而是让市民自行对其进行改良。换句话说，就算这血清的改良者是珍宁，他们也不会从她手中偷过来，既然这里有这种东西，那就说明这是他们发明的。”

我怔怔地盯着显微镜下发亮的玻片，看着目镜下游走着的橙色液滴，吐了口气，却带着颤。

翠丝有些喘不过气地问：“为什么？”

“无私派要把真相告诉市里的人，你也看到这样做的后果了：伊芙琳成了实际的霸主，无派别者无休止地镇压派别成员，如果不出所料，派别早晚会联手起义，抵抗伊芙琳，成千上万的人就会丧命。还有一点毋须多言，揭露真相会危及整个实验的进行，”妮塔道，“所以呢，就在几个月前，无私派意欲向城市泄露伊迪斯·普勒尔的视频，险些引起大规模的毁灭和恐慌之时，基因局大概是想通过牺牲无私派来防止整个城市蒙受更大的损失，即使这要以几个分歧者的命做代价。他们觉得牺牲无私派总比牺牲整个实验要好，后来就与他们知道肯定会同意这样做的珍宁·马修斯取得了联系。”

她的话将我包围，一点点渗进我的体内。

我双手扶住实验台，台面的凉意渗进我的手心，我看着台面那抛光金属映出的有些扭曲的面庞。

我虽然大半辈子都恨着父亲，却从未恨过他的派别。无私派从来都是那么安静，它的团体精神、它的方针路线在我看来一直都很好，可如今这些善良无私的人却惨死了一大半，死在无畏派的枪下，死在珍宁的推动下，死在基因局在背后提供的力量下。

这些人里面，包括翠丝的父亲母亲。

翠丝僵立着，双手无力地垂着，手因为充血而有些发红。

“这还不都是因为他们对这些实验的盲目信仰吗？”妮塔站在我们身边说道，好似把这些话强塞进我们脑子的空隙里，“很显然，基因局把这些实验看得比GD的命都重，而现在的情况越来越糟。”

“越来越糟？比杀掉整个无私派还要糟吗？怎么可能？”我问。

“差不多有一年了，政府一直威胁着要关闭所有的实验。城市里的人们无法平静地生活，所以一个又一个的实验相继失败，大卫总会及时地找出新办法恢复秩序。如果芝加哥也出了岔子，他还可以那样做，他可以随时重置所有的实验。”

第二十五章 窃取血清计划

“重置所有的实验。”我重复着这句话。

“用无私派的记忆血清呗，”雷吉接过话茬，“确切地说，用的是基因局的记忆血清。男男女女、老老少少的人都得重新来过。”

妮塔简洁地说：“基因局的人会违逆大家的意愿，抹掉他们活过的所有痕迹，仅仅是为了解决并不存在的所谓基因‘受损’问题。这些人有做这事的权力，可这种权力根本不应该为任何人所掌握。”

记得约翰娜当时向我提及友好派把记忆血清注射到无畏派巡逻兵体内的时候，我曾想到一个可怕的念头——抹掉一个人的记忆，无异于改变了他们本身。

突然间，我不再在乎妮塔的计划到底是什么，只要它能给基因局重重一击就行。这短短几天光景，我获知的信息已让我觉得这地方压根儿不值得拯救。

“你们有什么计划？”翠丝问，声音却太过平缓，平缓到有些机械。

“我会让边界地带的朋友从地下通道冲进基因局基地。”妮塔应道，“托比亚斯，你负责在这一过程中关掉基地的安全防范系统，确保我们不被逮住，这和你在无畏派控制室中干的活儿基本一样，对你来说应该不是很难。然后我、拉斐和玛丽闯入武器实验室，窃取记忆血清，以免它落在基因局手中。雷吉将在暗中帮助我们，进攻那天他会帮我们打开地道的大门。”

“你们要那么多记忆血清做什么？”我问。

“毁掉。”妮塔语调平静地说。

我此刻的感受很奇怪，像是放了气的皮球一般空荡荡的。我不知道自己想象中妮塔的计划会是怎样，但不是这样——这个计划听起来太微小，太被动，实在不足以对发动攻击情境模拟，告诉我我的本质以及我的DNA序列有问题的人作出回击。

“就这些吗？”翠丝终于从显微镜上面抬起头，微眯着眼睛看着妮塔，“你明明知道基因局是造成成百上千人丧命的罪魁祸首，却只计划着……只计划窃取他们的记忆血清？”

“我可没记得邀请你来评论我的计划。”

“我并没有评论你的计划，”翠丝道，“我是在告诉你，你说的话我不信。你那么恨他们。听你说起他们的语气就知道。不管你到底要做什么，我敢肯定不仅仅是窃取血清这么简单。”

“他们用记忆血清来让实验继续进行，这血清是他们控制你们城市最强有力的武器，我想要夺走它。我要说，目前这对他们而言就是一个足够大的打击。”妮塔声音温和，好似在给一个孩童解释着什么，“我可从未说过我的计划到此为止。首次进攻最好不要用尽全力，我们的计划要慢慢来，而非一蹴而就。”

翠丝没有说话，只是一个劲儿地摇头。

“托比亚斯，你来吗？”妮塔问。

我的目光先是从站姿紧张的翠丝身上掠过，又看向了神情放松、蓄势待发的妮塔。翠丝所看到的、听到的，我没看到、没听到。我只是一想到说“不去”，好像整个身子就会崩溃，瘫软在地上。我不能袖手旁观，即使力量再小，我也必须做些什么，我不明白翠丝的心里为何就没有同样的渴望。

“嗯，去。”我说，话音刚落，翠丝就猛地转向我，双眼圆睁，满脸写着不相信。我没有理会，接着说道，“我能关掉安全防御系统，可我需要友好派的友好血清，你们能想办法搞到吗？”

“没问题。”妮塔嘴角含着一丝笑意，“行动的时机我以后再告诉你。雷吉，咱们走吧，让他们这对小情侣单独……谈谈。”

雷吉冲我点点头，又冲翠丝点了点头，转身和妮塔一块儿走出了屋子，轻轻地带上了门，没发出一点儿声响。

翠丝转向我，两只胳膊抱在胸前，宛如护卫着她身子的两根铁条，把我挡在铁条之外。

“真不敢相信你会这样。她在胡扯，你难道看不出来吗？”

“我看不出是因为她并没有胡说。”我道，“我也跟你一样能判断人撒没撒谎。我觉得你被什么东西蒙蔽了双眼，是嫉妒吧。”

“我没有嫉妒！”她发怒地瞪着我道，“我只是在分析问题，她肯定在打更大的算盘。如果换成我，要是有人想让我加入他们，却还对我撒谎，我肯定要离他们远点。”

“可你不是我。”我摇头道，“天哪，翠丝啊翠丝，是这些人杀了你父母，你难道就不想报仇吗？”

“我说过我不想报仇吗？”她简短生硬地回道，“可我没必要刚听到一个计划就急着加入。”

“我带你来是想对你坦诚，不是让你随随便便对人下结论，更不是让你来告诉我我该怎么做！”

“你忘了上次你没信我‘随随便便’结论的后果？”翠丝冷冷地说，“后来你发现我说中了，伊迪斯·普勒尔的视频的确改变了一切，伊芙琳是什么人也被我猜到了，这件事我同样也没猜错。”

“可不是吗，你永远都是对的。”我道，“可徒手闯入险境是对的吗？糊弄了我，然后半夜三更一个人去博学派总部送死是对的吗？还有皮特，关于他，你又说对了吗？”

“别拿这些事来挤对我。”她指着我道，我觉得自己是一个受家长训斥的小孩，“我可没说过我是从不犯错的圣人，倒是你——你根本无法从自己的绝望中看清事实。你因为渴望母爱，就轻信了伊芙琳的哄骗，现在你又因为渴望证明自己没有毛病而——”

听到这话，我不由得浑身一颤。

“我没有毛病。”我轻声道，“真不敢相信你竟对我这么没信心，竟然劝我不要相信自己。”我摇着头道，“我做什么事不需要你点头吧。”

我朝门的方向迈进，手正欲拧开门把，她突然说：“为了让自己的话成为最后决定，就直接拍拍屁股走人，行事还真‘成熟’！”

“那因为别人漂亮就质疑她的动机，是不是也‘很成熟’啊？”

我愤愤地离开了房间。

我不是个轻信他人、绝望，而又摇摆不定的人。我也没有毛病。

第二十六章
翠丝 线人

前额抵住显微镜的目镜，我看着眼前摇摇晃晃的橙棕色血清。

一直忙着找出妮塔的谎言，我险些忽略了一个事实：基因局必定先改进了这种血清，又想办法把它给了珍宁。我从显微镜前挪开。珍宁挖空心思地留在那个城市，想尽一切办法避免与外界接触，可她怎么又反过来跟基因局的人联手呢？

我想基因局和珍宁有着共同的目标，都想继续维持这个实验，都害怕它停止后的后果，都不惜把无辜大众的命作为代价。

我原本以为基因局基地是一个可称作“家”的地方，可这里面却到处是杀手。想到这里，我身体的全部重量都移到了脚跟上，仿佛被什么看不见的力量推了一把，接着走出了这个屋子，心怦怦直跳。

走廊里有几个身影在我面前晃着，我不予理睬，径直走向基因局基地深处，慢慢地一步步移向这恶魔的要害之处。

恍惚中，我好像听到自己对克里斯蒂娜说的话，这里会不会也可以变成一个叫家的地方。

“是这些人杀了你的父母。”托比亚斯的话一遍遍回荡在我的脑际。

我不知走向何处，只知道我需要空间，需要空气。我一手抓着身份识别卡，半走半跑地穿过安全栏，奔向那座雕塑。水箱上方的灯是熄灭的，水依然每过一秒便落下一滴。我立在那儿，只是看着它。突然间，在雕塑的另一边，我看到了哥哥。

"你还好吧？"他试探着问。

我一点也不好。我本以为终于找到了一处可以留下的地方，这里没有动荡，没有腐败，没有控制，以为可以在这里找到归属感。现在我也该觉悟了，世上根本就没有这种地方。

"不好。"我道。

他绕过石雕，朝我走来："怎么了？"

"怎么了？"我大笑起来，"这么跟你说吧，我刚发现这个世上还有比你更差劲的人。"

我猛地蹲下身子，双手抓着头发，身子变得麻木，又因为自己的麻木而恐惧。基因局是害死我父母的罪魁祸首，可为什么只有不断重复这句话，我才能让自己相信？我这是怎么了？

"哦，对……不起？"他说。

我挣扎了半天，嘴里发出一声冷哼。

"你知道妈妈曾告诉我什么吗？"他提起母亲时竟没有一点愧疚之色，好像从未背叛过她，听得我将牙齿咬得咯咯响，"她说每个人身上都有邪恶的一面，爱他人的第一步就是承认自己身上邪恶的那一面，这样我们才能够谅解他人。"

"你不就是想让我这样做吗？"我站起身，没精打采地回道，"迦勒，我是做过很多坏事，可我绝对不会亲手把你推向断头台。"

"你不能这样说，"他的声音像在乞求我，乞求我承认自己和他是一类人，也高尚不到哪里去，"你根本不知道珍宁的说服力有多强——"

心中仿佛有什么东西如紧绷的橡皮筋一般断掉了。

我再也抑制不住冲动，挥起拳头抡向他的脸。

头脑一阵发热，我只想着博学派摘掉我的手表，脱掉我的鞋子，带我走到那张空台子旁，他们将要夺走我的生命。或许，那张空台子的摆设也有迦勒的功劳。

我本以为怒火已经过去，可当他双手捂着脸踉跄着后退时，我还是追了过去，一把抓住他身前的衣服，用力把他摔向石雕，还尖叫着，骂他是个懦夫，是个叛徒，嘴里喊着要杀了他。

一个守卫忙走过来。她的手一碰到我的胳膊，我便从怒火中清醒了过来，放开迦勒的衣服，甩了甩有些发痛的手，转身离去。

在马修的实验室，一把空着的椅子上搭着一件浅褐色的毛线衣，衣服的袖子扫着地面。我从没见过马修的主管，所以不禁怀疑其实所有的活儿都是马修干的。

我坐在毛线衣上，细细地打量着自己的指关节，揍了迦勒之后，手上有些地方被划出了小口子，还有点点的淡淡瘀青。力的作用是相互的，这一拳在我们两人身上都留下了印记。想来倒也合适，世界的运转方式真是奇妙。

昨天夜里，我回到宿舍，没看到托比亚斯，心中夹杂着怒气，睡不着了。似乎过了好几个小时，我只是躺在床上，盯着天花板看，最后决定不参与妮塔的计划，可也不去阻止她。攻击情境模拟背后的阴谋激起了我对基因局的恨意，我想看着它从内部瓦解。

马修长篇大论地讲起科学理论，我已经听不进去了。

“做一些基因分析，其实还好，可在这之前，我们找出一个办法让记忆血清的化合物像病毒一样快速复制，通过空气传播。”他说，“之后又对症下药，发明出了疫苗，当然这疫苗只有四十八个小时的功效，可总比没有好。”

我点头道："就是说……你们目的是更有效地开展其他的城市实验，对不对？能让记忆血清在空气中自行传播，就没必要给每个人注射了。"

"正是正是！"见我对他说的话有些兴趣，他神色中立即闪过一抹激动，"这种方式能更有效地把特定人群选出来。只要预先帮他们接种，病毒在二十四小时内传播，期间疫苗的药效还在，所以对他们没有影响。"

我又点了点头。

"你没事吧？听说昨晚你打了谁，还是警卫人员把你拉开的。"马修把放在嘴边的咖啡杯搁下。

"是我哥哥，迦勒。"

"啊，他又做什么了？"马修问着，扬起一边的眉毛。

"其实他什么也没做。"我用手指紧捏着毛衣的袖子，大概是穿久了的缘故，袖子有些破损，"我本来就快要爆发了，他又刚好碍事。"

看他的面部表情，我似乎已知道了他想问的问题。我打算把妮塔的事情都向他解释明白，只是不知道他这人是否可信。

"我昨天听到些风言风语，"我试探着说，"有关基因局，有关我的城市，以及情境模拟。"

他微微挺了挺身板，看我的眼神很复杂。

"怎么了？"我问。

"这些你是不是听妮塔说的？"他问。

"正是。你怎么知道？"

"我帮了她几次，还让她用那间储藏室。她有没有告诉你别的什么？"

马修竟是妮塔的线人？我眼睛一眨不眨地凝视着他，真没想到特意区分开我的"纯净基因"和托比亚斯的"受损基因"的男孩竟然暗地里帮妮塔。

“她说她有一个计划。”我慢悠悠地道。

他站起身朝我走来，紧张得出奇，我本能地躲开他。

“要开始了吗？你知道什么时候开始吗？”

“怎么了？你为什么帮妮塔的忙？”

“还不是因为这一套‘基因受损’的谬论太荒唐了。快回答我，这个问题非常重要。”

“是快要开始了，可我不知道具体时间，我想应该很快。”

“啊，这事肯定没什么好结果。”

“你要是还说些让人摸不着头脑的话，我可忍不住要扇你了。”我一面说着一面站起身。

“我一直在帮妮塔，直到后来她告诉了我边界地带那些人的意图。”马修道，“他们想闯进武器实验室去——”

“去偷记忆血清。是啊，她说了。”

“不，不是。”他摇着头道，“他们要的不是记忆血清，而是死亡血清，类似博学派的那种血清，就是他们想处死你的时候差点往你体内注射的那种血清。妮塔他们要用死亡血清暗杀很多很多的人。喷雾罐很容易做的，明白吗？只要把这东西给了特定的人，局面就会失控，完全变成无政府状态。那正是这些人想要的结果。”

我确实明白。我看到了倾斜的药瓶，看到了喷雾罐上的按钮，看到了一群群无私者和博学者的尸体歪歪斜斜地躺在地上和楼梯上，看到我们艰难依附着的世界燃起战火。

“我本以为我帮她做的是更明智的事。”马修道，“如果我早些知道这是在帮她筹划又一场战争，那我绝对不会出手相助。我们得想办法阻止她。”

“我告诉过他，”我轻柔地说，只是不是对马修说，而是对我自己，“我就知道她在撒谎。”

“我们国家对GD的确不公，可杀掉一些人绝不是解决问题的办法。”他道，“走，我们去大卫的办公室。”

我一时有些混乱，竟不知对与错。我不懂这个国家，不懂它的行事规则，更不懂有什么需要改变的。可我知道，让死亡血清落在妮塔和边界地带的人手中还不如在基因局的武器实验室存着好。我急忙赶上马修，疾步穿过走廊，走向基地的前门——我第一次踏进基因局时的那扇门。

穿过安检处时，我看到尤莱亚站在雕塑旁，他抬起一只手跟我打招呼，嘴随即抿成一条线，他若再努力一些，倒还算是个微笑。他头上的水箱折射着灯光，诉说着基因局缓慢、无意义的努力。

我刚刚穿过安检处，便看到尤莱亚身旁的墙砰的一声炸开。

火像是从花蕾中绽放开来，玻璃与金属碎片从花蕊处喷出，尤莱亚的身子也随它们一起被抛出，如同一颗无力射出的子弹。我张大了嘴，喊着他的名字，却听不到自己的声音。

周围的人也都蹲在了地上，用胳膊抱起头，我依旧站着，看着墙壁上的洞，却没看到有人从洞里进来。

几秒钟之后，所有的人开始逃离爆炸现场，向其他地方跑，我用肩膀顶着人流朝尤莱亚的方向跑去。有人的胳膊肘撞到我的身侧，我倒在地上，脸刮擦到了坚硬的铁制东西，像是桌子的边沿。我奋力站起身，抬起袖子抹了把眉毛上的血。其他人的衣服蹭过我的手臂，我只能看到四肢、头发和因惊恐而瞪大的眼睛，还有他们头顶写着的“基地出口”的标识。

“快按报警器！”安检处的一个警卫喊道。我急忙躲开别人的胳膊，跃向一侧。

“按了按了，没反应！”另一个警卫喊道。

马修抓住我的肩膀，在我耳边大声叫着：“你要干什么？别去——”

我加快了步伐，找到一条没人阻碍的通道，马修也跑起来追赶着我。

第二十六章
线　人

“我们不能去爆炸地点，引爆的人肯定已在这座楼里了。”他喊道，“我们现在赶紧去武器实验室！快走，没时间了！”

“武器实验室”，是那个他认为神圣的词汇。

满脑子是尤莱亚躺在玻璃碎片、铁片中的场景，我整个身子都不自觉地想朝他走去，身上的每块肌肉都绷紧了，可我帮不了他，还有更重要的事情等着我去做，我要用自己对混乱和攻击的熟悉阻止妮塔一行人偷取死亡血清。

马修说得对，这件事没什么好结果。

我跟在马修身后，冲进如一潭水般的人群里。我紧紧地盯着他的后脑勺，不想跟丢，可眼光不自主地扫向迎面而来的一张张脸，他们的嘴、眼都因恐惧而紧绷。因为片刻的恍惚，我有一小会儿没看到他的身影，定定神后往人群中扫了一圈，又看到了他，在前头几米开外的地方朝走廊右边拐去。

“马修！”我一面喊着一面拨开又一群人，追了上去，我终于抓住他上衣的后背，他却转过身反手抓住我的手。

“你没事吧？”他看着我眉毛上方的口子问。刚才走得匆忙，我差点忘了这个，于是抬起手按在伤口上，手挪开的时候，袖子已经全红了，不过我还是点了点头。

“我没事！快走吧！”

我们并肩沿着走廊跑去，这条走廊的人渐渐稀疏，地上躺着几个警卫，有的已经死了，有的还有气息，这么看来，引爆这座大楼的人已来过这里了。我看到饮水处旁边的瓷砖地面上摆着一把手枪，便挣开了马修的手，冲过去拿枪。

我抓起手枪，递给马修，他摇着头连声拒绝：“我从没开过枪。”

“哎呀，老天爷！”我一边感叹着一边用食指勾住了扳机。这枪和我们城市的枪不太一样，它上面没有可以转动的圆筒，扳机也没有那么紧，就连各部位的重量也不同。所以这枪握着更容易一些，它不会激起从前握枪的记忆。

马修大口地喘着气，我也气喘吁吁，只是我与他不同，在喧嚣中逃生于我而言并不陌生。他又领我跑过一条走廊，这里只有地上躺着一个警卫，她一动不动。

“离这儿不远了。”他道。我将一根手指举到嘴唇边，示意他安静。

我们放慢了脚步。我紧握着手中的枪，手心的汗把枪弄得湿滑。我不知道这把枪里装有多少发子弹，也不知道怎么看。经过躺在地上的警卫时，我停了下来，在她身上搜武器，终于找到塞在她屁股下的手。她倒地时，臀部正好压在了自己的手腕上。马修眼睛一眨不眨地盯着那个女子，看着我拿起她的手枪。

“喂，”我压低声音道，“走吧，一会儿再想。”

我用胳膊肘碰了碰他，打头阵沿走廊继续走。这边的走廊光线幽暗，头顶天花板上金属条和管道纵横交错。我能听到前方有说话的声音，压根儿不需要马修的指示就能找到，况且他的声音也太小了。

到了拐角处，我背部紧贴着墙，小心地往拐角那边张望，绝不能让他们看到我们。

那边有扇双开玻璃门，看起来似铁门一般沉重，却是开着的。玻璃门前有一条狭窄的过道，里面只有三个人影，他们穿着厚重的衣服，用黑布蒙着脸，只露出两只眼睛，手中拿着的枪硕大无比，我怀疑自己都拿不动。

大卫在双开玻璃门前跪着，他的太阳穴被枪抵着，血顺着他的下巴滴下来。入侵者中站着一个姑娘，和其他人一样也戴着面具，乌黑的头发扎成了马尾辫。

是妮塔。

第二十七章
翠丝 搅局

“大卫，让我们进去。”妮塔的声音因为面具遮着有些模糊。

大卫的眼睛却慵懒地投向一边，看着那个举枪对着他的人。

“你们不会冲我开枪的，”他说，“我是这座楼里唯一知道密码的人，而你们想要那血清。”

“只能说不冲你的脑袋开火，”持枪男子道，“其他部位可说不准。”

男子和妮塔彼此对视了一眼，男子把枪口朝下移去，对着大卫的脚就是一枪。大卫的惨叫声传遍整个走廊，我不禁闭上了眼睛。虽说他是把攻击情境模拟血清交给珍宁·马修斯的人中的一个，可我还是不会以听他凄厉的叫声为乐。

我看着手中的两把枪，一只手握一把，黑色的扳机衬得我手指苍白。我想象自己一点一点剪掉所有旁枝逸出的思绪，只关注这个场景、这一刻。

我把嘴凑到马修的耳边，轻声说道：“马上去寻找支援。”

马修点点头，转身沿走廊走去。还好他的脚步很轻，没发出一点声响，真是谢天谢地。走到走廊尽头，他回过头看了我一眼，转头消失在拐角处。

“这么磨磨唧唧，真受够了，”红发女子道，“直接炸开门不就得了。”

“爆炸会激活备用安全措施，”妮塔道，“我们必须拿到密码。”

我又探出头往那边望去，这一次，却和大卫的眼光相遇。他面色苍白，脸汗津津的，脚踝周围有一大摊血。其他两个人盯着妮塔，她从口袋中掏出一个黑盒子，打开盒子后拿出一个带针头的注射器。

“你不是说那玩意儿对他不起作用吗？”举枪的男子问。

“我说的是他能抵制住血清，不是它一点也不起作用。”她转向大卫道，“大卫，这是吐真血清和恐惧血清按最佳比例配成的混合液，你如果不告诉我密码，可别怪我不客气。”

“妮塔，我知道这只是你基因的错误而已，”大卫无力地说，“如果你就此住手，我可以帮你，我可以——”

妮塔脸上漾开一副扭曲的笑容。她蛮享受地把针头插进他的脖子，把整管的血清推了进去。大卫瘫软在地上，身子抽搐了一下，又抽搐了一下。

他睁大眼睛，痛苦地号叫着，惊恐地盯着空气。我知道他看到了什么，因为在博学派总部时，在恐惧血清的作用下，我也看过自己心中最惧怕的梦魇变成现实。

妮塔蹲在他身前，一手捏住他的脸。

“大卫！”她急切地喊道，“告诉我密码，我就能让这一切结束。听到没有？”

他喘着粗气，眼光没有聚焦在她身上，而是看向她的身后。“不要，不要！”他边喊着边向前冲，冲向他看到的幻觉中的幽灵。妮塔用一只胳膊揽住他的胸膛，稳住了他，可他嘴里依旧撕心裂肺地喊着，“不要——！”

妮塔不停地摇着他道：“告诉我密码，我就帮你拦住他们。”

“是她！”大卫眼睛里闪烁着晶莹的泪花，“她——的名字——”

“谁的名字？”

“快没时间了！”举枪对着大卫的男子有些不耐烦地说，“要么快去拿血清，要么一枪崩了你——”

“她。”大卫伸出手指头指着前方。

他指向了我。

我从墙角处伸出了两只胳膊，啪啪连开两枪，第一枪打到了墙上，第二枪打中了男子的胳膊，他手中的枪掉到地上。红发女子举起枪对准我——确切地说，是对准我露出的一半身子，另一半藏在了墙后头——妮塔却喝住她：“先别开枪！”

“翠丝，”妮塔冲我喊道，“你不晓得自己在做什么——”

“可能你说对了，”说着我又开了一枪，这次举枪的手没刚才那么抖了，瞄得更准一些，子弹打中了妮塔的侧身，打在她胯部上面一点的地方。痛苦的喊叫透过面具传出，她一面用手捂住伤口，一面跪在了地上，双手已被血染红。

大卫满脸痛苦的表情，尽量只用没受伤的那条腿支撑着自己，向我跑来，我一只胳膊揽住他的腰，用力把他的身子转了个圈，让他立在我和妮塔几个人的中间，举起枪抵住他的后脑勺。

他们都呆住了，我能感到我的心在嗓子眼儿里跳。

“你敢开枪，我就一枪把他结果了。”我说。

“你不会杀掉你的领导。”红发女子说。

“他不是我的领导，他是死是活我也不在乎。不过如果你们天真地以为我会让你们拿到死亡血清，做梦去吧。”

我拖着他慢慢向后退，大卫依旧神志不清，痛苦地哀号着。我低下头，整个身子侧过去，安全地躲在他身后，一只手依旧举枪对着他。

我们快要走到走廊的尽头，红发女子才看出我的话是唬人的，她扣下扳机，子弹打在了大卫的另一条腿上，大约在膝盖上方一点的位置。他又一声哀号，瘫倒在地上，这下我便暴露在外了。我迅速趴下，两个胳膊肘撑着地面，子弹恰好从我头顶飞过，呼啸声在我头脑中不停地震颤着。

左胳膊忽觉火辣辣的，殷红的血淌出，我的脚在地上寻找着力点，站起身来冲着走廊那头一阵盲射，又慌忙抓住大卫的领口，忍着钻心的疼，把他拽过拐角。

又一阵脚步声响起，我叹息一声。不过这脚步声却不是来自我后面，而是从前方传来。不一会儿，一群人围在我们身边，马修也在他们之中。几个人抬起大卫，往走廊那边奔去。马修则冲我伸出了手。

耳朵依旧嗡嗡地响，我不敢相信自己真的做到了。

第二十八章
翠丝 惨重的伤亡

医院里面全是人，所有人都在喊叫，来来回回地跑着，拉着窗帘。我找遍了所有的病床，确定托比亚斯没在这里，才稍感放松地坐下，浑身还有些发抖。

尤莱亚也没在这儿，他在另一间屋子里，房门紧闭，总让人有种不好的预感。

帮我擦消毒水的护士有些接不上气，她不停地看着四周，就是没有看我的伤口。听他们说我只是轻微擦伤，没什么好担心的。

“你要有事先去忙吧，我不急，”我说，“我刚好还要找个人。”

她努了努嘴说：“你需要缝针。”

“不是只是擦伤吗？”

“不是你的胳膊，是你的头。”她指了指我眼睛上方的一处位置。在刚才的混乱中，我险些忘了这里还有一个口子，血还在流着。

“好吧。”

“我给你打一点麻醉剂。”她说着就拿起一个注射器。

我早就习惯了针管，对打针根本都没反应。她用消毒水擦了擦我的额头——这边的人对细菌感染总是大惊小怪的——我感觉到针头的刺痛，不过麻醉剂很快起了作用，疼痛感也消减了。

她缝着我的伤口，我则看着周围的人跑来跑去——一名医生脱掉满是血迹的橡胶手套；一位护士端着盛医用纱布的盘子，脚底没有站稳，险些滑倒在瓷砖地面上；一个伤者的家属不停地扭着双手。空气中满是化学制剂味儿、废纸味儿，还有人身上的气味。

“大卫怎样了？”我问。

“救下来了，不过估计还得有一段日子才能走路。”她道，噘着的唇放松了一瞬间，却只有几秒钟，“要是你没在，肯定会更糟糕。好了，你这边都好了。”

我点点头，心里想告诉她实话，我不是什么英雄，我只是利用他做掩护撤退，把他当成了人肉盾牌；我也希望自己能承认对基因局和大卫的恨意，承认自己是一个宁愿用别人挡子弹也不愿自己送死的懦夫。如果父母还活着，定会蒙羞吧。

她在我的缝线处扎好绷带，以防感染，又捏起用过的包装纸和浸湿的棉球扔掉。

我还没来得及谢她，她已走到另一张床前，照顾另一个伤者。

急诊室外的走廊里排满了伤员，从这阵势可以看出还有另一处爆炸点，他们应该同时引爆了两处，两处都只是转移人们的视线。进攻者是从地下通道进入基地的，就如妮塔所说，可她从未提过在墙上炸什么洞。

走廊尽头的几扇门打开，几个人冲进来，抬着一个年轻的女子——妮塔，他们把她放在墙边的一张床上。她痛苦地呻吟着，一只手还紧捂在纱布包扎着的伤口上。我竟奇怪地觉得她的伤与我无关。那伤口是我射的，可我别无选择。

穿过床铺之间的过道，看着伤者的衣服，我发现除了为数不多的几个人，其他人的衣服都是绿色的，他们都是后勤人员。这些人抓着血流不止的胳膊、腿或是头部，伤得并不比我轻，有人的伤甚至比我重很多。

第二十八章
惨重的伤亡

我无意中在主走廊那边的玻璃窗上看到自己的倒影——头发黏糊糊地贴着头皮，额头几乎全被绷带盖住，衣服被大卫和自己的血染得血迹斑斑，看来我得冲个热水澡，换身新衣服了，但我得先找到托比亚斯和克里斯蒂娜才行，从入侵开始前到现在，我一直都没见过他俩。

找克里斯蒂娜并没有费多大工夫。我刚走出急诊室，就看到坐在等候室的她，她不停地抖着一条腿，抖得太厉害，坐在她身边的人愤恨地横了她几眼。她抬起一只手跟我打了个招呼，眼睛却避开我的视线，转而盯着门。

“你没事吧？”她问我。

“没事，只是不知尤莱亚怎么样，我进不去那间屋子。”

“知道吗？这些人简直快气死我了。”她说，“他们什么都不说，还不让看他。就像他和他身上发生的一切都归他们所有似的。”

“这边的规则和我们那边不同，不过我觉得他们一旦有了确定的消息，肯定会告诉你的。”

“唉，他们会告诉你才对吧。”她满面愁思地说，“我总觉得他们肯定都不屑于多瞅我一眼。”

这要是换在几天前，我可能不赞同她的话，也不知道对基因受损的坚信不疑到底会如何影响他们的行为举止。我一时不知怎么办，也不知道跟她说些什么。在这边的世界，我突然比她多了些优势，而对此我们两个都什么也做不了。我只能坐在她身边，陪着她。

“我得去找托比亚斯，等找到他后，我一定来这里陪着你，好吗？”

她终于看向了我，膝盖也停止了抖动：“难道没人告诉你吗？”

我心里一紧，有些害怕地问：“告诉我什么？”

“托比亚斯被逮捕了。”她淡淡地说，“来这儿之前，我还看到他和其他的入侵者坐在一起。攻击发生前，有人见他去过控制室，说他是去关闭基地的报警系统。”

她说这话时，眼神中带着对我的同情，可我早就知道托比亚斯的举动了。

“他们被关在哪儿了？”我问。

我要找到他，我已经想好要跟他说什么了。

第二十九章
托比亚斯 审讯

那个守卫抓我的时候用塑料带子把我的手腕捆在一起，现在被捆的地方隐约有些痛。我抬起双手，用指尖摸了摸下巴，看看有没有流血。

“还好吧？”雷吉问我。

我点点头。这点伤不算什么，我以前经受过更大的伤痛——比刚刚那个士兵拿着手枪枪柄冲我下巴砸的那一下要疼得多，当时那士兵眼里燃烧着狂野的怒火。

玛丽和拉斐坐在距我们几米远的地方，拉斐抓着一块纱布，按在流着血的胳膊上。一个警卫站在我俩和他俩之间，将我们隔开。我看向他们时，拉斐凝视着我的眼睛，似有深意地点点头，好像在夸我做得好。

我若真做得好，为什么心里直觉得恶心？

“听着，”雷吉挪了挪身子，朝我靠了靠，“妮塔和边界地带的人会承担所有责任的，咱们不会有事。”

我又微微点头，心里却并不相信。对可能会发生的逮捕，我们有备用计划，我担心的并非这计划能否实现，而是他们为什么久久不“处置”我们，还有他们对这件事的随意态度——从被他们捉住，我们在这个空荡荡的走廊里已坐了一个多小时了，竟没有一个人前来给出怎么处置我们的准信儿，也没人来问任何问题，甚至连妮塔也不见人影。

想着想着，感觉嘴里酸酸的。我们这次行动的确是给了他们很大的刺激。而就我所知，能给人们最大刺激的，就是生命的逝去。

参与其中的我又该为多少条人命负责？

“妮塔说他们去偷取记忆血清，是真的吗？”我虽是对着雷吉讲话，却不敢看他。

雷吉的目光扫了一眼站在几米外的警卫。我们已经因为说话被呵斥过一顿了。

我心底其实已知道了答案。

“假的，对不对？”我心里满是愧疚。翠丝说对了，妮塔果真在撒谎。

“喂喂！”警卫朝我们走来，伸手将枪横在我们中间，“靠边，不准说话。”

雷吉挪向右边，我抬头与警卫对视。

“这是怎么了？到底发生什么事了？”我问。

“呸，别装得跟你不知道似的。”她应道，“给我闭嘴。”

我看着她转身离开，又看到走廊尽头走来一个身材娇小的金发姑娘，是翠丝。她头上缠着绷带，衣服上全是手指形的血印子，手中捏着一张纸。

“喂喂喂，你来干什么？”警卫喝止她。

“雪莉，”另一个警卫小跑过来喊着，“冷静，这是救了大卫的那个小姑娘。”

救了大卫的小姑娘——可大卫为什么需要人救呢？

“哦，”雪莉放下枪，嘴里嘟囔着，“可我还是有权问这个问题。”

“他们让我来告诉你们一声最新动态。”翠丝把那张纸递给雪莉，“大卫目前在休养，只是以后能不能走路还不确定，其他伤者都得到治疗了。”

口中的酸涩感更强烈了。大卫走不了路了，他们忙活这么半天都是在抢救伤者，这一切的毁灭行动，究竟是为了什么？我不知道，不知道真相。

我做了什么？

“他们统计出伤亡人数了吗？”雪莉问。

“还没呢。”翠丝应道。

“谢谢报信儿。”

“等等，”她两只脚的重心不停地替换着，对警卫道，“我要和他说两句话。”

她扭头对着我。

“我们不能——”雪莉刚想说话，就被翠丝打断。

“就一小会儿，我保证就一小会儿，求你了。”

“让她去吧，”另一个警卫说，“反正也不会造成什么损失。”

“好吧，给你两分钟时间，去吧。”雪莉对翠丝说。

她冲我点了点头，我撑着墙站起身，两只手依旧绑在身前。翠丝渐渐走进，却在距我还有一段距离时停下了脚步——这段距离和她紧抱在胸前的胳膊在我们之间制造了一道屏障，简直如同一道墙。她没有看我的眼睛，而是看向我的眼睛之下。

“翠丝，我——”

“想知道你那些朋友都干了些什么吗？”她声音有些发抖，是出于愤怒，而非悲哀，“他们要偷的不是记忆血清，而是毒药——死亡血清啊，想拿它杀掉政府要员，发动战争。”

我低头盯着双手，又盯着瓷砖地板，又看着她的鞋子。战争。“我不知情……”

“又被我说中了，又被我猜到了，而你又固执己见，没听我的话。”她轻轻地说着，眼光紧锁在我的眼睛上，我得到了刚刚想要的对视，才发现这种对视绝非我所渴望的，它把我一点又一点地撕碎，“转移注意力的爆炸发生时，尤莱亚恰好站在炸药旁边，他现在还昏迷不醒，医生说他可能永远醒不过来了。”

奇怪的是，有些时候，一个字、一个词、一个句子威力惊人，它可以如钝器一般给人的头颅致命一击。

“什么？”

眼前浮出了尤莱亚的脸，那时他从楼上跳到大网上，笑容明朗，我和齐克把他拽到大网旁边的台子上。我又想起坐在文身室中的他，耳朵被翻过来在前面粘住，好让托莉在他耳后刺蛇文身。可现在他可能永远没法醒来，可能永远永远地离开……

我立下誓言，答应齐克会照顾他的弟弟，会照顾好尤莱亚，我发过誓的……

“我就这几个朋友了，”她声音哽咽，“以后看你的时候我可能没法不想起这件事了。”

她转身离去。我头脑发胀，隐约间听到雪莉让我坐下的模糊声音，我跪倒在地，将手腕靠在腿上。我努力找出办法逃离这里的一切，摆脱因自己的所作所为而产生的自我嫌恶，可再精巧的逻辑也无法将我解放，我无法逃离。

我双手捂住脸，试着让思绪静止，试着清空大脑，不去想任何事情。

审讯室中，吊灯的灯光在桌子的中央照出一个昏暗的光圈，我坐在这儿背出妮塔教我的故事时，双眼就盯着那个光圈，这故事跟真相太相近，我说起来一点困难都没有。等我说完，记录员也在屏幕上打完了最后一行字，玻璃屏幕上的字母在他的触碰下亮起来。大卫的代理人安吉拉说：“这么说，你并不知道胡安妮塔让你关掉安全防护系统的缘由？”

“不知道。”我说。这话一点不假，我不知道真正的原因，我知道的只是一个谎言。

除了我，其他人都注射了吐真血清。基因异常的我在情境模拟中还能保持清醒，也就能对血清免疫，讯问的结果可能没有用。不过只要我说的话和他们口中的话相符，他们就会信以为真。只不过几小时前，我们都接种了对吐真血清免疫的疫苗，妮塔的GP线人几个月前就把疫苗血清给了她，而这是他们不知道的。

“那她又是怎么迫使你做这件事的呢？”

“我们是朋友，”我道，“她是——当时是——我在这儿交过的为数不多的几个朋友之一。她让我信她，说他们的目的和意图都是好的，我就干了。”

“那你怎么看现在的局势？”

我终于抬起头来看她：“我这辈子从来没这么后悔过。”

安吉拉冷冽明亮的眼神稍有缓和之色，她点点头：“你的话和其他人的话大致相符。鉴于你刚来到这里，对总体作战计划又并不了解，还有你的基因缺陷，我们对你从轻处罚。你的判决为假释——一年期限之内，你必须为基地出一份力，不准有任何不当行为；不准踏入任何私人实验室或私人房间；未经允许不准私自离开基地。审讯结束后我们会给你安排一位假释负责人，负责跟进你每月的表现。条件你都了解了吧？”

脑海中还停留着“基因缺陷”四个字，我点着头回道：“了解了。”

“审讯结束，你可以走了。”她站起身，往后推开座椅。记录员也站起身，把电脑放进包里。安吉拉用手碰了碰桌子，提醒我再次抬头看她。

“不要太自责，你还年轻。”她道。

我不觉得年轻就是推脱责任的理由，可她的好意我还是心领了。

“我能问问妮塔会怎样吗？”我道。

安吉拉双唇抿成一条线，然后说：“等她从重伤中恢复，我们会把她移送进监狱，终身监禁。”

“你们不会处死她？”

“不会，我们不会对基因受损者判处极刑。”安吉拉迈开脚步，朝门走去，“我们不能对基因受损者和基因纯净者的行为有相同的期待。”

她给了我一个哀伤的微笑，走出了屋子，门也没有带上。我坐在椅子上发了一小会儿呆，消化着她的话带给我的刺痛感。我那么想证明他们都错了，我不会受限于自己的基因，我并不比其他任何人缺陷更多。可尤莱亚因为我躺在了医院里，翠丝无法直视我的眼睛，多少条人命就这样逝去，我还能怎么证明？

我双手捂住脸，牙齿紧咬着，任由眼泪落下，泪水里承载着一波又一波的绝望，如同拳头捶打着我。等我起身欲走时，用来擦脸的袖口已被泪水浸湿，下巴也隐隐发痛。

第三十章

翠丝 生死界限

"你进去过吗？"

卡拉站在我身边，双手紧紧抱在胸前。昨天，尤莱亚从重症病房转到一间有探视玻璃的监护病房，大概是医生受够了我们总问长问短。克里斯蒂娜坐在他的床前，紧紧抓着他发软的手。

本以为他的身子会像被抽了线的布娃娃一样没了生命的迹象，可除了包扎的绷带和擦伤，他整个人并没有大变样。看着他时我觉得他可能随时会醒来，又微笑起来，问我们为什么用这种眼神盯着他。

"昨晚去过，我就是觉得不该让他一个人在屋子里躺着。"我道。

"有证据表明，根据脑损伤程度的不同，伤者能部分地听到我们的话，感知到我们的存在。"卡拉道，"唉，只是听说他的诊断结果不太乐观。"

有时我仍然很想冲着卡拉一巴掌扇过去。不需要她来提醒我尤莱亚的情况不太乐观，可能挺不过来了，但我还是答道："是啊。"

昨晚从尤莱亚的病房出来，我漫无目的地在基地里游荡。这种情形下，我本该想着的是那徘徊在这个世界与另一个世界之间的朋友，可我却一直想着托比亚斯，想到当时我看着他，有种什么东西在碎掉的感觉。

我最终还是没把分手说出来，本来是要说的，可当我看着他时，这些话怎么也说不出口。泪水再次充盈眼眶，自昨天起，我几乎每小时都哭一次。我咽了口口水，把泪水吞了下去。

“你救了基因局。”卡拉转向我道，“你这人好像经常搅进冲突当中啊。反倒我们该感谢你临危不乱了。”

“我没有救基因局，也没兴趣救它，”我反驳道，“我只是不想让致命武器被坏人所用，仅此而已。”我沉默了一小会儿，“你刚才这是在夸我吗？”

“我还是能看到他人优点的。”卡拉微微笑道，“对了，我觉得从理性角度看也好，从感性角度看也罢，咱俩之间的问题都已经结束了。”她轻咳了几声，不知是因为承认自己终究是有感情的人而感觉不自在，还是其他什么，“你这话听起来好像你知道了基因局的什么让你恼火的秘密，能告诉我吗？”

克里斯蒂娜把头靠在尤莱亚床铺的边缘，单薄的身躯侧躺着。我苦涩地说：“我也不知道啊，可能永远都不会知道了。”

“呃……”卡拉眉头紧蹙，双眉之间的那道纹又显现出来，此刻她的脸太像威尔了，像得让我无法忍受去看她，“也许我应该说‘请’。”

“好吧。你还记得珍宁的攻击情境模拟血清吗？其实那些血清并不是她发明的。”我轻叹一口气，“跟我走，我还是给你看吧，容易解释一些。”

其实，直接把基因局实验室的秘密告诉她更省事儿，可我只想给自己找些事干，好不去想尤莱亚，不去想托比亚斯。

“似乎咱们永远都走不出这一层一层的谎言。”卡拉跟着我朝储藏室走去时说道，“派别也好，伊迪斯·普勒尔的视频也好……一切的谎言，都是为了逼着我们按某些特定行为模式活着。”

“你真是这么看派别制度的？我还以为你很爱做博学者呢。”

“我是爱啊。”她挠了挠后脖颈，指甲在皮肤上留下一道道红色抓痕，“可在基因局这段日子，我总觉得维护这些东西，坚持忠诚者的立场，让我看起来像个白痴。我可不想做个傻子。”

“这么说你觉得这些都没有意义？忠诚者的活动也没有意义？”

“你觉得有意义？”

“最起码它帮我们逃出了城市，”我道，“帮我们了解了事实和真相。这总比伊芙琳领导的无派别政权好得多，总比一点选择权都没有要强。”

“可能吧。我只是为自己能看透是非——包括派别制度而感到骄傲。”

“你知道无私派是怎么描述‘骄傲’的吗？”

“应该不是什么好话。”

我笑道：“当然了。他们说‘骄傲’蒙蔽了人们审视真实自我的眼睛。”

说话间，我们已到了实验室门前，我敲了几下门，等着马修给我们开门。卡拉看了我一眼，眼神很奇怪。

“原来的博学派文件中也说过这样的话，算是类似的吧。”她道。

我从未想到博学派竟会批评“骄傲”，甚至没想到他们会提与品德有关的话题，看来我想错了。我刚想问她些什么，门突然打开，马修站在过道里，啃着一只苹果核。

“我们能进那间储藏室吗？我想给卡拉看些东西。”

他把苹果核的尾端咬了下来，一面嚼着一面点头说：“当然可以。”

想着苹果种子酸涩的味道，我禁不住微微哆嗦了一下，接着随他走进了屋子。

第三十一章

托比亚斯 大人物插手

我显然不能回宿舍，那里有几双我不能承受的质疑的眼睛，还有好多无声的问题。我也知道自己不该去那个我曾犯下罪行的地方，即使控制室并不在“禁区”之列，我只是特别想看一下城市内的情形，仿佛我需要提醒自己，在这个世界之外还有另一个世界，在那个世界里，我并不会被所有人痛恨。

我走进控制室，找了把椅子坐下。头顶上每个格子似的屏幕上显示着城市不同的场景：“够狠市场”，博学派总部前厅，千禧公园，汉考克大楼外面的亭子。

良久，我只是看着博学派总部中往来的人，他们戴着无派别袖章，胯上挂着枪支，这些人或是简短地交谈两句，或是互相递一下吃饭的罐头，这是无派别生活的老习惯。

坐在控制室椅子上的一个人冲另一个人道：“他来了。”我盯着屏幕，看她到底在说谁，却看到他站在了汉考克大楼前——马库斯，他站在前门边，低头看手表。

我站起身，用食指敲了敲屏幕，调高了音量。有好一会儿，扬声器发出的只有气流声，可接着，脚步声响了起来。约翰娜·瑞斯走了过来，他伸出手本欲和她握手，她却没有理会，任他把手伸在半空中。

第三十一章
大人物插手

“就知道你没出去，”她说，“他们都快把这里翻个底朝天了。”

有几个人从控制室其他地方跑来，聚在我身后，我没太在意，只凝视着屏幕，看到父亲抽回来放在身侧的手攥成了拳头。

“我得罪过你吗？”马库斯问，“我以为你还算个朋友，才联系你的。”

“是吗？我还以为你联系我是因为我是忠诚者组织的头儿，你想拉拢盟友。”约翰娜低下头，一缕头发掉下来遮住那只受伤的眼睛，“马库斯，就你的企图来说，我确实还是忠诚者的领导，只是我们俩的友情已经结束了。”

马库斯紧锁着眉头，若有所思。父亲是那种典型的男人，年轻时曾经英俊，随着年纪慢慢增长，脸颊慢慢凹陷，人变得苛刻严厉，即使是无私派要求的平头也没给他的形象加分。

“我不是很懂你的意思。”马库斯道。

“我和几个诚实派的朋友交流过，他们把你儿子在吐真血清下说出的真话跟我说了。珍宁·马修斯散播的丑恶谣言……竟是真的，对不对？”

我的脸颊如火般滚烫，我不自觉地缩着身子，双肩也向里缩着。

马库斯摇着头道：“不，托比亚斯在——”

约翰娜伸出一只手打断他的话，说话时闭着双眼，像是不想再多看他一眼：“拜托，我看到了你儿子的行事风格，也看到过你老婆的，我也知道受家庭暴力威胁的人看起来都是什么样子。”她把头发拨到耳后，继续道，“我们受害者能认出同病相怜的人。”

“你不会真的相信——”马库斯连连摇头道，“我是个喜欢规诫他人的人，没错，可我只是为他好——”

“丈夫无权规诫妻子，”约翰娜道，“即使在无私派也不可以。至于你儿子……我就暂且相信你是出于好意。”

约翰娜的手指掠过脸颊的伤疤，我心跳的速度已让自己感觉吃惊。

她知道，她知道！这无关她在诚实派讯问室听到过什么，而是她亲身经历过家暴，她也是家庭暴力的受害者。可谁对她施过暴？她的母亲、父亲还是其他什么人？

我一直想看到面对真相的父亲会有何举动，也许他会不再是那个谦逊低调的无私派领导，而会瞬间爆发，暴露他丑陋的真实面目。如果那样，我会相当满意，可他的真实反应却并非如此。

他只是满脸疑惑地立在那儿。有一瞬间我不禁怀疑他是否真的迷惑，他那颗阴暗的心是否真相信只是为纪律而惩戒我的鬼话。这个念头一出，我心里顿时卷起狂风暴雨，伴着雷声轰鸣。

“我已坦诚相告了，那告诉我你约我来这里的真正原因吧。”约翰娜声音稍稍缓和。

马库斯瞬间转到新的话题，仿佛刚才说的话都不曾提过。我看得出他将自己的不同人格割裂开来，放进不同的区间，他能毫不费力地在不同人格间转换，其中一个人格只针对母亲和我。

基因局员工把摄像头镜头拉近，汉考克大楼看上去就像马库斯和约翰娜身后的黑色幕布。我的眼光移向屏幕上一处横穿屏幕对角的梁，不想再多看他一眼。

“伊芙琳和无派别者都是暴虐专横之人。”马库斯道，“我相信，珍宁首次进攻前的派别和平还能再现，我也一直努力恢复这样的局面，想必你也是。”

“没错，那你觉得我们应该怎么办？”约翰娜问。

“你可能不喜欢听，可我奉劝你拓宽一下思路。”马库斯道，“伊芙琳之所以能控制城市，是因为她抓住了要害——枪械。我们要是拿走这些枪械，她的地位就没这么牢固了。”

约翰娜微微点头，一只脚在地板上划来划去。在这个角度看去，我只看到她光滑的侧脸、柔软蓬松的发髻和丰满的嘴唇。

“那你想让我做什么？”她问。

“让我和你一起统领忠诚者组织。”他道，“我一直是无私派的领导，也是整个城市的实际领袖。我能号召更多的人团结在我身后。”

“人们已经团结起来了，”约翰娜指出，“并不是站在某一个人身后，凝聚我们的是重建派别制度的渴望。谁说我需要你的帮助？”

“我不是成心贬低你的成就，可忠诚者组织实在微不足道，最多只能发展成小规模起义。”马库斯道，“无派别者的人数要比你我想象的多得多。你心里头明白，你需要我的协助。”

父亲是如何不需要任何魅力就说服人们的，这问题让我困惑至今。他表达自己的观点时，就像在说真理一样，那语气毫不迟疑，让人不得不信服。他这样的能力让我有些害怕，因为我知道他曾对我说：我有毛病，我没用，我什么也算不上。他说过的这些话到底有多少我信以为真了？

我看得出约翰娜正慢慢地相信父亲，她大概是想到了手底下那一小撮人，想到卡拉带领的几个人自从出了城市围栏就音讯全无；想到自己有多孤独，而他又有多么丰富的领导经验。我真想冲着屏幕大吼，制止她，让她千万不要被他迷惑，让她知道他想要重建派别制度只是因为想成功后便自己统领整个城市。可她听不到我的声音，即使现在我站在她的身边，她一定也听不进我的话。

约翰娜小心谨慎地说：“那你能答应我，只要可能，你会努力降低我们造成的破坏吗？”

马库斯回道：“那是自然。”

她又点了点头，只是这次她好像只对自己点头。

“有些时候，和平需要用暴力来争取。”她低着头说，好像不是在跟马库斯说话，而是对着地面自言自语，“我觉得现在就是这样。我也相信你能号召更多的人投身我们的事业。”

这一刻，一听说这组织成立时我就料到的忠诚者叛乱开始了。当初看到伊芙琳选择统治城市的方式时，我便知道这一天无法避免。叛乱二字无处不在，从我们的城市到基因局基地，到处都是。叛乱间的平静只不过是他们的临时调整期，可我们却天真地把这些调整期叫作“和平”。

我转身离开屏幕，打算离开控制室，去外面随便哪里呼吸些新鲜的空气。

正欲离开，却在无意中看到了另一个大屏幕。屏幕上，一个黑发女子在博学派总部的办公室不停地来回走着。是伊芙琳——他们当然会把伊芙琳的视频摆在控制室最显眼的地方，于情于理都讲得通。

伊芙琳双手插进头发里，手指紧紧抓着那粗粗的发丝，她蹲在地上，周围的地板上撒满了纸张，我觉得她在哭泣，可我不知道自己为什么这样想，因为她的双肩并没有抖动。

扬声器中传来一阵敲门声，伊芙琳站起身，理了理头发，抹了抹脸颊说：“请进!”

特蕾莎走了进来，无畏派袖标歪歪斜斜地戴在身上：“刚从巡逻队那边获得消息，他们现在还没看到他的身影。”

“很好。”伊芙琳摇头道，“我赶他走，他却继续留在市里，很明显就是想和我对着干。”

“说不定他加入了忠诚者组织，他们在庇护他。”特蕾莎跳过一把椅子，又用靴子底踩皱了地上的纸。

“很显然。”伊芙琳一只手撑着窗子，身子微微前倾，注视着窗外的城市和城市那头的沼泽地，“谢谢你来传递消息。”

“我们会找到他，他肯定走不远，我发誓我们一定能找到他。”

“我只想让他离开这儿。”伊芙琳说，声音又小又紧张，宛若孩童。不知道她现在是否还害怕马库斯，会不会和我对他的惧怕有些许的相似？他如同一个在光天化日之下经常重现的噩梦。在内心的深处，我和母亲是不是很相似？

“我知道。”特蕾莎说完就离开了。

良久，我立在原地，看着伊芙琳盯着窗外，双手耷拉在身侧，十指不停地抽动着。

或许，现在的我身上混杂着父亲和母亲的特征，有暴力冲动，也有绝望恐惧。我感到我已经无法控制现在的这个自己。

第三十二章

翠丝 委以重任

第二天，大卫召我去他的办公室，他恐怕是记起了我拿他当人肉盾牌从“武器实验室”撤退的事，记起了我是如何拿枪顶住他的头，说不在乎他是死是活。

佐伊在旅馆的大堂里跟我碰头，她先是领着我穿过一条主走廊，又穿过另一条悠长狭窄的走廊。透过右边的窗子，我可以看到一小群飞机，排成一列停在水泥地上。小雪花轻飘飘地落在了窗玻璃上，瞬间又化了，我嗅到了初冬的味道。

我们走着，我时不时偷瞟她几眼，想看看她在没有别人注意时是什么状态，却发现她跟平时没什么不同——一样爽朗却又像在例行公事，仿佛攻击没有发生似的。

“他现在坐着轮椅。”等我们走到狭窄走廊的尽头，她对我说，“最好别太关注这件事，他不喜欢被人同情。”

“我不同情他。”我努力压制住语气中的愠怒，不想让她有所怀疑，“他又不是我认识的人里第一个中枪的。”

“我老忘了你比我们见证的暴力要多得多呢。”佐伊一面说着，一面抬起手中的工卡在安全屏障上一扫。透过眼前的玻璃门，我看着立在另一头的士兵——他们身子挺拔，枪支抵在肩上，面朝前方站着，我觉得他们得保持这么个姿势站一整天。

我感觉浑身沉重酸痛，仿佛肌肉都被传染了一种深层的精神之痛。尤莱亚依旧昏迷不醒，而我每在走廊、餐厅或宿舍看到托比亚斯，总会想起尤莱亚和在他身旁瞬间爆炸的墙壁。我不知道哪一天——或者说不知道会不会有这样一天，情况好转，更不知这样的伤是不是能愈合。

我们走过这些站得笔直的士兵，脚下的瓷砖地板也变成了木地板，墙壁上挂着一排用镀金画框装裱的油画，大卫的办公室门前搁着一只台座，上面摆着一捧花。这些不过是细节的装饰，其精致优雅却让我顿觉自己衣服上粘了一层尘土。

佐伊敲了敲门，一个声音从屋里传来："请进！"

她推开门，却没跟我进去。我踏进大卫的办公室，里面暖意融融，宽敞明亮，没有窗子的墙边摆着一排排的书，屋子左侧是一张上方带有玻璃屏幕的桌子，右侧是一个小实验室，实验室的陈设都是木制而非金属的。

大卫坐在轮椅上，腿被某种僵硬的材料包着，用来固定腿骨，帮助愈合。他脸色发白，没有一丝血色，却还算精神。眼前的这位中年男子与攻击情境模拟和那么多人的丧命脱不了干系，可不知怎的，我怎么也没法把他和那些可怕的行径联系到一块儿。不知是不是所有邪恶的人都如此，他们的外表和言谈，与好人无异，甚至和好人一样讨人喜欢。

"翠丝。"他转动着轮椅，来到我身前，抓过我的一只手放在两手之间。我也紧紧反握住他的手，尽管他的手如纸一般干涩，而我又憎恨着他。

"你真是非常勇敢。"他说着就松开了我的手，"你的伤怎样？"

我耸耸肩道："和以前比起来，不算什么。你呢？"

"估计得过些时日才能走路吧，不过他们对我有这个信心。我们这边有人在发明先进的腿支架，若真有必要，我可以当他们的第一批实验者。"他说着，眼角显出一道道细纹，"能不能把我推到桌子旁？我还是不太习惯用这玩意儿。”

我将他那双硬邦邦的腿拉到桌子下面，让他身体的其他部分随着过来。等我确定他的坐姿合适了，就坐到他对面的椅子上，强迫自己挤出一个微笑。为了给父母报仇，我必须让他对我的信任和青睐保持下去，而愁眉苦脸换不来他的信任。

“请你来主要是想道谢。”他说，“我想大部分年轻人要是遇到这种场面，估计都逃走了，而你依旧来帮我。也没有几个人能像你这样拯救基地。”

我想到自己拿枪抵住他的头、威胁着要他命的画面，不由咽了下口水。

“你们这一行人自打来了这里，就一直不幸地处于动荡状态。”他继续道，“说实话，我们都不知拿你们怎么办，恐怕你们自己也毫无头绪吧，不过我这儿为你提供一个职位。我是基因局基地的官方负责人，我们这边还有一个和无私派的政权有些相似的政府体系，都有议会议员。我想让你从现在开始接受训练，为成为一名议员作准备。”

我握在扶手上的手忽地一紧。

“你也知道，我们现在遭受了攻击，得采取一些变革措施，我们必须更加坚定立场，我认为你能帮我们。”

这一点我不会否认。

“那怎么……”我轻咳了几声，“怎么训练我啊？”

“首先，你要参加我们的例会，”他说，“学习基因局基地大大小小的事务，比方说基因局从上到下是怎么运行的，我们的发展历史、价值观念，等等。我不能让你小小年纪就正式进入议会，你需要从基础做起——得先给一名现任议员做助理——要是你乐意，我现在就向你发出邀请。”

向我提问的，不是他的声音，而是他的眼神。

如果我没有猜错，议员正是批准攻击情境模拟并把相关血清在适当的时候交至珍宁手上的那些人，而他还让我成为他们中的一员。尽管我觉得满嘴苦涩，却毫不迟疑地作了答。

“我很荣幸地接受这个职位邀请。”我笑道。

我手上有一个接近敌人的大好机会，又怎么会白白浪费掉呢？这点不需任何人教，我便知道。

他咧开嘴大笑着，定是信了我装出来的微笑。

“我就知道你会接受。”他说，“我本来把这一职位给你的母亲，可她后来却自愿去那个城市，她应该是爱上那片遥远的土地，无法自拔了吧。”

“爱上……我们的城市？品味真是不怎么样。”

这虽是句打趣的话，我也不是认真的，可大卫听了却大笑起来，看来我没有说错话。

“我妈还在这儿时，你是不是跟她……走得很近？我读过她的日志，可她说得不多。”

“没错，她不怎么爱说废话。娜塔莉为人直率。我们俩当时走得很近。”谈起母亲，他的声音温柔了许多，此时的他不再是基地负责人，而是一个回忆美好往事的中年男子。

回忆着他把她推向死亡前的日子。

“我们俩身世差不多，我也是小时候从毁坏的世界被基因局领回来的……在我很小的时候，我那精神错乱的父母都坐了牢，可我们兄弟姐妹几个人却不想在人满为患的孤儿院过日子，就逃到了边界地带——很多年以后，你母亲也到那儿避难——可后来，我们几个之中，只有我一个人活着出来了。”

我一时有些不知所措，不知该说些什么，不知该怎么应对内心深处滋长的同情。我怎么能同情一个手染鲜血的人？我盯着双手，想象着血管里流淌着铁水，滚烫的铁水在空气中渐渐凝固，变成了某个特定的形状，永生永世变不了样。

“你明天得和我们的巡逻队去那儿一趟，亲眼看看边界地带。未来的议会议员都必须看看那里。”

“我非常愿意去。”我说。

“很好。虽然跟你谈话很愉快，可我手头上还有其他事要忙，非常抱歉，今天我们就到此为止吧。巡逻队的事明天会派人告诉你，下一次议会会议定在周五早上十点钟，咱们很快又能见面了。”

我心头一震，我还没有问我想问的问题，看情形也没机会了，确实太晚了。我站起身，朝门的方向走去，却听到他的声音从身后传来。

“翠丝，如果我们想彼此信任，我觉得我不该向你隐瞒什么。”他说。

我转过头盯着他，他那双眼睁得如孩童般大而圆，神色看起来让人……畏惧，这还是我头一次看见他有这样的眼神，只是不一会儿工夫，这表情便消失了。

“没错，我当时是在混合血清作用下神志不清，”他道，“可你阻止他们开枪时说的那些话我可记得一清二楚，你还说为了保护武器实验室里的东西宁可毙了我。”

喉咙猛地一紧，我有些喘不上气。

“不必惊慌，这也是我考虑给你这次机会的一个原因。”

“为——为什么？”

“我觉得你身上有议会议员最应具备的品质，”他说，“即‘舍小护大’的能力。我们要想在与基因缺陷的斗争中取得胜利，要想将实验城市从被关闭的厄运中拯救回来，就必须有所损失，有所牺牲。你也知道这一点，对不对？”

心中闪过一丝愤怒，我依旧逼着自己点头应着。我早就从妮塔口中得知实验有可能被关闭的事，听他这么说，只是确定了我已经知道的事，也就没怎么惊讶。可眼前这个男子奋力挽救他毕生的心血，也不能作为屠杀整个派别的借口啊，那可是我出生的派别。

有那么一刻，我只是手握门把立着，试图整理凌乱的思绪，然后终于鼓起了勇气，要冒一回险。

“他们要是真把门炸开，会造成什么后果？”我问，“妮塔说那样做会激活备用安全措施，可在我看来，把门炸开是解决他们的问题的最好办法。”

“如果她那么做了，一种气态血清会散发到空气中……面罩都挡不住这种血清，因为它是通过皮肤渗入起效的，连基因纯净的人也无法逃脱。真不知道妮塔是怎么知道的，这也不是尽人皆知的事情，不过以后会慢慢查明的。”

“那这血清又有什么作用？”

他脸上挂着的笑瞬间变得很不自然：“这么说吧，妮塔宁愿坐一辈子牢，也不愿让它渗入肌肤。”

他说得对，没必要再多说什么了。

第三十三章

托比亚斯 卧底

“快瞧瞧这是谁呀，”皮特看我走进宿舍，大惊小怪地喊道，“叛徒啊。”

几张地图平铺在他的床还有旁边的床铺上，白色、淡蓝色和暗绿色交错，它们竟有一种奇怪的磁铁般的吸力，吸引着我走了过去。皮特在每张地图上都画了些歪斜的小圆圈——那是我们的城市芝加哥，原来他在标记他曾到过的地方。

地图上的圆圈渐渐变小，最后成了一个鲜红色的小点，像一滴血掉在上面。

我向后退了退，心中恐惧，害怕那个小点所代表的我的渺小。

“别以为你就有多么高尚，你错了。”我对皮特道，“你搞这么多地图干吗？”

“我一直没法消化世界有这么大的事实，”他道，“基因局有些人在帮我学习更多的知识，什么行星啊、恒星啊、水体啊。”

他的语调虽然透着漫不经心，可地图上狂草似的标记却出卖了他的心绪，他可不是临时起意，而是着迷。我也曾经对自己的恐惧着迷，总是想搞清它们的意义，一遍又一遍。

“管用吗？”我问，却猛然意识到这还是我第一次和皮特说话的时候没有冲他吼。虽说他也是活该被吼，可是我太不了解他，甚至连新生名册中他的姓氏都记不起来，好像是海耶斯，皮特·海耶斯。

“还行吧。”他拿起范围比较大的一张地图，上面画着整个球体，如被捏扁了的面团一般扁平。我盯着这张地图看了很久，终于看懂了上面的形状：蓝色是大片大片的水域，其他颜色混杂在一起的是一块一块的陆地，其中一块陆地上点了一个小红点。他指了指红点：“看到这个小点了吗？这个小点就覆盖了我们到过的所有地方，把它割下来沉入大海中，甚至不会有人觉察。”

我又一次感受到了那震动全身的恐惧，害怕自己的渺小和微不可见：“嗯，那又怎样呢？”

“那又怎样？那么，我担心的事情、说过或做过的事情，又有哪一件有意义呢？”他摇着头道，“没有，恐怕都没有意义。”

“当然有意义啊，”我抢过话茬，“每一片土地上都有人生活，不同的地方生活着完全不同的人，他们对彼此做的事全都是有意义的。”

他又摇了摇头，我忽觉他是在用这个理由安慰自己，告诉自己，那些曾做过的坏事没什么大不了的。巨大无边的星球本来让我心生畏惧，在他来说却是避风港，他可以消失在这广大的空间中，永远藏匿起自己，不必为自己的行为负责。

他弯下腰，解开鞋带：“你那一小撮信徒是不是把你踢了？”

“没有，”我脱口而出，接着又加了句，“也说不定。不过他们不是我的信徒。”

“得了，他们就是老四狂热的信徒。”

我再也抑制不住地大笑起来：“嫉妒了？是不是也希望有一群变态信徒来崇拜你？”

他单眉上扬：“我要真是个变态，早就趁你睡觉时把你宰了。”

“然后挖出我的眼球，放进你的人眼球收藏库里吧？你肯定要这么干。”

话音刚落，皮特也大笑起来。我这才惊觉，自己这是在和那个把刀子戳进爱德华眼中并老想着杀掉我女朋友（如果她还算我女友的话）的新生互相开玩笑，可话又说回来，他也是帮我们终止攻击情境模拟的人，也是把翠丝从即将被残忍处死的边缘上救下来的无畏者。我更在乎他的哪一些行为呢，也许我该忘掉过往一切，让他重新再来。

“要不你也加入我们这个‘被记恨小组’吧？”皮特道，“现在的成员就我和迦勒两个人，不过被那姑娘嫌恶太容易了，我相信不久的将来，小组的人数肯定会增加的。”

我一下子僵住了：“没错，确实很容易讨她嫌，你干脆让人弄死她得了。”

我心里一紧，我也差一点害死她。如果她离爆炸地再近一些，她现在可能就跟尤莱亚一样，浑身插着各种管子，静静地躺在医院里，失去了意识。

也难怪她不知道是否还要跟我在一起。

刚才那暂时的轻松已经消失，我忘不了皮特恶行累累，因为他并没有转变。他还是原来的那个他，那个为了爬到新生考验第一名的宝座不择手段，愿意去杀人、伤人，不惜造成任何毁灭的他。我也忘不了自己的罪行，想到这儿，我站起身。

皮特倚墙而立，双手交合，放在腹部：“我只是说，她如果认为某个人一文不值，那其他人就都信。她以前只不过是一个无趣的僵尸人，现在却有这个能耐，不得不说有些奇怪。而且一个人拥有如此强大的能力也太过了，你觉得呢？”

“她的能耐不是左右其他人的观点，”我道，“而是总能看对人。”

他闭上眼睛道：“老四，随便你怎么说。”

我的四肢都绷得紧紧的，感觉一碰就会折。我走出宿舍，扔下那几张上面画着圈圈点点的地图，却不知道接下来要走向何处。

第三十三章
卧 底

对我来说，翠丝就如一块磁铁时时吸引着我，她自己却从未觉察。我从没像皮特那样为这怨恨或惧怕过她，当时我自己总是处于强有力的地位，她也从未威胁到我。现在我失去了那地位，我能感觉到自己心中的天平正在往愤恨的方向倾斜，这种趋势如同一只手抓着我的胳膊，强壮而坚定。

脚步不知不觉地迈到了中庭花园，这次，光线透过窗子倾泻而下，阳光中的花朵看起来美丽而富有野性，如同被时间固定住的野兽，一动不动。

卡拉小跑着踏进中庭，汗水涔涔，额发凌乱："终于找到你了，在这儿找个人可真不容易。"

"怎么了？"

"那个——老四，你还好吧？"

我紧咬着嘴唇，用力到自己感觉到了痛："还好。你有什么事吗？"

"我们要开个会，需要你出席。"

"'我们'是谁？说清楚点。"

"想让基因局为自己的罪行买单的GD和GD支持者。"她一面说着一面歪过头，"不过我们要比你上次跟的那些人制订计划的水平高许多。"

她又怎么会知道？是谁告诉她的？"你知道攻击情境模拟的阴谋？"

"翠丝还让我在显微镜里看了情境模拟血清的成分，我认出来了。"卡拉道，"至于你的问题，没错，我全都知道了。"

我摇头道："我不会再蹚这摊浑水了。"

"别犯傻了，"她说，"你听到的真相依然是真的，这些人依旧是让一多半无私者丧命、让无畏派意识被控制、把我们平静的生活打破的罪魁祸首。我们必须让他们负责。"

我和翠丝之间的感情岌岌可危，宛若站在悬崖峭壁的边上。我不知自己在这个关口上是否还想和她共处一室。当我不在她身边时，假装我们之间什么也没发生要容易些。可卡拉没有给我拒绝的余地，我也同意她的话：我们必须让他们为自己的行为埋单。

她抓起我的手，拽着我穿过旅馆的走廊。我虽知道她的话有道理，却还是对参与另一轮的反抗有些踌躇，又有些担忧。不过我已经在往那个方向去了，心中迫切地想有一个机会，来做些什么，而不是像先前一样，傻傻地立在屏幕前，观看城市里的一举一动。

她看我自觉跟在后面，就放开了我的手，把掉下来的一缕头发掖到耳朵后面。

“你不穿蓝衣服我还是有些不习惯。”我说。

“我觉得是时候忘掉一切了，”她道，“现在就算还能回到原来的样子，我恐怕也不愿意了。”

“你不想念派别吗？”

“想，怎么不想？”她说着瞥了我一眼。从威尔离世到现在，也有一段日子了，我看到她时也不再想起威尔。其实我认识卡拉远比认识威尔早，她身上有那么一点点和威尔一样的善良和气，足以让我敢逗她，不担心她会生气，“我在博学派发展得很好，大家都致力于发现与革新，多好呀。可现在我知道整个世界有多么大……我就觉得自己也变得博大，派别已容不下我了。”她眉头微锁，“不好意思，是不是有点自负？”

“谁在乎呢？”

“有人在乎，不过你不是这些人中的一个，我还是挺欣慰的。”

我注意到——因为我没法不注意到——我们路上碰到的一些人用恶狠狠的眼神瞪我，还有人刻意远远地避开我。之前在城市里头，因是无派别“暴君”伊芙琳·约翰逊的儿子，人们会记恨或躲避我，可这次的恨意却大有不同——我做了对不起他们的事情，我背叛了他们，他们对我的恨有理有据。

卡拉道："别搭理他们，他们根本不知道你做决定有多艰难。"

"我赌你就不会那么做。"

"因为我从小接受的教育要求我在没有获取完整的信息时要谨慎小心，可你们不同，你们的教育告诉你'冒险得到丰厚回报'。"她斜睨着我，"不过就这件事来说，没有回报。"

她走到马修和他的主管工作的实验室，抬手叩了下门。马修一边打开门，一边咬了口手里拿着的苹果，我们跟着他走进屋子。正是在这间屋子中，我知道了自己并不是真正的分歧者。

翠丝已在屋子里，站在克里斯蒂娜的身旁，克里斯蒂娜看我时眼神中全是厌恶，好像看着的是一件发馊该扔掉的东西。迦勒站在门旁的角落里，脸上有一块块的青紫瘀伤，我正要问他发生了什么，却猛然看到翠丝的指关节也满是瘀青，而她也刻意地不去看他。

当然，她也刻意地不看我。

"人齐了。"马修道，"好……所以呢……呃，翠丝，我真不会干这个。"

"你确实是不会干。"她咧嘴笑着。我心头闪过一丝妒忌。她轻咳了几声道，"想必大家都知道了吧，这些人是进攻无私派的罪魁祸首，我们不能再指望这些人'维护'我们城市的安全。我们都想做些什么，只不过上一次的行动有些……"她的眼光在人群中扫了一圈后又盯向我，凌厉的目光仿佛把我削短了一截，"考虑欠周全，我们完全可以做得更好。"

"那你有什么好的建议吗？"卡拉问。

"我目前只想出一点，就是要揭露他们的罪行。"翠丝道，"整个基地的人不可能都知道他们领导私底下做过什么，我们应该把这件事公开。也许他们会推选出新的领导，推选出不把实验中的人看作可有可无附属品的领导。我想，来个大规模的吐真血清'感染'应该会有用，可以说是——"

我记起吐真血清的沉重，它填充到我身子里的每一点空隙，从肺叶，到腹腔，到面部。我记得翠丝能抵抗住吐真血清的影响说出谎言，对我来说这是多么的不可思议。

“行不通。”我道，“你忘了他们是GP了吗？GP是对吐真血清免疫的。”

“这话不完全对，”马修拉了拉脖子上的带子，用手缠着圈，“能扛住吐真血清的分歧者不是很多，在近期的记录里，只有翠丝有可以做到。就对血清的抵抗能力来说，一些人的确比其他人强一些。托比亚斯，比方说你自己。”马修耸耸肩道，“也就是这个原因，我邀请了迦勒来。你之前一直在忙血清的研发工作，这方面知识水准应该不低。你可以试着跟我一起发明一种更难抵抗的吐真血清。”

“我不想再干那活儿了。”迦勒说。

“啊呀，快闭——”翠丝正欲说话，马修打断了她。

“迦勒，拜托了。”他说。

迦勒和翠丝彼此交换了一个眼神。他脸上和她指关节上的颜色相似，青紫中透着绿，像被墨水染上似的。亲兄妹之间起冲突就是这样，他们用同样的方式伤害彼此。迦勒重重地靠在工作台的边沿上，后脑勺倚着铁柜子。

“好吧。”迦勒道，“不过，碧翠丝，你必须答应不能拿这个跟我作对。”

“我闲着没事干吗要跟你作对？”翠丝反问。

“我能搭把手，”卡拉抬起手道，“我在博学派时也曾致力于血清研究。”

“很好。”马修鼓起了掌，“翠丝，你做我们的卧底。”

“那我呢？”克里斯蒂娜问。

“我打算让你和托比亚斯跟雷吉套近乎，”翠丝道，“大卫一直不肯告诉我武器实验室备用安全措施的具体情况，妮塔肯定不会是唯一的知情者。”

“你这是想让我和那个引爆炸弹害尤莱亚昏迷的浑蛋套近乎？”克里斯蒂娜有些不情愿。

“又不是让你们交朋友，你要只探出他知道的东西就够了。托比亚斯帮你。”

“我才不需要老四的帮助，我自己能行。”克里斯蒂娜说。

她挪了挪屁股，大腿将下面压着的纸揉碎了，然后她又用带刺的眼神看了我一眼。她看到我时眼前浮现出的恐怕是尤莱亚那张失去了生气的面庞吧，想到这儿，我的喉咙一紧，总觉得卡着些什么。

“你还是需要我的，他已经信任我了。”我说，“这些人都守口如瓶，我们绝对不能马虎大意。”

“我可以小心行事的。”克里斯蒂娜又抢过话茬。

“你做不到。”

“他说得也有道理……”翠丝笑着哼道。

克里斯蒂娜拍了下翠丝的胳膊，翠丝也拍了下她的背。

“那就这么定了，”马修道，“我们周五下午五点再碰头吧，讨论翠丝参加的议会会议的内容。”

他走到卡拉和迦勒身旁，讨论着我听不懂的什么化合物。克里斯蒂娜走出屋子，临走时还用肩头狠狠地撞了我一下，翠丝抬起头来看着我。

“我们两个得好好谈谈。”我说。

“好。”她说完就转头走进走廊，我也跟在她身后走了出去。

我们靠门而立，等着屋子的人全都离开。她双肩向前缩着，像是在努力让自己缩得更小，想要这样蒸发掉。我们隔着很远的距离，有整个走廊那么宽，我试着回想我上一回吻她，却怎么也想不起来。

等终于只剩我们两个人，走廊陷入了死寂，我的双手开始有些刺痛，继而变得麻木，这是恐慌的前兆。

“你觉得你还能原谅我吗？”我问。

她摇着头道：“不知道，我也在想这个问题。”

“你知道……你知道我从未想过害尤莱亚，对吗？”我看着她额头上缝了针的伤，继续道，“还有你，我也从未想过伤害你。”

她不停地踏着脚，整个身子也随之抖动着，点了点头，说道：“我懂。”

“我必须做些什么，”我说，“我别无选择。”

“很多人受了伤，”她说，“全是因为你又没听我的意见，因为你——托比亚斯，这是最糟糕的部分——因为你以为我器量狭小，爱吃醋，不过是个十六岁的蠢丫头，对吗？”

“我可从没评论你是否器量狭小，蠢还是不蠢。”我厉声道，“我只是觉得你当时有偏见，就这样，仅此而已。”

“够了。”她双手插在发丝中，紧紧地捂着头，“讲来讲去又讲回来了，不是吗？问题就是你没有像自己说的那样尊重我。等真到了具体的事，你还是觉得我没法理智地想问题——”

“不是这样！”我愤怒地说，“我对你的尊重超过对世间任何一个人，可我现在不知道你在气恼什么，到底是因为我做的这个愚蠢决定，还是我没有听你的话？”

“你什么意思？”

“你不是说过我们俩要坦诚相对吗？可我总觉得你只是想让我什么事都听你的。”

“没想到你竟说出这样的话！你错了——”

“是，我错了！”我吼了起来，却不知这股怒气从何而来，只感到它在我身体内游走，猛烈而狠毒，是这些天不曾有过的愤怒，“我错了，我大错特错！我最好的哥们儿的亲弟弟生死未卜！而你现在又像个家长似的训斥我，训斥我没有按着你的想法做事。翠丝，你不是我爸，也不是我妈，你无权让我做这做那，更无权教我怎么选择——”

“别吼我，”她语调平静地说，眼光终于投向了我，我曾经在那双眼睛里看到许多东西，爱意、渴望、好奇，可现在我只看到恨意，“住口。”

她平缓的语调顿时驱散了我心里的愤恨，我双腿一软，瘫靠在身后的墙上，两只手插到口袋里。我没想吼她。我甚至根本没想发怒。

我满脸震惊地看着泪水滑过她的双颊。我已经很久没看见她流泪了，她吸了吸鼻子，努力用正常的语调说话，却还是失败了。

“我需要些时间想一想，”她吐出的每个字都带着哭腔，“好不好？”

“好。”我说。

她抬手抹了把脸，沿着走廊匆匆离去。我看着她那头金发消失在拐角处，突然感觉自己被暴露得彻彻底底，我与痛之间再没有任何东西阻挡，而她的离去伤我最深。

第三十四章
翠丝 边界惊魂

“她来了。”见我向大部队走来，艾玛尔道，“翠丝，来，我给你找件背心。”

“什么……背心？”正如昨天大卫所说，我今天下午就要去边界地带走一趟，我不知道会看到些什么，通常这会让我不安，可我这几天实在太累，累到几乎失掉了知觉。

“防弹背心呗，边界地带可是危机四伏。”他一面说着一面走到门旁的板条箱前，在一大摞厚厚的黑色防弹衣中翻找我的号码，找了半天却只拿出一件比我的型号大很多的衣服，“不好意思，这儿型号也不全。你穿这个应该就可以了，来，举起手。”

他帮我穿上，又帮我系好两边的带子。

“真没想到你也会去。”我道。

“那你以为我在基因局都干什么？到处闲逛着开几个玩笑逗乐子？”他笑道，“他们给我的无畏派才能找了个用武之地。我是护卫队的，乔治也是。我们平日里负责维护基因局基地的安全，只不过要有人去边界地带，我也就自愿去搭把手。”

“说我呢？”站在门旁人群中的乔治道，“翠丝，好啊，这家伙不会背地里讲我什么坏话吧？”

乔治一手搭在艾玛尔肩上，两人相视一笑。乔治的状态要比我上次见到他时好了许多，可悲伤还是在他的面容上留下了印记，那张脸虽是笑脸，却不见了眼角的纹路，不见了脸颊上的酒窝。

“要么给她把枪吧。”艾玛尔说着还看了我一眼，“我们平时不会给未来的议员类似手枪的东西，他们也不会用，可显然你会。”

“真的没关系，我不需要——”

“不，你可能比他们大部分人枪法都准。”乔治劝道，“多个无畏者对我们有好处，我去找枪去。”

几分钟后，我拿着手枪，跟着艾玛尔朝卡车走去。我们俩爬进车厢尾部，乔治和一个叫安的女子爬到了中间，那两名分别叫杰克和维奥莱特的年长护卫警官坐在前面。卡车后面覆盖着一层坚硬的黑色材质，从外面看，卡车的后门也是不透明的黑色，但从里面能看到外面，因此我们知道自己去往哪里。我坐在艾玛尔和一大堆装备中间，视线被这堆装备挡着，看不到车厢的前部。卡车一发动，乔治就从装备的缝隙中看过来，露出一张大笑脸，除此之外，就是我和艾玛尔单独在一起。

基地渐渐消失在身后。我们穿过一个个花园和一栋栋围花园而建的附属建筑，基地的一角隐约可见几架飞机，银白色的机身静静地停在那里。等我们到了围栏，一道道门为我们打开，我还听到杰克和外层围栏的守卫说话。他把我们的计划告诉那人，还说了车里装载的物品，物品的名字我都听不懂，过了一会儿，卡车才被允许驶进那一片荒蛮之地。

我问：“这次巡逻有什么目的，除了让我看看边界地带的情况之外？”

“我们一直监视着边界地带的动向，那里也算是离基地最近的基因受损者聚居地，我们的目的主要是为了观察研究他们的行为举止。”艾玛尔道，“可这次攻击后，大卫和议会共同决定，我们要加大对这边区域的监视力度，防止类似事件再次发生。”

卡车驶过一片废墟。当初我们离开城市时，看到的也是这样的景象——垮塌的建筑以及大地上疯长的植物。

我和艾玛尔不熟，也说不上有多信任他，可有些问题必须搞明白：

“你信这一套？这一切……都是受损基因在背后作祟？”

他在实验中所有的故交都是GD，难道他会觉得他们的基因都是有缺陷的？他们都有毛病？

“你不信吗？”艾玛尔道，“我是这样想的，地球已经存在了很久很久，久到我们无法想象，可‘纯净基因战争’之前，从没人这么做，对不对？”他一面说一面抬手指了指车外的世界。

“不清楚，”我道，“我只是觉得他们不大可能没做过这些事。”

“你对人性所持的态度太阴暗了吧。”他道。

我没有作答。

他却继续说道：“历史上若真发生过这么大的事情，基因局不可能不知道。”

他的答案在我听来实在是太天真。真没想到，一个曾在我的城市生活过，又在屏幕上看过我们之间到底隐藏了多少秘密的人，竟会这样想。伊芙琳靠控制武器来控制城市，珍宁野心更大，她深谙控制甚至篡改信息就可以不费吹灰之力制伏民众，让他们乖乖接受统治的道理。

这不恰恰也是基因局——甚至可能是整个政府——正费尽心机做的事吗？让人们心甘情愿地在他们的操控下“幸福”生活。

过了好一会儿，我们都沉默着，伴在耳边的只有引擎的嗡嗡声。开始时，看着我们经过的一栋栋楼房，我便想象它们还在使用时的样子，可看得多了之后，所有的建筑看起来就都一样了。到底要看多少不同的废墟，才会习惯把所有的废墟都叫作“废墟”？

“快到了，”坐在车厢中部的乔治说，“卡车停在这儿，我们徒步过去。大家拿好枪，上好膛——艾玛尔除外。艾玛尔，你只需要照顾翠丝。翠丝，欢迎你下车随便看，不过你必须紧跟在艾玛尔身边。”

我感觉全身的神经都浮在皮肤的表面，轻轻的碰触就会让它们灼烧起来。边界地带是母亲目睹谋杀之后逃难的地方，是基因局找到她并觉得她有可能是纯净基因携带者便救出她的地方。我就快要踏进那片土地，在某种意义上那是一切开始的地方。

卡车停了下来，艾玛尔推开车门，他一手拿枪，另一手示意我跟着他跳下车。

这里也是密密麻麻的屋子，这些屋子却连临时搭建的住处都比不上，都是由废金属片和油布搭建起的一座座小棚子，一个紧挨着一个，好像需要彼此支撑才不会倒塌。棚子中间的狭窄过道里站着人，大多数是孩童，有拿着托盘卖东西的，有抬着水桶的，还有在露天火堆边烤东西的。

离着最近的几个人看到了我们，一个少年跑了起来，一面跑一面还叫着："搜捕的来了！搜捕的来了！"

"别担心，"艾玛尔对我说，"他们以为我们是警卫。警卫有时搜查这儿，把一些孩子抓去孤儿院。"

我几乎没有听到他的话，开始沿着一条狭窄的过道走起来。人们要么逃跑，要么躲进自己用硬纸板或油布搭建的小棚子里。透过墙上的空隙，我往屋子里面看去，屋内陈设不过就是一头堆着吃的用的，另一头摆了个睡觉的垫子，真不知他们在寒冬腊月怎么过，更不知他们是怎么解决内急的。

我想起基因局基地盛开的花，想起木制的地板，又想起旅馆中那一张张没人住的床铺，问道："你们帮过他们吗？"

"我们坚信，帮助这个世界的最佳途径就是修复基因缺陷。"艾玛尔说，不过我觉得他更像是在背书，"食物的给予只是杯水车薪，就如在崩裂的大伤口上包扎一小块绷带，虽能止住血，却未必能治好伤。"

我一时答不上话，只能轻轻摇摇头，继续走路。我开始有些明白母亲为什么违逆组织的命令选择无私派，她若只是想躲开博学派中那日益滋长的腐败，大可以去友好派或诚实派，她选无私派是因为能帮助无助人群，为了无派别者她几乎奉献了自己的一生。

他们肯定让她想起了边界地带。

我扭过头，不想让艾玛尔看到我眼里的泪水："我们回车上吧。"

"你没事吧？"

"没事。"

我们正要转身朝卡车走去，却听见枪声响起。

紧跟着是一声"救命！"

周围的人仓皇散开。

"是乔治的声音。"艾玛尔说着就跑进右边的过道里，我也迈开脚步跟在他身后，来到一片用废金属搭建的棚户区。可他跑得太快了，在这如迷宫般弯弯绕绕的棚户区，没一会儿我就看不到他的身影了，我成了孤身一人。

尽管对这里的人我心中怀有在无私派被培养出的不自觉的同情心，可我也同样怕他们。他们若真的如无派别者一般活着，也必会如无派别者一般绝望，而我一向害怕生无所惧、绝望至极的人。

就在这时，一只手抓住了我的胳膊，把我往后拽了几步，拽进了一个铝片搭建的棚子里。棚子里面围着一层蓝色的防水布，棚里的一切也因此显得蓝幽幽的。防水布应该是为保暖而贴上的，脚下的地板是三合板的，一个身材矮小瘦弱，脸脏兮兮的女子站在我跟前。

"最好还是不要在外面，"她道，"他们才不管年龄，只是看到人就用鞭子抽。"

"他们是谁？"我问。

"边界地带里愤怒的人。"女子道，"怒火在有些人身上有害，它会让人想杀掉他们眼中的任何敌人，可在另一些人身上就有益得多，它会让他们的思维更有建设性。"

"好吧，谢谢你帮我，我叫翠丝。"

"叫我艾米，坐吧。"

“不行，我朋友还在外边。”

“那你应该在这儿等，等着人群都聚到你朋友那里，你再偷偷从他们背后溜过去。”

这主意不错。

我一屁股坐到地上。枪顶在腿上，身上的防弹衣太硬，穿着有些不舒服，可我还是尽力摆出一副放松的样子。我能听到棚子外面人们的跑步声和喊叫声，艾米拨开防水布的一角，看外面发生了什么。

“这么说你们并不是警卫？”艾米眼睛看向外面，嘴里问我，“那你应该是基因局的人，对吗？”

“不是。”我说，“我是说，他们是，我不是。我来自城市，芝加哥。”

艾米双眉高高一扬：“可恶，那你那边的实验是不是关闭了？”

“还没。”

“那太不幸了。”

“不幸？”我皱着眉头道，“你知不知道你这是在说我的故乡？”

“你的故乡让‘基因受损的人需要加以修复，他们彻彻底底是有缺陷的’这种信条得以存在。可事实上，他们——我们——并非有缺陷的人，所以呢，这些实验还存在确实是不幸的，我不会为刚才说的话道歉。”

我从没这么想过，在我看来，芝加哥必须存在下去，因为我逝去的亲友曾经生活在那里，我曾爱过的生活虽已支离破碎，却依旧在那里继续着。我只是没想到，芝加哥的存在竟伤害到这些生活在它之外的人，这些渴望被人看成健全个体的人。

“你该走了。”艾米放下防水布的一角道，“他们应该去某个集会地了，从这儿往西北方向走。”

“谢谢。”我说。

她冲我点点头。我钻出棚子，脚下的地板嘎吱嘎吱地响着。

我疾步在过道里穿行，心里暗自庆幸，刚才聚集在街上的人都已散开，现在没人阻挡我的去路。我跳过一摊东西——我实在不想知道这是一摊什么——来到一个类似庭院的地方，看到一个瘦长的男孩拿枪抵着乔治。

持枪男孩的周围聚着一小撮人，他们把乔治拿来的监视装备分抢了，正在摧毁它，有拿鞋子打的，有拿石头砸的，还有拿锤子捶的。

乔治与我眼光相对，我慌忙抬手提醒他别作声。我躲在人群后头，拿枪的男孩并没有觉察。

“快放下枪。”乔治道。

“才不！”男孩回道。他用那双黯淡无光的眸子在乔治和他周围的人身上看来看去，“老子费了那么大劲儿才搞到这玩意儿，才不会还给你。”

“那你留着吧，只要……放我走就行。”

“不行，除非你说出把我们的人关在哪儿了！”

“我们没带走你们的人，我们是科学家，不是警卫。”

“是吗？那这是什么？防弹衣啊，要说这不是警卫的臭东西，那我就是全美国最富有的孩子。快回答我的问题！”

我退后了几步，站在了一个棚子的后面，将枪举到棚子边上，喊道：“喂！”

人们刷一下全都看向我，可那个持枪的男孩却并没像我期待的那样放下枪。

“我已经瞄准你了，你现在走我就不追究！”

“你敢，你敢我就崩了他！”男孩道。

“我敢。我们的确是政府人员，不是什么警卫，也不知道你们的人在哪儿。你放他走，我们各走各的；你要是杀了他，我敢保证用不了多久真的就会有警卫来，你们都逃不掉，他们可不会和我们一样仁慈。”

就在这个关头，艾玛尔从乔治身后的院子里走进来，人群中传来喊叫声："他们还有人！"话音刚落，人们就仓皇逃窜，拿枪的男孩逃进了离他最近的过道，不一会儿，院子里就只剩下我、乔治和艾玛尔，不过我还是举着枪，生怕他们反悔跑回来。

艾玛尔有些激动地抱起了乔治，乔治用拳头捶着他的背。艾玛尔越过乔治的肩膀看着我说："你不会还固执地以为基因受损不应该为暴乱负责吧？"

走过一个棚子时，我看到一个小姑娘蜷缩着蹲在门前，胳膊抱着双膝。透过层层防水布的缝隙，她看到了我，微微抽泣着。真不知到底是谁让这些人如此害怕警卫，也不知道是什么让那个年轻的男孩绝望到要拿枪指着他们。

"是的，我还是不信。"我说。

我知道有更合适的人该负责。

等我们终于回到卡车前，杰克和维奥莱特正在安装未被边界地带的人偷掉的监视相机。维奥莱特一手拿着上面满是数据的平板电脑，一面把这些数字读给杰克听，杰克把这些数字输入到自己的电脑里。

"你们去哪儿了啊？"他问。

"我们遭到袭击了。大家马上离开这儿，现在！"乔治道。

"幸亏还有这最后一套了。"维奥莱特道，"走，撤了。"

我们再次爬进卡车，艾玛尔把车门带上，我把枪上好保险放在地上，心中有些释怀，终于不用再拿着枪了。早上起床时，我从未预料到今天竟会举枪指着别人，更没想到还能看到那样的生活。

艾玛尔道："看得出，你身上的无私派特性让你讨厌这个地方。"

"我身上可不止无私派的特性啊。"

"我在老四的身上也观察到了这种特性。无私派长大的人往往一丝不苟，他们会不自觉地看到他人的需求。”他说，“我也观察过转派到无畏派的人，每个派转来的人都会形成特定的类型。博学派转派者往往会冷血残忍，诚实派转派者会变得狂躁而冲动，无私派转派者则成了……不知道用哪个词，战士吧，或者是革命分子。”

“他要是多点信心，现在也该是这样。”他继续道，“我觉得老四如果不那么怀疑自我，他肯定是一个出色的领袖，我一直这么认为。”

“你说得对，”我说，“他做追随者的时候才容易陷入泥潭。跟着妮塔，跟着伊芙琳，都没好结果。”

那你呢？我问自己，你也想让他追随你。

没有，我没这么做，我又对自己说，心里却不知自己是否相信。

艾玛尔点了点头。

边界地带那一幕幕印象像打嗝一般，一遍又一遍地出现在我的脑海中。我想着年少时的母亲蹲在其中的一个棚子里，寻找着武器，来增加安全的筹码，在寒冷的冬天，为了取暖而被烟呛得咳嗽。我不知她被基因局救走后为什么就那么心甘情愿地遗弃了那个地方，还融入了基因局基地的生活，之后又为它付出了一辈子的心血，她是否忘记了自己的出身？

她不可能忘掉它，否则她也不会一辈子都在帮无派别者，也许她这样做并不是履行无私者的职责，或许，是因为她想帮助那些跟她抛下的人相仿的人吧。

突然间，我再受不了想起她，想起那个地方，想起今天看到的一幕又一幕。于是我说出了脑子里蹦出来的第一个念头，想让自己分分神。

“这么说你和托比亚斯曾是好朋友？”

“他有好朋友吗？”艾玛尔摇着头道，“不过他的绰号是我起的，那时候，我目睹了他直面自己的恐惧，看到他有多困扰，就觉得给他一个全新的人生会不错，所以我开始喊他‘老四’。可是好朋友算不上，最起码关系没我想要的那样密切。”

艾玛尔把头倚在墙上，闭上了眼睛，嘴角向上一弯，露出一抹淡淡的笑。

“那你……你喜欢他吗？”我问。

“为什么这样问？”

我耸耸肩道：“只是看你说起他的样子了。”

“确切说来，我现在不喜欢他了，以前有一段时间是有点喜欢。不过很明显他对我没有那种特殊的感情，所以后来我就放弃了。”艾玛尔道，“希望你不要提起这件事。”

“跟托比亚斯吗？当然不会。”

“不是。我的意思是，你别跟任何人提及，我指的不止是与托比亚斯的事。”

他抬眼看了下乔治的后脑勺，车厢里的装备现在少了不少，现在我们能看到他的头了。

我冲着他单眉上挑。他和乔治对彼此有感情我一点也不觉得奇怪，当时同为分歧者的他们为了逃离被捕杀的厄运，都得假装死去，后来又到了这片不熟悉的土地上，都是局外人。

“你得知道一点，”艾玛尔道，“基因局沉迷于生育问题，整天想着把基因传下去。乔治和我又都是GP，他们觉得任何无法制造出更好基因的关系……都不该有，就是这样。”

“啊，”我点头道，“别担心我说什么，我对‘制造’高质量基因没什么兴趣。”我苦涩地一笑。

“谢谢。”他道。

过了好一会儿，我们都还默默地坐在那儿，没有说一句话，只任由周围的废墟随着车的加速渐变成一片模糊。

“我觉得你和老四很般配。”他说。

我怔怔盯着自己弯曲着放在大腿上手掌，不想跟他解释我们正处在分手的边缘——一来我和艾玛尔不熟，二来即使我们俩相熟，我也不想谈论这事。我只能挤出两个字："是吗？"

"没错。他自从和你在一起之后，我也看到了他的改变。你可能不知道，因为你那时没见过他。你没跟他在一起时，他这人……有些强迫症，脾气暴躁，又没有安全感……"

"强迫症？"

"那你又把一遍遍温习自己恐惧情境的人形容为什么？"

"不清楚……或许是坚定吧，"我顿了下，又道，"也可以称之为勇敢。"

"对对，这点倒是不假。可你不觉得也有些疯狂吗？大多数无畏者宁愿一头栽进大峡谷里，也不想一遍遍去温习自己的恐惧情境。勇敢和有受虐倾向是不一样的，但对他来说，这两者的界限有些模糊。"

"我分得清。"我道。

"我知道。"艾玛尔咧嘴一笑，"总之呢，我只想说一个意思，只要两个人搅在一起，那就必然会有问题，可你们付出的情意却是值得的，就这样。"

我皱了皱鼻子道："两个人搅在一起？"

艾玛尔把两只手掌合在一起，不停地扭着双手，演示着。我爽朗地笑着，心底的痛楚却怎么也无法忽略。

第三十五章

托比亚斯 第24号摄像头

我走到控制室窗边的椅子前，调出了整个城市不同摄像头下的场景，一个个地找寻着父母的踪迹，先是看到了伊芙琳——她站在博学派总部的大厅里，跟特蕾莎和一个无派别男子凑在一起讲着什么，我走之后，这两个人应该就是她的二把手和三把手了。我调高了扩音器的音量，却只能听到咕哝声。

透过控制室后面墙上的窗子，能看到和城市里一样的空旷夜空，只有标记着飞机航线的点点蓝光、红光打破黑暗。想到这里的一切都是那么不同，可抬头望见的天却一样，我便觉得很奇怪。

控制室的工作人员现在也都知道我就是那个在攻击前关掉警报系统的人了，只不过给夜班值班的员工注射友好派血清的人不是我，而是妮塔。现在只要我离他们的桌子足够远，他们就都不怎么管我。

在另一个屏幕上，我浏览着每个镜头中的影像，寻找马库斯或约翰娜的身影，只要能找出忠诚者组织的动向就可以。这里的屏幕上显示着城市里每一部分的情况，“够狠市场”旁边的大桥、环球大厦、无私派区域主通道、中心大厦、摩天轮，还有友好派的田地——现在由所有前派别成员共同耕作。可任我怎么看，也找不到一点有用的信息。

“你小子最近常混在这儿啊，”卡拉一边走向我一边说，“你这是害怕基地里其他地方还是怎的？”

她所言不假，最近我的确经常来这间控制室，也算是消磨时间，顺便等着翠丝对我下“最后通牒”，等着我们重击基因局计划的成形，等着……

“没有，我只是看看我父母在干什么。”

“你不是恨他们吗？”她站在我身旁，双手抱在胸前，讽刺道，“可不是嘛，你就是想每时每刻都盯着那些你不想沾上任何关系的人。真是太有道理了。”

“他们很危险，可怕的是这个世上也只有我才知道他们俩有多么危险。”

“他们要真干了坏事，你在这儿又能做些什么？点烽火放狼烟吗？”

我横了她一眼。

“好了，好了。”她举起双手，做投降状，“我只想提醒你，你现在已经不在他们的世界里了，而是在另一个世界，就这样。”

“心领了。”

我从未想过博学者在人际关系和情感方面竟有如此出色的判断力，卡拉那双敏锐的眼睛似乎能洞悉世间万物，我的恐惧也好，想找到让我忘记过去方法的欲望也好，都逃不过她的双眼，这简直让人有些害怕。

我浏览过某一个方位的摄像头，猛地停下来，又调了回去。画面中一片黑暗，夜色已沉，可在一栋我认不出来的楼房旁却有一群人如鸟儿一般轻快地下了车，动作很是一致。

“他们有所行动了。”卡拉激动地说，“忠诚者终于开始行动了。”

“喂！”我对坐在控制室桌子旁的一位女子喊道，那个从未给过我好脸色的女子抬起了头，“第24号摄像头！快！”

她敲了敲屏幕，控制室里所有人都聚集到了她周围，走廊里路过的人也停下脚步，往里张望着，想看一下屏幕上发生了什么。我转向了卡拉。

“你能喊其他人来吗？”我道，“他们也应该看看。”

她点点头，眼神中流露着野性，匆忙跑出了控制室。

在这栋陌生的楼房周围聚集的人虽没有穿样式统一的衣服，却也没戴无派别的袖章，手中还都拿着枪。我扫视人群，试图找一些熟悉的面孔，可图像太模糊。我只好看着他们排好队，用手势相互交流着。黑黑的胳膊挥舞在更黑的夜色之中。

我把大拇指的指甲塞到牙齿间咬着，不耐烦地等着要发生的事，任何事都可以。没出几分钟，卡拉带着其他人来了，他们走到围着主屏幕的人群旁。只听皮特抬高了嗓音，喊了句“让开”，大家回过头，一看是他，自动让开了路。

“怎么了？”皮特走到我身旁问，“什么情况？”

“忠诚者已组建了军队，”我指了指左边的屏幕道，“里面有来自各个派别的人，就连友好派和博学派也加入了这个队伍。我最近一直在观察他们的动向。”

“博学派？”迦勒反问。

“忠诚者是讨伐无派别政权的，也就是新敌人的对手，”卡拉道，“所以，博学派和忠诚者组织也就有了同一个目标：打倒伊芙琳。”

“你说友好派加入了一支军队？”克里斯蒂娜问我。

“他们应该没有直接参与暴力行动，只是出一份力吧。”我说。

“差不多几天前吧，忠诚者第一次出兵，袭击了武器库。”坐在离我们最近的桌子旁的一名女子转过头道，“这算是他们的第二次行动，那就是他们要夺取武器的地方。伊芙琳在上次遭袭后就已有所警觉，把枪械都转移了，只是他们还没来得及转移这间库房。”

父亲太了解伊芙琳的作风：她唯一真正需要的力量即让人们对她心生畏惧，而武器就是她的筹码。

“他们想要干什么？”迦勒问。

“忠诚者的作战动机是由完成城市最初使命的渴望所激发的，”卡拉道，“不管是按着伊迪斯·普勒尔的指示，派遣一些人走出城市围栏——当时我们觉得事关重大，只不过后来也知道她说的话没什么意义——还是用武力恢复派别制度。他们正在准备对无派别大本营发动进攻。我们来这儿前，我就和约翰娜商议了这些，不过，托比亚斯，我们可从未商讨过跟你父亲联手起事，不过我想她应该可以自己做主。”

我险些忘了卡拉曾是忠诚者组织的领导，现在我不知道她是不是还关心派别制度的存亡，但她还在关心那些人的生死，从她望着屏幕的眼神就能看出。她的眼神中混杂着迫切与担忧。

透过周围嘈杂的人声，我听到了屏幕上枪响的声音——透过麦克风传来的噼噼啪啪声。我敲了几下屏幕，切换到楼里面的摄像头。屏幕上，一群人拥入了储藏枪械的屋子。屋里的一张桌子上放着一个个小盒子——是弹药——还摆着几把手枪，那些枪与这里所拥有的众多枪支相比虽不算什么，在城市里头却极为珍贵。

屋子里几个戴无派别袖章的男女守着放枪械的桌子，可他们很快就被放倒，人数上实在比不过忠诚者。我忽然看到一张熟悉的面孔，齐克正抡起枪，枪柄朝外朝一名无派别男子的下巴抡去。短短两分钟时间，无派别者便全部被解决了，直到他们倒下，我才看到埋入血肉中的子弹。忠诚者占领了整个屋子，他们一边踩着脚下的尸体，仿佛那只不过是一堆弹片，一边收拾着屋子里一切有用的东西。齐克堆起桌子上剩下的枪支，脸上挂着少有的坚毅表情——这表情我只见过几次。

此时他甚至不知道尤莱亚的事。

桌子旁的女子又敲了敲屏幕上的几个地方，就在她头上的位置，刚才我们看过的镜头里，站着一个留平头的男子和一个头发挡着眼睛的女子。

当然，那男子就是马库斯，女子就是约翰娜——她拿着枪。

“他们两人合力，设法把所有派别支持者团结在身边，可忠诚者的人数依旧比不过无派别者，这点让人有些诧异。”女子向后仰着身子，倚在椅子上，脑袋一个劲儿地晃着，“无派别者的人数超出我们的想象，不过想想也是，毕竟他们分散在各地，很难进行明确的统计。”

“什么？约翰娜领导叛乱？还拿着枪？有些不合常理啊。”迦勒道。

约翰娜曾对我说过，若她有权力做决定，肯定不会听从友好派消极、被动的建议，肯定全力支持抵抗博学派，可当时她被她的派别和同派别人们的恐惧束缚了脚步。现在的城市已没有了派别，她似乎不再仅仅是友好派的发言人或忠诚者的领袖，而是一名勇敢的斗士。

“你仔细琢磨一下，其实比你想象的要有道理得多。”我说。卡拉也附和着点了点头。

我又看向屏幕，他们把武器库里的枪支弹药席卷一空，然后如飘散在空中的种子一般迅速散开。我感觉更加沉重了，像是又承担了一份新的负担，不知卡拉、克里斯蒂娜、皮特甚至迦勒是否也是同样的心情。这个城市，我们的城市快要走到从没到过的彻底毁灭的边缘。

我们可以假装自己不再属于那片土地，因为我们住在相对安全的基因局基地，可我们确实属于那里，而且会一直属于那里。

第三十六章
翠丝 追踪谱系的恋人

卡车驶到基地大门时，天色已暗，还下起了雪。一阵风吹过，卷起一地的雪花，轻盈似白糖粉末。这不过是场深秋的小雪，大概清晨时分就会停吧。下了卡车，我急急脱下防弹背心，并把枪一道递给艾玛尔。此刻握枪带来的不适感又重新回来了，我还以为时间能让这种感觉消失，可现在不禁又有些怀疑。或许，它永远都不会消失，或许，我会习惯它的存在。

踏过一道道门槛，一阵暖风迎面吹来。大概是看到了边界地带的场景，基因局基地在我眼中竟比往日整洁了几分，与那里的脏乱形成鲜明的对比。当我知道了那里有人靠给棚子包防水布来保暖之后，我又怎么忍心踩着咯吱咯吱响的地板，穿成一本正经的样子？

等到了旅馆的宿舍，我的心绪恢复了平静。

我扫了一眼宿舍，寻找克里斯蒂娜还有托比亚斯的身影，可他们俩都不在。宿舍里只有皮特和迦勒两人，皮特把一本大书放在大腿上，还在旁边的笔记本上写着什么，迦勒则在读母亲的日志，眼里像是含着泪水。我克制着自己不去注意他的眼泪。

“你们有没有看到……”可我不知道下面要说谁，克里斯蒂娜还是托比亚斯？

第三十六章
追踪谱系的恋人

“老四吗？”迦勒接了我的话，“我刚才看到他去了谱系室。”

“什么……室？”

“他们这边有一个房间，展示着我们祖先的名字。能借我一张纸吗？”他问皮特。

皮特从本子后面撕了一页纸递给迦勒，迦勒在纸上一边画着路线图，还一边说着：“我之前也在那边看到了父母的名字，屋子的右侧，在门边第二块板子上面。”

他把画有路线图的纸递给我，却没看我。我低头看着纸张上整齐清秀的字，心中一阵酸涩。若是在我打他之前，他肯定会要求亲自为我带路，抓紧一切时间向我解释自己的苦衷，可最近这几天，他对我有些冷淡，总是能避则避，不知是因为怕我，还是终于放弃了。

可不管原因是哪个，我都不喜欢。

“谢谢。呃……你鼻子没事了吧？”

“没事了。”他说，“我觉得这道瘀青衬得我眼睛更帅了，对不对？”

他嘴角微微上挑，我也浅浅一笑。可这之后我们两人便都不知道该怎么做了，因为我们已经没话说了。

“等等，你今天是不是没在？”他顿了一会儿道，“城市里出大事了，忠诚者开始讨伐伊芙琳了，攻陷了她的一个武器库。”

我盯着他。我已有好几天没想过城市里的动向了，最近太关注这边的事了。

“忠诚者？约翰娜·瑞斯领导的那些人……攻陷了一个武器库？”

我们还没离开那座城市时，我就觉得那儿肯定会再次爆发一场不小的动乱，现在看来，他们已经动手了。可我心里没有什么波动——这个世上我关心的人几乎都在这儿了。

“约翰娜·瑞斯和马库斯·伊顿领导的。”迦勒道，“约翰娜在那儿，还拿着枪，太荒唐了。基因局这边的人看着有些不高兴。”

“哦，”我摇头道，“我想这大概只是个时间问题吧。”

屋子里陷入一片沉默，我们几乎同时迈开了脚步，迦勒回他的床铺，我走出宿舍，踏进走廊，按照他给我画的路径寻找谱系室。

距谱系室还有一段距离时，我就一下子看到了它，铜板墙似乎闪耀着温暖的光。站在谱系室门口，我忽觉自己站在落日中，光辉将我包围。托比亚斯正用一根手指滑过墙板，手指肚下的应是他的家谱，只是他神情慵懒，好像并没有多在意。

那一瞬间我觉得自己在他身上看到了艾玛尔口中的“强迫症”倾向。我知道托比亚斯先是从屏幕上看他的父母，现在又来这里寻找他们的名字，虽然这间屋子里的东西他应该早就知道。原来，他果真如我所说的极度渴望保持与伊芙琳的母子情，渴望自己没有基因缺陷，只是我从没想过这些事情其实是有关联的。我不知道这到底是怎样一种复杂的情感，痛恨自己的经历，可同时又渴望着给你这种经历的人爱你。为什么我从未觉察到他性格有些许分裂？为什么我从未想过，他除了坚强善良的一面，同时也有脆弱伤感的一面？

迦勒曾告诉我，母亲说过，每个人身上都有邪恶的一面，爱他人的第一步就是承认自己身上邪恶的那一面，这样我们才能够谅解他人。可我怎么拿托比亚斯的“绝望”来指责他，好像我比他好很多？难道我就从未被心中破碎之处蒙蔽了心智？

“嗨。”我一面说着，一面把迦勒给我的纸揉起来塞进后口袋里。

他转过身，脸上挂着严肃而又熟悉的表情，我刚认识他的那几个星期他就是这样，那时他像一个卫兵一样守卫着心底的秘密。

“听着，”我说，“我本以为我应该好好思考一番是否要原谅你，可现在我觉得你没有做任何需要得到我谅解的事情，除了说我吃妮塔的醋……”

他张开嘴正想说些什么，我抬起一只手拦住了他。

“如果我们两个人还要在一起，我就得一遍又一遍地原谅你，如果你还想跟我在一起，你同样要一遍遍地原谅我，”我说，“所以，我们之间的问题并不是原不原谅。我其实只想搞明白一件事，就是我们俩到底还合不合适。”

回基地的路上，我一直琢磨着艾玛尔说的话，他说每段感情都有各种问题。我想起了父亲母亲，他们虽比我认识的大多数无私派父母吵得都多，却依旧一同度过每一天，直到生命的最后一刻。

我又想起了现在的自己，这个变得坚强的自己，有安全感的自己，又想起了他一直对我说的话。他说我勇敢，说别人敬我、爱我，说我值得别人去爱。

“然后呢？”他声音带着颤，眼神和双手都有些摇摆。

“然后，我还是觉得你是唯一一个锋利到能把我磨得更锋利的人。”

“的确。”他声音沙哑地说。

我吻上了他的唇。

他双手搂着我，紧紧地搂着，把我从地上抱了起来，直到我只剩脚尖触地。我把头埋在他的肩上，紧紧地闭上眼睛，闻着他身上干净的味道，风的味道。

我曾经以为，两个相爱的人瞬间爱上了，只想待在原地，之后再无其他选择。一开始的确如此，可到了现在这个时候，这话就没道理了。

我爱上了他，可之后我并不是不假思索地和他在一起，我并不是没有其他选择。我跟他在一起是因为我选择了他，我睁开眼看到的每一天，我们吵架、彼此欺骗、让对方难过的每一天，我都选择了他。我一遍又一遍地选择了他，他也一遍又一遍地选择了我。

第三十七章

翠丝 重置记忆

手表上表针刚好指向十点，我踩着点儿踏进了大卫的办公室，来参加我的第一次议会会议。不一会儿，他转着轮椅出现在走廊里，他的脸色比我上次见他时还要苍白，眼睛下的黑眼圈更浓更深，好似瘀青。

“翠丝，你好，”他说，“等不及了吧？来得真准时。”

卡拉、迦勒和马修早些时候曾拿新发明的吐真血清在我身上做实验。作为我们计划的一部分，我们要发明出连我这样对血清免疫力极强的GP也无法抵抗的吐真血清。在血清的作用下身子依旧感觉沉重，我努力抵制住这种沉重：“当然等不及啦，这是我第一次会议啊。需要我帮你推着吗？你看着挺累的。”

“好，好。”

我走到他身后，抓着轮椅的把手，推起了轮椅。

他轻叹口气说道：“我是很累，整晚没睡，一直忙着处理最近发生的危机。往左拐。”

“什么危机？”

“待会儿你就知道了，别急。”

我们走在5号航站楼那一条条昏暗的通道中。用大卫的话来说，“5号航站楼”是一个“老名字”，这儿没有窗子，完全看不到外面的世界。我几乎能够感觉到周围的墙壁都散发着怀疑与恐惧，好像航站楼也害怕我这双陌生的眼睛。当然，它们若真知道我在四处搜寻什么，这种“恐惧”也不是没有理由。

我迈着脚步，看到大卫那双放在轮椅扶手上的手，光秃秃的指甲周围泛着红，像是被咬了一整晚，指甲的边缘也有些不平整。我想起了自己的指甲也是那副模样的时候，那时恐惧情境模拟的记忆会爬进我的每一场梦、每一个想法里。或许大卫是想起攻击的事便不停地咬指甲吧。

我不在乎。我心里想着。别忘了他做过的恶事，还有他以后会做的坏事。

“到了。”大卫道。我推着他的轮椅，走过一道被门挡撑开的双开门，进到屋里时，大多数议会成员都已到场，他们用小棍儿搅着桌上小杯子中的咖啡，大多数的男女都和大卫差不多年纪，不过也有年轻一些的，比如佐伊。看我走进屋子，佐伊还冲我僵硬而礼貌地一笑。

“说正事吧！”大卫转着轮椅，移向会议桌最前头的位置。我坐在角落里的一把椅子上，紧挨着佐伊。很明显我们还太年轻，不能和这些重要人士一起坐在桌子旁，但是我不介意——坐在角落里有一个好处，就是我觉得会议无聊时还可以打个盹儿，不过大卫为了这个危机熬了个通宵达旦，因此这个会的内容应该不会无聊。

“昨天夜里，我收到了一通从控制室打来的紧急电话，”大卫道，“很显然，芝加哥很快又会有一轮暴乱。派别拥护者以‘忠诚者’的名号对无派别者的领导发起了反抗，也攻陷了几个武器库。不过他们不知道，伊芙琳找到了新型武器——博学派总部中储藏着的死亡血清。众所周知，没人能挺得过死亡血清，分歧者也不例外。若这些忠诚者向无派别者政府进攻，伊芙琳·约翰娜肯定会还击，那样的话，一定会伤亡惨重。”

屋子里从静寂无声到一片嘈杂，我没有吱声，只是垂目盯着前面的地板。

“请大家安静。”大卫道，“若我们不能向上司证明我们有控制城市的能力，那这些实验很可能会被关掉。芝加哥若再出乱子，只能证明我们的努力已远远超过它存在的意义——要想继续与基因缺陷作斗争，我们就绝不能允许类似事情发生。”

不知为何，大卫疲倦憔悴的表情后，却是坚毅刚强的决心，我信他说的话，他绝不会允许那样的事情发生。

“是时候用记忆血清来进行大规模记忆重置了，”他说，“我觉得我们在剩下的四个实验中要一块儿用。”

“重置记忆？”我抑制不住地脱口而出，话音一落，整个屋子里的人都扭头看我，他们好像全然忘了我这个来自他们所讨论的实验中的成员还在这间屋子里。

“‘重置’即在大范围内抹掉人们的记忆，”大卫说，“当包含行为修正的实验有失败的危险时，我们通常都会采用这种手段。我们在创立每一个有行为修正内容的实验时都会这么做，最后一次是在芝加哥，在你们往前的几代时。”他看向我，脸上挂着古怪的笑，“你以为无派别区域为什么有那么多废墟？其实当时有一场起义，我们必须彻底地把它镇压住。”

我震惊地坐在椅子上，脑海中想象着无派别区域那被毁掉的一条条街道，那碎掉的一扇扇窗子，那倒在地上的一个个路灯……那里的损毁和其他任何地方的都不同——甚至也不同于大桥北边那片凄凉的土地，那里虽然也是一片寂寥，却能看出是和平撤出的。我一直泰然自若地看待芝加哥城这片败落的区域，以为这里仅仅是证明无派别的人生活有多困苦的地方，却不曾想，那片废墟竟是镇压起义的结果，竟是记忆重置后的结果。

我因愤怒而一阵作呕。他们镇压暴乱是为了救下他们那宝贵的实验而非挽救成千上万的性命，我可以理解，可他们怎么又理所应当地认为自己有夺走他人记忆和身份的权力呢？仅仅是为了给自己扫平道路吗？

当然，我知道问题的答案。在他们眼中，我们城市里的人们只是GD，只是包含基因材质的载体，唯一可用之处就是一代代传下去的修复基因，而不是睿智的头脑或跳动的心脏。

“什么时候？”一个议员问。

“四十八小时以内。”大卫回道。

大家点了点头，像是觉得这个答案很合理。

我还记得他在办公室中讲过的话：“我们要想在与基因缺陷的斗争中取得胜利，就必须有所损失，有所牺牲。你也知道这点，对不对？”我早就该猜到，他会拿成千上万GD的记忆或身份做代价，换取对实验的控制权，他甚至不会去想还有没有其他办法，不会觉得他应该想办法救这些人。

毕竟，他们都是受损基因携带者，不值得他那么做。

第三十八章

托比亚斯 反抗“大计划”

我把脚放在翠丝的床沿上，系着鞋带。透过几扇大窗子，午后的阳光照在着陆带的飞机侧板上，玻璃反射出明晃晃的亮光。穿着绿色衣服的GD穿过机翼，蹲在机头下，为飞机的起飞做最后的检查。

“你和马修的项目进展得怎样？”我问隔着两张床的卡拉。今天早上，翠丝让卡拉、迦勒和马修在她身上测试新型吐真血清，可打那以后我就没见过她。

卡拉梳着头发，扭头环视了下四周，等确定屋子里就我们两个时，她回道：“不是很好，到目前为止，新型血清对翠丝都没效果。真是怪了，竟然有人的基因能对任何形式的意识操控都没反应。”

“或许和她的基因没关系吧，”我耸了耸肩，移了移脚步，“也可能是因为她那异于常人的固执。”

“哈，你们这是已经到了分手后互相说坏话的地步了吗？这样的话，自从威尔走后，我也攒了些骂她的话，她那鼻子还真有的说呢。”

“我们没分手，”我笑道，“不过很高兴得知你对我女友这么关心。”

“那抱歉了，我也不知道怎么就想到那儿去了。”卡拉的双颊忽地涨红，“我对你女朋友吧，感情是有些复杂，可总体来说，我还是蛮敬佩她的。"

"我知道，开个玩笑逗逗你。看你时不时地乱一下阵脚，蛮好玩儿的。"

卡拉横了我一眼。

"对了，她鼻子怎么了？"

宿舍门被推开，翠丝走了进来，凌乱的头发下，那两只眼睛透着狂躁。看到她一副焦躁的样子，我的心神也有些不安起来，仿佛脚下踩着的地面不再坚实。我站起身，伸出手抚平她的头发："怎么了？"我一边问一边把一只手搭在了她的肩上。

"议会的会。"翠丝抓着我的手放在两手间，但马上就松开了，接着她跌坐在一张床上，两只手耷拉在两膝间。

"我不喜欢重复别人的话，可还是要问……怎么了？"卡拉也问。

翠丝摇着头，好似要把头发里的灰尘甩掉："议会制定了计划，大计划。"

她断断续续地给我们讲，说了议会想重置所有实验城市的计划。她一面说着，一面把两只手使劲儿地往腿底下塞，直到手腕出现红色血印。

等她说完后，我凑过去坐在她身旁，一只胳膊揽住她的肩膀。我抬眼看向窗外，一架架飞机停在跑道上，反射着道道银光，已准备好起飞。还有不到两天的时间，这些飞机也许就会飞到实验城市的上空，洒下记忆血清。

卡拉问翠丝："那你觉得咱们怎么办？"

"不知道，我总觉得我已经不知道怎么做才是对的。"

她们两个人很像，两人都被生命中的失去打磨过，只不过卡拉在痛苦中更加坚定了，而翠丝则更加小心翼翼地保护着心中的不确定。她遇到事情时也多了些疑问，少了些答案，我一直钦佩她这一面，也许，我对她这点还可以更加钦佩。

有几秒钟的时间，我们都陷入了沉默。我放任自己的思绪游离，任各种想法一遍又一遍地翻滚着。

“不能让他们这么做，”我说，“不能让他们把所有人的记忆抹去，他们没有这么做的权力。”我顿了下，继续道，“如果这是些明事理的人，事情还好办一些，那样我们就能在保护实验和探寻解决方案之间找到最佳平衡点。”

“我们可以把这些科学家替换掉，换成另一批科学家。”卡拉轻叹道。

翠丝的脸微微抽搐，她一只手扶住额头，像发了头疼般揉着：“不，我们没必要那么做。”她道。

她抬眼看向我，明亮的眼睛将我震摄住，让我一时无法行动。

“记忆血清，”她说，“艾伦和马修想出了一个让血清像病毒一样传播的办法，不需要注射便让记忆血清在人群中散播，他们就是计划这样重置四个实验，不过我们可以用这种办法重置他们的记忆。”她的主意渐渐成形，语速也越来越快。她言语中透出的兴奋也感染着我，我心底泛起一片咕咕的水泡，仿佛这个点子不是她的，而是我自己的，只不过我总觉得她不是在描述一个解决问题的办法，更像在鼓动我们制造另一个问题，“重置基因局，把对GD的歧视和宣传的相关部分从他们的脑中抹掉，他们就永远不会拿别人的记忆不当回事，危险也就永远解除了。”

卡拉挑起双眉：“那抹掉他们的记忆不就意味着抹掉他们所学的知识吗？这么说来，他们就没用喽？”

“这个暂时还不清楚，不过我觉得记忆血清可以只作用于某些记忆，因为大脑中储存不同信息的区域不同，不然咱们的祖先在派别制度成立之初不就连系鞋带、说话都不会了吗？”翠丝站起身，“我们去问问马修吧，他在这方面比我明白。”

我也站起身，挡在她前面。万道光线投在飞机的机翼上，晃得我有些看不清她的脸。

“翠丝，等等。你真打算抹掉基因局这群人的记忆吗？那和他们打算对我们的亲朋好友要做的事又有什么区别？”

我挡着阳光，看到她冰冷的表情——还没看到她时我便想象到了她的表情。她看上去比从前苍老了许多，我感觉自己也是这样。

“这些人对生命压根儿没有半点尊重，”她道，“他们打算抹掉我们邻居和朋友的记忆，也正因为他们，我们旧派别的人才死掉了大半。”她绕开我，朝着门的方向走去，“我觉得他们应该庆幸，庆幸我没让他们偿命。”

第三十九章

翠丝 探取密码

马修双手背在身后。

“不会的，不会的，记忆血清不会抹掉一个人的知识。”他说，“难道我们发明血清时会傻到让人连怎么说话和走路都忘掉吗？”他摇头道，“它只指向外显记忆，比如你叫什么名字啊，你在哪儿长大的啊，你第一个老师的名字啊，等等，而像内隐记忆，比方说怎么说话，怎么系鞋带，怎么骑自行车之类，这些是不会触及的。”

“有意思。”卡拉道，“那真的管用吗？”

我和托比亚斯交换了一个眼神。一个是彻彻底底的博学者，另一个跟博学者也差不多，这样的两个人碰在一起，肯定有没完没了的话要说。卡拉和马修两人紧紧挨在一起，谈的时间久了，用的手势也多了起来。

“不可避免的是，有些重要的记忆还是会丢掉，”马修道，“不过我们若把人们的科学发现和科学贡献都记录下来，这些人在记忆抹掉后的一段时日里，还能重新获取这些知识。那时的人可塑性超强。”

我倚在了墙上。

“等等，”我打断了他的话，“如果基因局动用所有飞机来洒记忆血清，那还能剩下血清让我们对付基因局吗？”

“咱们必须在他们之前拿到血清，在四十八小时之内。”马修道。

卡拉好像并没听到我的话，自顾自地说道：“抹掉他们的记忆后，肯定得安排新的记忆，那这要怎么做呢？”

“其实咱们只要重新教他们知识就行了。正如我刚刚所说，被重置后的那几天，人们会缺乏判断力，那时候他们也最好控制。”马修坐在椅子上，转了几圈，“我们告诉他们真实的历史，教给他们实际情况，而宣传什么的绝口不提。”

“还可以用边界地带的幻灯片辅助我们的教学，”我说，“他们有GP引起战事的照片。”

“太棒了，”马修点头道，“不过目前我们最大的难关是怎么获取记忆血清。这东西储存在武器实验室里，就是妮塔想尽办法却还闯不进去的屋子。”

“我和克里斯蒂娜本打算游说雷吉，”托比亚斯道，“不过依现在的情形看，我们还是去找妮塔谈谈比较合适。”

“我赞同，”我道，“我们要找出她在哪儿出了错。”

还记得刚到这里时，我总觉得整个基地太大，太不可知。而现在，我却不必看标识就能找到医院，在我身边同样大踏步走着的托比亚斯显然也是如此。真奇怪，时间竟然能让一个地方缩小，让原本陌生的东西变得寻常。

我俩没有说话，可我能感觉到有千言万语在发酵，我终于抑制不住，开了口。

“你怎么了？”我道，“刚才看你一言未发。”

“我只是……”他摇头道，“真不知道这样做对不对。就因为他们要抹掉我们朋友的记忆，我们就要抹掉他们的记忆吗？”

我侧过身，轻轻碰了碰他的双肩："托比亚斯，我们只有四十八个小时的时间来阻止他们，你要真能想到其他任何主意，只要能救下我们的城市，我洗耳恭听。"

"我想不出，"他深蓝色的双眸带着挫败和伤感，"可出于绝望去挽救对我们而言重要的东西，那和基因局的做法不是一样吗？这两者又有什么区别？"

"有区别，区别就在于对错，"我语气坚定地说，"城市里头所有的居民都是无辜的，基因局这些人暗地里帮助珍宁，他们并不无辜。"

他努了努嘴，我看出他并不是完全相信。

我轻叹一口气道："这个办法并不完美，可如果必须在两个坏选择中挑一个，就必须得选能挽救咱们爱的人而咱们又相信的那一个。你只管去做，好不好？"

他伸手抓住我的手，他的手温暖而有力："好。"

"翠丝！"克里斯蒂娜推开一扇转门走进医院，朝我们慢跑过来，皮特跟在她身后，黑色的头发整齐地梳到一边。

我看到她面露激动的神色，心中闪过一丝希望——尤莱亚是不是醒了过来？

她渐渐地靠向我，我也看清了她的面容，那绝非飞扬的神色。皮特两手抱胸，站在她的身后。

"我刚刚和医生谈过，"她喘着气说道，"医生说尤莱亚醒不过来了，说……他已经脑死亡了。"

我只觉肩头一沉，身心剧震。我早就知道他可能再也醒不过来了，可那隐隐的期望曾经压制的忧伤，现在随着她说的每一个字慢慢消逝。

"他们说要拔掉他的生命维持系统，我就求啊求。"她用掌根使劲儿地揉着一只眼睛，接住一滴来不及掉下的泪，"医生终于答应给我们四天时间，我们有四天时间告诉他的家人。"

可他的家人——齐克和他们的母亲还在城市里头。我这才惊觉，他们还不知道他的遭遇，我们也从未告诉过他们，我们把全部的精力投在了……

“他们要在四十八小时内重置实验，”我抢过话茬，手已抓在了托比亚斯的胳膊上，他也愣住了，“我们要是拦不住他们，齐克和他妈妈就会忘记他的存在。”

他们还来不及见他最后一面，就会永远忘掉他，就像他从未存在过。

“什么？”克里斯蒂娜双眼圆睁，失声喊道，“我的家人也在那边。绝对不能让他们重置所有人的记忆！他们怎么会那么做？”

“其实想想也很简单。”皮特道。我差点忘了他也在这儿。

“你在这儿干什么？”我问。

“我来看看尤莱亚，怎么？有法律明文禁止吗？”

“你压根儿不在乎他，”我吐了口唾沫道，“你有什么权力到这里——”

“翠丝，”克里斯蒂娜摇摇头，“现在别发火，好吗？”

托比亚斯有些犹疑，嘴巴张了张又闭上，似乎有千言万语压在舌尖下。

“我们必须回去。”他道，“马修不是说过我们可以给人们接种疫苗以对记忆血清产生免疫吗？我们回去，给尤莱亚的家人接种这种疫苗，然后把他们带来基因局见他最后一面。必须明天就走，不然就来不及了。”他顿了下，继续说道，“克里斯蒂娜，你也可以给你的家人接种。告诉齐克和哈娜的任务怎么也得交给我。”

克里斯蒂娜微微点了点头，我捏了捏她的胳膊，告诉她一切还好。

“我也要去，”皮特道，“不然我就跑到大卫那边把你们的计划和盘托出。”

我们都看着他，不知他回城市里是想干什么，不过我敢打包票，肯定不是什么好事。不过话又说回来，我们绝不能让大卫知道我们的计划，尤其是现在这个节骨眼上，更不能出什么岔子。

“好，”托比亚斯道，“不过你要是添乱，我有权把你揍晕，然后关进废弃的屋子里任你自生自灭。”

皮特给了他一个白眼。

“我们怎么去？”克里斯蒂娜问，“他们肯定不会让人随便借车。”

“我可以让艾玛尔载你们，”我道，“他今天还告诉我他经常自愿到处巡逻呢，他肯定有门路搞到车，也肯定乐意帮尤莱亚和他的家人这个忙。”

“那我现在就去问他。这边还要有人看着尤莱亚……确保医生不会收回先前的话。不能是皮特，克里斯蒂娜，你留下。”托比亚斯揉了揉他的后脖颈，用手抓了抓身上刺的无畏派象征，好像要把这个图案撕扯下来，“我呢，就好好想想怎么把这个噩耗告诉尤莱亚的家人吧，我本应该好好照顾他，却把人给照顾没了。”

“托比亚斯——”我刚开口，却被他伸出的一只手拦住。

他迈开脚步离开：“再说了，他们肯定不会让我去见妮塔。”

有些时候，照顾他人绝非一件容易的事情。我目送皮特和托比亚斯离去——两个人刻意避开对方很远——我总觉得托比亚斯需要一个人来挽留他，他这一生中，人们总是放他走，任他退却。可他说得对：他得亲自跟齐克解释，我也该和妮塔好好谈谈。

“走吧。”克里斯蒂娜道，“探访时间快结束了，我们该去看尤莱亚了。”

我起先没有去关押妮塔的屋子——那屋子应该很好认，门口坐着守卫的那间就是了。我先在尤莱亚的屋子里待了一会儿，克里斯蒂娜坐在他身旁的椅子上，椅子上的褥子被她的腿压得有些皱巴。

我好久没和她作为朋友谈心了，我们似乎也有好长时间没在一起大声笑过了。在基因局的重重迷雾中，在自我归属的探寻中，我已迷失了自我。

我走到他身旁，看着他。他脸上有几道口子，几处擦伤，但是没有任何致命的伤。我侧过头看着他耳朵后面的蛇文身。我知道躺在这里的人就是他，可没有那灿若朝阳的笑容，没有那双明亮警觉的深色眸子，他怎么都不像我认识的那个尤莱亚。

“一直以来我和他也不算熟，”她道，“只有……最后这段日子，因为他失去了所爱的人，我也一样……”

“我知道，你帮了他很多很多。”我道。

我搬了一把椅子，坐在她身边。她紧握着尤莱亚的手，而他的手无力地瘫在被单上。

“我有时候会觉得自己失去了所有的朋友。”她说。

“你没失去卡拉，也没失去托比亚斯。克里斯蒂娜，我也在你身旁，你永远永远不会失去我。”

她转过身朝向我，在悲痛的笼罩下，我们紧紧地搂在一起，像当初她原谅我射杀威尔时那样，拥抱中带着绝望。我们两个人的友谊承受了巨大的重量，承受了我射杀她爱的人的重量，承受了许多许多失去的重量。若是换了别的感情，恐怕是会散的，可我们的友谊却撑了下来。

我们紧紧地抱着，抱了许久，直到心中的绝望散去。

“谢谢，”她说，“你也不会失去我。”

“我敢确定，要是会失去，我早就已经失去你了。”我浅笑着说道，“听着，我想告诉你几件事。”

我把我们阻止实验重置的计划一一说给她听，一边说着，我脑中一边想着她不想失去的人——她的父亲母亲和妹妹——她与他们之间所有的联系与牵绊，都有可能只因为“基因纯净”就被永远改变，甚至被斩断。

“对不起，”我说完后补了句，“我知道你可能想帮我们，可是……”

“没什么对不起的，”她凝神看着尤莱亚道，“我还是很乐意去城市里的。”她点了几下头，“你一定能阻止他们的计划，一定能。”

我倒希望她这话说对了。

到了关押妮塔的屋子，离探视时间结束仅剩十分钟。门口的警卫从书本中抬起头，单眉上扬盯着我。

“我能进去吗？”

“其实我们不该放人进去的。”他说。

“是我拿枪射的她，你觉得这有没有说服力？”

“好吧，”他耸耸肩说道，“只要你发誓别再拿枪射她，十分钟后出来就行。”

“没问题。”

他让我脱下夹克衫，看我没有携带枪械，之后就放我进了屋子。妮塔一下子警觉起来——不过她这副模样也没法动弹。她半个身子都打着石膏，一只手用手铐铐在床上，好像她这样子想逃还能逃得了似的。眼前的她头发蓬乱，有些打结，当然了，她还是很漂亮。

“你来这儿干什么？”她问。

我没有理她——只是环视着屋子，看角落里有没有安装摄像头，果然在一个角落中找到一个，摄像头正好对着妮塔的床。

“这边没有传声器，他们不会在这种地方安的。”她道。

“很好。”我抓起一把椅子，坐在她身后，“我来这里是要问你些问题。”

第三十九章 探取密码

“想说的我都说了，”她怒视着我，“没有别的了，更别提你还给过我一枪。”

“我不开枪射你，怎么能获取大卫的信任，又怎么能成为他的心腹？又怎么探听得到他们的消息？”我时不时瞟一下门，这个举动倒不是怕门口有人窃听，更多的是因为我的偏执，“我、马修还有托比亚斯定了新计划，但我们必须闯进武器实验室。”

“那你觉得我能帮你什么？”她摇着头道，“你忘了我自己都进不去啊。”

“我想知道那里的安全措施是怎样的，大卫是不是唯一知道密码的人？”

“不像是……唯一的知情人，”她说，“他们不会笨到这个程度。他的上司应该也知道，不过，大卫却是基因局里唯一的知情人。”

“好，那备用安全措施具体指的什么？就是你炸掉门会激活的那个系统？”

她紧抿着嘴，几乎把嘴唇全都藏起来了，眼睛直直地盯着打着石膏的半个身子。“是死亡血清，”她道，“喷雾状的死亡血清，几乎没有什么办法能阻止它的作用，即使穿着无菌服，也只是推迟渗入的时间而已，血清还是会慢慢渗进人的体内。起码实验室的报告中是这么说的。”

“这么说来，所有不输入密码就进入实验室的人都会死？“

“怎么？很奇怪吗？”

“不奇怪。”我把胳膊肘稳在双膝上，“除了拿到大卫手中的密码，我们别无他法。”

“你也知道，他肯定不会告诉你密码。”她接过话。

“那有没有可能有些GP能抵住这血清呢？”我道。

“不可能，完全不可能。”

“那大多数GP也无法抵抗吐真血清，可我偏偏能。”

“你要真想跟死神嬉戏，那请便。”她往后一仰，躺回枕头上，

“我现在是不想干那个了。”

“最后一个问题。”我问道，“比如说吧，我就是想跟死神嬉戏，那怎么才能找到炸开门的炸弹？”

“别说得像我一定会给你说似的。”

“你怎么还是不明白呢？我们的计划一旦成功，你就不必终身遭受监禁了，康复以后就会恢复自由身了。所以为自己考虑考虑，你肯定也是要帮我的。”

她盯着我，神色中带着审视和掂量，那只被手铐铐着的手使劲往外拽着，在手上勒出一道印记。

“雷吉那儿有炸药，”她道，“他会告诉你怎么引爆炸药，不过这小子的动手能力太差，就是说，你要不想当临时保姆照顾他，还是不要带着他为好。”

“记住了。”我道。

“还要顺便告诉他，炸开这道门需要炸其他门两倍的炸药量。这门特别厚。”

我点了点头。手腕上表针已跳到了整点，我也该出去了。我站起身，把身下的椅子搬到了原来的角落。

“谢谢你的帮助。”我说。

“你要是不介意，”她说，“我想问你们的计划是什么啊？”

我停了下，犹豫着要不要告诉她。

最后还是说了出来：“这么说吧，计划一旦成功，‘基因受损’四个字将从人们的字典中彻底消失。”

警卫推开门，大概是看我超时了，正想进来吼我，可我已朝门外走去。踏出门槛的一瞬间，我回头望过去，看到妮塔的嘴角挂着一抹浅笑。

第四十章
托比亚斯 妙计

艾玛尔很快就答应载我们去城市，我早就料到他想要冒险。我们商量好晚上一起吃饭，跟克里斯蒂娜、皮特还有乔治讨论一下计划，乔治答应帮我们去搞车。

等和艾玛尔说完话，我径直走到宿舍，用枕头捂着脸，躺了好一阵子，一直在脑子中排练怎么告诉齐克这个噩耗：“很抱歉，我只是做了我觉得必须做的事，大家都有照顾尤莱亚，没想到……”

人们进进出出，通气口排出的暖气也是开了又关，而我仍在想怎么跟齐克说，想出一个个理由，又一个个放弃，还想着该用怎样的语调，怎样的手势。最后恼了，就把脸上的枕头抓起来，扔到对面的墙上。正在抚平衬衫下摆的卡拉吓了一跳，一下子跳着转过身来。

“我还以为你睡了呢。”她说。

“不好意思。”

她摸了摸头发，确保没有一根乱掉。卡拉向来每一个动作都小心翼翼，一切讲求精准，这让我想起友好派的琴师如何小心地拨弄班卓琴的琴弦。

“我想问你个问题，有点私人化的问题。”

“好，问吧。”她走到我对面，坐在了翠丝的床铺上。

“你是怎么原谅翠丝的？毕竟你弟弟的事……当然，我只是假设你真的原谅了她。”

“呃。”卡拉两只胳膊紧抱在胸前，“有时候吧，我觉得我已原谅了她，可有时候，又不太确定。我也不知怎样——这就像问别人，那个谁去世之后你是怎么生活的。生活还得继续，日复一日，就是这样。”

“那她有没有……有没有做些什么或者说能做些什么，让你觉得好受些？

“你问这个干什么？”她伸出手放在我的膝盖上，“是不是尤莱亚的事？”

“是。”我坚定地说，腿稍微移了下，让她放在我膝盖上的手滑落下去。我不是小孩，不喜欢被人轻拍着安慰，也不需要她用那微扬的眉毛、柔和的声音来骗我把原本抑制住的情绪释放出来。

“好吧。”她直了直身子，声音也变回了往常那若无其事的语调，“我觉得，我原谅她，最重要的是我看到了她诚心的忏悔。承认和忏悔还是有些不同，所谓承认，还会找理由为根本无法逃避的罪责开脱；而忏悔呢，是把事实的严重性完整地说出来。而我需要的恰恰就是她的忏悔。”

我点了点头。

“你要先向齐克忏悔，”她说，“之后要给他一些时间独自消化这个事实，他想多长时间就多长时间，不要再去打扰他。就这样。”

我又点了点头。

“可是，老四，”她补了句，“杀死尤莱亚的人不是你，安置那些炸弹的人也不是你，你压根儿没参与那计划的制定。”

“可我参与了整场计划。”

“啊，拜托你别说了！”她语声柔柔，笑意盈盈，“糟糕的事情已经发生了，你确实不完美，事情就是这样简单。千万别把悲痛和愧疚掺和在一起。”

我们又陷入了沉默，与空荡荡的宿舍里的孤寂为伴。我静静地坐了一会儿，让她的话沉在心底。

那天晚上，我，还有艾玛尔、克里斯蒂娜、乔治和皮特在餐厅里一起吃饭，恰好坐在饮料柜台和垃圾桶之间的桌子旁。我眼前的肉汤还没喝完就已经凉了，里面还有泡着的饼干。

艾玛尔先是把碰头的时间和地点告诉我们，又带我们到了厨房旁的走廊上。避开其他人，他拿出了一个盛着针头的小黑盒子，分给我、克里斯蒂娜和皮特，一人一个，又给了我们一人一个独立包装的消毒棉球，我觉得也只有艾玛尔会费这个心。

“这是什么玩意儿？”克里斯蒂娜问，“我可不打算让不明液体注入到我的体内啊。”

“好吧。”艾玛尔握起双手，“记忆血清病毒大规模洒开时，我们可能会还在城市里，你要是不想忘掉所有的事情，最好现在先接种疫苗。这也是你们要给你们的家人注射的疫苗，不必担心。”

克里斯蒂娜伸出手，拍了拍胳膊肘内侧，直到拍出一条青筋。我则习惯性地把针头插进脖子一侧，重复着进入恐惧情境前的动作——我曾经一周做过好几次。艾玛尔也同样注射进了颈侧。

可我发现皮特只是假装注射，他按下了针管活塞，血清却顺着他的脖子流了下来，他又装作什么事都没发生似的用袖子擦了擦脖子。

不知道主动忘记一切是怎样的感觉。

晚饭过后，克里斯蒂娜走到我身边：“我们得谈谈。”

我们走下一段通往GD地下区域的长长台阶，膝盖随着一致的步子也动作一致，又穿过五颜六色的走廊。到了走廊的尽头，克里斯蒂娜双臂抱胸，鼻子和嘴角处都映着紫色的光。

“艾玛尔还不知道我们要阻拦记忆重置？”她问。

“不知道，他对基因局很忠诚，我觉得还是不要让他参与咱们的计划了。”

“咱们的城市正处在内战爆发的前夕，”她脸上的紫光变成了蓝光，“基因局想重置我们的亲朋近邻的记忆也是为了阻止他们互相残杀。要是我们阻止记忆重置，忠诚者就会对伊芙琳发动进攻，伊芙琳就会拿出死亡血清，到时候会死大批的人。我虽然还在生你的气，可你肯定不希望看到这种场景，尤其不愿看你父母死去。”

我轻叹道：“听真话吗？我不在乎他俩。”

“你别开玩笑了，”她紧皱眉头道，“他们可是你的双亲。”

“我没有开玩笑，”我道，“我只想把我对尤莱亚所做的一切告诉齐克和他妈妈，除此之外，我才不在乎伊芙琳和马库斯会怎样。”

“你可以不在乎你那些糟糕到没救的家人，可其他人呢？你忍心看着他们送死吗？”她一只手用足力气抓住我的胳膊，把我身子扭向她，逼我看着她，“老四，我妹妹也在城市里头，要是伊芙琳和忠诚者组织互相攻击，她也会受伤，而我却没办法保护她。”

在探亲日那天，我看到过克里斯蒂娜和她的家人，当时她在我眼里，还只是一个刚从诚实派转到无畏派爱夸夸其谈的人。我还记得她母亲脸上挂着自豪的笑容去整理克里斯蒂娜的衣领。若记忆血清病毒真的大规模散开，她就会从她母亲的记忆中被完全抹去，若血清没有散开，她的家人就会陷入波及整个城市的夺权内战中。

我问：“那你觉得我们该怎么办？”

她放开我说：“应该有办法既避免大规模屠杀还不需要抹掉所有人的记忆。”

“或许吧。”我妥协地说。说实在话，我从未想过这个问题，我也一直觉得没有必要思考它，可怎么会没必要呢，“你有什么主意吗？”

“其实主要是你父母在斗，”克里斯蒂娜道，“你能不能劝说一方放弃杀戮？”

“我劝他们？开什么玩笑？他们这样的人怎么可能听别人劝？他们只做能让自己直接受益的事情。”

“这么说你就束手无策了，你就要看着整个城市毁灭？”

我低头盯着自己微微泛着绿光的鞋子，脑子里一遍又一遍地思量着。我父母若是明事理，若是没那么容易被痛苦，被怒火，被复仇的欲望驱使，她这个点子可能会奏效，他们可能会听自己儿子的劝说。只是，很不幸，我没有那样的父亲，也没有那样的母亲。

可是，如果我愿意，就可以让他们变成那样。办法很简单，只要在他们起床后喝的咖啡或晚上睡觉前喝的清水中加入记忆血清，他们就会成为完全不同的人，他们会有清白的、无一丝污点的历史，他们甚至需要被提醒才会知道有我这么个儿子，连我的名字都需要重新认识。

既然我们可以用这种方法“修复”基因局，我们也可以用同样的方法“修复”他们。

我抬头看向克里斯蒂娜。

“给我搞些记忆血清。”我说，“你、艾玛尔和皮特分别去找你们和尤莱亚的家人时，我可以去做这个。我可能没有时间搞定双方，可搞定一方就可以。”

“那你怎么避开艾玛尔逃出去呢？”

“我需要……不知道，我们要制造一些突发情况，这情况还需要一个人暂时离队。”

“爆胎怎么样？”克里斯蒂娜道，“我们不是晚上出发吗？我可以找理由说去厕所什么的，趁机把车胎戳破，这样我们就可以分头行动了，你到时就负责为咱们找辆新车。”

我细细思量了一会儿。其实，我倒可以把真相全盘告诉艾玛尔，可那样又得花很长的时间去解开基因局的宣传和谎言在他脑子里打下的死结，即使我可以做到，时间也不允许。

但时间足够我们编造一个可信的谎言。艾玛尔知道我小时候跟父亲学过如何只用导线打火就能启动汽车，我若主动提出再去找一辆车，他绝不会有半点怀疑。

“这主意可行。”我说。

“很好，”她侧过头道，“你真打算抹掉你父亲或母亲的记忆吗？”

“有这样威胁大众安全的父母，你还能怎么办？”我道，“只能重塑父母。如果他们中有一人卸下包袱，或许还能商讨和平协议什么的。”

她紧锁眉头，盯了我一小会儿，似乎有话对我讲，却终是没有说出口，只是点了点头。

第四十一章
翠丝 一条命的代价

漂白剂的味道弄得我的鼻子有些刺痛，我站在地下室的一间储藏室里，拉着一把拖把，我刚刚告诉所有人，闯进武器实验室就是去送死，因为死亡血清的作用根本无法阻止。

马修道：“问题是，这件事值得我们拿一条人命来换吗？”

计划有变之前，马修、迦勒和卡拉正是在这间屋子里研发新型血清的，马修身前的实验桌上零散地放着瓶子、烧杯，还有写着潦草字母的笔记本。他嘴里咬着脖子上缠着的带子，一脸的漫不经心。

托比亚斯倚在门上，双手抱在胸前。我记得在无畏派新生考验时，他就是这个姿势站在一旁看着我们格斗，那么高大强壮，当初我从未想过他会正眼瞧我。

“这不是为了复仇，”我说，“这次任务和他们怎么对无私派无关，这是为了阻止他们对四个实验里的所有人下毒手，为了夺取他们那控制成千上万人生命的权力。”

“的确值得我们这么做，”卡拉道，“一条性命搭进去，不是能拯救成千上万人吗？它不是还可以大大削弱基因局的权力吗？这么说来，这还是个问题吗？”

我知道她这话的意思——她在掂量一条命和上万人的记忆与人生孰

轻孰重，这是个再明显不过的选择。博学派思维和无私派思维在这个问题上都会做出同样的选择，可我不知道此时我们需不需要这样的思维。一条人命和成千上万个人的记忆相比，答案显而易见，可这条命非得从我们这几个人里出吗？非得是我们几个人去行动吗？

我知道自己对这个问题的回答，于是转而想另一个问题。若我们当中必须死一个，这个人该是谁呢？

我的眼光掠过桌子后面站着的马修和卡拉，又扫了眼托比亚斯和胳膊搭在一个扫帚把上的克里斯蒂娜，最后锁定了迦勒。

他。

可瞬间之后，我又因为这个想法觉得自己恶心。

“行了，直接说出来吧。”迦勒抬起头看向我，“你想让我去，你们都想让我去。”

“没人这么说。”马修说着吐出了口中含着的带子。

“你们都在盯着我看，”迦勒道，“别以为我不知道。只有我站错了队，和珍宁·马修斯狼狈为奸，你们也没一个人关心在乎我的死活，所以我就该是那个送死的人。”

“那你觉得托比亚斯为什么把你从城市中救出来，不让他们处死你呢？”我声音冰冷，却异常平静，鼻子还是被漂白粉的味道呛得难受。“我不在乎你是死是活吗？我一点也不关心你吗？”

我心中有一部分认为，他应该去送死。

可另一部分又说，我不想失去他。

我一时有些无措，不知道该信任哪一部分，不知道该相信哪一部分。

“你以为我瞎吗，以为我看不见你的恨吗？”迦勒摇头道，“每次你看我的眼神，我都能读到恨意。当然了，你很少正眼瞧我。”

他眼睛里闪烁着泪花。自打我上次从死亡线上逃回来，这还是我第一次看到他深深地懊悔，而没有狡辩或是找理由为自己开脱，也是我第一次将他看作自己的哥哥，而不是那个把我卖给珍宁·马修斯的懦夫。

一时间，我的嗓子竟有些干涩难忍。

“如果我答应去送死……”他说。

我摇头拒绝，他却举起手不让我说下去。

“不用说了。”他道，“碧翠丝，我要是答应去……你能原谅我吗？”

在我看来，若有人错误地对待了你，你们两个都要背上这错误的担子——那会让你们两个人都觉得痛苦。可若是谅解了，那这担子就全得由自己来承担了。我们兄妹两人共同承受着迦勒背叛的担子，既然事情是他做的，我一直希望他能替我背负这份重量。要我用一个人的肩膀扛起两个人的沉重，我有些力不从心，它太重，可我不够有力，不够伟大，不知能不能担起它。

可他做好了向命运抗争的准备，我全看在了眼里，若他真想献出自己的生命，我知道自己必须变得足够强壮、变得足够伟大。

我点点头，哽咽着说：“我能，可你不能因为这个就去送死。”

“我有很多理由这么做，”迦勒道，“我会去的，我当然会去。”

我不知道刚刚发生的事算什么。

马修和迦勒留下了，马修帮迦勒制作合身的无菌服——穿着这件衣服，他就可以在闯入武器实验室后有足够的时间释放记忆血清。等其他人慢慢离去，我自己也朝宿舍走去，我只想自己一个人思考。

换在几周之前，我肯定会毫不犹豫地站出来去“送死”，我也确实这么干过，当时我不顾死亡的危险，自愿跑到博学派总部。可那和无私无关，和勇敢更无关，仅仅是因为我心有愧疚，我有点想抛开一切：伤心哀痛的我有点不再想活在这个世上了。此时迦勒会不会也是出于愧疚才做出这个选择？我该不该由着他只因为想要还我的债就去赴死？

我穿过走廊中七彩的灯光，又蹬上楼梯。我甚至想不到其他任何方案——除了迦勒，我还想看到谁去送死？克里斯蒂娜、卡拉或马修？当然不行。实际上，比起失去迦勒，我更不愿失去他们，他们一直以来都是我的好朋友，而相比起来，迦勒很久以前就不是了，甚至在背叛我之前，他也丢下我选择了博学派。无畏派的考验期间，是我去看的他，他却一直纳闷我怎么会去博学派总部看他。

现在我不想死了。我已准备好迎接愧疚和悲痛的挑战，面对人生给我设定的难题。有些日子就是要比平时难过一些，可我准备一天一天熬过去。这一次，我不能再牺牲自己了。

我心底深处最诚实的那部分听到迦勒自愿去冒险，竟有些释然。

突然间，我无法再去想这个问题。我走到旅馆入口处，往宿舍走去，本希望瘫倒在床上大睡一觉，却被站在走廊上的托比亚斯拦住。

“你还好吧？”他问。

“还好，不过我不该这么镇定自若。”我迅速用手碰了下额头，“我觉得我好像早已开始哀悼他了，在博学派总部看到他时，他在我心中就死了。你懂吧？”

我那时便向托比亚斯说我已失去了所有家人，他安慰我说以后他就是我的家人。

我们两个之间就是这样。所有感情交织在一起，友情、爱情、亲情，我有些分不清它们有什么区别。

“无私派有这方面的教义，”他说，“告诉我们什么时候让他人为我们做出牺牲，不管这么做有多么自私。他们说，若牺牲性命是他们证明爱你的唯一途径，你应该放手让他们这么做。”他把一边的肩头倚在墙上，继续道，“在这个情况下，你放他去也算是给他的最好的礼物，就像你父母为了你牺牲掉性命一样。”

“我真不确定他是因为爱才这么做的，”我闭上眼睛，“我觉得更像是出于愧疚。”

“或许吧，”托比亚斯附和着说，“可他要是不爱你，他又为何因为背叛了你而心存愧疚？”

我点点头，心里也知道迦勒是爱我的，即使他伤害我的时候，这种爱也从没停过。我知道自己也爱哥哥，可我还是感觉这样不对。

要是父母还在，他们肯定会理解的，想到这儿，我心中有了片刻的安宁。

“现在可能不是时候，可我还得跟你讲一些话。”

我突然有些紧张，生怕他又说出我没被他人察觉的罪行，怕他向我忏悔将他侵蚀的消极想法，可他脸上的表情却有些难辨。

“我只想谢谢你，”他声音有些低沉地说，“那些科学家说我基因有缺陷，说我身上有些毛病，还给咱们看了测试结果以佐证这一点，我甚至都慢慢信了。”

他抚着我的脸颊，拇指掠过我的颧骨，眼睛紧紧盯着我，眼光中有热情，也有迫切。

“可你一点也不信他们的话，一刻都没信他们的话。你还坚持说我……说我是……我是健全的。”

我用手盖住他的手：“你本来就是健全的。”

“可是从来没人跟我这么说过。”他柔声说道。

“这句话是你应得的。”我坚定地说，眼睛却笼罩着一层雾气，“你是健全的，你值得别人爱，你是我认识的最好的人。”

话音刚落，他凑过来吻住了我的唇。

我也热烈地回吻着他，用力用到有些疼，我用双手紧紧地抓着他的衣服，推着他走过了走廊，走到宿舍旁边一个家具很少的屋子。我用鞋跟蹬开了门。

我一直对他的价值坚信不疑，他也一直坚信我有能力，在他眼里，我的能力比我自己以为的要强得多。我不需要任何人来告诉我，这就是爱的力量。爱得对，爱就会让你变得强大，变得超乎自己想象。

我们的爱是对的。

他的手指滑过我的头发，穿过我的发丝。我双手微微抖着，可并不在乎有没有被他看到，也不在乎他是否知道我心绪紧张。我攥起拳头，抓着他的衣服，把他拽向我，唇吻上他的唇，口中还轻唤着他的名字。

一时间，我忘记了他是另外一个活生生的人，只觉他如我的心脏、眼睛和胳膊一样，是我的一部分，我把他的衣服向上撩起又脱下，两只手在他的背上上下滑动，就像手掌下是自己的皮肤一样。

他的手也抓着我的衣服，我正想着脱下衣服，却突然想起自己矮小、平胸，还有病态发白的肤色，我一下推开了他。

他看着我，可他不像是等着我解释，而是怀着宠溺，仿佛我是这个屋子里唯一值得他看的景致。

我也看着他，可看到他英俊的面容，我的心更加难受——眼前这个男孩是多么帅气，他身上文身的黑色墨水让他更像是一件艺术品。一刻前我还觉得我们俩彼此相配，或许穿着衣服的话，我们两人现在还是相配的。

可他还是爱意浓浓地盯着我。

他嘴角露出一抹羞赧的浅笑，两只手放到我的腰上，把我拽向他。他半弯着身子，温润的唇透过他的手指吻着我，一面吻着我一面贴在我的肚子上嘀咕着“你真美”。

我信了他。

他站起身子，唇覆上我的唇，嘴唇半张，双手放在我的臀部，大拇指从我牛仔裤的上方滑进去。我摸着他的胸膛，向他靠近，听着他埋在我身上发出低声的叹息。

“知道么，我很爱很爱你。”我说。

“知道。”他回道。

他挑了挑眉，弯下腰，一只胳膊环住我的腿，把我扛在了他的肩上。我不由自主地大笑，半是欣喜，半是紧张，任他扛着我穿过屋子，把我往沙发上一扔。

他躺在我身旁的垫子上，我伸手轻抚着覆盖在他胸前的火焰文身。他是那样健硕、轻盈，而又可靠。

他是我的。

我把唇贴向了他的唇。

我实在太害怕，我们若是在一起会不断发生冲突，到最终，我怕我会崩溃。可这一刻我明白了，我像刀刃，他就是我的磨刀石——

我这么坚强的人怎么可能那么容易就崩溃？每一次与他接触，我都变得更好，更锋利。

第四十二章

托比亚斯 赴死前的训练

我从躺着的沙发上睁开眼睛时，第一眼看到的是在她锁骨上飞翔的那三只渡鸦。昨晚，因为冷，她半夜又把衣服从地上捡起来穿上了，现在衣服的一半被她压在身下，一半穿着。

我们也曾紧贴着入睡，可这次的感觉却完全不同。之前的每一次，我们都是为了保护或安慰对方，可这次我们只是单纯地想在一起，还没来得及回宿舍就迷迷糊糊睡了过去。

我伸出手，指尖掠过她的文身，她也睁开了眼睛。

她伸出一只胳膊揽住了我，借力把身子移到我跟前，紧贴在我身上，身子暖暖的、柔柔的、软软的。

“早啊。”我道。

“嘘，”她道，“如果你不说，早晨也许就不会来。”

我一只手放在她的臀部，把她往怀里抱得再紧一些。她虽刚刚睡醒，双眼却瞪得大大的，满脸机警之色。我吻着她的脸颊，她的下巴，然后是她的喉咙，嘴唇在那里停留了几秒。她双手紧抱着我的腰，低低地在我耳畔叹了口气。

五、四、三……我的定力就要消失了。

“托比亚斯，”她轻声道，“我不想这么说……我们今天是不是还有几件事要做？”

“可以放一放。”我抵在她的肩膀上道，又慢慢地吻着她的第一个文身。

“不，不能放！”她道。

我又平躺在床垫上，没有她贴着我，我感到很冷：“是啊，这个——我觉得可以先让你哥哥练习一下打靶，以防万一。”

“好主意。”她柔柔地说，“他只用过……一两次枪吧？”

“包在我身上，”我道，“我最擅长的就是射击了。再说了，让他有点事做，估计心里也好受些。”

“谢了。”她坐起身，抬手理了理头发，早晨的太阳光洒在她的头发上，照得发色更浅了，像是掺了金线，“我知道你不喜欢他，可是……”

“可是，既然你都原谅他的所作所为了，”我抓起她的手道，“我也得尽力。”

她嘴角弯出一丝笑，凑过来吻了下我的脸颊。

我用手抹掉了后脖颈上残留的淋浴的水珠。我、翠丝、迦勒，还有克里斯蒂娜，正在GD区域的一间地下训练室里，这儿湿冷阴暗，设备却很齐全，什么训练武器、垫子、头盔、靶子，应有尽有。我找了一把适合练习的枪递给迦勒。这枪和普通手枪大小差不多，只是稍微笨重一些。

翠丝和我十指交握在一起，今天早上我们的每一个微笑、每一次大笑、每一句话、每一个动作都是那么的自然。

若今晚一切顺利，明天芝加哥就会脱离危险，基因局将从此彻底改变，我和翠丝也可以找个地方好好开始新生活。我会放弃枪械刀具之类的东西，改用螺丝刀、钉子、铲子这些更具生活性的工具。今天早上，我觉得自己真的可以那么幸运。我可以。

“这里面没有真子弹，”我道，“但看样子像是专门为练习射击造的，反正感觉像真枪就对了。”

迦勒用手指夹起了枪，生怕一用力，这枪就在他手中碎掉。

我大笑起来：“开枪的第一条准则，千万别怕它，抓紧了。你拿过枪的，不记得了吗？当时在友好派总部，还多亏你开那一枪救了我们大家。”

“一时运气而已，”迦勒摆弄着枪，似从各个角度观察它，舌头从里面抵着腮帮子，像是在解决一个问题，“可不是我有这个技能。”

“运气好总比运气差要强得多，”我说，“现在我们就重点突破这个‘技能’。”

我瞟了一眼翠丝，她冲我咧嘴一笑，又凑到克里斯蒂娜耳边嘀咕着什么。

“僵尸人，你要不要过来搭把手？”这是我为了当考验导师而特地练出来的语调，只不过这次更多的是逗乐子，“要是我没记错话的话，你的右手该锻炼锻炼了。克里斯蒂娜，你也是。”

翠丝冲我做了个鬼脸，又和克里斯蒂娜到屋子对面各自取了一把枪。

“很好，面向靶子，把枪的保险都打开。”我说。屋子的对面有一个靶子，比无畏派训练室的木制靶子要精致得多。靶子上画着三个圈，绿色、黄色和红色各一圈，子弹打在哪儿一眼就可以辨出，“让我看看你自然射击的状态。”

他抬起一只手举起枪，摆好姿势，挺起肩膀，像是要举什么重物似的，然后对准靶子，扣下了扳机。手枪猛地往后冲去，枪口朝着上方，子弹险些射中天花板。我一手掩嘴，努力掩藏住我的笑。

“没必要偷笑。”迦勒不耐烦地说。

“看那么多书，也不能什么都学到，对吧？”克里斯蒂娜道，“两只手握着枪，看起来虽然没那么酷，可你打着天花板也不酷吧？”

“我才没有要酷。”

克里斯蒂娜调整站姿，两条腿前后分开，双手平举在胸前，瞄准开枪，模拟子弹击中了靶子的最外圈后弹了下来，在地板上滚了好几圈，靶子上留下了光亮的圆圈。真希望我们的新生训练里也有这种技术。

“漂亮！”我说，“你打在靶子四周的空气上了，真是有用。”

“好久不练，都生疏了。”克里斯蒂娜笑道。

“我觉得最简捷的办法还是来模仿我，”我对迦勒说着，自己站成平时射击时的姿势，全身自然放松，双手举起，一手握着枪，另一手稳住抓枪的手。

迦勒一步步模仿着我，先摆好脚的位置，又一点一点调整好其他部位的姿势。虽说克里斯蒂娜一直嘲弄他求知若渴，可超强的分析力正是助他成功的最重要因素——我注视着他，他也一面看着我，一面调整好角度和距离，还有各个部位的力道，尽最大的努力学着我。

“很好。”等他调整好姿势，我说，“那么现在开始把注意力集中在你要射击的靶子上，千万别想别的。”

我盯着靶子的中心，聚精会神地试着让它吞噬掉我。距离对我来说没有什么困难——子弹沿着直线向前，和靠近时射击没有两样。我吸了口气，准备好，又吐了口气，扣下了扳机，子弹精准地射中了我瞄准的目标：正中靶心——红色圈的中心。

我退后了几步，看着迦勒射击。他站姿正确，拿手枪的姿势也正确，可身体有些僵，更像是一尊拿着手枪的雕塑。他猛吸一口气，然后屏住了呼吸，子弹正好掠过靶子的上端。

“漂亮！”我又说，“我觉得你最欠缺的是放松，你太紧张了。”

“能怪我吗？”他说。他说出的每个字最后一个音节都带着颤音，似乎是在压制自己的恐惧。我当了两届新生的导师，他们也有这样的面部表情，却无一人和迦勒一样要面对如此情形。

我摇着头轻声道：“当然不能，但你得明白，你今晚要是还卸不掉浑身的紧张，你很可能都闯不进‘武器实验室’，你觉得那样对谁有好处？”

他轻叹一口气。

“体力和技巧固然重要，”我说，“可这主要还是心理战，应该恭喜你，你对这方面比较在行。你不仅要练习射击，更要练习集中注意力。那样的话，等你真处在生死攸关时刻，就能本能地集中注意力。”

“我从没听过无畏派还对脑力训练有研究。”迦勒道，“翠丝，你能不能给我示范一下？我还真没见过你在没有枪伤的情况下开过枪。”

翠丝浅浅一笑，面朝靶子。记得在无畏派新生训练的时候，她拿起枪来还很尴尬，手无缚鸡之力。可曾经瘦弱的身躯如今已经变得虽瘦削但肌肉结实，她现在拿起枪来毫不费力，一只眼睛眯着，微微调整了下站姿后，扣下了扳机。子弹从枪口中飞出，没有射中靶子中心的圆圈，但也仅差几厘米而已。迦勒有些震惊地扬起眉毛。

“别一脸惊讶的表情！”翠丝道。

“不好意思。”他说，“我只是……你还记得吗？你以前笨手笨脚的，真不知我这是怎么了，竟没发现你改变了很多。”

翠丝耸了耸肩，眼光移向别处，双颊却泛出红晕，看起来很是自得。克里斯蒂娜又开了一枪，这次离靶心近了一些。

我后退了几步，给迦勒腾出了地方，又看翠丝射第二枪。她挺起背，扣下扳机时身体纹丝不动。我扶着她的肩，探过身子，凑在她耳边道：“还记得在训练的时候，你开枪时差点被枪打着脸吗？”

她点点头，笑得有点不自然。

“那你还记得当时我做过这个动作吗？”我一面说着，一面把手伸到她前方，贴在她的腹部，她深深地吸了口气。

“忘掉恐怕真不容易。”她嘀咕道。

她转过身子，把我的脸拉近她的脸，手指轻轻抵着我的下巴。我们忘情地吻着对方，克里斯蒂娜喃喃地抱怨了几句，可我没有理睬她，这还是我头一次不介意别人看着我们热吻。

打靶训练后，除了等，我们也没有其他事情可做。翠丝和克里斯蒂娜从雷吉那边拿来炸药，正在仔细地教给迦勒怎么引爆。马修和卡拉聚精会神地研读着地图，寻找从基地各处到武器实验室的不同路径。那天夜里，我和艾玛尔、乔治和皮特谈了一遍去城市的路径，翠丝则被叫去参加议会临时召开的会议。从早上到晚上，马修都忙着帮人接种疫苗，卡拉、迦勒、妮塔、雷吉和他自己都接种了。

时间紧迫，我们都没有空闲想一想我们将执行的任务有多么重大的意义：它可以阻止暴乱、挽救实验、改变基因局的面貌。

翠丝走后，我去了医院，在尤莱亚的家人来这里之前，看他最后一眼。

可到了他的病房门口，我又不愿进去。在玻璃窗外往里看，我可以假装他只是在熟睡，如果我拍拍他，他还会醒过来，微笑着，讲个笑话；可如果我站在里面，只能看到完全没有生命迹象的他，脑震荡夺去了属于尤莱亚的最后一点自我。

我攥紧了拳头，掩饰着双手的抖动。

马修从走廊尽头走了过来，双手插在深蓝色制服的口袋里，步伐虽轻快，落地时却很沉重，他招呼道："嗨。"

"嗨。"我说。

"我刚给妮塔接种了疫苗。"他说，"她今天心情好多了。"

"那真是太好了。"

马修用指关节敲着玻璃："这么说……你是去把他的家人接过来？

翠丝是这么跟我说的。”

我点头道：“他的哥哥和母亲。”

我见过尤莱亚兄弟的母亲，她身材矮小，举止间却透着力量，行事风格低调不张扬，做事不拘礼节，算是有个性的无畏者。我对她感情有些复杂，敬她，同时又怕她。

“没有父亲？”马修问。

“他父亲早年就去世了，这在无畏派中是常有的事。”

“没错。”

我们沉默地站了一小会儿，我心底还是感激马修此时出现，若不是他站在这里，我肯定会被过度的悲伤压垮。卡拉昨天说得对，杀死尤莱亚的人并不是我，可我总觉得是自己变相地害死了他，这种愧疚或许会跟随我一辈子。

“我想问你一个问题。”过了半晌，我问他，“你为什么要帮我们？对不会从结果中直接受益的人而言，这件事冒的险有些大了。”

“我就是直接受益的人。”马修道，“只是说来话长了。”

他双手抱在胸前，拇指拽着脖子上挂着的带子。

“有这么一个姑娘，”他讲起了往事，“她的基因是受损的，按常理来说，我不能和她约会，对吧？我们基因纯净的人应该讲究婚姻‘最优化’，这样也就能生出基因更好的孩子。当时我却有些叛逆，总觉得禁忌的事情是美妙的，就开始和这个姑娘约会。一开始我只想玩玩，可后来……”

“你认真了。”我接过话。

他点了下头：“是的，是她让我相信，基因局对基因受损的立场是扭曲的。她比我要好很多很多，我永远也不会比她好。只是后来，她被人袭击了，被一群GP狠揍了一顿。她伶牙俐齿，也从不满足现状——我觉得这有可能是那些人打她的原因之一吧。也许我错了，人们可能无缘无故地就会这么做，硬要找出个原因只会伤透脑筋。”

我定眼瞅了瞅他手中玩弄的带子，我一直以为那个带子是黑色的，可凑近一瞧，它竟是深绿色的——后勤人员衣服的颜色。

“总之，她伤得很重，可殴打他的GP中，有一个人是议会议员的孩子，那孩子硬说是她先挑的事儿。他和其他的GP众口一词，用这个原因为自己脱罪，后来只罚做社区服务工作，可我把这一切都看到了眼里。”他边说着话边自顾自地点着头，“我知道，他们赦免了殴打她的那伙人是有原因的，在他们眼中，她就是比他们低等，GP打她就像打了小动物一样，不需要负责。”

我浑身一冷，从脖子冷到脊椎：“那她……”

“你想问她后来怎样，对吧？”马修看了我两眼，“一年后，她死在了手术台上，说是因为意外感染。”他放下双手，继续道，“她去世的那天，我也开始帮助妮塔做事，只是她最近那个计划不够成熟，所以我才没帮她。可话又说回来，我也没有阻止她。”

我脑中一一掠过在这样的情形下该说的话，哀悼也好，同情也罢，一时竟找不到合适的词语，只是让寂静和沉默笼罩着我们。或许，沉默就是对他的故事最好的回应，也是取代敷衍做出公评的唯一回应，对于这样的悲剧，只能如此。

“我知道看起来不像那么回事，可我恨他们。”

在我眼中，马修不是一个热情洋溢的人，但他也从未冷漠无情。可现在的他，整个人像是被寒冰包着，眼神冰冷凌厉，声音也像结了霜的气息。

“要不是想看他们遭到应有的惩罚……我肯定就代替迦勒去炸武器实验室了。可我想看到他们的窘况，想看到他们在记忆血清的作用下笨拙的样子，想看到他们忘掉自己是谁，因为她死后我就是那副模样。”

“这样惩罚他们很合适。”我说。

“这要比杀了他们还合适，”马修道，“更何况，我也不想当杀人凶手。”

我有些不安，面对和蔼面具下人的真实面目确实是件少有的事。人们很少看到他人内心深处最阴暗的部分，一旦看到，却一点也舒服不起来。

“对尤莱亚的遭遇，我深感惋惜。”马修道，“我该走了，给你们一些独处的时间。”

他又把两只手放回口袋里，沿着走廊走下去，一面走，一面撮起嘴唇吹起了口哨。

第四十三章
翠丝 最后一面

紧急会议讲的也还是那几件事：确认今晚将洒下记忆血清病毒，讨论该用哪些飞机，几时行动。等会议结束后，我和大卫还说了些客套话，趁着其他人还在品咖啡，我走回了旅馆。

托比亚斯带我去了旅馆宿舍旁的中庭花园，我们俩在那边待了好一会儿，聊天、接吻、指指各种奇异的植物，就像普通人那样约会，聊些生活小事，爽朗地大笑。我们在一起的时候很少这么闲适，大部分的时间，我们都一起忙于从一个个险关逃脱，要么就是闯进一个个险关。可我已经能看到地平线上的好日子了，到时候我们也许就不再需要不停逃亡。等我们重置了基因局这边人们的记忆，一起重建好这个地方，或许我们就能过上平静的日子，那时我们就知道我们俩在和平的环境里是不是也像在危险中这样默契。

我真的很期待这样的日子。

终于，托比亚斯该走了，我站在中庭高一点的台阶上，他则站在低一些的台阶上，我们处在了同一条水平线上。

“今晚我不想跟你分开，”他说，“丢下你一个人面对这么大的事，我总觉得不好。”

“什么？难道你觉得我一个人不行吗？”我有些自卫地反问。

“当然不是。”他双手捧住我的脸，凑过来用前额抵住我的前额，“我只是不想让你独自面对。”

“我也不想让你一个人去面对尤莱亚的家人，”我轻声道，“可我想这些事我们必须分头做。不过好在我还能和迦勒在一起待会儿，在他……你懂的。要是能不用为你担心那就更好了。”

“是啊。”他闭上眼睛道，“快等不及了，巴不得明天赶紧来，等我回来了，你也按着计划都做好了，我们就可以一起规划未来。”

“那以后肯定会赏给你很多很多的这个。”说着我就在他的唇上印了一吻。

他的双手从我的双颊落下，搭在我的双肩上，又用力地滑到了我的背上。他的手指抓着我的衣摆，又伸到了我的衣服下面，那双手带着暖意，透着坚定。

我能同时感受到一切的一切，他唇的力道、他吻的味道、他皮肤的感觉，空气中越来越浓的植物的味道，还有那照在紧闭的眼帘上的橙色光线。等我放开他，他睁开眼睛，我看到他身上的一切，他左眼瞳中一抹浅蓝，深蓝色的双眸仿佛把我包围在安全的港湾，我沦陷在其中，仿佛做着美梦。

“我爱你。”我说。

“我也爱你。”他回道，“回头见。”

他又轻轻地吻了我一下，转身离开中庭。我立在那道阳光中，直到太阳沉下地平线。

该去找我哥哥了。

第四十四章
托比亚斯 返城

去找艾玛尔和乔治前，我先看了下屏幕。伊芙琳在博学派总部中，和她的无派别跟班儿一起研究城市地图。马库斯和约翰娜在汉考克大楼北侧的密歇根大道旁的一栋楼上开会。

我希望他们在几小时内不要换地方，我得花点时间想想到底要重置他们之中谁的记忆。艾玛尔只给了我们一个小时多一点的时间寻找尤莱亚的家人并给他们接种疫苗，之后再悄悄返回基地。这么说来，我只有时间重置他们当中一个人的记忆。

雪花在风中飘着，落在门外的地面上。乔治递给我一把枪。

“忠诚者叛乱愈演愈烈，那边应该很危险。”他说。

我连瞅都没瞅它就接了过来。

“你们都熟悉计划了吧？”乔治道，“我在这里的小型控制室监控你们的行踪。看看今晚我能起到多大的作用吧，只是雪这么大，镜头都模糊了。”

“那其他安全人员都跑哪儿去了？”

“喝酒去了。”乔治耸耸肩道：“我让他们今晚休班，应该没人注意到卡车不在了。没事的，我保证。”

艾玛尔咧嘴笑道：“好，那我们上车吧。”

乔治捏了艾玛尔的胳膊一把，又挥手跟我们道别。等其他人跟着艾玛尔爬进卡车里坐好后，我抓着乔治，拽着他不让他走，他满是疑惑地盯着我。

“不要多问，我不会回答。”我道，“不过要记得给自己接种抗记忆血清的疫苗，知道吗？一定要快，让马修帮你。”

他冲我皱起眉头。

“照我说的办就是了。”说着我也爬到卡车里。

雪花落在我的头发里，口中吐出的气也变成袅袅的白色雾气。刚才在路上，克里斯蒂娜假装撞在我身上，趁机往我口袋里塞了一个小瓶子。

我爬到乘客的座位上，却发现皮特的眼光一直锁在我们身上。真不知道这家伙为什么这么想跟着我们，我还是得随时提防他。

卡车里温暖如春，头发和衣服上的雪很快化成了一滴滴水。

“你很幸运哦。”艾玛尔说着递给我一个平板电脑，屏幕上满是横竖交错的线，好似一条条密布的血管，我凑到眼前仔细一瞧，原来是密密匝匝的街道，其中最亮的那条线正是我们要经过的路线，“看地图的好差事交给你了。”

“你还需要地图？”我扬了扬眉毛，“难道你就不能……直接冲着有最大大楼的地方开？”

艾玛尔冲我做了个鬼脸道：“我们可不是光明正大地驶向城市，现在是秘密行动。别叨叨了，快看地图吧。”

我找到屏幕上移动的蓝点，那正是我们的位置。外面的雪下得很大，只能看见前方几米远的地方，艾玛尔驱车在雪中前进。

一栋栋楼房消失在身后，仿佛披着白色披肩的黑魆魆的身影。艾玛尔加快了速度，看来以卡车的重量在雪地里行驶并不会打滑。透过飞舞的雪花，我隐约看到前方城市里闪烁的灯火。我已经忘记我们和城市近在咫尺，因为一出边界，一切都迥然不同了。

“真没想到我们又回来了。”皮特轻声说道，好像并没指望有人能回答。

“是啊。”我说，因为事实确实如此。

基因局在自身与外面的世界之间创造的距离和他们意在抹掉我们记忆的战争同样恶毒，虽然这处理非常巧妙，可在某些方面来讲，也是一样的险恶。他们本有能力帮助在派别制度中受苦的我们，却眼睁睁地看着我们反目，看着我们死去。只有到了现在，我们要毁掉的遗传物质已超过他们能承受的程度时，他们才决定插手。

艾玛尔开着卡车驶过铁路轨道，我们也随着车颠簸着。轨道右边是一面高高的水泥墙。

我从后视镜中看到了克里斯蒂娜，她快速地抖着右膝盖。

我还是不知道该抹掉谁的记忆：马库斯还是伊芙琳？

换在平时，我肯定会选择一个最无私的办法，可这两种情况都有些自私。抹掉马库斯的记忆，那个让我又恨又怕的人就从这个世上消失了，那萦绕的噩梦也就消失了。

重置伊芙琳的记忆，她就会成为一个新的母亲——一个不会抛下自己儿子的人，一个不会因为要复仇就控制所有人，如此便毋须费心思考要不要相信他们的人。

不管重置谁的记忆，对我来说都有益处，可对城市而言，怎样才最有益？

我找不到答案。

我把双手伸到出风口暖着，艾玛尔继续驾驶着卡车前进，越过火车轨道，又经过我们刚逃出城市围栏那天看到的废弃的火车——银白色的火车车厢上，反射着卡车前灯发出的光。卡车已到了实验开始与外面世界结束的边界，交界太过突然，仿佛在地上划了一道线那么简单。

艾玛尔丝毫不受影响地驶过那条线，仿佛它并不存在。或许，时间久了，他慢慢适应了新的世界，也就渐渐忘掉了这条线的存在。可对我来说，我们仿佛正从真相驶往谎言，从成年驶往童年。我注视着周围的道路、玻璃、金属慢慢变成延伸到天际的空荡田野。雪下得小了一些，可以隐约看到城市的地平线在远处现出，楼房连成一片，看着像一片比乌云还暗的黑影。

“我们去哪儿找齐克？”艾玛尔问。

“齐克和他母亲加入了叛乱，哪儿人多，他们很可能就在哪儿。”

“我听控制室的人说过，他们大多数人都在汉考克大楼附近的大桥北侧安营扎寨。”艾玛尔道，“想不想去滑索道啊？”

“当然不想。”

艾玛尔大笑了几声。

差不多又过了一个小时，我们快到了。汉考克大楼的轮廓渐渐清晰，我这才紧张起来。

“呃……艾玛尔？”克里斯蒂娜的声音从后排座位上传来，“真不好意思，我需要去一下，那个……尿尿。”

“现在吗？”他问。

“是啊，突然想上厕所。”

他轻叹一口气，把卡车停在了路边。

“你们在这里别动，千万别看啊！”克里斯蒂娜跳下车时对我们喊道。

看到她的身影绕到车后，我就等着。她把轮胎划破的时候我感觉车微微跳了一下，我很确定这是心理作用，是因为自己一直等着她戳爆胎才能感觉到震动。克里斯蒂娜爬上车，抚掉身上落着的一层雪花，嘴上挂着淡淡的微笑。

有些时候，要挽救人们脱离厄运只需要有人愿意做些什么，即使只是假装上个厕所这么简单。

艾玛尔又开了几分钟，卡车忽地一震，哐当哐当地颠簸起来，好像车轮轧到了什么东西似的。

“该死，竟倒霉到碰上这档子事儿！”他满脸怒气地盯着仪表盘骂道。

“爆胎了？”我问。

“是啊。”他轻叹一口气，脚已踩到了刹车闸。卡车滑了一段距离，最后停在了路边。

“我去看看。”说着我就从乘客位子上跳下车，走到卡车后面，两个后车轮的车胎被克里斯蒂娜带来的刀子划了个口子，已完全没了气。我从后窗户往里瞧，确定只看到一个备胎，转过身子走到前面的门，把这消息告诉他。

“后车轮全爆了，我们只有一个备胎。”我说，“只能把车停在这里，再去找一辆新车了。”

“真该死！”艾玛尔捶了捶方向盘，“来不及了，我们得给齐克一家和克里斯蒂娜一家及时接种，否则等记忆血清洒下来，一切都晚了。”

“冷静。”我说，“我知道去哪儿能找新车，要不这样吧，你们往前走，我去找车。”

艾玛尔脸上露出喜色：“好主意。”

我下车前先检查了下手枪，确定枪里有子弹后才准备离开，虽然不知道会不会用到枪。他们几个人也跳下卡车，寒气逼人的雪地里，艾玛尔冻得瑟瑟发抖，跺着脚取暖。

我看了看表问："你们要赶在几点前给他们接种？"

"按着乔治的计划表，我们只有一个小时的时间。"艾玛尔说着也看了下表，"如果你想让齐克和他母亲免于悲伤，想让基因局那帮家伙重置他们的记忆，我不怪你，你说一声，我就照办。"

我摇头道："不行，不能那样做。他们虽然免遭心里的苦楚，可那样就不真实了。"

"果然应了我常说的那句话，"艾玛尔满脸笑意地说，"一日僵尸人，终身僵尸人。"

"你能不能……帮我个忙？不要提前告诉他们，等我过去后亲自告诉他们，"我说，"你只管给他们接种就好了。"

艾玛尔笑容一僵："没问题，当然没问题。"

刚才检查后车胎踩到厚厚的积雪，我的鞋子早已湿透，再次踏进雪地时，两只脚刺骨地痛。我正欲离开，皮特却开口说话了。

"我跟你一道去。"

"什么？为什么？"我怒视着他。

"你要找卡车，我也许能搭把手，这个城市可大了去了。"他道。

我看看艾玛尔，他耸耸肩道："这小伙子说得有理。"

皮特凑到我身旁，压低了声音，只让我一人听到："对了，你要是不想让我现在把你另有计划的事抖出来，最好不要拒绝我。"

他的眼光又落到我的口袋上，口袋里装着那瓶记忆血清。

我轻叹口气："好，但你必须听我的。"

看着艾玛尔和克里斯蒂娜的身影朝着汉考克大楼走去，等他们渐渐消失在远处，我往后跳了几步，把手伸进口袋里，护着装血清的小瓶子。

"我不是去找什么卡车，"我说，"这你可能也猜到了。你是帮我还是让我一枪崩了你？"

“得看你要做什么啊。”

我一时有些答不上来，因为我自己都不确定要做什么。我只是起身面朝汉考克大楼的方向站着。右边是无派别营地里的伊芙琳和她的死亡血清，左边是忠诚者组织里的马库斯和他的叛乱作战计划。

我去哪里才能造成最大的影响？去哪里才能做出最大的改变？这些是我应该问自己的问题。可我却默默地问自己：我到底最想毁灭谁。

“我要去阻止一场暴乱。”我说。

我朝右边迈开脚步，皮特也跟着我走起来。

第四十五章

翠丝 谅解

哥哥站在显微镜后面，一只眼对准目镜。显微镜载物台上的灯光在他脸上投下奇怪的阴影，让他瞬间苍老了很多。

“百分百是它。”他说道，“是攻击情境模拟血清，毫无疑问。”

“多一个人佐证总是好的。”马修道。

几小时后，哥哥就会赴死，我和他只有这最后短短几小时的时间了，他却在分析血清，真够蠢的。

我知道迦勒为什么想来这儿：他想确定自己死得其所。我不怪他，毕竟一个人为一件事献身之后就没有再次选择的机会了，至少就我所知是这样的。

“再给我背一遍激活码。”马修道。激活码用来启用记忆血清器。等启用，再按下一个按钮，记忆血清便会散开。从我们来这儿后，马修每隔几分钟就让迦勒背一遍。

“我记数字绝对没问题的！”迦勒道。

“我信你，可等你到了那边，在死亡血清的作用下，谁知道你的神志会是怎样的状态，你必须让这密码烂在心里。”

听到“死亡血清”四个字，迦勒有些退缩，我则低着头，盯着鞋子。

“080712，”迦勒道，“然后按绿色按钮。”

卡拉此时正在控制室，她负责在那些人的饮料中下友好血清，等他们晕晕乎乎、对外界失去感知能力时，再把基地的电闸拉掉，我们就摸黑，趁摄像头看不到我们的行踪跑进武器实验室。跟妮塔和托比亚斯几周前所做的差不多。

雷吉给我们的炸药放在了我对面的实验台上，看起来再普通不过——黑色盒子的边缘上有金属爪和遥控导火索。金属爪能把盒子连在实验室的第二道门上。自上次攻击后，第一道门还没修好。

“一切准备就绪，”马修道，“咱们就等着吧。”

“马修，你能不能让我们俩独处一会儿？”我问。

“当然，当然。”马修笑道，“时间到了，我再过来。”

他走出屋子，带上了身后的门。迦勒双手抚了抚无菌服和那些炸药，又轻轻掠过背包。他把这些东西都摆成一条直线，一会儿理理这个，一会儿又整整那个。

“我一直在想我们小时候的事情。我们曾玩过‘诚实者’的游戏。”他说，“你还记得吗，当时我让你坐在客厅的椅子上，然后问你问题？”

“记得。”我把臀部靠在实验桌上，“你当时还把手搭在我的手腕上把脉，说你能看得出我有没有撒谎，因为诚实者能察觉别人的谎言。你可真是有点坑我。”

迦勒笑道：“还记得当时你承认从学校图书室偷过一本书，恰好碰到老妈回来了——”

“我就回到学校，向图书室管理员道了歉！”我也哈哈大笑起来，“那个图书室管理员真讨厌，她把我们都喊作‘小姑娘’或‘年轻人’。”

“哦，她啊，她其实蛮喜欢我的。你还记得当时我在图书室做志愿者吗？我本该在午餐时间整理书籍，却站在走廊里看书，被她看到好几回，可她什么话都没说。”

“真的假的？”我心中一阵酸涩，“我没听你说过呢。”

“我觉得我们之间有太多的秘密。”他用手指敲着桌子道，“我希望以前咱们能对对方更坦诚一些。”

“是啊。”

“可现在太晚了，对吧？”他抬起了眼皮。

“并不是一切都晚了。”我一面说着一面从实验桌底下抽出一把椅子，坐在上面，“现在我们玩‘诚实者’游戏，你问我一个问题，我也问你一个。”

他看起来有点恼火，可并没有拒绝：“好。当时你打碎咱家厨房里的玻璃到底是要干什么？记得你说是要把玻璃拿下来，擦掉上面的水渍。”

我翻了下白眼道：“你就想问这么个问题？得了吧，迦勒。”

“好好好。”他清了下嗓子，绿色的双眸迎着我的视线，神色严肃地说，“你有没有真正原谅我？还是因为我快死了，你才这么说？”

我紧盯着自己放在大腿上的双手。我这两天对他这样和气友好，是因为一想到博学派总部发生的那些事，我就努力地控制住，不再继续去想。这算谅解吗？如果真的原谅了他，我不是应该想到那些事而不愤恨吗？

又或许，谅解只是一遍又一遍地将痛苦的记忆推开，直到时间抚平一切的伤痛和愤怒，终有那么一天，所有的错都被遗忘。

为了迦勒，我决定相信第二种可能。

“是的，我原谅了你，”我顿了一下，接着说，“至少，我一直在很努力很努力地原谅你。不过我觉得这两者是一个意思。”

他神情有些释然。我站起身退后了几步，让他坐在椅子上，我来提问。我很清楚自己要问他什么问题，自从他说自愿赴死后，我就一直想问这个问题。

"让你愿意赴死的原因是什么？"我问，"挑最最重要的说。"

"碧翠丝，别问我这个问题。"

"我没有下套，你回答了，我也不会因此反悔，又不原谅你了。我只想知道你的答案。"

我们中间隔着的是无菌服、炸药和背包，它们被摆成了一排，诉说着他有去无回。

"我觉得这样做是逃脱愧疚的唯一办法，"他道，"我真的很想逃脱，我从没这样强烈地想让一样东西消失。"

他的话让我心中一痛。

我怕他会这么说，可我一直都知道他会这么说，却希望他没有这么说。

屋子角落里的对讲机里传来一个声音："基因局基地所有的居民注意，现在启动应急防范措施，持续至早晨五点。我重复一遍，基因局基地所有的居民注意，现在启动应急防范措施，持续至早晨五点。"

我和迦勒交换了一个警惕的眼神。

马修推门而入。

"该死！"他骂道，又抬高了声音喊道，"该死！"

"应急防范措施？是不是和攻击训练一样的啊？"

"差不多吧。咱们得马上行动了，趁走廊里混乱，趁他们还没加强防卫。"马修道。

"他们为什么要这么做？"迦勒问。

"大概是洒下记忆血清病毒前加强安全防御吧，"马修道，"不过也可能是我们的计划已暴露。他们要是探出消息，现在就该有人来逮捕我们了。"

我看着迦勒，我们俩独处的最后几分钟也如从枝上扯下的树叶一般，没了。

我走到屋子对面，伸手从柜台上拿起手枪。

脑中一直回响着托比亚斯昨天对我讲的话——在无私派的教义中，若牺牲性命是他们想要证明爱你的唯一途径，你应该放手让他们这么做。

可对迦勒而言，情况并非如此。

第四十六章

托比亚斯 争抢血清

我的两只脚在白雪覆盖的地面上打滑。

“你昨天没有给自己接种。”我对皮特说道。

“没错。”皮特回答。

“为什么？”

“我干吗要告诉你？”

我用拇指轻划着口袋中的瓶子：“你跟我来仅仅是因为你知道我这边有记忆血清，对不对？你要是想从我这里得到它，给我一个理由又何妨。”

他又瞟了一眼我的口袋。如果我没猜错，他应该看到克里斯蒂娜把药瓶给了我。他说：“我情愿从你这儿得到。”

“拜托。”我抬起头，看着从周围楼房的屋檐上滑落下的雪。夜色已深，月光却正好把周围照得能看清，“你可能以为自己很能打，可我向你保证，你比不过我。”

他毫无征兆地使劲推了我一把，我脚下一滑，摔倒在雪地上，手中的枪也掉在地上，一半埋进了积雪中。这下我也不用忙着自大了，我费力地站起来，他抓住我的领口，把我往前拽了一下，我脚底又开始打滑。这次我稳住了自己，胳膊肘抵住他的肚子。他又腾起腿踢向我的大腿，踢得我的腿一阵发麻，接着他又抓住我的外套，把我向他拽过去。

他一只手趁机伸向我的口袋，抢夺装有血清的小瓶子。我用力把他推开，可他的脚步很稳，而我的一条腿还麻木着。我气恼地吼了一声，将闲着的那只手举到面前，胳膊肘狠狠地砸向他的嘴巴。一瞬间，疼痛从我的胳膊处传来——打别人坚硬的牙齿，自己当然也会痛。可这痛也算值得了，只听他一声哀号，往后退了两步，两只手紧捧着脸。

“你知道新生考验的时候为什么你在‘格斗’环节能打赢别人吗？”我站稳身子道，“因为你生性残忍，因为你喜欢伤害别人，而你却以为自己与众不同，以为自己周围的人都是一群胆小鬼，不会像你这样蛮横行事。”

他也站起身，我一脚踢到他的身侧，把他踢倒在雪地中，抬起一只脚踩到他的胸膛上，恰好踩到他喉咙下方。我们目光相遇，他那双无辜的大眼睛与他内心的残忍是那么的不匹配。

“你并非与众不同。”我道，“我也喜欢伤人，我也能选择最残忍的道路，我们的区别很简单，我有时会选择不去那么做，你却每次都付诸行动，所以你是邪恶的。”

我跨过他的身子，朝着密歇根大道的方向走去，可刚走了没几步，他的声音便从身后传来。

“所以我才想要记忆血清。”他的声音颤抖着。

我停了下来，却没有回头，此时此刻，我不想看他那张脸。

“我也很讨厌这样，所以才想要记忆血清。”他道，“我厌倦了自己无休止地做坏事还乐在其中，一个劲儿地想自己出了什么毛病。我想结束这一切，想开始新生活。”

“你不觉得这么做是懦夫行为吗？”我头也不回地说。

“我想我不在乎。”皮特道。

心中膨胀的怒气瞬间消散，我放在口袋里的手也不停地转动着小瓶子。听到他站起身，我拂掉了身上的雪。

“不要再和我耍花样了。”我道，“我答应你，等这一切结束后，让你重置自己的记忆，我没理由拒绝你。”

他点点头。我们在干净无痕的雪地中继续向前，走向上次我看到母亲的那栋楼房。

第四十七章
翠丝 无私的决定

尽管走廊到处是人，却有一种不安的寂静。一个女子不小心用肩膀碰着了我，嘟囔了句“对不起”。我紧挨着迦勒，生怕他从我的视线中消失。有些时候，我很想长高一些，哪怕只高几厘米，那样我视线里就不会总是黑压压一堆人体躯干。

我们步子很快，又没有太快，随着警卫越来越多，我心中的压力也越来越沉重。迦勒的背包里装着炸药和无菌服，在他的身上随着他的脚步一颠一颠的。人们朝着四面八方走，可用不了多久，我们就会走进一条没人应该踏进的走廊。

“我觉得卡拉肯定出事了，”马修道，“这会儿灯应该灭了才对。”

我点点头，被宽大T恤遮掩着的手枪一个劲儿地戳着我的背部。本以为这把手枪派不上用场，可现在看来，还是会用到它，尽管它可能不足以帮我闯进武器实验室。

我抓着迦勒和马修的胳膊，三人一同停在走廊正中央。

“我有个主意。”我说，“我们分头行头，我和迦勒去实验室，马修，你去分散大家的注意力。”

“分散注意力？”

“你不是有把枪吗，马上朝空中开一枪。”

第四十七章
无私的决定

他看起来有些犹豫。

我咬着牙说："快开枪。"

马修拿出枪。我抓住迦勒的胳膊肘，拽着他沿走廊飞奔而去。我回过头时，马修已把手枪举过头顶，朝头顶的玻璃板开了一枪。我只管拔腿奔跑，拽着迦勒。只听那边传来哗啦啦的玻璃破碎声，同时伴随着尖叫声，警卫从我们身边跑过，没有注意到我们正朝相反方向跑去，朝着我们不该去的地方跑去。

我的本能和无畏派的训练开始起作用，这是种奇怪的感觉。我们依照的是今早决定好的路线，我的呼吸变得更深、更加平稳，我的思绪更加清晰、也更加敏锐。我看着迦勒，期望他也能出现同样的反应，可他脸上没有一丝血色，还大口大口地喘着气。我紧紧抓着他的胳膊肘，稳住他。

我们绕过拐角处，鞋子在瓷砖地面上发出吱吱的声响。我们走进一条空荡的走廊，走廊的地面映出了头顶上方的天花板，在我们面前延伸下去。我心中升起一股胜利感。我对这里并不陌生，我们快要到了，快到目的地了。

"站住！"身后一个声音喊道。

是警卫的声音，还是有人发现了我们。

"快停下，否则我开枪了！"

迦勒浑身一颤，举起了双手，我也举起手，看着他。

我身体里的一切都慢了下来，原本飞转的思绪，原本怦怦的心跳，全都放慢了速度。

我再看向他时，站在我眼前的不再是那个把我出卖给珍宁·马修斯的懦夫，耳畔不再飘荡着他事后的狡辩。

我看到的是那个在母亲手腕骨折时曾握着我的手，告诉我"一切都会好起来"的男孩，看到的是选派大典前夕让我听从自己内心声音的兄长，想到的是他身上闪光的优点——他聪明超群、热情洋溢、观察细致入微，他性格安静，做事认真，为人善良。

他是我的一部分，我也是他的一部分，永远不会改变。我不属于无私派，不属于无畏派，甚至不属于分歧者；我不属于基因局，不属于任何实验，更不属于边界地带：我属于我爱的人，我爱的人也同样属于我——除了他们，还有我对他们的爱与忠诚，这些构成了我的身份，远超任何语句或团体所能赋予。

我爱我的哥哥。我爱他，而此刻他却因为即将到来的死亡而恐惧得发抖。我爱他，我能想到的全部，我的心灵中能听到的全部，是我前几天对他说的话：我绝对不会亲手把你推向断头台。

“迦勒，把背包给我。”

“什么？”

我把手滑进衣服后面，拔出手枪，指向他：“把背包给我。”

“翠丝，不，不，”他不停地摇着头，“我绝不会让你这样做。”

“放下武器！”警卫在走廊尽头朝我们喊道，“快放下武器，不然我们开枪了！”

“我可能对死亡血清免疫，”我说，“我对很多种血清免疫，我有活下来的机会，而你去了就只能送死。快把背包给我，不然我就开枪射你的腿，夺过来。”

我又抬高了声音，好让警卫听到：“他是我的人质！你们要再走近一步，我就宰了他！”

那一瞬间，我觉得他很像我们的父亲，眼睛里写满疲惫和哀伤，下巴上挂着新长出的胡茬儿。他把背包拿到身前，又用颤抖的双手递给了我。

我一把抓住背包，甩到肩后，手中的枪依旧指着他，一边移动脚步到他身前，直到他的身子挡住我的视线，让我看不到走廊尽头的警卫。

“迦勒，我爱你。”

他眼里闪着泪花：“碧翠丝，我也爱你。”

“蹲在地上！”我这句话是说给警卫听的。

迦勒跪在了地上。

“要是我没能回来，替我给托比亚斯带句话，告诉他我不想离开他。”

我后退了几步，举起枪越过迦勒的肩头，瞄准其中一个警卫。我深吸了一口气，稳住手，把这口气呼出时，扳机也扣下去。一声痛苦的惨叫从那边传来，枪声依旧在耳边回荡，我朝着反方向飞奔起来。我沿着迂回的线路奔跑，子弹很难打中我，又一个跳跃，我拐了个弯，一颗子弹打中了身后的墙壁，把墙打出了一个洞。

我一面跑，一面举起背包，拉开拉链，掏出炸药和引爆器。身后依旧是嘈杂的喊叫声和脚步声，我没时间了，没时间了。

我更加卖力地跑，速度超出了我想象的极限。每一次落脚都震颤着我的全身，等又转过一个拐角处时，我看见两个警卫守在武器实验室那被妮塔和其他入侵者打破的门前。我一手把炸药和引爆器按在胸前，另一只手举起枪连开两枪，一枪打中了一个警卫的腿，另一枪打中了另一个警卫的胸膛。

被射中大腿的警卫正要伸手捡地上的手枪，我又举枪对准了他，闭上眼睛又开了一枪，之后他再也没动弹。

我穿过已破的门，又走进了两道门之间的走廊，先把炸药扔到了连接两扇门的金属门闩上，又将炸药上的金属爪夹在金属闩的边缘，把炸药固定。接着我跑回走廊的尽头，又转了一个弯，蹲下来，背对着门，按下了引爆炸弹的按钮，然后用双手捂住耳朵。

这个小型炸弹爆炸的声音震动着我的全身，其冲击力将我掀到了一边，枪也掉在地上滑走了。霎时间，玻璃和金属碎片在空中散开，落到我躺着的地面上，我一时无法动弹。尽管我用双手捂住了耳朵，可把手移开后，耳朵里依旧嗡嗡作响，还有些站不稳。

走廊的尽头，警卫已追赶上来，还冲我开了火，其中一发子弹正打中我胳膊上的肌肉。我疼得惨叫，用一只手紧捂着伤口，等我再次转弯时，只觉眼前有些发黑，可还是磕磕绊绊地走进炸开的门。

门里有一个小小的前厅，前厅另一头有一道封着没有锁的门。透过门上的这些玻璃，我看到了武器实验室，一排排机器、黑色设备和血清瓶子都整齐地摆放着，下面发出微光，像是展厅中的展品。我听到喷洒的声音，便知道“死亡血清”已飘散在空中，可警卫还跟在我身后，我已来不及穿上那延缓血清作用的无菌服。

可我也知道，我就是知道，我一定可以挺过死亡血清，一定可以。

我踏进了前厅。

第四十八章

托比亚斯 无派别头领的抉择

无派别营地在飘飞的雪花中静静立着，透着光的窗子是这楼房里唯一有生命的迹象。这栋楼在我眼里永永远远都是博学派的总部，不管发生了什么。站在入口门前，我嗓子里不由发出一声不悦的嘟哝。

“怎么了？”皮特问。

“我讨厌这地方。”我说。

他把垂在眼前被雪花打湿的头发撩起：“那你打算怎么进去？打碎一块玻璃还是找个后门？”

“我就这样进去，我是她儿子。”

“可你也背叛了她，违逆她的命令离开了城市；她还派人去阻止你，那些人是带着枪的。”

“你要不愿去就待在这儿。”我道。

“血清去哪儿我就去哪儿。”他说，“不过你要是挨了枪子儿，我可不管你，就只管夺过瓶子逃走。”

“我对你这样的人不奢望些什么。”

他这人还真是奇怪。

我走进大厅，不知什么人把珍宁·马修斯的肖像重新拼好了，只是她的两只眼睛上分别用油漆画了红色的叉号，叉号下面还写了四个字：

"派别人渣"。

一些戴着无派别袖章的人走在我们前面，手中的枪举得高高的。有些人我那天在无派别聚居地的营火旁见过，有些是我作为无畏派领导在伊芙琳身边时见过的，还有一些完全没见过的面庞，这事实提醒着我，无派别的人数比我们任何人想象中都要多得多。

我举起双手，做投降状："我要见伊芙琳。"

"是吗？"其中一人道，"说得好像我们会让任何想见她的人进去似的。"

"我带来城市围栏之外世界的消息，她肯定有兴趣知道。"

"托比亚斯吗？"一个无派别女子喊出了我的名字，我记得她，却不是在无派别聚居地认识的，而是早在无私派区域就认识了她。她曾经是我们的邻居，名字叫格蕾丝。

"格蕾丝，你好，我只是想和我母亲谈谈。"

她咬了咬腮帮子，思量了一会儿，握着手枪的手有些放松了："那个，我们还是不该让任何人进去见她的。"

"看在上帝的分上，"皮特插话道，"快去跟她通报，说我们来了，看她要不要见我们。我们可以在这里等。"

格蕾丝往后退了几步，退到渐渐聚集起来围观我们的人群中，放下手枪，沿着附近的走廊小跑起来。

我们立在原地等了许久，双手一直举着，举得肩头有些发酸。格蕾丝终于回来召唤我们过去。周围的人看我垂下两只手，也都放下了手中的枪。我走进大厅，拨开中间的人群，仿若丝线穿过针眼。我们跟着她走进一部电梯。

"格蕾丝，你拿枪做什么？"我这一辈子还从未见过无私者拿枪。

"现在没派别风俗了，"她道，"我得保护好自己，要有自我保护的意识。"

"那太好了。"我发自内心地说。无私派其实和其他派别一样腐败糟糕，只是它的罪恶相对而言没那么明显，或许这些罪恶都被“忘我”二字包裹得太严实了。只不过让一个人隐匿自我、“消失”在人群中比鼓动人们争斗好不了多少。

我们来到珍宁曾经的办公室所在的楼层，格蕾丝却没有把我们领到那间办公室，而是带我们来到一间大会议室，室内的桌子、沙发和椅子都按正方形整齐摆放，月光从后墙上的几扇大窗子洒进来。伊芙琳坐在屋子右侧的桌子旁，看着窗外的沉沉夜色。

“格蕾丝，你可以离开了。”伊芙琳道，“托比亚斯，听说你有个信儿要捎给我？”

她依旧没看我。浓密的头发挽成了发髻，她身穿一件灰色的衣服，上面套了个无派别的袖章。人看起来很疲惫。

“能不能去走廊等等？”我对皮特说，出乎我的意料他没有反驳，只静静地走出屋子，掩上身后的门。

屋子里就只剩下我们母子两人。

“外面的人其实没让我们捎信，”我凑向她道，“他们想重置城市中所有人的记忆。在他们眼中，跟我们没法谈判，也不指望唤醒我们的善良本性，抹掉我们的记忆比协商要来得容易。”

“他们也许没有错。”伊芙琳说着，终于转过身子面向我，将颧骨靠在交合在一起的手上，一只手指上刺了镂空的黑圆圈文身，像戴在手指上的戒指，“那你来找我到底是为了什么？”

我一时有些犹豫，一只手握住口袋里的血清瓶子。我看着她，岁月在她的脸上刻下痕迹，就如一块有些年头的旧抹布，丝线暴露，边缘有些破损。可我还看到了自己儿时眼中的母亲，那绽开微笑的嘴巴，那闪烁着欢愉的双眸。我一直盯着她，看的时间久了，心头就越来越觉得她从未快乐过，那曾经看似开心的母亲从未存在过，那个女人不过是我母亲的一个淡淡的幻影，是当年我透过那以自我为中心的孩童眼光看到的一个幻象。

我坐到她对面，掏出记忆血清的瓶子放在我们中间的桌子上。

“我来是让你把它喝下。”我说。

她看了一眼瓶子，我想我看到她眼里闪烁着泪花，又或许那只是灯光罢了。

“我觉得这是避开彻底毁灭的唯一途径。”我道，“我知道马库斯、约翰娜还有他们的人会发起进攻，你肯定会不遗余力地阻止他们，拿出你拥有的那些死亡血清，将它的优势充分发挥出来。”我侧头问，“对不对？”

“对。派别的存在本身就是邪恶的，我绝不能让他们恢复派别制度，否则我们迟早都会被毁掉。”

她用手抓着桌子的边沿，抓得指关节有些发白。

“派别的存在为什么邪恶，还不是因为它限制了人们的选择。”我道，“他们给了我们自由选择的假象，事实上，却没有给我们任何选择。你废弃派别，其实是同一个道理。你口口声声说让人们去自由选择，但他们选择的不能是派别，否则就会死得很惨！”

“你既然这么想，怎么不早告诉我？为什么要背叛我？”她抬高了嗓音，却一直避着我的目光。

“因为我怕你！”话音刚落，我便后悔说出这些话，心里却依旧有些欣喜，我高兴的是，在让她放弃自己的身份前，我至少可以对她坦诚，“你……你总让我想起他。”

“你怎么敢？”她双手攥成拳头，几乎要往我脸上吐唾沫了，“你怎么可以这么看我！”

“我不在乎你愿不愿意听。”我站起身子道，“他是我们家里的暴君，而你现在是整个城市的暴君，你难道看不出来吗？这两者又有什么区别？”

“所以你就拿出这个东西，”她说着便拿起桌子上的瓶子，举在眼前看了一眼，“因为你觉得这是补救的唯一办法。”

“我……”我本想说这是最简便的办法，是最好的办法，也许还是让我信任她的唯一办法。

若能抹掉她的记忆，我就会有一个新的母亲，可是……

可她不仅仅是我的母亲，她是活生生的人，她有自己的权利，她不仅仅属于我。

我不能仅仅因为自己无法接受她这个人，就替她做出选择。

“不是，”我道，“不是，我来这儿是给你一个选择。”

我突然间有些惊慌失措，双手变得麻木，心也跳得飞快——

“我曾经想过去马库斯那儿，可我没有去。”我艰难地咽了下口水，“我来你这儿是因为……我总觉得我们俩有商量的余地，可能不是现在，也不是近期，但我相信这一天总会来临。可实际上，我和他根本没有一丁点妥协的可能。”

她凝视着我，眼神凌厉，但泪水盈眶。

“我给你这个选择，对你来说有些不公，”我说，“可我必须这么做。你可以继续领导你的无派别军队，可以和忠诚者组织打一仗，可那也意味着你永远失去了我。你也可以放弃战争……那你就可以重新拥有你的儿子了。”

这个“价码”太单薄，我心里明白得很，也害怕得很——我怕她拒绝选择，怕她选择权力而放弃我，怕她责骂我只是个可笑的孩子。孩子，我的确是个孩子，我不足一米高，并追问她到底有多爱我。

伊芙琳如潮湿大地般幽暗的双眸打量了我好久好久。

她隔着桌子把我使劲儿揽入怀中，两只胳膊紧紧地抱着我，仿佛在我周围围了一个铁丝笼。

“这个城市和里面的一切都让给他们吧。”她在我耳边轻声道。

我一时动弹不得，也说不出话。她选择了我，她选择了我！

第四十九章

翠丝 直面死亡血清

死亡血清闻起来像烟雾混杂着香料的味道，吸进第一口这样的空气便遭到肺的抵制，我咳嗽着，被一片黑暗吞噬。

我跌倒在地上，双膝跪地，感觉血液就像被偷换成了糖浆，骨骼被偷换成了铅。一根隐形的线将我朝睡眠扯去，可我想保持清醒，我想醒着，这很重要。我想象着这种欲望、这种渴望在我胸口如火焰般熊熊燃烧。

那根隐形的线越扯越有力，我用这些名字来让我的火焰燃烧得更旺：托比亚斯、迦勒、克里斯蒂娜、马修、卡拉、齐克、尤莱亚。

可我已经没法在血清带来的沉重下打起精神。我的身子沉沉地倒向一边，受伤的手臂被压在冰冷的地面上，我在漂……

脑海中有一个声音响起，漂走该多好啊，漂走就能看清我最终会到哪里去……

可我心中还有火焰，那燃烧的火焰。

我还有想活下去的渴望。

我不能死，我还不能死。

我觉得自己像是在脑中翻着、挖着，记不起怎么会来到这里，记不起为什么要费力从这美好的重量下逃脱。接着，我挖掘的双手找到了它——母亲的脸，还有她的身体瘫倒在地上时奇怪的角度，还有父亲身上汩汩流出的热血。

可他们死了，脑海中的声音再次响起——你可以和他们团聚。

可他们为我而死，我答道，我必须为他们做这件事。我不能让所有人失去一切，我必须挽救那座城市，挽救父亲母亲爱过的那些人。

我不想无缘无故地和父母团聚，即便死也要死得其所，而不是失去知觉、倒在门槛上。

我还有那团火焰。那团火焰，它在我心中越烧越旺，从一堆篝火变成了炼狱里的烈火，我的身子就是它的燃料。火焰蔓延到我的全身，吞噬掉那压着我的重量。此时此刻，这个世上没有任何东西能够杀得了我，我强大，我无敌，我不朽。

死亡血清如油渍一般粘着我的肌肤，黑暗却已退去。我一只手撑在地上，费力地站起身。

我弯着腰，用肩膀顶开双开门。门上的封条撕裂，门刮擦着地面，打开了。一阵新鲜的空气沁入心肺，我站直了身子。我进来了，我成功了。

可屋子里并非只有我一个人。

“不许动。”大卫冲我举起枪，“翠丝，你好啊。”

第五十章

翠丝 殒命

“你是怎么接种死亡血清疫苗的？”他问我。他依旧坐在轮椅上，反正举枪开火也不需要走动。

我冲他眨巴着眼睛，仍然有些晕。

“我没有接种。”我道。

“别说笑了，”大卫道，“没有接种的人绝不可能逃过死亡血清，我是这基地里唯一拥有疫苗的人。”

我只是盯着他，不知该说什么。我没有接种，我还站在这儿是不可思议的，也就没什么可说的了。

“我想这已经不重要了，我们都到这地步了。”他道。

“那你来这里又是干吗？”我小声嘟囔着，感觉自己的嘴唇太厚太重，用它们说话艰难得很。我还能感觉到那油油的沉重粘在我的皮肤上，好像死亡虽被我击败，却仍抓着我不放。

恍惚中，我记起自己的手枪留在了身后的走廊中，我以为既然已走到这一步，就肯定用不上它了。

“我就知道有情况。”大卫道，“翠丝，你整个一周都和基因受损者在一起，难道我就觉察不到吗？”他摇摇头道，“而你那个叫卡拉的朋友试图拉掉电闸时又被我们逮住了。她这人还挺聪明，为了不告诉我们任何信息，把自己搞晕了。以防万一，我就过来看看，真不好意思，我看到你一点也不惊讶。”

“你一个人来的吗？”我问，“这可不是很聪明。”

他明亮的双眸微眯着：“你也看到了，我现在对死亡血清免疫，我还有枪，你没有任何办法来反抗我。我用枪指着你，你肯定偷不走我们的四个血清病毒设备。真是不幸，你费了那么大劲，却是一场空，还得用自己的命做代价。死亡血清杀不了你没关系，我会杀了你。相信你也知道——我们不允许判死刑，可是我不会让你活着出去的。”

他以为我来偷窃重置实验的设备，而不是在基因局释放血清，也难怪他会这么想。

我努力不让面部表情暴露我的想法，可脸上还是呈现了放松之色。我迅速扫视整个屋子，寻找释放记忆血清病毒的设备。马修给迦勒极尽详细地讲那东西的样子时，我也在场，记得他说设备是一个黑色的盒子，上面有个银色键盘区，还被一条蓝带子缠着，蓝带子上标有型号。他说它是左墙边的柜子上仅有的几样东西之一，距我只有几米的距离。可我不能动，我一动他就会开枪杀了我。

我必须寻找最佳时间并以最快速度下手。

“我知道你做了什么。”我一面说着，一面向后退，希望这谴责能分散他的注意力，“我知道是你设计了攻击模拟情境，是你害死我父母——你害死了我的母亲，我知道是你干的。”

“我没有害死她！”大卫说。这话像是从他嘴里迸发出来的，太响亮，太突然，“攻击还未开始前，我就告诉了她，给她时间让她带着家人撤到安全的地方，要是她不逞能，她就能活下来。可她真是个蠢得要命的女人，根本不懂为了大局做出牺牲的道理，她就是为此丧命的！”

我冲着他蹙了蹙眉，心中一惊。提到她时他的反应——那似乎泪水盈盈的眼睛——外加妮塔在他身上注射恐惧血清后，他还一口一个“她”。

“你爱过她吗？”我问，“她一直给你写信……你还不想让她待在那儿……在她嫁给我父亲后，你不想再接收她的报告……是因为爱吗？”

大卫僵直地坐着，像是一尊雕塑，一个石人。

“我曾爱过她，可那是过去的事了。”

正是因为爱着她，他才那样轻易地把我纳入他的信任小圈圈，才给了我这么多机会，因为我是她的一部分，我有她的头发，我有她的声音。他花了一辈子的时间想抓住她，到头来却是一场空。

门外传来了脚步声，警卫追了过来。来得正好，我需要他们，我需要他们把通过空气传播的记忆血清带到整个基地，但愿他们等到死亡血清散去后再进来。

“我妈妈不是个蠢女人，”我说，“她只不过是理解了你所不解的，那就是：如果你正在放弃的是别人的生命，那可不是牺牲，而是罪恶。”

我又往后退了一步，继续道：“她曾告诉我牺牲的真谛，牺牲应该出于爱，而不是对别人基因的嫌弃；牺牲出于必要，而不是懒得去做其他选择。牺牲是用自己的力量保护自身无能为力却需要帮助的人。正因如此，我才必须阻止你‘牺牲’掉那些人和他们的记忆，而让你们在这个世上永永远远彻彻底底地消失。”

我摇着头。

“大卫，我来这儿不是窃取什么东西。”

我转过身，扑向设备。大卫手中的枪开了火，疼痛传遍我的全身，可我甚至不知道子弹打中了哪里。

我依旧能听到迦勒给马修重复密码的声音，我用抖动的手在键盘上按下那一串数字。

枪声又响了。

剧烈的疼痛，视线中出现了一圈黑边，但我又听到了迦勒的声音，

“绿色按钮”。

好疼。

可是，为什么我的身体会如此麻木？

我跌倒了，跌倒时将手掌用力拍在了键盘区上，“绿色按钮”后闪出一道光。

我听到一声“滴滴”声，随后传来搅拌的声响。

我跌倒在地板上，脖子上有什么暖暖的东西，脸颊下面也有。红色。血的红色，是一种奇怪的颜色。是暗的。

我从眼角看到了大卫，他瘫软在轮椅上。

我的母亲从他身后走出。

她还穿着我最后一次见她时的那身衣服——无私派灰色衣衫。衣服上浸染了她的血，赤着的胳膊上露出文身。衣服上还有那些被子弹穿破的洞，洞口下露出她受伤的肌肤，伤口依旧是红色，却不再流血，仿佛她被固定在了某一个瞬间。她暗淡的金发在脑后扎成一个发髻，掉下的几缕头发垂在脸周围。

我心里明白，母亲不可能活着，可她又为什么会出现在我的眼前？或许是因为我失血过多而神志不清，或许是死亡血清搅乱了我的思绪，又或许是其他什么缘由。

她蹲在我的身边，伸出一只手抚摸着我的脸颊，她的手冰凉冰凉的。

“碧翠丝，你好。”她说着给了我一个微笑。

“我做到了吗？”我不知这是自己口中说出的话，还是脑中想着的，她却听到了。

“是的，”她眼中泪光盈盈，“我亲爱的孩子，你做得好极了。”

“那其他人怎么办？”想到托比亚斯的面庞，我啜泣了一声，我想起他的眼睛有多深邃多冷静，想起他的手有多有力多温暖，想起我们第一次面对面站着的情形，“托比亚斯呢？迦勒呢？我的朋友们呢？”

“他们会互相照顾的，”她说，“人们都会这么做。”

我微微一笑，闭上了眼睛。

那根线又一次扯着我，可这一次，我知道拉我走向死亡的并不是什么邪恶的力量。

是母亲的手，是她把我揽入怀抱。

我心甘情愿地投入她的怀中。

我为走到这一步所做的一切，都会得到别人的原谅吗？

我希望可以。

我可以。

我相信我可以。

第五十一章
托比亚斯 噩耗

伊芙琳用拇指抹了一下眼角的泪，我们并肩站着，看着窗外的雪花飞舞，有雪花落在外面的窗沿上，在角落处堆积了起来。

冻得麻木的双手慢慢恢复了知觉。我盯着窗外银装素裹的世界，觉得一切又重新开始，而这一次，世界会变得更好。

“我可以用无线电跟马库斯取得联系，找个时间商讨和平协议，”伊芙琳说，“他应该会答应，不然就有点蠢了。”

“等一下，我给了别人一个承诺，得去兑现了。”我一面说着一面拍了拍她的肩头，本以为她的微笑中会出现紧张，可我没看出。

心中有一丝愧疚隐隐浮动。我来这儿不是让她为我而放下武器，也不是让她为了我放弃她努力争取到的一切，可话又说回来，我来这里根本就不是给她选择的。我想翠丝说得对——二者相害取其轻，你做的那个选择要能够挽救你爱的人。我若把记忆血清给了她，那不是救她，而是毁了她。

皮特在走廊中倚墙坐着。看我靠过来，他抬头看着我，深色的头发被融化的雪浸湿，贴在额头上。

“你重置了她？”他问。

“没。”我道。

“就知道你没这个胆量。”

“这和有没有胆量没什么关系。算了。无所谓了。”我摇了摇头，举着那瓶记忆血清，“你确定你还想要这个吗？”

他点头。

“你知道，不喝这血清你也可以学会改变，也可以做出积极的决定，过上更好的日子。”

“是啊，你说得没错，可我不会那么做的，咱们俩都清楚。”

他说得没错，我心里头很明白。我知道改变很难很难，而且很缓慢；我也知道，改变是一个长期的进程，需要一天天连续不断的努力，直到最后连究竟是何时开始的都不记得了。他太害怕，怕自己坚持不下去，怕自己会蹉跎掉那些日子，怕自己变得比现在还要糟糕。我懂得那种感受——我知道惧怕自己是怎样的滋味。

我让他坐在一节沙发上，询问当他的记忆如烟般消失后，他想让我告诉他些什么。他没有吭声，只是连连摇头。什么都不要。他不想留下一丁点记忆。

皮特伸出颤抖的手接过瓶子，拧开盖子，瓶子中的液体晃晃悠悠，险些洒出瓶口。他把瓶子凑近鼻翼，小心地嗅了嗅。

“我该喝多少？”他问。我觉得我听到他的牙齿在打战。

“喝多少没有什么关系吧。”我说。

“好吧。那个……看我的。”他对着灯光举起瓶子，似在和我干杯。

他把瓶子凑到唇边。我说：“要勇敢。”

他咽了下去。

就这样，我看着皮特在我眼前消失。

第五十一章
噩耗

室外的空气冷冽如冰。

“喂！皮特！”我大吼着，呼出的气瞬间变成水雾。

皮特站在博学派总部的入口处，看上去一无所知。自他喝了血清后，我已经把他的名字告诉他十遍了，可我再喊“皮特”时，他还是一脸茫然地扬起眉毛，指了指自己的胸膛。马修说过，喝过记忆血清的人在一段时间内都会缺乏判断力，可直至现在，我才知道“缺乏判断力”原来就是傻的意思。

我轻叹口气道：“是啊，是你！天哪，第十一遍了！快点，走了。”

我原本以为，等我看见喝下记忆血清的他，看到的依旧是那个拿黄油刀戳瞎爱德华眼睛的新生，依旧是那个想要杀死我女朋友的男生，我依旧能看到自我认识他后他做过的一切坏事。可他连自己是谁都不知道，这比我想象中更容易看出。他的眼睛依然瞪得又圆又大，神情还是一样的无辜，可不同的是，现在我相信他无辜。

我和伊芙琳并肩走在路上，皮特在我们身后挪着步子。雪已停，地上已经积了一层雪，鞋子踩在地上会发出咯吱声。

我们慢步走到千禧公园，那尊巨大的利马豆雕塑反射着月光，接着我们走下一段台阶，伊芙琳用手抓着我的胳膊肘来保持平衡。马上就要见到父亲，不知她是否和我一样心绪不安，不知道她是否每次见到他都会紧张。

台阶的尽头有一个露天的亭子，亭子两头立着两个方形玻璃柱，每个柱子都有三个我那么高。我们告诉马库斯和约翰娜在这儿碰头——双方都携带着枪支，很现实，也很公平。

他们两人已等在了那里。约翰娜没有带枪，马库斯举枪对着伊芙琳，我也举起伊芙琳给我的枪对准他，以防不测。我看着他的头骨轮廓，又看着他鹰钩鼻的曲线。

“托比亚斯！”约翰娜叫道。她穿了一件友好派的红色外套，上面落了一层雪花：“你来这里干什么？”

“我是来阻止你们互相残杀的，真没想到你还拿着枪。”

我冲她的口袋点点头，口袋中隐约凸出枪的轮廓。

“和平有时需要用极端的方法来实现，”约翰娜说，“想必你也赞同吧。”

“我们来这儿不是闲聊的，”马库斯看着伊芙琳说，“你说你想和我们谈什么协议。”

过去的几星期从他身上掠去了什么，他的嘴角微微下垂，长出了深紫色的眼圈。恍惚间，我在他的脸上看到了自己的眼睛，我又想起恐惧情境中自己的倒影，想起当时的我看着他的肌肤像皮疹一样一寸一寸地覆盖在我身上，是多么的恐惧。我隐隐有些不安，害怕自己会变成他，即使在这个时刻，有母亲站在我身边，站在他的对立面上和他谈判，我的心还是有些不安，这可是我小时候梦寐以求的事。

可我觉得我此刻不再害怕了。

“对，”伊芙琳道，“有几条我方和贵方都需要同意的条款，对你们绝不失公平。贵方若接受我方条款，我会交出我方除防身所需之外的所有武器。我也会离开城市，永世不会返回。”

马库斯大笑起来，不知这笑声是嘲讽的笑，还是不相信的笑。他这个人太高傲，同时又太多疑。

“让她说完。”约翰娜轻声道，说着还把手塞进了袖子里。

伊芙琳补充道：“贵方必须应允以下条款：不得攻击或控制城市；不得阻止想离开这座城市到外面开始新生活的人踏出城市围栏；给予留在城市生活的民众投票权；投票选出新领导和新的社会制度。最重要的一条是，马库斯，你从此将不允许担任领导。”

最后一条算是和平协议中唯一纯属私人问题的条款。母亲说，她绝不允许马库斯欺骗更多的人去盲目追随他，我没有跟她争论。

约翰娜扬起眉毛。今天她两侧的头发都拢到耳后，脸上的疤痕全部露出。我觉得她这样看起来更好一些——她不用头发遮住真正的自己时，整个人也显得更强。

“不同意。”马库斯道，“我就是这些人的领袖。”

“马库斯！”约翰娜嗔道。

他没有理她，继续道：“伊芙琳，你不能因为你对我有个人偏见就来决定我能不能做他们的领袖。”

“不好意思。”约翰娜扯开嗓子道，“马库斯，她说的条款好到简直难以置信——不通过暴力的形式我们就能达到所有的目标！你怎么能说不呢？”

“因为我是这些人合法的领导！”马库斯说，“我是忠诚者组织的头儿！我——”

“不，你不是，”约翰娜淡淡地说，“我才是忠诚者的领导者。你必须同意本协议，否则我会把真相告诉所有人，说你本有机会不流血不杀戮就能终止冲突，可你仅仅为了自己的面子就拒绝了。”

马库斯摘下那张被动的面具，露出面具下凶残的面容，可他无法与约翰娜争论，她完美的冷静和完美的威胁完完全全把他握在了手心里，他只是摇着头，却没再说一句话。

“我同意贵方的条款。”约翰娜一面说，一面伸出手朝我们走来，落脚处发出吱吱声。

伊芙琳一根手指一根手指地脱掉了手上的手套，和约翰娜握了握手。

“明天早上，我们应该召集所有人集会，分享这个消息。”约翰娜道，“你们这边能不能保证集会安全？”

“尽力而为。”伊芙琳道。

我低头看了下表。自刚才跟艾玛尔和克里斯蒂娜在汉考克大楼旁边一别，现在已过了一小时，这意味着艾玛尔可能已经知道了记忆血清病毒没有起作用，也可能并不知道。可不管他知道也好，不知道也罢，我不能忘掉来这里的初衷——我得找到齐克和他的母亲，把尤莱亚的事告诉他们。

“我该走了，”我对伊芙琳道，“这边还有些事情要处理。我明天下午在城市边界处接你好吗？”

“行。”伊芙琳说着用戴手套的那只手轻快地揉了揉我的胳膊。记得我很小的时候，每当我从寒冷的室外走进屋子，她也是这样做的。

“你是不是不会回来了啊？”约翰娜问我，“你是不是在外面有了新的生活？”

“是。”我说，“我应该祝你们好运吧，外边那些人正想着关掉咱们的城市。你们还是提前做做准备吧。”

约翰娜微微一笑：“我肯定我们是可以和他们谈判的。”

我接过她伸出的手握了握，却感觉马库斯的眼光一直锁在我身上，沉重得仿佛快要把我压垮。我强迫自己抬起头看他。

“告辞。”我对他说，这句话是发自内心的。

齐克的母亲哈娜坐在卧室里的一把轻便椅上，两只小脚的脚尖都触不到地面。她身上穿了一件粗糙的黑色睡袍，脚上是一双拖鞋，两手叠放在大腿上，双眉微微扬起。她看起来那么庄严，让我觉得面前坐着的是世界级的领导人。我瞟了一眼齐克，他一脸睡意，拳头不停地揉着脸，应该是刚从床上爬起来。

艾玛尔和克里斯蒂娜并不是在其他革命者聚居的汉考克大楼附近找到他们的，而是在无畏派基地的环球大厦，在他们的公寓中找到了他们。我能找到他们也全因为克里斯蒂娜在我们那辆爆胎的卡车上留了张便条。伊芙琳给我们找了一辆新货车，供我们返回到基因局基地。皮特就坐在这辆货车中等着我。

“十分抱歉，真不知该从哪儿说起。”

“先挑最坏的情况说吧。”哈娜道，“比方说，我儿子到底怎么了。”

“在一次袭击中，他伤得很重。”我道，“有一场爆炸，而他恰好站得很近。”

“老天。”齐克前前后后地来回晃动着身子，似乎他想变回一个孩子，像个小孩一样只要晃一晃便能得到安抚。

可哈娜只是垂下头，我看不到她的面部表情。

客厅飘着大蒜和洋葱的味道，大概是他们晚饭吃的食物留下的味道。我把肩头倚在门廊边雪白的墙壁上，身边斜斜地挂着一张他们的全家福——照片中的齐克还是个学步的孩子，尤莱亚还是个婴孩，坐在他母亲的膝盖上。

“后来他就一直昏迷，再后来……”

“再后来，他醒不过来了。”哈娜的声音有些不自然，“你来就是想告诉我们这个消息，对吗？”

“是的，”我说，“我是来把这个消息告诉你们，来让你们为他做个决定。”

“什么决定？”齐克插话道，“要不要拔掉他的维生系统吗？”

“齐克。”哈娜边说边摇摇头。他往后一仰，倒在了沙发上，沙发垫子瞬间把他的身子围住。

“我们当然不希望他这样活着。”哈娜道，“他肯定也想好好安息，可我们想先去看看他。”

我点头道：“当然可以。我还有一件事要说。那场袭击其实……其实是一场起义，起义涉及了这些天我们所到之处的一些人，我也参与了。”

我盯着眼前右侧地板上的裂缝，看着那一层随着时间流逝积聚在缝里的尘土，等待他们的反应，什么反应都好。可我等到的只是无尽的沉默。

“我没有履行我对你的诺言，”我对齐克道，“我应该照顾好他，可我没替你看好他，我很抱歉。”

我瞟了他一眼，他静静地坐在那里，眼睛怔怔地盯着咖啡桌上那个空着的花瓶，瓶子上画的粉色玫瑰有些褪色。

“我觉得我们需要些时间。”哈娜清了清嗓子，却没有抑制住声音的颤抖。

“我很想给你们时间，可我们很快就要回基因局基地了，你们得跟我们一道回去。”

“好。”哈娜说，“麻烦你在门外等着，我们五分钟后出去。”

回基因局的路上，天色已暗，卡车行驶得很慢。我们坐在货车里一路颠簸前行，我看着天空，月亮在稀薄的云层下忽隐忽现。等我们到了城市最外边的界线，雪又下了起来，大片大片轻盈的雪花在货车头灯打出的光束中旋转着落下。不知道此时翠丝是否也在看着雪花飘过路面，堆在飞机旁。不知她现在所在之处是否比我离开时那个地方要美好一些，那里的人们再不记得什么叫纯净基因。

克里斯蒂娜向前探着身子，在我耳边嘘声问道：“你做到了？管用吗？”

我点点头，看向后视镜，她正用两只手捧着脸颊，溢出一脸灿烂的笑容。她的感觉我能体会，那是安全的感觉，我们安全了。

“你有没有给你的家人接种疫苗？”我问。

“有，他们在汉考克大楼里，和忠诚者组织在一起。”她说，“不过记忆重置的时间点好像过了，翠丝和迦勒应该成功了。”

第五十一章
噩 耗

一路走来，哈娜和齐克小声嘀咕着，惊叹于外面黑沉沉又新奇的世界。艾玛尔一面驾驶着货车，一面简单地解释着整件事，还时不时回头看看我，以示安慰，他看我的时间远长于看路的时间，有好几次都险些撞到路灯或路障上，我努力压制着心中快要爆发的恐慌，最后只好一个劲儿地盯着雪地。

我不喜欢冬天带来的寂寥，周围的景色变得光秃秃的，天与地之间形成截然不同的对比，树木也变成一个个干枯的架子，整个城市似乎变成了荒地。不过这个冬天对我来说也许会不一样。

货车驶过基地门口的围栏，停在了前门旁边。这里已没有了守卫。我们跳出车子，齐克握着他母亲的手，扶着她颤颤巍巍地在雪地中行走。等我们踏进基地，这里空无一人，我就确信，迦勒肯定是成功了，也就是说，这里的人记忆都已重置。他们的记忆全都被修改了。

“人都去哪儿了？”艾玛尔问。

我们穿过现在已无人把守的安检处，没有停下脚步。我远远看到站在另一头的卡拉，她一边脸颊青肿得厉害，头上包扎着绷带，可让我心中不安的却不是这些，而是她那一脸惊慌失措的表情。

“怎么了？”我问。

卡拉摇了摇头。

“翠丝呢？”我问。

“托比亚斯，你要节哀。”

“什么节哀？”克里斯蒂娜粗暴地吼道，“快说啊！”

“翠丝替迦勒闯入了武器实验室。”卡拉道，“她挺过了死亡血清，成功地释放了记忆血清，可是……可是她……她中枪了，她没能挺过来。节哀吧。”

大多数时候，我能看出一个人有没有说谎。卡拉这次一定在说谎，翠丝怎么会死呢？她忽闪忽闪的双眸放着光，她粉嫩粉嫩的脸颊有些红，她小小的身躯充满活力，她还好好地站在中庭的那一片阳光中。翠丝还活着，她还活着，她不会抛下我，她不会替迦勒闯进武器实验室。

“不！”克里斯蒂娜摇着头连声说道，“不可能，不可能，一定是搞错了！”

卡拉的眼睛里充满泪水。

我这才惊觉：以翠丝的性子，她肯定会替迦勒踏进武器实验室。

她当然会这样做。

克里斯蒂娜似乎大喊了几声，传到我耳边的声音却不清楚，好像我把头放在了水中。卡拉的脸也变得模糊不清，整个世界都混杂在一起，变成了一片混浊的颜色。

我只能静静地站着——我觉得只要立着不动，这一切就不再真实，而我也可以假装一切都还好。克里斯蒂娜弓着身子，似已承受不住这巨大的悲痛，卡拉忙过去抱住了她。而我

还是一动也不能动。

第五十二章
托比亚斯 回忆

她的身子落在大网上时，我只看到了一个灰色的身影。我伸过手去，把她拽过来，她那只手小巧却温暖，她站在我身前，又矮又瘦又平凡，从哪个角度讲也毫不出众——可她是第一个跳下来的新生。首跳者竟是个僵尸人。

就连两年前的我都不是第一个跳下来的。

那双眼睛是如此的坚定，如此的坚持。

如此的美丽。

第五十三章

托比亚斯 从前的她

但那并不是我第一次见到她。记得在学校的长廊里，在母亲的“葬礼”上，在无私派区域的人行道上，我都曾见过她。我是看见了她，却没有看到真正的她。在那一跳之前，没有人看到过真正的她。

或许，这样燃烧得太过绚烂的火焰注定无法长久。

第五十四章

托比亚斯 太平间

卡拉把噩耗告诉我以后，不知过了多久……我去看了她的尸体。我和克里斯蒂娜肩并着肩，茫然地跟在卡拉身后。我其实不记得从入口走到太平间的路，脑海中只有几幅模糊的画面，还有一些穿过我脑子里竖起的那道无形屏障而进入的声音。

她躺在一张桌子上。那一瞬间，我以为她只是睡着了，我若伸手摸她，她还会睁开眼睛，冲我微笑，还会在我的唇上印下一个吻。可当我的手触碰到她的身体，她是冷的，早已僵硬。

克里斯蒂娜抽着鼻子啜泣着，我则紧紧抓住翠丝的手，祈祷我若足够用力，就能让她重新拥有生命的气息，她就会恢复红润的气色，再度睁开眼睛。

不知道过了多久，我才意识到，那不可能发生，我意识到她真的不在了。不过当我感觉到精疲力竭，无力地瘫软在桌旁后，我想我是哭了，或者至少我想哭。全身的细胞都在尖叫，只想再要一个吻，再多一句话，再多一次对视，只要再多一次就好。

第五十五章
最后的话

后来的那些天，是运动，而不是静止帮我把悲痛控制住，所以我就在基因局的走廊里一圈又一圈地走着，连觉也不睡。我好像远远地看着周围的人渐渐从记忆血清的作用下恢复，他们的记忆被永远地改变了。

我们把从记忆血清的恍惚中回过神的人分成小组，给他们讲述真相：人性是复杂的，每个人的基因都有所不同，却没有受损或纯净之分。他们也听了我们的谎话，说抹掉他们记忆的是一次可怕的事故，而当时他们正准备游说政府给予GD平等的权利。

有人跟我在一起的时候，我感觉有些窒息，可独处时，又被孤独所淹没。我害怕得很，却不知到底在怕什么，因为我已失掉了所有的一切。我在控制室里停下来看屏幕中的城市，双手颤抖不止。屏幕中，约翰娜正为意欲离开城市的人安排交通工具，他们会驶到基因局，了解事实真相。不知留在芝加哥的人过着怎样的日子，不过我不觉得自己还会在乎。

我双手插进口袋里，看了十几分钟屏幕，便又离开了，我把心思放在让脚步和心跳保持一致上，或是小心地避开瓷砖和瓷砖之间的缝隙。等我迈过大门，忽然看到石头雕塑周围聚着一小群人，其中一个坐在轮椅上——是妮塔。

我穿过废弃的安检处，远远站在一边，看着他们。雷吉踩在雕塑的厚石板上，打开了水箱下面的阀门，一滴一滴缓慢落下的水滴变成了水柱，不一会儿，水箱的水便开始大股大股地涌出，溅得整个石板上都是，打湿了雷吉的裤子。

“托比亚斯？”

我心头一震。是迦勒的声音，我转过身，不想面对那个声音，想寻条路赶紧逃跑。

“请你等一下。”他道。

我不想看他，不想思量他对她的死有多么不关心，更不愿想起她是为这个胆小鬼而死，为他这个不值得牺牲的人而牺牲。

可我还是看向了他，想知道在他脸上能否看到翠丝的影子。虽然我已经接受了她不在的事实，却还是非常想念她。

他头发凌乱不已，看样子好多天没洗过头，绿色的眼睛充斥着血丝，撇着嘴，满脸的不悦。

他和她一点也不像。

“我不想再惹你，”他说，“可我有些话要告诉你，是……她托我捎给你的话，在她……”

“直接说就是了。”我不想听他说完那句话。

“她说……她说，如果她没能回来，让我告诉你……”迦勒哽咽了，他挺了挺身体，强压着泪水，继续道，“她不想离开你。”

这是她对我说的最后一句话，我听了该有所触动，可我却什么都感觉不到。我反而觉得，此刻，她离我愈发远了。

“是吗？”我声音沙哑地反问，“那她又为什么离开？她怎么就不让你去死？”

“你以为我就不质问自己吗？”迦勒道，“她爱我，甚至不惜拿枪指着我，逼着我让她为我而死。我不知道为什么，可事实就是这样，改不了。”

没等我作答他就离开了。也许这样也好，我想不出任何语言描述心中的愤恨。我眨眨眼，让眼中的泪水掉出来，然后瘫坐在大厅中央的地上。

我知道她为什么留下这一句话给我，她想告诉我这次与博学派总部那次不同，告诉我这次她不是用谎言骗得我睡过去之后去送死，告诉我她这么做不是没有必要的牺牲。我用手背使劲地揉着眼睛，似乎想把眼泪揉回脑袋里去。我告诉自己，不能哭。如果我释放出那么一丁点的感情，所有的情绪就会奔涌而出，就会永远也停不下来。

不知过了多久，附近传来卡拉和皮特的声音。

“这尊雕塑本来象征着变化，”她对他说，“缓慢的变化，不过现在他们要把它拆了。”

“啊，真的吗？为什么呀？”皮特声音很急切。

“呃……如果可以的话，我以后慢慢给你解释，你还记得回宿舍的路吧？”卡拉道。

“记得。”

“那……你先回宿舍待着，那边有人帮你。”

卡拉朝我走来，我有些怕听到她的声音。可她一言未发，只是坐在我身边，双手叠起，放在大腿上，背脊挺得笔直。此时的她既警觉又放松，凝视着那尊雕塑，雷吉正站在涌出的水柱下。

“你不用在这里陪我。”我说。

“我也没别处可去，”她道，“我喜欢这里的安静。”

我们就这样肩并着肩坐在地上，眼睛一眨不眨地凝视着水柱，沉浸在这里的安静之中。

第五十五章
最后的话

“原来你们在这里，”克里斯蒂娜一面说着，一面小跑着过来。她的脸有些肿胀，声音透着倦息，好似是一声沉重的叹息，“快来啊，时间到了，他们准备拔掉他的维生设备了。”

听到这话，我微微一颤，不过还是站了起来。自到了基因局后哈娜和齐克就一直守着尤莱亚，他们紧握着他的手，寻找着他身上的生命迹象。可他已经没有了生命，只是靠那些机器维持着心跳。

卡拉走在我和克里斯蒂娜身后，朝医院的方向走去。我已好几天没有合眼，却不觉得累，不像平时感觉到的那种累，只是每走一步都带着浑身的痛。我和克里斯蒂娜没有说一句话，可我知道我们心中所想是一致的，都想着尤莱亚，想着这是他的最后几次呼吸。

我们赶到尤莱亚病房的探视窗口处时，伊芙琳早已等在了那里——几天前，还是艾玛尔代我接她来到了基因局。她伸出手想抚摸我的肩头，却被我一个转身躲开了，我实在不喜欢被人安慰。

屋子里，齐克和哈娜站在尤莱亚病床的两侧，哈娜抓着他的一只手，齐克握着他的另一只手。站在心脏监测仪旁边的医生伸出手，手里拿着一块写字板，手却不是冲着哈娜伸出，也不是冲着齐克，而是冲着大卫。大卫坐在轮椅上，背微微驼着，精神有些委靡，和周围所有失掉记忆的人们一样。

“他在这里干什么？”我感到身上每一块肌肉、每一块骨头、每一根神经全都燃烧起熊熊烈火。

“按法律程序，他还是基因局的负责人，至少在新的负责人选出之前他还是。”卡拉在我身后道，“托比亚斯，他的记忆全部抹去，你认识的那个大卫已不存在了，他和死了没什么区别，他甚至都忘记他杀了——”

“不要说了！”我厉声喝道。大卫在板子上签了字，又转着轮椅往外走。门打开的瞬间，我控制不住自己的情绪，正想朝他冲过去，想用手紧紧掐住他的脖子，却被伊芙琳那瘦长却结实无比的身躯挡住了。大卫困惑地盯了我一眼，又沿着走廊离去，我靠着母亲的胳膊，那只胳膊像枷锁一般缠住我的肩膀。

“托比亚斯，”伊芙琳说，“冷静，冷静。”

“怎么没人把这家伙关起来？”我质问着，视线却已模糊，世间的一切蒙眬得看不清楚。

“别忘了他还是政府的成员。”卡拉道，“他们把这次事件解释成不幸的事故并不意味着要解雇所有人，政府也不会因为他被迫杀掉一个反叛者而把他关起来。

“反叛者，”我嘴里喃喃重复着，“她现在就仅仅是一个反叛者吗？”

“她曾经是。”卡拉轻声道，“她当然不只是个反叛者，可在政府的眼里她就是。”

我正想开口说些什么，却被克里斯蒂娜打断：“快看，他们开始了。”

在尤莱亚的病房里，齐克和哈娜各用一只手握着尤莱亚的手，另一只手则隔着他的身子握在一起。我看到哈娜的嘴唇在动，却听不到她在说些什么——无畏派是否也为逝者祷告？在无私派，人们用沉默和仪式祭奠死亡，把话语压在心中。心头的怒气渐渐消退，我再次被那种模糊的悲痛所吞噬，这悲痛不仅仅为翠丝，还为尤莱亚，笑容深深烙在我记忆中的尤莱亚。他不仅是我好友的弟弟，后来也成为我的朋友，我认识他时间不够久，还没能被他的幽默感染，我跟他相处的时间还不够久。

医生一手把写字板贴在肚子上，另一手关掉了几个开关，心脏监测仪上跳跃的曲线瞬时变成了直线，带走了尤莱亚最后一次呼吸。齐克双肩颤个不停，哈娜用力握着他的手，握得她自己的指关节都有些泛白。

她又说了些什么，双手缓缓放开，又往后退了几步，放手让他离去。

我转身离开窗子，一开始是走，接着奔跑起来。我穿过一条又一条的走廊，只觉得毫不在乎，漫无目的，空空落落。

第五十六章

悲伤得想要抹掉过去

第二天，我开走了基因局基地的一辆货车。这里的人依旧处于失掉记忆的恢复期，所以也没人拦着我。我穿过火车轨道驶向城市，视线漫无目的地扫过天际，可又没有真正看进去任何东西。

驶到隔开城市内外的那片田野时，我踩下油门，车轮压过枯草和地上的雪，很快，轮下的路就成了无私派区域的人行道，而我几乎感觉不到时间的流逝。一条条街道几乎都是一个样子，可我的手和脚知道该如何走，尽管我的大脑没能给它们任何指引。我把货车停在停车标识旁的那栋房子前。房子前的步行道有些裂缝。

这里曾经是我的家。

我穿过前门，爬上楼梯，双耳依旧被那道屏障蒙着，好像我在漂浮，漂浮着离开这个世界。人们常常会说悲伤的痛，我不知道这话什么意思，于我而言，悲伤是全身的麻木，所有感官都失去了原本的灵敏。

我走到楼上，手掌贴着镜子的挡板，推开了它。落日洒下金色的余晖，爬过地面，从下面照亮我的脸，我从未看起来如此苍白过，眼睛下面的黑眼圈也从未如此深。过去的这几天，我一直处于半睡半醒的状态，无法真正睡着，也无法真正醒过来。

我把理发器的插头插进镜子旁边的插座上，开关已经打开了，所以我只需要拿过理发器理头发，时而按住耳朵，避开锋利的刀片，时而侧过头，从镜子中看一下脖子后面，检查下有没有漏掉的地方。推掉的头发落在我的肩膀和鞋子上，碰到的皮肤都痒痒的。我用手拂过头发，感觉了一下理得是否平整，却有些多此一举。在我很小的时候，我就学会了给自己理发。

我花了好一阵子来拍肩膀和脚上的碎发，又把拍落的头发扫进簸箕。这一切都做完之后，又站在镜子前，我在镜子里看到我文身的一角——无畏派燃烧的火焰。

我从口袋里掏出记忆血清的瓶子，这个小小的瓶子能抹掉我大半的人生，不过它作用的会是记忆，而不是事实。喝下这瓶血清，我仍记得怎么写字，怎么说话，怎么组装电脑，这些信息储存在大脑不同的区域里面，可对其他的事情，我会一无所知。

实验已经结束，约翰娜已和政府人员——也就是大卫的上司——达成了协议：前派别成员将继续留在城市里，只要他们自给自足，听从政府的指示；允许外面的人自由进入城市定居，把芝加哥建成和密尔沃基市一样的大型聚居城市。曾负责实验工作的基因局现在负责芝加哥城市内的秩序维持。

芝加哥将是唯一由不相信基因受损概念的人们统治的大城市，在某些方面来讲，这里是一片天堂。马修曾对我说，他希望边界地带的人们能源源不断地来到这里，将空缺填满，希望他们能在这里过上比从前富足的生活。

而我只想成为一个全新的人。我会成为伊芙琳·约翰逊的儿子托比亚斯·约翰逊，他的人生或许枯燥无味，没有什么波澜，可他是一个完整健全的人，不是我现在这个样子，被痛苦压垮，没办法做出任何有用的事。

“马修告诉我，你偷了一些记忆血清和一辆货车，”走廊尽头传来克里斯蒂娜的声音，“说实话，我不太信他。”

我的耳朵仍然被那屏障挡着，也没听到她走进屋子。就连现在，她的声音也像是从水中传来，我得过一小会儿才能反应过来，我看向她道："你既然不太信他，怎么还来了呢？"

"以防万一吧。"她一面说着一面朝我走来，"再说了，我还想再看一眼这个城市，它马上就有翻天覆地的变化了。托比亚斯，快把瓶子给我。"

"不给。"我握着瓶子的手一紧，不想让她把它抢去，"这是我自己的决定，你无权干涉。"

她深色的眼睛瞪得大大的，脸在阳光中散发着光芒。这光让她那浓密的深色头发每一缕都闪着橙色的光，好似燃烧的火焰。

"这不是你的决定，"她道，"这是懦夫的决定。老四，你可以用很多词来描述，可你不是个懦夫，绝对不会是懦夫。"

"我现在可能就是一个懦夫。"我神情黯然地说，"人会变，我觉得无所谓。"

"不，你不会无所谓的。"

我太疲惫，所以只是翻了个白眼。

"你不能变成让她憎恨的那种人，"克里斯蒂娜放轻了声音，"她肯定讨厌你变成这副样子。"

滚烫而又无比真实的怒火击溃了我，连耳边的屏障也没了，本应安静的无私派街道在我听来却聒噪吵闹，我在这力量的冲击下颤抖着。

"闭嘴！"我吼道，"快给我闭嘴！你怎么知道她恨些什么？你根本不了解她，你——"

"我够了解她！"她抢过我的话，"我知道她肯定不想让你抹掉她曾在你心中留下的痕迹，肯定不希望她在你脑中从未存在过。"

我几步冲过去，把她按在墙上，俯身凑向她的脸。

"你再敢说这个，我就要——"

"你就要干吗？"克里斯蒂娜使劲儿把我推开，"就要打我吗？一个大块头的强壮男人欺负女人，有个再恰当不过的词了，叫什么来着？叫懦夫。”

我忽然记起这座屋子中父亲的吼叫声，记起他用手紧紧掐住母亲的喉咙，记起他把她扔在地上和墙上，当时小小的我站在卧室的门廊看着这一切的发生，小手抓在门框上，记得母亲卧室中传来的轻声啜泣，她反锁着门把我挡在门外。

我退后了几步，倚靠在墙上，任凭身体垮在墙边。

“我很抱歉。”我道。

“我知道。”她回道。

我们就那样站了几秒钟，静静地盯着对方。还记得第一次见到她时我有多讨厌她，当时她还是个刚从诚实派转来的新生，口无遮拦，什么都叽叽喳喳地说出来，日子久了，她一次又一次地向我证明了真正的她是什么样的——她是个宽容的朋友，对真相虔诚信仰，还勇敢到肯去行动。我现在忍不住也有些喜欢她，也渐渐看到了翠丝眼中的她。

“我知道想忘掉过去是怎样的滋味，”她道，“我也能体会无端失去爱人是怎样的痛苦，我甚至也理解你为什么想通过抹掉关于她的全部记忆来换取片刻的安宁。”

她握住了我抓瓶子的手。

“我认识威尔的时间不长，可他改变了我的生活，他改变了我。我知道，翠丝对你的改变要更大。”

刚才她那满脸的严肃渐渐散去，伸出手，轻轻地拍了下我的肩膀。

“在她的影响下你所变成的那个人是值得做下去的。你若是喝下这瓶血清，你就永远永远变不回那个人了。”

眼泪再一次夺眶而出，跟我去看她的尸体时一样，可这次痛却随着泪水而来，热辣、尖锐地刺着我的胸膛。一个个记忆片段如同动物的爪子，挠着我的心房。我把瓶子紧紧攥在手心，急切地渴望它带给我释然，渴望着它能让我免受苦痛。

克里斯蒂娜双臂揽住我的肩膀，这个本该安慰我的拥抱却加重了我的痛，它只能让我想起翠丝那两只瘦削的胳膊拥抱我的感觉，起初带着些犹疑和不确定，后来慢慢变得更有力，变得自信，变得对自己更加确定，对我也更加确定。我又想到以后的拥抱都将不同，因为没有人可以替代她，因为她已经走了。

她已经永远地走了，再多的眼泪也只是徒劳，只是愚蠢，而我却只能垂泪。克里斯蒂娜扶着我不让我倒下，良久良久，却没说一句话。

我挣开她的怀抱，她的双手依旧搭在我的肩头，长满老茧的手掌粗糙却很温暖。或许，人生如手掌，一次次痛了，就长出一个个茧子，变得坚硬，而人一次次痛了，就会变得坚强。可我不想变成这个长满了老茧的人。

世上的人分为许多许多种，比如翠丝，她经历了痛苦煎熬，遭受了背叛，却依旧愿意为自己的哥哥献出生命；比如卡拉，她原谅了开枪射穿她弟弟头颅的人；再比如克里斯蒂娜，她的朋友一个个离她远去，她却依旧敞开心扉，结交新的朋友。我眼前也有另外的选择，这些选择比我已做出的要鲜艳夺目，勇敢坚强。

我睁开眼睛，伸手把瓶子递给她。她接过瓶子，放进兜里。

“我知道齐克在你跟前还是有点怪怪的，”她边说边抬起一只胳膊，“但你可以把我当成你的朋友。你要是愿意，我们还可以学友好派的姑娘那样互换手镯。”

“这个还是算了吧。”

我们一齐走下楼梯，走进街道。太阳隐在芝加哥那一栋栋大楼之后，远方传来火车在轨道上飞驰的声响。我们要离开这个地方，抛开我们曾经在乎过的一切，而我觉得这无所谓。

第五十六章

悲伤得想要抹掉过去

在这个世上，有很多种勇敢。勇敢有时需要我们为了更崇高的事业或是为了别人奉献生命，有时却需要我们为了更伟大的事放下你所有的知识和记忆，放下你爱过的所有人。

可有时候，勇敢没那么惊天动地。

有些时候，勇敢只不过是咬紧牙关挺过痛苦，做完一天天的工作，缓缓地朝着更好的日子迈进。

此时我需要的，恰是这样的勇敢。

终　曲
两年半后

伊芙琳站在两个世界的交界处，这里的地面已被来来回回的车轧得有些旧了，边界地带的人们或搬进城市，或从城市离开，前基因局基地的工作人员通勤也常常过这条界线。她站在一个洼处，手中拎着的包搭在腿上。看我过来了，她就挥挥手跟我打招呼。

她钻入卡车后，在我的脸颊上亲了亲，我没有阻止她。我感觉到自己的脸上爬上了一抹微笑，于是就一直笑下去。

“欢迎回来。”我说。

两年前，我让她选择，之后不久她和约翰娜达成和平协议，她离开这座城市。两年多的时间过去了，芝加哥的变化翻天覆地，我觉得她的归来对这座城市早已没什么害处，她自己也这么想。虽说时间过去了两年，她反倒年轻了许多，脸庞变得圆润，笑容也更加灿烂。看样子，时间帮了她不少。

“你日子过得怎么样？”她问。

“我……我还好。”我说，“今天准备撒她的骨灰。”

我看了看摆在后座上的骨灰盒，仿佛它也是车上的乘客。有好长时间，我一直把翠丝的骨灰放在基因局的太平间，我不知她想要怎样的葬礼，也不知我能不能撑到参加她的葬礼。可今天是个特殊的日子，若派别制度还在，今天应是“选派大典”。在这个日子我也该向前看，向前迈出一步，哪怕只是小小的一步。

伊芙琳一只手搭在我的肩上，看着田地。那原本被围在友好派总部，与外界隔开的庄稼现已延伸开来，延伸到城市周围大片长草的地方。我偶尔会想念那片荒无人烟的空旷之地，这一刻却不介意穿梭在一排又一排的玉米或小麦里。农田中穿梭着劳作的人们，他们穿着红色的、蓝色的、绿色的衣服，手中拿着前基因局科学家发明的手提设备，仔细地检测土质。

“没有派别的日子感觉如何？”伊芙琳问。

“再普通不过。”我冲她微微一笑，“你肯定会爱上这边的日子。”

我把伊芙琳带到我住的公寓。我住在河的北面，楼层不高，但透过一扇扇窗子，我还是可以看到一大片楼房。我算是新芝加哥城最初定居者中的一个，也就有机会自由选择住所。齐克、桑娜、克里斯蒂娜、艾玛尔和乔治选择住在汉考克大楼较高的楼层，迦勒和卡拉已搬到千禧公园附近的公寓套房，我住在这儿主要是因为这里的风光很美，而且离我从前的两个家都很远。

“我邻居是个历史学家，他是从边界地带那边来的。”我摸索着口袋，寻找钥匙开门，“他把芝加哥叫作‘第四城市’——因为很多年前，这座城市被一场大火烧毁了，后来又被‘纯净基因战争’再次焚毁，我们是第四批打算在这里定居的人。”

“第四城市。”我推开门时，伊芙琳重复着，“我喜欢。”

我的屋里几乎没什么家具，只有一个沙发，一张桌子，几把椅子和一间厨房。阳光洒在湿地对面那栋楼的窗子上，闪闪烁烁。一些前基因局科学家试图让河流和湖泊恢复它们曾经的面貌，只不过尚需时日。变化和愈合一样，需要时间。

伊芙琳把包扔在沙发上："谢谢你让我先在这儿住些时日，我尽早找房子搬出去。"

"没事。"我说。可一想到她要住在这里，拨弄着我那为数不多的几件家具，穿梭于我走过的走廊，我便有些莫名的不安，可我不能永远疏远母亲，更别说我还向她承诺过，一定会努力修补我们之间的关系。

"听乔治说，他要找些人帮他训练警察部队，你没过去看看？"伊芙琳问。

"没有。我说过，今生今世再也不想碰枪了。"

"也对，你现在靠说话吃饭了。"伊芙琳皱了皱鼻子道，"你也知道，我不怎么信任政客。"

"你要信任我，我是你的儿子。"我道，"反正，我不是什么政客，至少现在不是，我只是个小助理。"

她坐在桌子旁边，环视四周，眼神中流露着机警，又带着些焦躁，像猫一样。

"知道你父亲去哪儿了吗？"她问。

我耸耸肩："听说他走了，没问去了哪儿。"

她用手托着下巴，道："你就没有什么话跟他说吗？哪怕一句话？"

"没有。"我一面说一面来回转着手中的钥匙，"我只想把他留在身后。他就该被抛在身后才对。"

整整两年了。两年前，我们在千禧公园里面对面站着，当时大雪纷飞。那时候我意识到，这个男人给我带来的痛苦，"够狠市场"里当着无畏派的面对他那一通痛揍也无法抚平，吼他或是骂他同样无法抚平，我面前剩下的只有唯一一个选择，那就是放手。

伊芙琳眼神奇怪，似乎在搜寻什么似的看着我，接着她穿过屋子，打开刚刚扔在沙发上的包，拿出一个用蓝色玻璃制作的雕塑。那尊雕塑宛若奔涌而下的水凝固在某一时刻。

至今我还记得她把这尊雕塑给我的时候。当时我很小，但还是知道母亲给我的东西是无私派的禁忌之物，它没有什么用处，也因此被无私者视为自我放纵的东西。我还问过她这雕塑有什么用处，她说它表面上没什么用，但它可以改变这里，她说着伸手摸了摸自己心的位置。美丽的东西有时候能改变我们的心。

很多年来，这尊小小的雕塑都是我无声反抗的象征，告诉世界我并不心甘情愿做一个顺从、谦恭的无私派小孩。它还诉说着母亲的反抗，尽管当时我一直以为她早已离世。当年我把雕塑藏在床底下，就在打算离开无私派的那天，我把它摆到桌子上父亲看得到的地方，想让他看到我的力量，看到母亲的力量。

“自你走后，我看到它就想起你，”她把雕塑紧紧贴在腹部，“想起你有多勇敢，你一直以来有多么的勇敢。”她浅浅一笑道，“你可以把这东西放在你这儿，毕竟是我送给你的礼物。”

我没有说话，生怕一旦张口，声音就不再镇定，我能做的只有冲她笑笑，又点点头。

春风带着些许寒意，可我还是打开了卡车的窗子，这样我就能在胸腔里感受这风，任它轻轻刺着我的指尖，提醒我寒冬还未远去。我停在“够狠市场”附近的火车站台上，从后座取出骨灰盒。银色的骨灰盒简单素雅，上面没有什么雕刻。盒子不是我选的，是克里斯蒂娜选的。

我走过站台，朝已经聚在那里的一小群人走去。克里斯蒂娜和齐克站在一起，桑娜在他们身旁坐在轮椅上，腿上还盖着一条毛毯。她现在坐的轮椅比以前那辆更高级一些，轮椅的后面没有了把手，她也可以更方便地调整座椅。马修站在站台边上，半个脚已站在台沿外头。

“嗨。”我走到桑娜身边时和他们打了声招呼。

克里斯蒂娜冲我微微一笑，齐克拍了拍我的肩头。

尤莱亚只比翠丝晚去世几天，可齐克和哈娜在他走后几周后，就在亲朋好友的谈笑声中把他的骨灰撒进了大峡谷。我们朝基地深坑喊着他的名字，让他的名字在空旷的深坑中回荡着。这一次，尽管我们是为了纪念翠丝，最后一次做证明无畏派勇气的事，可我知道齐克一定是想起了他，我们也都想起了他。

“给你看样东西。”桑娜一面说着一面把腿上盖着的毯子往边上一扔。她双腿上架着复杂精巧的金属支架，支架的上端一直架到她的臀部，顶端如腰带般缠在她的腰上。她冲我一笑，只听一声齿轮摩擦的吱吱声，她的双腿落在了地上，她一点一点地直起身子，站了起来。

在这庄严肃穆的场合中，我嘴角还是绽出一抹笑。

“哇，快看看，我都快忘了你还是个大高个儿呢。”

“迦勒和他实验室的同事们帮我造的这玩意儿。”她道，“现在只能慢慢摸索怎么用，不过听他们的意思，说不定有一天我还能跑步呢。”

“真不错。”我道，“那迦勒在哪儿呢？”

“他和艾玛尔晚些时候再和我们碰头，”她道，“总要有人在下面接着第一个下去的人。”

“他现在还是个软脚虾，”齐克道，“可我总算不怎么讨厌他了。”

“啊。”我答道，没有承认，也没有否认。其实，我和迦勒也算和好了，虽然我还是不想和他一起待太长时间。每每看到他的举止形态，听着的他声音语调，我总会想起她，总会觉得在他身上看到了她的影子，看到的不够多，却又多到难以承受。

我正要说什么，火车在锃亮的轨道上朝我们疾驰而来，接着，伴随着轮子刮擦轨道的声响，火车停在了站台前方。车厢头节的驾驶室里探出一个脑袋——卡拉编着辫子，看着我们。

“上车！”她喊道。

桑娜坐回轮椅，推着转轮进了车门，马修、克里斯蒂娜和齐克也跟了上去，我最后一个进去，先把骨灰盒递给桑娜，又站回到门口，一只手抓住门把。

火车又开始行进，渐渐加速，我听到轨道处传来的搅拌声混杂着车轮划擦铁轨的声音，我能感受到火车带来的力量在我体内积聚着。风迎面吹来，吹得衣服紧贴在身上。我看着眼前延展开来的城市，所有的建筑都被阳光照耀着。

现在的一切都和以往不同，只不过我早已适应，我们都找到了新的生活。

卡拉和迦勒在前基地实验室工作，现在的实验室已成了农业部下属的分支机构，主要研究农业技术的改善，以提高农作物产量，养活更多的人。马修在城市的一所精神病研究所工作——记得上次我和他交谈时，他好像正在研究人脑的记忆。克里斯蒂娜所在的机关主要负责边界地带的人到城市里生活的迁移工作。齐克和艾玛尔成了警察，乔治则帮着训练警队人员——我总说，他们几个还是从事着无畏派的职业。至于我，我现在是我们城市政府一位议员的助理，这位议员正是约翰娜·瑞斯。

我伸出一只胳膊去抓另一个把手，在火车拐弯之时，我探出了身子，几乎悬在距地面有两层楼高的空中。那一瞬间，我打从心底感到兴奋，那种无畏者最爱的恐惧所带来的兴奋。

“嗨，”克里斯蒂娜站在我身边，“你妈妈怎么样？”

“还好。我想，就慢慢看吧。”

“你去不去滑索道？”

我凝视着眼前的轨道，它一路来到街道的高度。

“去。”我回道，“翠丝肯定希望我至少试一次。”

说她的名字时，我还是感到一丝刺痛，这刺痛提醒我，她的存在还是我心中一道美丽的回忆。

克里斯蒂娜看着前方的轨道，肩膀凑向了我的肩膀，不过只停留了几秒钟：“说得没错。”

关于翠丝的回忆，是我最难忘的部分，却也逃不过所有记忆的命运——已随时间的渐渐流逝在我脑中变淡——它们不再让我感到阵阵刺痛。我甚至偶尔主动翻出这段回忆，让这些画面在脑中掠过，不过这样的情况不是很多。有些时候，我会和克里斯蒂娜一起重温有关翠丝的回忆，她十分擅长聆听，远远超出我的预料，毕竟她是来自诚实派的能言善辩者。

卡拉停下火车，我跳到了站台上。到了楼梯的顶端，桑娜从轮椅上站起身子，借着支架，一步一步小心地爬下楼梯。我和马修跟在她身后，手中抬着她的轮椅，轮椅有些笨重，也蛮沉，可凭我们的力气还是抬得起。

等到了楼梯最底端，我问马修：“皮特那边有什么最新消息吗？”

皮特从记忆血清带来的恍惚中恢复后，性格中尖锐、刻薄的部分也苏醒过来一些，虽然没有全部回来。只不过后来我再也没联系过他。我对他已没有了恨意，可也不代表我喜欢他。

“他在密尔沃基，”马修道，“不过我还真不知道他在干什么。”

“他好像在什么机关工作。”卡拉的声音从楼梯尽头传来，她手中还抱着从桑娜腿上拿下的骨灰盒，“我觉得他这样挺好。”

“我一直以为他会加入边界地带的GD反叛者组织呢。”齐克道，“反正就我对他的了解，他也只能去那儿了。”

“他现在变了。”卡拉耸耸肩道。

边界地带仍然有GD反叛者，他们还是坚信只有用暴力才能实现我们所需要的改变。我则倾向于用非暴力的手段实现改变。我想我这辈子经历过的暴力已经够多了，我仍然带着这些暴力的痕迹，承载它的不是我皮肤上的伤疤，而是总在我最不希望的时候涌现出的那些记忆——父亲的拳头抡向我的下巴，开枪处死艾瑞克，我家老屋对面的街道上遍地的无私者尸体。

我们穿过一条条街道，朝着索道的方向走去。派别制度早已消失，可城市的这一片区域的前无畏派成员比任何地方都要多，辨认他们并不需要凭借衣服的颜色——如今他们的衣服总是炫目得很——而是因为这里的人脸上还是穿着孔，身上还是文着文身。人行道上偶有几个人跟着我们游荡，大多数人仍在工作——按照芝加哥城的规定，所有有工作能力的人都必须参加工作。

在我们前方，汉考克大楼挺立着，直插云霄，大楼下宽上窄。黑色的横梁一道连一道直至楼顶，交错着，牢固紧密，延伸着。我真是好久没这么靠近它了。

我们走进大厅，地板擦得很亮，闪闪发光，四面墙上画着鲜艳的无畏派涂鸦，大概是这座楼以前的居民画下的，留下作为念想。这里是无畏派的地盘，因为无畏者爱着这里，不仅仅是因为它的高度，也因为它的落寞。无畏派喜欢让寂静无声的地方变得嘈杂，这也是我喜欢他们的一点。

齐克伸出食指按下电梯的按钮，我们蜂拥进去，卡拉按下“100层”的按钮。

电梯开始启动，我闭上了眼睛，随着电梯上升起来。我几乎能看到脚下越拉越长的空间，那是一条黑漆漆的通道，而让我免于下沉、坠落、垂直跌下的，只有脚下这块三十厘米厚的地板。电梯停下来时微微一颤，我扶着墙稳住身子。

门缓缓打开。

齐克拍了拍我的肩膀道："兄弟，别害怕，好吗？我们以前经常玩这个。"

我点了点头。风从天花板的大洞里吹来，我的头顶便是天空，碧蓝明亮。我拖着脚，与其他人一起一步步朝着梯子走去，身体因恐惧而麻木，脚步怎么迈都迈不快。

我用手指尖摸到梯子，一节一节地往上爬。桑娜在我前面，有些笨拙地爬着梯子，基本全靠胳膊发力。

记得我在背后刺文身的时候，曾问过托莉，我们是不是这个世上最后一批人，她只说了三个字："或许吧。"在我看来，她不太愿意去想这个问题，可站在汉考克大楼的顶层，我们却很容易相信世上只剩下我们这些人。

我凝视着沼泽前方的那排楼房，胸口一紧，收缩着，好像要朝里面垮塌掉。

齐克跑着穿过楼顶，到另一边的索道旁，把一根一人大小的吊索挂在钢丝绳上面，又把它锁住，防止它向下滑落，等一切完毕，他满怀期待地看向我们。

"克里斯蒂娜，"他说，"你来。"

克里斯蒂娜站在吊索旁，伸出一根手指敲着下巴。

"怎么样啊？脸朝上还是朝下？"

"朝下吧。"马修抢过话，"我想脸朝上滑下去，不然肯定吓尿裤子。我还不想让你学我。"

"脸朝上可是更容易尿裤子的，你到底知不知道啊？"克里斯蒂娜道，"那你就脸朝上尿去吧，这样我就能叫你'尿裤子的'了。"

克里斯蒂娜脚先进去，腹部朝下，这样滑下索道的时候，她还能看着汉考克大楼渐渐变小。想到这儿，我不禁打了个寒战。

我不能再看下去，闭上了眼睛。克里斯蒂娜沿着钢丝绳渐渐消失不见，马修和桑娜也俯冲滑下，他们兴奋的尖叫声在风中飘荡，宛如叽叽喳喳的鸟鸣。

“老四，该你了。”齐克道。

我摇了摇头。

“来吧，最好还是克服掉你的恐惧，是吧？”卡拉道。

“不行，你先来吧，拜托。”

她把手中的骨灰盒递给我，深深地吸了口气，我握着骨灰盒紧贴在腹部，被传来传去的骨灰盒竟有些许温度。卡拉爬进吊索，有些不稳当，齐克给她系好了背带。她双手交叉，抱在胸前，借着齐克在后面向前推的力滑了下去，滑过湖滨大道，滑过整座城市，却没发出什么声响，连喘气声都没有。

只剩下我和齐克两个人，盯着彼此看。

“我不行。”我声音虽不发颤，身子却抖得厉害。

“你一定行，”他说，“你可是无畏派的传奇人物，你是老四！你能直面任何困难。”

我双手抱胸，一步步移向楼顶的边沿，尽管还有好几米的距离，我却总感觉自己要从楼上跌下去，我能做的只是摇头，再摇头，还是摇头。

“喂，”齐克伸出两只手搭在我的肩上，“难道你忘了吗？你滑下去不是为了你自己，而是为了她。做她喜欢做的事情，她一定会为你自豪的，对吧？”

他说得对，我不能退缩，也没有退路，更别说现在我依旧能记起她和我爬摩天轮时的笑颜，她面对情境模拟中的种种恐惧时收紧的下巴。

“她当时是怎么下来的？”

“脸冲下。”齐克道。

“好。”说着我便把骨灰盒递给他，“把它绑在我身后，行吗？记着把盖子打开。”

我爬进吊索，两只手抖得厉害，差点连吊索的边缘都抓不住。齐克帮我把带子系紧，勒住我的背和双腿，又把骨灰盒塞在我身后，口朝外，方便撒骨灰。我低头看向湖滨大道，咽掉了苦水，开始向下滑去。

那一瞬间，我突然反悔了，可一切都已来不及，我的身体已朝着地面俯冲下去。我口中喊出震天响的声音，震得我只想捂住自己的耳朵。我感觉尖叫充斥着我的胸口、我的喉咙、我的脑袋。

迎面而来的风吹得我的眼睛有些痛，可我还是强睁开眼，在令人头脑发昏的惊慌中，我理解了她为什么选择脸朝下——这样她就能感觉自己在飞翔，像只鸟一样飞翔。

我依然能感觉到身下的空洞，亦如我心中的空洞，好像一张张开的大嘴，快要将我吞噬。

我突然意识到我已经停了下来。最后的骨灰也随风散去，宛若灰色的雪，飞扬在天空里，慢慢消失。

地面只有一两米的距离，差不多能跳下去。其他几个人已围成了一个圆圈，胳膊挽着胳膊，形成一张骨肉织成的大网，等着我跳下。我把脸抵在吊索上，哈哈大笑起来。

我把空了的骨灰盒扔向他们，又扭动胳膊，解开了身后的带子，整个人像一块落下的石头掉落在朋友们的胳膊上。他们接住了我，他们的骨头硌着我的背，我的腿，接着把我放在了地上。

我盯着汉考克大楼，满眼惊奇，周围陷入了一片尴尬的沉默，大概没人知道说些什么，在人群之中，只有迦勒小心翼翼地冲我笑。

克里斯蒂娜使劲儿眨着眼，弹出眼中的泪花，喊道："快看，齐克来了。"

齐克挂在黑色的吊索上，向我们冲过来，先是空中的一个小黑点，渐渐变成一团黑影，后来终于能看清一身黑衣束身的齐克。吊索慢慢停下，他兴奋地喊叫着，我赶忙走过去一手抓着艾玛尔的前臂，一手抓住卡拉那苍白的胳膊，她冲我微微一笑，笑容中却带着哀伤。

齐克的肩膀狠狠地落在我们的手臂上，人也重重地摔了下来。他脸上溢出狂野的笑，让我们像摇小孩一般摇着他。

“感觉真爽。老四，要不要再来一次？”

我一点也没迟疑就答道：“想都别想。”

我们一群人分散开朝火车的方向走去。桑娜在支架的帮助下走着，齐克推着她的轮椅，还时不时和艾玛尔说些闲话。马修、卡拉还有迦勒走在一起，不知聊的什么话题，反正他们很兴奋，他们三个也的确很相似。克里斯蒂娜在我身边安静地走着，一只手搭在了我的肩上。

“选派大典快乐。”她说，“我想知道你心情怎样，如实回答。”

我们两人偶尔会用命令的口吻和对方说话，不知不觉间，她也成了我的一个知己，虽然我们两个之间还是经常发生口角。

“我还好。”我说，“不容易，永远都不容易。”

“我懂。”

我们跟在人群的最后面，经过一栋栋仍然处于废弃状态的楼房，它们的窗子依旧黑漆漆的，又穿过了横跨沼泽的大桥。

“是啊，人生有些时候糟糕透顶。”她说，“可你知道是什么让我撑下来了吗？”

我扬起双眉。

她也学着我扬起眉毛。

“抓住不糟糕的那些时刻，”她道，“窍门呢，就是留心这些时刻的到来。”

她微微一笑，我也会心一笑，和她肩并着肩，爬上楼梯，走上了火车站台。

我从小就明白一个道理：生活会将我们打击得伤痕累累，每一个人都如此。谁也逃不出这一命运。

可现在我又悟出另外一个道理：人是可以修理弥合的。我们彼此帮助着，慢慢痊愈。

致　谢

对我而言，致谢这部分是可以畅所欲言之处，能多诚恳就多诚恳。若凭我一己之力，我的生活或书作都不会取得如此成功。三部曲或许只有一个作者，可若非以下之人合力，作者也不可能成就这么多事。正因为如此，我要感谢上帝，感谢你赐给我这些人，让我进步。

以下——

感谢我的丈夫。谢谢你给我超乎寻常的爱，谢谢你带给我的头脑风暴，细读了我所有的手稿，更感谢你以无比的耐心包容这神经质的作家老婆。

感谢乔安娜·沃尔佩，诚如斯言，谢谢你诚实、善良，并如老板一样处理各方面事宜。感谢凯瑟琳·蒂根，谢谢你出色的笔记，还要谢谢你带我看见出版这行最有同情心、最甜蜜的部分（一般人我不告诉他。等等，已经说出来啦。）感谢莫莉·奥尼尔，谢谢你为我花费的时间和精力，谢谢你发现《分歧者》系列的好眼力，毕竟，那是很厚一摞原稿。感谢凯西·麦金泰尔，谢谢你至关重要的宣传，以及你对我展现的惊人的善意（还有你教给我的舞步）。

感谢乔伊·迪普、艾米·芮恩，巴布·菲茨西蒙斯，谢谢你们每一次都把书设计得这么棒。谢谢了不起的布伦纳·弗兰兹塔、乔希·威斯、马克·里夫金、瓦莱丽·谢伊、克里斯汀·科克斯、琼·朱尔达内拉，谢谢你们对我的字句如此再三斟酌。感谢劳伦·佛拉尔、艾莉森·利兹诺、姗迪·罗思通、戴安·诺顿、柯林·奥康奈尔、奥福利·帕克斯·弗里德、玛戈特·伍德、帕蒂·罗萨蒂、莫莉·托马斯、梅根·萨格鲁、奥奈里·斯密斯和布雷特·拉克琳，感谢你们在公关和宣传方面的付出，你们的努力无法用语言形容。感谢销售精英们：安德鲁·帕本海默尔、凯利·蒙娜福、凯西·法波尔、利兹·富鲁、海瑟·多斯、珍妮·谢丽丹、佛兰·奥尔森、戴布·墨菲、杰西卡·阿贝尔、萨曼莎·黑格博伊默、安德鲁·罗斯和大卫·欧胜，感谢你们的热情和支持。感谢珍·麦金利和埃尔法·王，谢谢你们让我的书进入世界各个角落的书架。

谢谢所有外国出版社，谢谢你们相信这些故事。

感谢创作奇才夏娜·拉莫斯和瑞克·德永；感谢凯特琳·佳林、贝斯·艾思维、凯伦·德斯考斯卡及肖恩·麦克玛纳斯，在制作有声书方面，你们功不可没；感谢财务组的兰迪·罗思马和帕姆·摩尔，谢谢你们的辛勤努力和天赋。感谢凯特·杰克逊、苏珊·卡茨和布莱恩·莫里，你们把哈珀这艘船驾驶得这么好。一个从上到下都富有激情又全力支持我工作的出版社，对我来说意义非凡。

感谢波雅·薛芭赞，谢谢你为《分歧者》找到这么好的电影专家，感谢你的辛劳、耐心和友谊，还有那些跟虫子有关的恐怖的恶作剧。感谢丹尼尔·巴塞尔，谢谢你井然有序又有耐心的个性。感谢新叶文学的所有人，你们都是如此了不起，而且做出了同样了不起的事。感谢斯蒂文·杨格，谢谢你在生活和工作上对我的照顾。感谢跟电影有关的所有人——特别是尼尔·伯格、道格·威克、露西·菲舍、吉莉安·伯雷尔和埃里克·菲戈——谢谢你们带着谨慎和尊重处理我的作品。

感谢母亲、弗兰克、英格丽、卡尔、小弗兰克、坎蒂丝、麦考尔、贝丝、罗杰、泰勒、特雷佛、达尔比、蕾切尔、比利、佛瑞德、外婆和约翰逊（罗马尼亚人，也有密苏里州人），感谢克里塞斯夫妇、普切兹夫妇、菲彻思夫妇和雷德兹夫妇，谢谢你们给予我的爱。（我永远不会让派别重于与你们的血缘，永远不会。）

感谢所有过去的、现在的和未来的青少年总线和读写之夜成员，你们是一群贴心又善解人意的作者伙伴。感谢过去这几年，所有接纳我、帮过我的资深作家。感谢所有用推特或电子邮件联络我，给予我爱与忠诚的作者。写作是孤独的旅程，可我并不孤独，只因有你们的陪伴。真希望能把你们全部列出来：玛丽·凯瑟琳·豪厄尔、爱丽丝·卡瓦希克、卡莉·马雷蒂斯、丹尼尔·布里斯托，以及所有的非作家朋友，谢谢你们帮我心无旁骛。

所有《分歧者》的粉丝网站，谢谢你们疯狂又超赞的网络热情（还有现实生活的热情）。

我的读者，谢谢你们阅读此书，并把它放在心上，给予欢呼、发推特、相互讨论、相互借书，以上种种，教会我这么宝贵的一刻，写作和人生都是如此。

上列所有的人促成了这系列现在的模样，认识你们，改变了我的人生。于我而言，实在三生有幸。

我最后再说一遍：要勇敢。

TRIS
FOUR